Kira und Judith – zwei junge Frauen sind die Protagonistinnen des Romans. Abwechselnd erzählen die Kapitel aus ihrem Leben, sodass zwei Erzählstränge entstehen, die sich gegenseitig beeinflussen, einander immer intensiver umwinden. Dabei haben sich Kira und Judith gar nicht persönlich gekannt, denn als Kira geboren wurde, war Judith bereits hundert Jahre tot. Sie gehört zu Kiras Ahnen, war eine ihrer Urur...Großmütter.

Während Kira mit ihrem Freund Ben in den Semesterferien eine Reise durch Böhmen im heutigen Tschechien unternimmt, um das Umfeld ihrer Vorfahren kennenzulernen, wird sie immer stärker motiviert, mehr über das besondere Schicksal ihrer Ahnin Judith zu erfahren, doch was damals in Kirchenbüchern über sie festgehalten wurde, reicht Kira nicht. Sie forscht weiter, stöbert in einer Stadtchronik einen Prozessbericht auf, in dem Judith die Anerkennung der Vaterschaft ihres Kindes einzuklagen versucht. Kira ist wie gebannt von der Courage der Siebzehnjährigen, die alles daransetzt, durch Heirat ihre verlorene Ehre wiederherzustellen. Aber die Ehe mit Martin, dem Vater ihres Kindes, bringt Judith nicht das erträumte Glück. Kira findet Indizien, dass Martin sein berufliches Fortkommen und die Liebe anderswo sucht, und dass auch Judith sich heimlich einem anderen Mann zuwendet. Größer als der Wunsch nach Geborgenheit ist jedoch ihr Wille, einen Beruf zu erlernen und dadurch unabhängig zu werden. Gegen viele familiäre und soziale Widerstände wird sie Hebamme, gründet einen Kräuterladen und befreit sich innerlich wie äußerlich von den Zwängen ihrer traditionsgebundenen Umgebung.

Judiths manchmal rücksichtsloser Kampf schärft Kiras Blick auf ihre eigene Situation, aber ihre Konsequenzen sind letztlich die einer modernen Frau.

Gerti Brabetz

Böhmische Holunderblüten

Roman

FSC
www.fsc.org
MIX
Papier aus ver-
antwortungsvollen
Quellen
Paper from
responsible sources
FSC® C105338

Impressum

© 2020 Gerti Brabetz

Korrektorat und Cover: Jürgen

Cover unter Verwendung von:
Ölportrait „A Girl" des viktorianischen Künstlers
Sir Frederic Leighton (1830-1896), horizontal gespiegelt,
Ⓢ public domain, Wikimedia Commons;
Holunderblüten: Ausschnitte aus Ⓢ Pixabay-Fotos.

Bibliografische Information:
Die Deutsche Nationalbibliothek verzeichnet diese
Publikation im Katalog der Deutschen Nationalbibliothek; detaillierte bibliografische Daten sind im Internet
abrufbar unter: http://portal.dnb.de

Herstellung und Verlag:
BoD – Books on Demand, Norderstedt

ISBN: 978-3-7504-9286-8

Gerti Brabetz wurde in Český Krumlov, dem früheren Böhmisch Krumau, geboren und lebt heute in Marburg an der Lahn. Seit 2002 sind von ihr Erzählungen, Kurzbiographien und mehrere Bücher erschienen. Die Romane »Das falsche Bild« und »Almas Hut« sind den Themen Vertreibung und Integration gewidmet, »Das graue Haus auf Korsika« ist ein dramatischer Liebesroman und »Es scheinen die alten Weiden so grau« ein Mystery Thriller. Ihr Jugendbuch »Flügelgeister sind ganz anders« basiert auf ersten Schreibversuchen in ihrer Gymnasialzeit. Mehr über sie erfährt man auf ihrer Homepage:

http://www.gerti-brabetz.de

Kira
2015

»Kira, komm her! Ich hab's gefunden!«

Ich ignorierte Bens Rufen, starrte die kleine Kirche an. Ihr stumpfgrauer Verputz war an vielen Stellen in großen Fladen abgeplatzt, die Grundmauern waren schwarz von Nässe und Schimmel und die Fensterscheiben zerbrochen. Ein miserabler Anblick.

Sind wir überhaupt im richtigen Dorf, fragte ich mich. Anhand einer alten Straßenkarte waren wir in Bezinkov gelandet. In dem Namen steckte zwar ›bezinka‹, tschechisch Holunderbeere, aber war es tatsächlich das ehemalige, etwa neunhundert Seelen umfassende Hollerstrauch, das Dorf meiner Ahnen?

In der Fotokiste meiner Uroma gibt es von der Kirche in Hollerstrauch ein verblichenes Schwarzweiß-Foto in Postkartengröße – ein in aller Bescheidenheit stolzes Gebäude, mehr Kapelle als Kirche, mit einem Zwiebeltürmchen auf dem gewölbten Dach, einem Volutengiebel, alles wahrscheinlich im Habsburgergelb gestrichen, Tor und Rundbogenfenster weiß umrahmt. Ein Schmuckstück. Auch an zwei Kübel mit Buchsbäumchen erinnerte ich mich, die auf dem Foto das Portal flankierten. Trotz des jetzt verwahrlosten Zustands der Kirche fand ich ein paar Übereinstimmungen. Es war wohl doch das richtige Dorf. Neben dem Eingang hatte sich ein fast drei Meter hoher Busch durch das Fundament gezwängt, überladen mit schwarzblauen Früchten — ein Holunderstrauch. Vielleicht hatte er dem Dorf seinen Namen gegeben. Doch ich sollte noch entdecken, dass dieser Busch im Dorf weit verbreitet war.

»Kira?«

An den ausgetretenen Stufen des Kirchenportals blieb ich erneut stehen. Hier also wurden vor rund zweihundert Jahren einige meiner Vorfahren getauft, getraut, haben als Büßer auf den Steinen kniend die Absolution empfangen. Und zu guter Letzt hat man ihren Leichnam nach dem Segen mit den Füßen voran über diese Stufen auf den Friedhof getragen. Ich sah sie vor mir, eine graue, gebeugte, gesichtslose Schar, ein Bild, das mich einen Moment lang aufgewühlt hat. Ben winkte ungeduldig, deutete auf einen Bauernhof. »Hier! Die Nummer sieben!«

Wir waren laut Reiseführer in einem der schönen Barockdörfer Südböhmens. Ben hatte die verkommene Kirche ignoriert, war gefesselt von den gepflegten weißen und ockerfarbenen Häusern, die den Marktplatz säumen. Ihre Giebel sind zum Markt ausgerichtet und die Fronten mit stilisierten Ährengarben oder Blumen, mit Motiven aus der Landwirtschaft, auch mit geometrischen Figuren verziert. Wir haben bei unserem Rundgang aber nicht nur die Gebäude bestaunt, sondern suchten dabei nach bestimmten Hausnummern, und zwar das Haus Nr. 7 und das Haus Nr. 19. Manche Türstöcke trugen ihre Nummer in Stein gemeißelt, andere waren mit Emaille-Schildern gekennzeichnet, wieder anderen war ihre Hausnummer auf den Verputz gemalt worden. Und bei manchen waren sie ganz verschwunden oder vielleicht nie vorhanden gewesen.

Ben stand vor einem Ensemble von zwei weiß gestrichenen Häusern, zusammen knapp dreißig Meter breit, die durch eine circa zwei Meter hohe Mauer verbunden wurden. Über dem großen, dunkel gebeizten Holztor in der Mitte leuchtete in Rot die Hausnummer. Die Sieben.

Das Haus links war eher schlicht, hatte aber ein frisch gedecktes Satteldach. Das andere Haus war breiter, wuchtiger, mit einem zweifach geschwungenen Giebel zur Marktseite und fünf großen Fenstern mit Laibungen, die wie dicke, rote

Zöpfe aussahen. Über sie zog sich ein fröhlich anmutender Fries von naiv gemalten Apfelbäumen hin. In der Mitte der Front war ein Relief angebracht – ein Medaillon mit einer Garbe und einem Vogel. Hier also haben meine Hanuss-Vorfahren gelebt?! Automatisch habe ich die Schultern gestrafft und dann meinen Fotoapparat gezückt. In dem Punkt bin ich ganz altmodisch, denn Handyfotos genügen mir nicht.

Das kleinere Haus des Gehöfts entpuppte sich als Gastwirtschaft. Das passte gut, denn mir knurrte der Magen. Im Innenhof standen zwei große Holztische und Bänke, an denen vier, fünf Leute aßen und tranken. Man nickte uns zu, ohne sich beim Essen stören zu lassen. Wir orderten bei der Kellnerin zwei Henkelkrüge Krušovice, ein Schwarzbier, das wir seit unserer Ankunft in Tschechien schätzen gelernt hatten. Es gab nur ein Gericht, und so standen wenig später zwei Teller mit einem deftigen, sehr leckeren Gemüseeintopf vor uns.

Eigentlich wollten wir uns nur die Orte und, falls möglich, die Häuser meiner Vorfahren ansehen. Aber vielleicht, dachte ich, kann ich hier ein bisschen mehr erfahren. Die Neugier trieb mich in die Schankstube. Es war ziemlich dunkel darin, denn die kleinen Fenster sperrten die Nachmittagssonne aus. Die Möblierung war rustikal, praktisch, ein bisschen lieblos könnte man sagen. Ich fragte den Mann hinter dem Tresen, ob er Deutsch könne. Ich kann leider kein Tschechisch.

Er grinste. »No, freilich kann ich. War drei Jahre Kellner in Bayern. Freyung.«

Auf die Frage, ob ihm das Gasthaus gehöre, schüttelte er den Kopf. Nein, er sei nur der Pächter.

»Sagen Sie, gibt es hier im Ort jemanden mit dem Namen Hanuss?«

»Nein, gibt es nicht, nicht mehr. Bedaure.« Er musterte mich eindringlich. Weil ich seinen Blick ebenso erwiderte, fuhr er bedächtig fort: »No, klar, Name ist bekannt, natürlich. Hier, das war Hanusshof! Waren Deutsche. Nach ›odsun‹, also nach Abschub von Deutsche nach dem Krieg, Hof stand leer. Wurde Ruine beinahe. Manche Häuser hier sind heute noch leer, aber trotzdem es gibt viel Malerei für Tourismus.« Er deutete auf das andere, große Haus, das zum Hof gehörte. »Schauen Sie sich den Balken über Erdgeschoss an. 1749 kann man gut lesen und die Namen auch. Johann Hanuss und Frau Theresia. Aber den Spruch, den kann ich nicht gut lesen. – Heute gehört ganze Hof einem Budweiser Geschäftsmann.«

»Hanuss, das sind meine Vorfahren, wissen Sie. Meine Ururgroßeltern.«

Der Wirt nickte, als habe er sich das schon gedacht.

»Urururur…«, flüsterte Ben, der unverhofft neben mir auftauchte.

»Bitte?«

»Sechsmal Ur. Mindestens!«

»Also gut. Hanuss, das sind meine Ur…« Ich warf Ben einen giftigen Blick zu. Seine Schlaumeier-Attitüde nervte mich manchmal ganz schön. »Sie gehören zu meinen Vorfahren. Wär' super gewesen, wenn ich einen aus der Familie treffen könnte. Und wie ist es mit dem Namen Polleichtner? Können Sie mir dazu was sagen?«

Der Wirt schüttelte den Kopf. In Bezinkov gäbe es niemanden mit diesen Namen. »Na hřbitově, also, auf Friedhof vielleicht.«

Wir schlenderten weiter bergan zum oberen Ende des Marktplatzes, wo sich am Dorfrand der Friedhof als schmales Rechteck an der Straße entlang zog. Die jüngeren Gräber waren gepflegt, mit grellbunten Plastikblumen geschmückt, die älteren waren grüne Grashügel mit mehr oder weniger bemoosten Steinen oder rostigen Metallkreuzen. Entlang der linken Friedhofsmauer erkannte ich die braunen, papierdünnen Laubblätter von Maiglöckchen, die im Frühjahr hier einen grünen duftenden Teppich bilden würden. In einem hinteren Winkel lehnten mehrere alte Grabsteine an der Mauer, und beim Näherkommen erkannte ich, dass es Grabsteine mit deutschen Namen waren.

Und in einen von ihnen war ›Familie Hanuss‹ eingemeißelt. Mehr nicht. Er war gut eineinhalb Meter hoch und aus wetterbeständigem Basalt, wirkte karg bis auf ein Dreieck oben mit einem Schmetterling darin. Mein schlauer Ben erklärte mir die Symbolik: Das Dreieck stehe für die Dreifaltigkeit, der Schmetterling für die Hoffnung auf die Auferstehung. Von den Polleichtners war hier nichts übriggeblieben.

Ich schaute blicklos ins Land. Es war ganz still, kein Vogelzwitschern, nur Insekten summten über der Wiese jenseits des Friedhofs. Die Natur hatte mit grünlichgelbem Goldhafer und Rasenschmiele die vielen brachliegenden Felder an den Ausläufern des Böhmerwaldes zurückerobert. Glitzerndes Liebfrauenhaar wehte durchs Himmelsblau. Ja, der Sommer hatte seinen Höhepunkt überschritten. Mir wurde kalt. Ich schlang die Arme um mich und seufzte. Ben legte seinen Arm um meine Schulter.

»Na, komm. Keine Krokodilstränen bitte! Suchen wir die Nummer 19. Vielleicht haben wir dort mehr Glück.«

Wir kehrten um, erreichten den abschüssigen Teil des Marktplatzes, musterten wieder gespannt die Häuserreihen, die zwar auch bunt gestrichen, aber nicht mehr so spektakulär dekoriert waren. Es gab eine Pizzeria, eine Apotheke oder Drogerie, ein kleines Hotel Pošta, an dem ein goldenes Posthorn baumelte und am Ortsrand einen winzigen Kramladen mit Souvenirs – handgewebte Geschirrtücher, bestickte Tischläufer und Häkeldeckchen, allerlei Keramik und Trödelzeug. Wir machten kehrt, entdeckten endlich auf der anderen Straßenseite die Hausnummer 19 an einem blauen Briefkasten. Ein Wohnhaus mit Anbau und ein baufälliger Stall umrahmten einen Hof, durch einen Staketenzaun vom Marktplatz getrennt. Im Vorgarten wucherten Giersch, Ackerwinde und Löwenzahn, an der Hauswand lehnten violette Malven. Ein Holunderbusch ragte fast bis zum Dachfirst hinauf. Seine Beeren waren aber geerntet. Gitarrenklang, ein simples Schrumm-Schrumm, hing in der Luft. Nein, das war kein Bauernbarock, sondern ein vernachlässigtes, schmutziges Anwesen. Ich machte trotzdem ein paar Fotos.

»Oh weh«, kommentierte Ben den Anblick gedehnt. Seine Hoffnung auf böhmischen Landadel schwand endgültig dahin. In der Reihe seiner Ahnen gab es nämlich einen Zweig niederen Adels, den er gern nebenbei erwähnte. So ein Highlight bei meinen Vorfahren hätte ihm gefallen. Mir auch, ich gebe es zu.

Ein Junge, der im Hof gegen das Scheunentor bolzte, kam auf mein Rufen hin zu uns.

»Polleichtner?«, wiederholte er ohne Lächeln auf meine Frage. »Hier nix Polleichtner. Nix Hanuss.«

Die Gitarre verstummte. Der Kopf eines jungen Mannes mit einem schwarzen Piratentuch über dem langen Haar erschien im offenen Fenster. Zwischen ihm und dem Jungen gab es einen schnellen Wortwechsel auf Tschechisch, an dessen Ende der Mann uns zurief: »Hier nix Polleicha. Wir hier wohnen. Rozumíte? Wir nix wissen!«

Er schloss das Fenster so heftig, dass es schepperte.

Ben packte meinen Arm, zog mich fort. »Asoziales Hippiepack!«, murmelte er. »Lass uns lieber gehen.«

Er war immer ein bisschen schnell mit seinem Urteil.

Im Gegensatz zu ihm wusste ich von meiner Oma, dass nicht alle Tschechen mit gutem Gewissen in den Häusern

der vertriebenen Deutschen lebten und wie zum Selbst-
schutz schnell aggressiv wurden, wenn die ›Heimwehtouris-
ten‹ auftauchten. Aber ein bisschen musste ich Ben schon
Recht geben. Dieses kleine Anwesen war in einem schlimmen Zustand. Zudem brachte der Wind einen unangeneh-
men Geruch mit, der aber mit dem Haus nichts zu tun hatte,
wie wir schnell merkten. Er stieg von mehreren flachen Ge-
bäuden weiter unten in der Senke auf. Von dem Gestank
wurde mir richtig übel. Wir tippten auf eine Schweinefarm.
Lastwagen mit den typischen Ladeflächen für Tiertrans-
porte parkten davor. Das ganze Areal war von ihren Rädern
wie umgepflügt.
Mein Blick fiel auf ein Tischchen am Gartenzaun der Nr. 19,
bestückt mit Einmachgläsern und Weinflaschen. Ein Zettel
war auf die Tischplatte geklebt, zweisprachig und mit Prei-
sen in Tschechischen Kronen und Euro. ›Frisch! Holunder
Gelee, Glas 2 €. Flasche Sirup 3 €. Selbst Gemacht. Kein
Zusatz Stoff. Bio.‹
Die Hippies sind also so was wie Ökobauern, dachte ich
schmunzelnd und kaufte zwei Gläser und zwei Flaschen.
Das Geld legte ich in die Konservendose auf dem Tisch,
war scheinbar an dem Tag die erste Kundin. Wenigstens
eine fassbare Erinnerung wollte ich aus diesem Dorf mitnehmen.
Wir gingen zum Wagen zurück, verließen Hollerstrauch,
rollten bergauf, bergab, immer wieder vom ›Urwald‹ Böhmerwald düster umfangen.
Es war ein langer Weg, bis ich etwas von diesen Ahnen erfahren hatte. Basis von allem waren die Kirchenbücher, genauer: die Tauf-, Trauungs- und Beerdigungsbücher, die unter der Regierung von Maria Theresia in einheitlicher Matri-
kelform und unter ihrem Sohn Joseph II. Ende des 18. Jh.
verfeinert, d.h. in tabellarischer Form mit festgelegten
Rubriken, vorgeschrieben waren.

Mein Opa, ein waschechter Hesse, hatte zunächst widerstrebend, dann mit immer mehr Elan mit meiner ›böhmischen Oma‹ Reisen in die heute tschechischen Städte und Landschaften unternommen. Geschichtsinteressiert wie er ist, war er schnell fasziniert von den Kunst- und Kulturschätzen, die dort vor sich hinträumten. Irgendwann hatte er erfahren, dass das Tschechische Gebietsarchiv Třeboň, wo die Kirchenbücher Südböhmens lagern, die alten deutschen Folianten digitalisiert und im Internet bereitgestellt hatte. Das war der Startschuss! Jetzt konnte mein Opa am Bildschirm sozusagen in den alten Büchern aus dieser Region blättern. Sprachprobleme gab es nicht, denn in dem schmalen, für uns relevanten Saum rings um Böhmen, der nach 1918 *Sudetenland* genannt wurde, sprach und schrieb man damals überwiegend Deutsch. Außerdem war das auch die Amtssprache in Böhmen zur Zeit der Donaumonarchie. Das alles erleichterte die Recherchen. Opa suchte also in Südböhmen nach den Ahnen meiner Oma, fand sie nicht nur in Krumau, ihrem Geburtsort, sondern auch in Hollerstrauch, in Kalsching und Christianberg, heute Chvalšiny und Křištanov, auch Spuren in Linz und Wien. Wie ein Maulwurf schaufelte er Vorfahren bis ins Jahr 1705 zutage, wenn ich mich richtig erinnere. Jedenfalls, irgendwann hat mein Opa mich mit seinem Forschen in alten Dokumenten angesteckt. Wir fühlten uns beide wie Detektive, wie Leser eines Krimis, wenn wir am Bildschirm in den Geburts-, Trauungs- und Sterbebüchern nach den Namen und Daten gesucht haben und anhand der mageren Angaben den Schatten eines Lebenslaufs skizzieren konnten. Wir strahlten bei jeder überraschenden Entdeckung, waren aber auch manchmal verzweifelt, wenn keiner von uns das Gekritzel entziffern konnte. Dabei waren wir uns bewusst, dass wir ohne diese Kirchenbücher, in denen die Pfarrer ihre Amtshandlungen dokumentieren mussten, nichts über meine Vorfahren wüssten, gar nichts.

Es sind zwar nur nüchterne, formale Eintragungen über kirchliche Amtshandlungen, aber so hatten wir zumindest ein Gerüst.

»Ich möchte aber in den drei Wochen nicht nur auf solchen Kuhdörfern herumfallen«, betonte Ben, nachdem wir durch ein tiefes Schlagloch gerumpelt waren. Bezinkov war kein Ambiente nach seinem Geschmack. Ich hatte es ja auch mehr zufällig als erstes Ziel ausgesucht, weil der alte deutsche Name Hollerstrauch irgendwie romantisch klingt.

»Wir hätten besser in Krumau starten sollen, Kira. Wär' doch viel interessanter!«

Natürlich, dieses Ambiente wie auch diese Vorfahren würden seinen Ansprüchen eher genügen – da gab's einen Geheimen Rat, einen Lehrer, einen Oberjägermeister, einen – nein, den Tanzlehrer würde er wahrscheinlich ignorieren. Ich versicherte ihm, dass Böhmisch Krumau selbstverständlich wie geplant zum Programm gehöre.

Wir fuhren zurück nach Prachatice oder Prachatitz, wie es früher hieß. Vom Grenzübertritt Bayrisch Eisenstein kommend war diese alte Stadt unser erster Stopp gewesen. Die berühmten Sgraffiti an den Fronten vom alten Rathaus und die übrigen Sehenswürdigkeiten hatten wir schon nach der Ankunft im Schnelldurchgang bewundert. Unser Hotel lag im Altstadtviertel, hatte sehr kleine, aber geschickt mit alten Möbeln eingerichtete Zimmer. Ich habe mich dort wohlgefühlt, habe es gern gemütlich. Ben gefiel das Hotel nicht besonders, weil er neue Hotels mit Komfort und Wellness liebt. Allerdings nutzte er diese Angebote bisher kaum, sie sollten aber vorhanden sein. Immerhin, es gab hier kostenloses WLAN, unerlässlich für unsere wiederholten Nachforschungen. Nach dem sehr guten Abendessen im Gewölbekeller des Hotels stopfte ich mir im Zimmer das Kopfkissen in den Rücken, öffnete ein Glas mit Holunderbeergelee.

»Kira, sei vorsichtig! Vielleicht haben die Hippies da Haschisch reingemixt«, warnte mich Ben, halb ernst, halb lachend. Ich ließ mich nicht stören. Da war eher ein guter Schuss Wodka drin.

Ben setzte sich mit dem Laptop auf den Knien zu mir auf die Bettkante und blätterte mit dem Browser durch die Matrikel des Třeboňer Digitalarchivs. Ich blickte ihm über die Schulter, küsste seinen gebeugten Nacken, strich über sein dunkles Haar. Ich mochte ihn besonders, wenn er so eifrig mit etwas anderem beschäftigt war.

Die Seiten der Kirchenbücher sind oft grau verschattet, dicht beschrieben, die Handschrift mal elegant, mal liederlich. Zum Glück hatte mein Opa in mühsamer Kleinarbeit alle Erkenntnisse mit seinem PC erfasst, hatte auch die entsprechenden Seitenzahlen der Kirchenbücher vermerkt und damit ein gut sechzigseitiges Ringheft über unsere Vorfahren gestaltet. Das hat Ben und mir vieles erleichtert.

Zu allererst überprüfte Ben die Hausnummer der Polleichtners, aber sie stimmte. Leider. Dann nahmen wir uns das Sterbebuch vor. Während ich die altdeutsche Schrift relativ flüssig lesen kann, tat sich Ben schwer damit; denn einigen Schreibern der Kirchenbücher kam es eindeutig mehr auf schwungvolle Kringel und Schleifen an als auf Lesbarkeit. Oft lief eine Zeile in die andere. Zudem führten manche eine widerspenstige Feder, die mal aussetzte, mal kleckste, sodass es aussah, als wären Hühner übers Papier gelaufen.

Wir buchstabierten mühsam am Sterbeeintrag von Adalbert Polleichtner herum: *Hausgenosse und Maler zu Hollerstrauch,* der *1840 am 2. April in Hollerstrauch N^{ro} 19* starb. Katholisch und männlich war angekreuzt, unter Lebensjahre stand *61 Jahre.* In der Rubrik Krankheit und Todesart entzifferten wir *Lungenbrand.* Der Name des Priesters, der ihn *versehen/begraben* hat, war *H. Mistlholz* und der Begräbnisort *Gottesacker zu Hollerstrauch.*

»Hausgenosse und Maler?«, spöttelte Ben. »Hausgenosse!? Was ist das denn!«

Wikipedia wurde befragt, und wir lernten, dass das Personen bezeichnete, die im selben Haus lebten und in einem Abhängigkeitsverhältnis zum Hausherrn standen.

Ich blätterte im Heft meines Opas. Hausherr in der Nr. 19 war zu der Zeit Paulus Polleichtner, der Vater von Adalbert. Es sah ganz danach aus, dass der Alte es nicht eilig damit hatte, das Heft aus der Hand und an seinen Sohn weiterzugeben. 1802 hatte Adalbert eine Marianna Hrdlička geheiratet, die Tochter eines Holzhändlers in Protivín. Nach zwei früh verstorbenen Kleinkindern blieb ihnen nur eine Tochter, Anna Judita, geboren 1811.

»1811? War das nicht das Jahr, in dem es in Deutschland eine schlimme Hungersnot gegeben hat?«

Ben schüttelte den Kopf. »Nein, nein. Die Hungersnot, die du wahrscheinlich meinst, war 1816. In der Südsee hatte es im Jahr davor einen Vulkanausbruch gegeben. Tambora hieß der Berg. Das muss ungeheuer gewesen sein! Von dort zog eine riesige Aschewolke bis nach Europa, die die Sonne verdunkelt hat. Es hat viel geregnet, und es kam zu Ernteausfällen. Das Vieh ist krepiert und die Leute sind verhungert.«

In den nüchternen Eintragungen der Sterbebücher schnellte zwar die Zahl der Toten in den Jahren 1816/17 hoch, das war erkennbar, aber wir fanden keinen besonderen Hinweis auf eine Hungersnot.

»Jetzt schau doch bloß mal, was der Pfarrer oder Schreiber, der dieses Taufbuch angefangen hat, für einen Aufwand getrieben hat!«

Ben hatte schon wieder weitergeklickt und präsentierte mir am Bildschirm das Deckblatt: *Matrica Baptisatorum ad Ecclesiam Parochialem Hollerstrauchiensi incepta 1784* hatte der Schreiber mit kühnem Schwung in riesigen Buchstaben hingemalt, darunter sogar einen niedlichen Blumenkorb, der den akkuraten Tabellen die Nüchternheit nahm.

Am 27. Juli 1828 tauchte Anna Juditas Namen wieder auf, jetzt aber Anna Judith geschrieben. Sie hatte ein Kind geboren und es auf den Namen *Ignaz Martin Paulus* katholisch taufen lassen. Die Rubrik ›unehelig‹ war angekreuzt; in der Rubrik ›Aeltern‹ stand unter ›Vater‹: *Ex illegitimo concubitu* und ein Wort, das zweimal durchgestrichen und dadurch unleserlich war; unter ›Mutter‹ war vermerkt: *Anna Judith, des Adalbert Polleichtner und der Marianna gebohrene Hrdlička von Protivín ehelige Tochter*; ›Pathe‹: *Paulus Polleichtner, Bauer, des Kindes Urgroßvater*; Name des taufenden Priesters war *H. Mistlholz*, der Hebamme *B. Schönauer*.

»Unehelich also. Na und? Muss man das mit dem Spruch extra betonen? ›Nach unerlaubtem Beischlaf‹! So ein Korinthenkacker!«

»Das war eben ein Pfaffe, der auf Anstand und Sitte geachtet hat!«, frotzelte Ben, gab mir einen sachten Rippenstoß. »Also von dieser Judita kommt dein Leichtsinn!«

Leichtsinn hin oder her, die Anna Judita oder Judith machte mich neugierig, ich wollte mehr über sie wissen! Sie war gerade mal siebzehn Jahre alt, als sie Mutter wurde. 1830 heiratete sie Martin Hanuss, der bei dieser Gelegenheit Ignaz als seinen Sohn anerkannte. ›*Legitimatio per matrimonium subsequens*‹ lautete der diesbezügliche Nachtrag unterhalb des Taufeintrags. Die Eintragungen über ihre Trauung und die Taufen ihrer weiteren Kinder – Marieluise, Anton, Laurens und Tobias – liefen unter der Hausnummer 19. Das Paar lebte demnach im Hof der Polleichtners.

»Wie?! Heißt das, der Martin hat dann in dem simplen Anwesen der Polleichtners gelebt, statt in dem prachtvollen Bauernhaus? Schweinegestank inclusive!? Womöglich enterbt?!«, ereiferte sich Ben. »Ein armer Hund! In Bayern heißen die, glaube ich, Eingehuckter. Klingt verächtlich, findest du nicht?«

In Hessen heißen sie Beigefreiter, erinnerte ich mich. Beides klang jedenfalls nicht freundlich.

»Mich regt eher auf, wie lang der Typ rumgeeiert hat, bis er das Mädchen geheiratet und sich zu seinem Kind bekannt hat. Für ein Mädchen mit einem unehelichen Kind war das Leben in dem Dorf bestimmt kein Zuckerschlecken«, murrte ich.

Ben blätterte in dem Heft meines Opas. »Martin wurde – Moment – 1805 geboren. Das heißt, er war noch nicht volljährig, als das Mädchen schwanger wurde«, überlegte Ben. »Soweit ich weiß, wurde man damals erst mit vier- oder fünfundzwanzig volljährig. Vielleicht hatten seine Eltern was gegen die Hochzeit und er konnte deshalb erst später heiraten?«

Das wäre eine kleine Ehrenrettung für den Drückeberger. Eine explizite Begründung für sein Verhalten fanden wir nicht.

Ben verfolgte Martins Linie. Martins Vater, Karl Hanuss wurde 1778 in der Nr. 7 geboren, im selben Jahr also wie der Adalbert am anderen Ende des Marktplatzes. Vielleicht saßen sie zusammen in der Schulbank? Karl war Freibauer und später Schultheis, also Bürgermeister, heiratete Barbara Loschko, Tochter eines ›Geschwornen‹ in Schwarzdorf. Sechs Kinder hatten sie, von denen nur der Sohn Martin und zwei Mädchen, Zwillinge, das Erwachsenenalter erreichten. Barbara starb ein Jahr bevor sie durch Martin Großmutter wurde.

Wir machten uns für die Nacht fertig, löschten das Licht. Ich hätte noch gern ein bisschen geschmust, aber Ben fiel im Handumdrehen in einen tiefen Schlummer. Im Restaurant unten wurde noch gelacht und gebechert. Der Turm der angestrahlten Jakobskirche konnte durchs Fenster in unser Dachkämmerlein linsen, und er fixierte mich mit uralter Güte.

Ich schob meine Arme unter den Nacken. Wie war das wohl damals?

Die Kirche von Hollerstrauch drängte sich in meine Erinnerung, gemäß unserem Reiseführer *Südböhmen* anno 1697 geweiht. Der derzeitige Zustand des Gebäudes verriet, dass es nicht mehr genutzt wurde, feinstes Hochbarock hin oder her. Es fehlten getaufte Christen. Kein Wunder, wir waren ja in einem ehemals kommunistischen, also atheistischen Land, in dem erst seit der *Samtenen Revolution* das kirchliche Leben wiedererwacht war. Im April 1950 hatte es in der Tschechoslowakei sogar brutale Verfolgungen der Priester und Ordensleute gegeben. Die ›tschechische Bartholomäusnacht‹ wird das auch genannt. Noch jetzt fehlen überall die Priester, viele Klöster sind bis heute leer und vergammeln.

Ich sah das Eichenholzportal der Kirche vor mir, das Dilettanten irgendwann mit einer schwarzbraunen Farbe lackiert hatten, die verschnörkelten Eisenbeschläge. Damals könnte das Tor in einem warmen Honigfarbton geschimmert, die Butzenscheiben im Oberlicht bunte Kleckse auf den Mittelgang gemalt haben. Ich hörte das Läuten der Glocke vom Zwiebeltürmchen, sah, wie die Dörfler sich von allen Seiten näherten …

Und da ist Judith. Ein Schemen, nicht greifbar. Doch so nach und nach zerfließt der Schleier.

Judith
1830

Sie steht vor der weit geöffneten Kirchentür, reglos wie die Steinfiguren des heiligen Gunther und der heiligen Ludmilla, die den Eingang flankieren. Sie fröstelt. Das Hochzeitskleid, dunkelblaue Wildseide mit einem roten Samtband unter der Brust, das sie sich vor zwei Jahren beim besten Schneider im Umkreis, dem Juden Jitzchak in Prachatitz, nähen ließ, war für eine andere Jahreszeit gedacht gewesen. Gut war jedenfalls, dass sie sich vom Schneider zu diesem neumodischen Schnitt überreden ließ. Den habe die Frau vom großen Napoleon kreiert, schwärmte er damals, und so peu à peu habe sich die Mode aus Frankreich in alle Himmelsrichtungen ausgebreitet. Heute, Jahre später, hat der Schnitt auch die südböhmischen Städte erreicht. Empire hat der Jitzchak ihn genannt. Judith hatte gehört, dass man neuerdings in einem weißen Kleid heiratet – na, das hätte eine schöne Ramasuri im Dorf gegeben! Immerhin hatte sie beim Schneider keinen rabenschwarzen Stoff ausgesucht, wie es auf dem Land üblich war, wenn man schon nicht in einer Hochzeitstracht heiratete. Und ein Schleier war ihr ja sowieso versagt.

Das also ist ihr Hochzeitstag, der 30. Mai.

Wieder überrieselt Judith ein Kälteschauer, und sie zieht das Schultertuch aus Klöppelspitze enger um sich. Wegen des locker gewundenen Kranzes aus Maiglöckchen in ihrem Haar muss sie sich vorsichtig bewegen. Aber die Augen, die kann sie zur Seite drehen und ihren Bräutigam mustern. Einen feschen Burschen heiratet sie da, oh ja. Martin ist einen Kopf größer als sie, straff und schlank, mit breiten Schultern, das Gesicht mit dem kleinen Schnurrbart tief gebräunt.

Seine dunkelblonden Locken hat er heute mit Wasser oder Pomade fest an den Kopf geklebt und mit der Handkante ein paar gleichmäßige Wellen hineingedrückt. Unter dem schwarzen Gehrock trägt er das Brauthemd aus Leinen, das sie ihm der Sitte gemäß genäht und bestickt hat. Sie freut sich, dass er es tatsächlich angezogen hat. Den Zylinderhut und die weißen Handschuhe hält er in der Hand. An seinem Revers steckt das duftende Rosmarinsträußchen, als Zeichen seiner Unschuld. Unschuld? Judith muss ein Kichern unterdrücken.

Die Kirchenglocke beginnt ihr Geläut. Bastl, Martins Trauzeuge, der an der Mauer lehnte, spuckt seinen Kautabak aus, postiert sich neben dem Paar. Auch Mizzi, Judiths Brautjungfer, rückt heran und zupft an den Rockfalten des Brautkleids herum. Durch den Mittelgang schreitet ihnen der Pfarrer im Chorhemd und Talar entgegen. Er ist ein hagerer Mann um die sechzig mit einem kantigen Kopf, das grau gesträhnte schwarze Haar ist exakt in der Mitte gescheitelt.

Martin hält Judith seinen Arm als Stütze hin, und gemeinsam sinken sie auf der untersten Steinstufe des Portals auf die Knie. Der Pfarrer macht ein fahriges Kreuzzeichen.

»Da nun alles in Richtigkeit ist, so frage ich den ehrenwerten Bräutigam: Ist es Euer bedachter Willen und Meinung, Euch mit dieser gegenwärtigen – ähm, Jungfrau zu verehelichen, so sprecht: Ja.« Martin senkt den Kopf, räuspert sich. Judiths Herzschlag setzt aus. Sekunden verstreichen. Doch das ›Ja‹ kommt, rau und kurz. Der Geistliche stellt Judith die entsprechende Frage. Nach ihrem sehr lauten Jawort schließt er: »Nun, so gebt einander die Hände im Namen der Allerheiligsten Dreifaltigkeit, Gott Vaters, des Sohnes und des Heiligen Geistes. Liebet einander, bis dass der Tod euch scheidet.« Er legt ihre Hände ineinander, an denen die schmalen Silberringe stecken, bedeckt sie mit seiner grünen

Stola. Seine Augen leuchten kurz auf, ein Lächeln zuckt um seinen Mund.

»Nun denn, meine Kinder, tretet ein vor Gottes Angesicht.« Sie folgen dem Pfarrer in die Kirche. Bei der Kirchenbank der Polleichtners zögert Judith kurz. Ihr Vater lächelt, erwidert ihren Blick mit einem aufmunternden Nicken. Ihre Mutter tupft eine Träne weg, bemüht sich, den kleinen Ignaz auf ihrem Schoss abzulenken, der beim Anblick seiner Mutter zu hopsen beginnt. Großvater Paulus macht einen schiefen Mund wie immer, wenn er gerührt ist, und zwinkert. An der Bank der Familie Hanuss gehen sie rasch vorüber, denn sie ist leer, und lassen sich auf der blumengeschmückten Hochzeitsbank rechts neben dem Altar nieder. Die Trauzeugen setzen sich zu ihren Angehörigen. Als der Pfarrer aus der Sakristei wieder auftaucht, trägt er ein grünes Messgewand. Die Orgel setzt ein.

Judith starrt den Geistlichen an, der gegenüber der Brautbank die Messe zelebriert. So im Profil, da fällt seine Nase, spitz und lang wie ein Vogelschnabel, besonders auf. Er hatte sich ihrer Sache gutwillig, wenn auch oft gebieterisch angenommen. Aber das Wort ›Hurkind‹, das im Taufbuch beim Namen ihres kleinen Sohnes steht, kann sie ihm nicht verzeihen. Sie erinnert sich an ihre Scham, als sie sah, wie er damals dieses Wort am Ende der Zeile geschrieben hat. Hurkind. Was weiß so ein alter vertrockneter Schwarzrock schon von Hurerei? Erinnerungen huschen herbei – Martins feurige Blicke, sogar in der Kirche, seine ersten, scheinbar zufälligen Berührungen in der Spinnstube, der erste Tanz, beide atemlos, die Blicke verhangen, der erste geraubte Kuss, bei dem ihr fast die Sinne schwanden …

Wieder dreht sie den Kopf ein wenig zur Seite, um ihren Bräutigam ansehen zu können. Obwohl er ihren Blick bestimmt bemerkt, rührt er sich nicht, schaut wie gebannt hinauf zu dem farbigen Fenster hinter dem Altar – der Erzengel

Michael im Kampf mit dem Drachen. Ja, ein Kampf liegt auch hinter uns, schießt es Judith durch den Kopf. War ich der Drache? Oder er? Ihre Hände in den weißen Spitzenhandschuhen umfassen ihr Gebetbuch und den Rosenkranz, die obligatorischen Hochzeitsgaben ihres Bräutigams, fester. Nein, nicht an das denken, was hinter ihr lag. Nicht jetzt!

Sie will sich wieder auf den Gesang und die Rezitation des Pfarrers konzentrieren, aber da es Lateinisch ist, laufen die Gedanken gleich wieder davon, lassen sich nicht steuern. Das Vergangene quillt hervor wie Schmelzwasser …

Angeblich hatte es ein paar Leute im Dorf gegeben, die verlangten, sie müsse zur Hochzeit die Strohkrone tragen. Oh nein! Aber nicht nur darin entsprach die Heirat nicht den Gepflogenheiten. Zum Kranzwinden gestern, dem Polterabend, hatten sich fast alle Mädchen des Dorfes vor dem Tor der Polleichtners versammelt, hatten das Hochzeitslied gesungen und wurden hereingelassen. Die Mädchen sangen und flochten dabei den Rosmarinkranz, der von Hand zu Hand ging. Es herrschte eine falsche Fröhlichkeit, an der auch der Rosolio-Likör und der Rotwein, die Judiths Mutter aus der Wachau hatte kommen lassen, nichts änderten. Die Mundwinkel wurden manchmal heruntergezogen und die Reaktion der Braut gespannt beobachtet, als ihr der nicht geschlossene Kranz überreicht wurde. Sie nahm ihn entgegen, ohne mit der Wimper zu zucken. Martin, der der Sitte gemäß still in einer Ecke hocken musste, bedachte seine Braut mit einem mitleidigen Blick, machte im Übrigen wie sie gute Miene zu dem alten Spiel.

Judiths Mutter hatte die Hochzeitstracht, die aus ihrer Familie stammte, aus der Truhe geholt, die staubigen Leintücher auseinandergeschlagen und das Gewand für alle sichtbar auf der Truhe platziert, die Brautkrone auf der Kommode. Man sollte wenigstens sehen, dass man diesen Staat hat. Man ist doch wer! Judith wusste, dass ihre Mutter es gern gesehen hätte, wenn sie, allen dörflichen Vorschriften zum Trotz, die Hochzeitstracht samt Jungfernkrone am heutigen Tage getragen hätte. Aber Judith hätte sich mit diesem funkelnden Kopfputz, in diesem protzigen Brokatkleid gefühlt wie ein Christbaum. Nein, nicht die Krone und auch nicht dieser halbe Rosmarinkranz! Die Gemeinde hatte sie so lange von allem ausgeschlossen, jetzt drehte Judith den Spieß um und kümmerte sich nicht um die alten Sitten. Wem im Dorf wollte oder sollte sie vorspielen, dass sie eine ›gekrönte Jungfrau‹ sei? Warum wurden Bräute überhaupt dazu gezwungen, mit dem Schleier, dem Rosmarin- oder Myrtenkranz ihre körperliche Unversehrtheit zur Schau zu stellen – und wenn nicht vorhanden, ihre Sünde? Warum braucht ein ›sündiger‹ Bräutigam nicht seine verlorene Unschuld vorzuführen? Mit einem offenen Hosenlatz etwa oder einem roten Hut –

»Gloria in excelsis Deo«, stimmt der Pfarrer an und reißt Judith aus den aufsässigen Gedanken. Sie drückt sich den Kranz aus Maiglöckchen fester in die Stirn, fast bis zu den zusammengezogenen Brauen. Den schändlichen halben Jungfernkranz aus Rosmarin, der sie für alle sichtbar demütigen sollte, hat sie am Morgen an den Pfosten ihres Bettes gehängt, im Garten hinterm Haus diese taufeuchten Glöckchen gepflückt und zu einem Kranz gewunden. Ihrem Kranz. Die bedenkliche Miene ihrer Mutter und ihrer Freundin Mizzi übersah sie.

»Kyrie eleison … Christe eleison…« ganz automatisch murmelt Judith mit der Gemeinde ihre Antworten. Der Inhalt des lateinischen Textes ist den wenigsten bekannt, die Leier hat sich einfach seit Jahren allen eingeprägt. Auch bei Judith, die nie Latein gelernt hat. Aber sie weiß aus dem Religionsunterricht, dass es bei diesen Worten um das Erbarmen geht. Ja, Christus wird sich ihrer erbarmen, daran glaubt sie fest. Sie sieht ihn nicht als einen Schöpfer, der alles nach der katholischen Sittenlehre misst.

Pfarrer Mistlholz steigt auf die Kanzel. Jetzt kommt die Standpauke wegen ›Unkeuschheit und Hurerei‹, denkt Judith, hebt das Kinn, strafft den Rücken. Na dann! Doch nein, er wiederholt nur den Trauspruch, den er ihnen vorgeschlagen hat, und schmückt ihn etwas aus. »Denn ihr wart weiland in Finsternis; nun aber seid ihr ein Licht in dem Herrn und prüfet, was da sei wohlgefällig dem Herrn. Wandelt wie die Kinder des Lichts, denn die Frucht des Lichts besteht in lauter Güte und Gerechtigkeit und Wahrheit.«

Judith tastet nach Martins Hand, drückt sie fest und lässt sie nicht mehr los. In die Fürbitte, dass alle Heiligen helfen sollen, die Zwietracht der beiden Familien zu beenden, stimmt Judith inbrünstig mit ein.

Der Pfarrer bittet das Paar abschließend in die Sakristei, um ihm den ›Copulations-Schein‹ auszuhändigen. Er schlägt das Taufbuch auf, sodass Judith es schwarz auf weiß lesen kann: Unter dem Taufeintrag von Ignaz steht jetzt *Legitimatio per matrimonium subsequens*. Dann diktiert er Martin, was er in der Rubrik ›Vater‹ nachtragen soll: *Ich, Martin Hanuss, erkläre im Beisein der Geistlichkeit und mit Zustimmung der Kindsmutter, dass ich der leibliche Vater des Kindes Ignaz bin.*

Den Namen Ignaz hatte damals Pfarrer Mistlholz vorgeschlagen, weil der Kleine am Namenstag des Heiligen Ignatius von Loyola getauft wurde. Dass der Name ›der Feurige‹ bedeutet, hat der Pfarrer erst viel später zerknirscht erklärt. Es sei keine Anspielung auf die Farbe seiner Haare gewesen! Judith ist mit dem Namen mehr als zufrieden, denn es gibt schon genug Johanns oder Jakobs, Josefs oder Adalberts im Familienclan.

»Der Ignaz hat jetzt die rechtliche Stellung eines ehelichen Kindes«, erklärt der Pfarrer zufrieden, würde den Namen des Vaters tragen und dessen Stand erhalten. »Alles hat nun seine Richtigkeit.«

»Aber das da, das Wort ›Hurkind‹, das streicht jetzt bitte durch, Hochwürden!«, bittet Judith sanft, aber nachdrücklich. Nach kurzem Zögern tut er es mit zwei dicken Strichen.

Als das Paar den Kirchenraum wieder betritt, braust die Orgel auf, so gut es mit den alten Pfeifen und den beiden Balgtretern geht, als würde gleich ein Gewitter losbrechen – sicher ein Musikstück eines berühmten Komponisten. Den Dörflern wäre wohl ein Marienlied lieber gewesen, aber der neue Lehrer und Organist ist halt fürs Moderne. Als Judith an Martins Arm feierlich durch den Mittelgang schreitet, strahlt sie so, wie es bei einer Braut sein soll. Oben auf der Empore dreht der Dorfschulmeister für einen Moment den Kopf und sieht hinunter auf die Braut. Sie nickt auch ihm zu, aber er konzentriert sich schnell wieder auf das Manual.

Vor dem Kirchenportal nimmt das Paar die Segenswünsche der Dörfler entgegen, ein paar rufen »Hoch!« und »Nahoru!«, denn niemand will es sich mit der Polleichtner Judith und ihrem Bräutigam aus gutem Hause verderben. Das Jahr über ist man froh, wenn man bei denen als Tagelöhner ein paar Kreuzer verdienen kann. Man weiß ja nie, wie das mit dem Paar weitergehen wird, vielleicht versöhnt es sich doch noch mit dem alten Hanuss, denken sie bestimmt, und dann stehen sie dumm da. Die Eltern umarmen Judith steif, drücken Martin die Hand.

Der beschämend kurze Hochzeitszug schreitet schneller als üblich zum Haus der Polleichtners. Erst jetzt fällt Judith auf, dass ihr Bräutigam bis auf das ›Ja‹ kein Wort an sie gerichtet hat. Und dabei ist er so begabt im Umgang mit Worten.

Vor der Haustür, auf den Steinstufen, liegen zwei bestickte Kissen. Das Paar muss niederknien, um den elterlichen Segen und den vom großväterlichen Hausherrn zu empfangen. Alle haben Tränen in den Augen. Judith und Martin nicht.

Nachdem alle Platz genommen haben – in der guten Stube und in der Wohnküche, das Türblatt dazwischen wurde ausgehängt – ergreift Judiths Großvater mit feierlicher Miene das Wort.

»Dass Ihr es nur wisst: Ich ziehe um ins Altenteil. Ja, schon jetzt, damit die jungen Leute da im Haus mehr Platz haben. Aber eines steht fest: Überschrieben wird noch nix!« Er schickt einen warnenden Blick zu Martin und fährt fort: »Richtet Euch also im oberen Stock nach Eurem Gusto ein. Meinen Segen habt ihr.«

Martin verzieht keine Miene, aber Judith drückt ihrem Großvater dankbar die Hand. Sein Umzug bedeutet, dass sie sich künftig mit Martin und dem Kind nicht nachts in ihrer Mädchenkammer zusammendrängen und tagsüber in der Wohnküche aufhalten müssen, sondern dass sie in einem großen Schlafzimmer und einem kleinen Wohnraum wie eine kleine Familie leben können. Herz des Gemeinwesens, das ist ihr klar, wird jedoch die geräumige Wohnküche im Erdgeschoss bleiben.

»So, und jetzt ein Prosit auf das Brautpaar«, ruft der Alte, nachdem er sich geräuspert hat.

Später lässt Judith den Blick abwesend über ihre Gäste gleiten. Da sitzen Pfarrer Mistlholz und die Trauzeugen, Tante Traudl, die Schwester ihres Vaters, mit ihrem Mann Jakob und eine ihrer Töchter, einige weitläufige Verwandte aus der Umgebung. Auch Mutters Bruder, Onkel Ondrej, ist mit seiner Frau aus Protivín angereist. Im Laufe des Nachmittags und nach einigen Gläsern Wein, Bier und Schnäpsen schmetterte er begeistert tschechische Volkslieder, sorgte für eine gute Stimmung, die ohne ihn wohl recht gedämpft gewesen wäre. Den Großeltern Hrdlička sei die Anreise von

Protivín hierher zu anstrengend gewesen. Ondrej überreicht Judith in ihrem Namen eine schwere Goldkette. Gold sei immer eine sichere Geldanlage, schrieben sie im Begleitbrief. Judith tastet mit den Fingerspitzen über den Schmuck auf ihrer Brust. Die Kette gibt ihrem schlichten Hochzeitskleid eine besondere Note.

Als die Sonne sinkt, zieht sich Martin plötzlich, nachdem er mit frechen Witzen und lustigen Anekdoten Jung und Alt unterhalten und seine Braut zum Takt eines Brautgesangs durch die Stube geschwenkt hat, mit einer Flasche Birnenschnaps in den Herrgottswinkel zurück, sagt nichts mehr, trinkt mehr als einem glücklichen Bräutigam guttut. Er stiert auf den Dielenboden oder lässt den Blick wie suchend über die Gäste wandern, als begreife er nicht, was sich hier abspielt. Oder begreift er es erst jetzt? Nein, von seiner Familie war niemand erschienen, nicht in der Kirche zur Trauung und nicht zur Hochzeitsfeier. Judiths heutiger Freudentag ist gleichzeitig der von Martins Bruch mit seinem Vaterhaus. Judiths Atem wird schwer, als die Erinnerung an die letzte Begegnung mit ihrem Schwiegervater erwacht …

Als Erstes waren sie nach ihrer Versöhnung ins Pfarrhaus gegangen. Pfarrer Mistlholz war hocherfreut über diese Entwicklung. Halleluja! Gleich am kommenden Sonntag werde er das Aufgebot verkünden und an der Kirchentür anschlagen, Gott sei Lob und Dank!

»Und Dein Vater, Martin?«

Ja, der Vater. Martin und Judith versprachen teils zuversichtlich, teils mit bangem Herzen, gleich anschließend Karl Hanuss gegenüberzutreten und ihn um seinen Segen zu bitten. Weiter als bis in den Innenhof des Herrenhauses kamen sie jedoch nicht, denn Martins Schwester Theresia empfing sie mit säuerlicher Miene an der Tür, ordnete mit einem giftigen Blick auf Judith an, dass sie vor der Haustür warten sollten. Sie würde dem Vater ihre ›Aufwartung‹ melden.

Nach einer Ewigkeit erschien Martins Vater, hemdsärmelig und finster blickend.

»Was gibt's?«

Mit leicht bebender Stimme trug Martin seine Bitte vor. »Hier bringe ich Euch meine Braut, Vater. Ich will sie heiraten und bitte Euch sehr, uns Euren Segen zu geben.«

Karl Hanuss stieg bedächtig die drei Stufen vor der Haustür hinunter und blieb dicht vor Martin stehen.

»Die da willst du heiraten?«, er machte mit dem Kopf eine verächtliche Bewegung zu Judith hin, ohne sie anzusehen. »Die mit ihrem Balg? Diese armselige Tochter eines Krüppels und einer dreisten Tschechin?«

Judith hob das Kinn, Martin schluckte, zwang sich zur Ruhe. »Ja, Vater, so ist es. Ich will mich nicht länger vor der Verantwortung drücken. Die Judith ist die meine, und der Balg, wie Ihr ihn nennt, ist mein Sohn und Euer Enkel. Ihr solltet stolz auf ihn sein.«

Das Gesicht des Alten verfärbte sich langsam blaurot, und mit zusammengebissenen Zähnen knurrte er: »Ich weiß nicht, wie sie dich dazu gebracht hat, dass du dir über die Vaterschaft plötzlich so sicher bist! Ich bin mir jedenfalls sicher, dass ich auf diesen Bankert niemals stolz sein werde.«

»Werft den Gedanken nicht zu weit weg, Schultheis, sonst müsst Ihr ihn am End' von zu weit weg wiederholen«, mahnte Judith mit rauer Stimme.

Martin tastete nach ihrer Hand, vielleicht, um sie zu besänftigen. »Vater, bitte, habt ein Einsehen! Judith und ich, wir gehören zusammen. Können wir nicht Frieden schließen?«

»Nein, ganz bestimmt nicht!« Die Haltung des Bauern wurde immer bedrohlicher. Er machte mit geballten Fäusten einen Schritt auf das Paar zu, sodass es zurückwich. Martin legte beschützend einen Arm um Judith. »Und überhaupt: Bedeutet dir Nichtsnutz denn der Wunsch deiner Mutter gar nichts? Ich jedenfalls achte ihn.«

»Die Mutter war ja damals durch ihre Krankheit nicht mehr recht bei Sinnen«, wandte Martin mit gesenkter Stimme ein. »Ich werde die Judith heiraten und…«

Sein Vater schnappte nach Luft. »Also wenn ich dir diesen hirnverbrannten Schritt schon nicht verbieten kann, weil du volljährig bist, mein Haus verbieten kann ich dir. Jawohl! Raus mit Euch! Pack deine Habseligkeiten und verschwinde, auf der Stelle! Sofort! Wenn du je wieder den Hof betrittst, hetze ich die Hunde auf dich. Du bist nicht mehr mein Sohn!«

Martin starrte seinen tobenden Vater sekundenlang mit offenem Mund an, dann stolperte er auf den Marktplatz hinaus. Judith musste ihn stützen.

Ja, so endete die Aussprache. Pfarrer Mistlholz nahm Martin auf. Bis zur Hochzeit schlief er auf dem Diwan im Pfarrhaus, damit vor der Gemeinde der Schein eines keuschen Paares gewahrt wurde …

Das Gelächter ihrer Hochzeitsgäste holt Judith zurück in die Gegenwart. Ja, denen ist diese lächerliche Maßnahme wahrscheinlich wichtig gewesen. Sie lächelt trübsinnig.

Um Mitternacht schleppt Judith mit Mutters Hilfe ihren volltrunkenen Gatten die Treppe hinauf, in den Raum, der jetzt dem jungen Paar gehört, samt dem Bett, in dem schon die Großeltern ihre Kinder gezeugt haben. Sein kornblumenblauer Anstrich ist verblichen, auch den roten und weißen Rosengirlanden, die sich über das ganze Bettgestell winden, sieht man die vielen Jahre an. Nur das gemalte Rosen- und Lilienbouquet am wuchtigen Kopfteil prangt noch in leuchtenden Farben.

»Das ist nun schon das zweite Mal, dass dein Großvater anderen zuliebe seine Heimstatt wechselt«, murmelt Marianna. Ihr Blick ruht nachdenklich auf ihrem schlafenden Schwiegersohn. »Als dein Vater den Unfall hatte, ist der Großvater ganz bereitwillig aus seinem Zimmer im Erdgeschoss nach oben gezogen, damit deinem Vater und mir das Treppensteigen erspart geblieben ist. Und jetzt geht er für euch sogar ins Altenteil … Er ist ein großherziger Mann, oh ja!«

Judith liegt schlaflos im Hochzeitsbett, dessen Kopfteil ihre Mutter am Morgen in aller Heimlichkeit mit Asparagus und Tulpen geschmückt hat. Ihre schlanken Stiele neigen sich schlaff geworden zum Brautpaar herunter, die roten und gelben Blütenköpfe hängen daran wie faltige Weiberröcke. Der Raum ist kalt, ungeheizt. Judith zieht das Federbett ans Kinn und blickt zum Fenster. Das erste Morgenlicht greift mit langen dünnen Fingern nach den Mulden und zerklüfteten Tälern des Blansker Waldes. Unten jammert der kleine Ignaz, der heute, in der Hochzeitsnacht seiner Eltern, ausnahmsweise im Zimmer seiner Großeltern schläft. Vielleicht hat er schlecht geträumt. Marianna redet leise auf ihn ein, dann ist es wieder still. Wie bisher in ihrer Mädchenkammer unterm Dach klopft auch hier der alte Birnbaum mit einem verkrüppelten Ast an die Fensterscheibe. Fünf Uhr, Zeit zum Aufstehen, mahnt er.

»Nein«, flüstert Judith ihm zu. »Heute darf ich liegen bleiben.«

Das ist es also, worum sie gekämpft, um dessentwillen sie Hohn und Spott ertragen hat: Sie hat einen Ehemann und Ignaz einen Vater. Der Ehemann liegt neben ihr und schnarcht. Er liegt auf dem Bauch, das Hemd bildet eine Wurst um seine Taille, der nackte Hintern schimmert weiß wie Marmor. Als sie allein waren, hat er ihre Brüste und ihre Scham ein paar Augenblicke lang betatscht, hat sich auf sie gewälzt, ist aber mit einem Fluch zur Seite gerutscht und eingeschlafen. Ihre Mutter, die das wohl voraussah, hat ihr zugeflüstert, ehe sie das Zimmer verließ, dass die Männer am Morgen oft besonders lüstern seien. Das sollte wohl ein Trost sein.

Das ist der erste Tag einer Zeit, die woanders Honigmonat genannt wird, überlegt Judith. Auch diese Nacht, die Hochzeitsnacht, hat sie sich anders vorgestellt. Aber sie will nicht gleich zu viel verlangen, will einfach zufrieden sein.

Sie lauscht auf die vertrauten Geräusche im Haus, hört das Geschnatter der Gänse, die vom Großvater im Hof gefüttert werden, bewegt die Finger in dem Lichtstrahl, der durch einen Gardinenspalt hereinbricht. Mit einem zittrigen Seufzer dreht sie sich zu ihrem Mann, der immer noch schnarcht, und schmiegt ihre Wange an seinen Rücken, erkennt seinen Geruch wieder, atmet ihn ein.

Sie hat erreicht, worum sie gekämpft hat. Ab jetzt will sie keine Tränen mehr vergießen. Nie mehr. Sie will glücklich sein. Jetzt endlich ist alles gut, alles ist in die rechte Bahn gekommen, glaubt sie. Aber das Vergangene ist immer noch da, drängt sich hartnäckig in die Gegenwart.

Kira

Ben schnarchte. Es klang, als würde ein Waldarbeiter eine rostige Blattsäge durch einen Baumstamm ziehen. Ich hüstelte, brummte, stieß ihn an, er hielt den Atem an – aber nach einer Schrecksekunde und unverständlichem Gemurmel ging das Schnarchen wieder los. Deshalb habe ich schon morgens um halb sieben entlang der Prachatitzer Stadtmauer eine kleine Runde gejoggt, danach unter der Dusche aus voller Kehle gesungen. Der Hölle Rache…! Zu spät entdeckte ich, dass es in diesem Hotelzimmer keinen Föhn gab und ich mein Haar an der Luft trocknen lassen musste. Dass es dann Locken entwickelt, mochte Ben nicht, aber diesmal ging es nicht anders. Meiner Oma gefällt mein braunes Haar sehr, wenn es sich kräuselt. Das seien bestimmt ihre Gene. Dass sich im Sonnenlicht ein kupfriger Schimmer hineinschleicht, gefällt ihr nicht so, auch meine blaugrünen Augen passen nicht in ihr Bild von mir. Braune seien in unserer Familie üblich. Aber sie ist großzügig, liebt mich trotzdem.

Ich setzte mich und betrachtete meinen schlafenden Lebensgefährten. Der leicht geöffnete Mund legte seine weißen, gesunden Zähne frei, der Dreitagebart war wie immer sorgfältig getrimmt, das dunkle Haar verstrubbelt. Er ist schlank und groß, okay, das konnte man jetzt nur ahnen, weil er sich gegen Morgen im Bett zu einem knochigen Klumpen zusammenzieht. Jedenfalls ist er ein attraktiver Mann, ein bisschen snobby, ein bisschen eitel, auf charmante Art egoistisch, manchmal launisch, mit einer beachtlichen Allgemeinbildung und einem sarkastischen Humor, den er für geistreich hält – und nicht zuletzt ein erfahrener Liebhaber.

Ich haderte mit ihm. Vor einem Jahr hatte er sein Mathestudium geschmissen, obwohl er den ›Bachelor‹ so gut wie in der Tasche hatte. Seitdem hing er herum, wartete darauf, dass ihm irgendeine Erleuchtung die richtige Perspektive brächte. Zielgerichtete Gedanken, wie es mit ihm weitergehen sollte, schob er beiseite. Er würde schon noch die richtige Fachrichtung finden, beschwichtigte er mich, Mathematik sei es jedenfalls nicht. Er hörte dann Vorlesungen in Informatik, stürzte sich auf Kunstgeschichte und anschließend Soziologie, war auf dem besten Weg, ein ›Universalgelehrter‹ zu werden. Mit so manchem stillen Stoßgebet habe ich gefleht, dass es nicht am Ende ›irgendwas mit Medien‹ werden würde! Mich hat sein Schlendrian genervt. Immerhin war er sechsundzwanzig Jahre alt, da sollte man schon einen Lebensplan haben. Ich hatte ihn jedenfalls.

Die Ahnentafeln meiner böhmischen Vorfahren, alte Fotos und Dokumente samt einem Ringheft hatte mein Opa bei mir deponiert, weil er umgestiegen war auf seine eigenen hessischen und thüringischen Ahnen. Für diese Nachforschungen muss er Kirchenarchive aufsuchen, zum Beispiel in Eisenach oder Kassel. Da ist er manches Mal zähneknirschend herumgereist. Er war sauer, dass die Kirchenbücher Südböhmens, und zwar die katholischen, im Internet längst kostenlos verfügbar waren, während von den hessischen noch nichts zu sehen war. Mittlerweile, so hat er mir kürzlich erzählt, sind auch deutsche Kirchenbücher so nach und nach im Internet einsehbar, aber nur die evangelischen.

Ben entdeckte die Unterlagen auf der Suche nach Druckerpapier in meinem Schreibtisch. Meine Ahnentafeln in der Hand, spottete er erst mal, dass ich eigentlich zu jung für Ahnenforschung sei. Das wäre doch ein Rentner-Hobby! Aber die Ahnentafeln, die Kopien und Notizen meines Opas, vor allem seine ausführliche Niederschrift fesselten ihn, und ganz schnell geriet auch Ben in den Sog dieser Dokumente. Ich sah das mit gemischten Gefühlen. Er sollte sich um seine Zukunft kümmern, nicht um meine Altvorderen! In diesem Punkt waren wir sehr verschieden: Ich habe mein Studium – Pharmazie – so schnell wie möglich durchgezogen. Ich stamme aus einem Beamtenhaushalt: Mein Vater ist Oberstudienrat, ein verschlossener, ernster Mann, der sich hinsichtlich unserer Erziehung mehr im Theoretischen bewegt hat. Die Praxis lag in den Händen unserer Mutter, Kunsterzieherin am Gymnasium, die seine Autorität zwar akzeptierte, aber hinsichtlich unserer Erziehung den Satz verinnerlicht hatte: *Zwei Dinge sollen Kinder von ihren Eltern bekommen: Wurzeln und Flügel.* Von Goethe soll er stammen. Mit den Flügeln hat das bei mir nicht so recht geklappt, ich hatte immer Bodenhaftung, komme wohl mehr auf meinen realistischen Papa. Jedenfalls konnte ich mir nach dem Abi keine Extravaganzen leisten; denn ich habe noch zwei jüngere studierende Geschwister. Nach dem ›Master‹ habe ich ein Vierteljahr in einem kleineren Pharmaunternehmen gearbeitet, aber es zog mich doch wieder an die Uni zurück, denn der Ausflug in die Industrie hatte mir gezeigt, dass sich das kleine ›Dr.‹ vor dem Namen auszahlte. Ich wollte also promovieren, und mein ehemaliger Prof nahm mich gerne wieder unter seine Fittiche.

So ein Ehrgeiz war Ben fremd, und das Finanzielle spielte bei ihm sowieso keine große Rolle. Er stammt aus einer vermögenden Familie mit einer Weingroßhandlung und eigenen Weinbergen an der Mosel. Auf seinem Bankkonto trudelte jeden Monat Geld ein, egal was er so trieb. Er nannte es seine ›Apanage‹. Seine verwitwete Frau Mama, rüstig, laut und geschäftstüchtig, verlangte für ihre pekuniäre Großzügigkeit allerdings Gegenleistungen: den allmonatlichen Besuch zum Sonntagsbraten, Kaffee und Likör, eine Runde Golf ab und zu, Begleitung beziehungsweise als Chauffeur zu den Bayreuther und Salzburger Festspielen, hier und da eine Kreuzfahrt – Sachen eben, die der Geldadel so macht.

Ich war dabei nicht gefragt, hab es auch nie gewollt. Immerhin hatte seine dünkelhafte Mutter keinen Einspruch erhoben, als Ben und ich eine gemeinsame Wohnung in Weinheim bezogen haben, die sie hartnäckig als WG bezeichnete. Meine Idee, gelegentlich mal die Orte meiner Vorfahren in Tschechien aufzusuchen, griff Ben sofort auf. Die Semesterferien gingen zu Ende, danach würde ich als wissenschaftliche Mitarbeiterin in den Lehrplan eingebunden sein, also empfahl es sich, relativ spontan aufzubrechen. Mein Girokonto war ganz gut gepolstert: Meine Großeltern hatten mir zum erfolgreichen Examen ein nettes Sümmchen überwiesen, und Opa steckte mir noch ein paar extra Scheinchen zu, als er vom Ziel und Zweck meiner Reise hörte. Also fuhren wir los, in einem Rutsch bis Prachatitz.

Ich angelte nach dem Ringheft meines Opas. Die Erinnerung an die Inschrift am großen Hof in Hollerstrauch machte mich schon wieder süchtig. Ich suchte und fand dieses Ehepaar, Johann und Theresia Hanuss, die Gründer des Hofes. Laut Opas Recherchen wurde das Paar am 1. Oktober 1744 getraut. Sechs Kinder hat er gefunden, von denen nur zwei das Erwachsenenalter erreicht haben. Erbe wurde wieder ein Johann. Seine Frau Elisabeth geb. Schipaun kam aus guten Verhältnissen; ihr Vater war ein reicher ›Tauschmüller‹ in Schwarzdorf. Glücklich scheint Elisabeth nicht gewesen zu sein, denn sie erhängte sich mit 40 Jahren. ›Hängen Todt‹, so lapidar schloss der Pfarrer die Bücher über sie. Das war's. Keine Bemerkung zu den Gründen, keine Mitleidsbekundung, keine Standpauke. Wahrscheinlich durfte sie nicht einmal kirchlich bestattet werden. Johann heiratete schon ein Jahr später die fünfundzwanzigjährige Sophia Berger, aber Kinder blieben aus. Sie starb bereits mit 29 Jahren an ›Abzehrung‹, also Schwindsucht. Unter dem Dach dieses schönen Barock-Bauernhofs hat es demnach neben

dem wirtschaftlichen Aufblühen auch viel Kummer gegeben. Drei der Kinder aus erster Ehe starben im Kindesalter,
und der jüngste Sohn, Karl, der Vater von Martin, erbte den
Hof. Martin wäre demnach Hoferbe in der vierten Genera-
tion gewesen. Aber er wurde es nicht.

Ich startete den Laptop, denn es reizte mich, den Eintrag
über Judiths Hochzeit noch einmal im Original zu sehen.
Als das Deckblatt des Trauungsbuches auftauchte, hielt ich
einen Moment inne. *Matricula Copulatorum penes Ecclesiam Parochialem Hollerstrauchiensi* war in schönster Schnörkelschrift
sein Titel, frei übersetzt hieß das wohl: Trauungsmatrikel
der Pfarrkirche in Hollerstrauch. Unter dem Buchtitel
schwebte der Heilige Geist in Gestalt der Taube in einem
Kranz aus Kräutern, vielleicht Rosmarin, Myrte und Thymian, Symbole für Liebe und eheliche Treue.

Opas penible Seitenangaben in dem Ringheft erleichterten
mir dann die Suche nach Martin und Judith enorm, und bald
konnte ich anhand der vielen Rubriken, die zum Teil anzu-
kreuzen, zum Teil handschriftlich auszufüllen waren, den
Eintrag zu ihrer Trauung entschlüsseln:

Jahr und Tag: *1830 Maii 30*; Bräutigam Nahme und Condition: *Martin ehel Sohn des Karl Hanuss, Freibauer zu Hollerstrauch
und seines Eheweibs † Barbara geborene Loschko*; Alter: *24 Jahre*;
katholisch, ledig; Ort und Haus-N^ro: *Hollerstrauch 7*; Braut
Nahme und Condition: *Anna Judith ehel Tochter des Adalbert
Polleichtner Malermeister und seines Eheweibs Marianna geborene
Hrdlička aus Protivín*; Alter: *19 Jahre*; *katholisch, ledig*; Ort und
Haus-N^ro: *Hollerstrauch 19*; Beystand: *Sebastian Reischl und Marieluise Höpfler*; Nahme des Priesters und Ort der Copulation:
H. Mistlholz, Hollertstrauch. Abschließend heißt es bezüglich
der noch nicht volljährigen Braut: *Mit Einwilligung des Vaters*,
gefolgt von seiner Unterschrift.

Alle Seiten des Kirchenbuches waren dicht beschrieben, auch diese. Papier war damals teuer. Aber hier wurde zusätzlich etwas auf den ohnehin schmalen Seitenrand gekritzelt, winzig klein, was Opa und ich damals übersehen hatten. Ich vergrößerte es am Bildschirm, rätselte, entzifferte mühsam: *iudicium!*

Ja, und? Hatte das was mit der Hochzeit zu tun? Hatte der Bräutigam oder etwa die Braut etwas auf dem Kerbholz, war vorbestraft?

Als Ben endlich aufwachte, zeigte ich es ihm.

»Iu-di-ci-um?«, buchstabierte er. »Was heißt das denn? Gerichtsverhandlung? Gerichtsbeschluss? Du hast doch das Große Latinum, Kira. Na?«

Ich schüttelte den Kopf. Besser konnte ich es auch nicht übersetzen.

Wir starrten auf den Bildschirm. Um was ging es wohl bei dieser Gerichtsverhandlung? Konnte man damals etwa durch ein Gericht zum Heiraten ›verurteilt‹ werden? Was hatte den Schreiber dazu getrieben, dieses ›iudicium‹ samt Ausrufezeichen im Trauungsbuch festzuhalten?

Beim Frühstück rückte ich mit dem Vorschlag heraus, als nächstes nach Volary, deutsch Wallern, zu fahren. Wie immer, wenn ich in sein Hoheitsgebiet *Reiseplanung* eingriff, reagierte Ben störrisch.

»Wallern?!«

»Es ist nicht weit! Nur ein paar Kilometer südlich von hier!«

»Da gibt es doch gar keine Vorfahren von dir, soweit ich weiß!«

»Das stimmt. Aber Hollerstrauch hat zum Markt Wallern gehört. Ich habe auch mal die Bezeichnung *Gerichtsbezirk Wallern* gelesen. Vielleicht gibt es da ein Archiv mit Gerichtsakten aus der damaligen Zeit? Iudicium – das lässt mich einfach nicht los. Was ist damit gemeint, möchte ich wissen.«

Ben hörte sich alles stirnrunzelnd an. »Wallern! Ich würde lieber mal wandern, so ein paar Kilometer auf dem Goldenen Steig oder auf den Schmugglerpfaden im Böhmerwald. Du weißt schon, diese berüchtigten Pascherwege!«

Ich erinnerte ihn mit gespieltem Bedauern daran, dass wir unsere Wanderschuhe nicht mitgenommen hatten. Ich wusste, korrektes Outfit war Ben wichtig. Er maulte, fügte sich dann doch meinem Plan. Auch die gute Laune fand er wie meistens schnell wieder.

Mit leichtem Jagdfieber brachen wir eine Stunde später auf. Leider blieb der Himmel wolkenverhangen, es nieselte. Die Hügelketten der Moldaufurche, in die Wallern eingebettet ist, waren hinter dem grauen Vorhang kaum zu sehen. Als wir im Wallerner Rathaus nach Gerichtsakten aus dem Beginn des 19. Jahrhunderts, eine Judith Polleichtner oder einen Martin Hanuss betreffend, fragten, wurden wir von einem Verwaltungsangestellten frostig abserviert. Akten von den Deutschen gäbe es hier nicht. Was vorhanden gewesen sei, habe man nach Prachatice ausgelagert. Dann wurden wir hinauskomplimentiert.

»Prachatice! Da kommen wir doch her. Die Fahrt hätten wir uns also sparen können«, meckerte Ben mich an.

Die Sekretärin im Vorzimmer sprang auf und begleitete uns bis zum Ende des Korridors, stellte sich uns dann in den Weg.

»Prominte, pardon! Ich alles gehört, Tür stand ja offen, nicht wahr.« Die Frau, Mitte vierzig, eine sehr schicke Brünette mit erstklassigen Fingernägeln, senkte die Stimme. »Ihre Geschichte von – von Ahnfrau hat mich erinnert an etwas. Vor ein paar Jahren unser Heimatmuseum ist renoviert, umgeräumt worden und so. Ich habe geholfen damals. Und dabei ich habe in Büchern geblättert, heißen Stadtchronik oder so, und da ich habe eine Geschichte gelesen, das war in Hollerstrauch. Ja! Der Name ist ja nicht oft. Die Geschichte war so ähnlich wie das, was Sie haben meinem Chef erzählt. Ich empfehle: Fragen Sie in Heimatmuseum nach Stadtchronik.«

Der Tipp war nicht schlecht. Ich bedankte mich herzlich, und sie stöckelte auf High Heels in ihr Büro zurück. So von hinten wirkte sie aufmüpfig.

»Was läufst du eigentlich dauernd dieser Judith nach?«, brummte Ben, als wir wieder auf der Straße standen. »Abgesehen von den Orten, in denen deine Vorfahren lebten, stehen hier jede Menge Burgen, Schlösser, Klöster…«

Er machte mich unsicher. War es wirklich so wichtig, Details über Judiths Lebenslauf zu finden? Reichen nicht die Orte? Aber ich konnte nicht loslassen. Nur noch das, versprach ich.

Wir trennten uns für zwei Stunden. Ben wollte sich trotz des Regens in Wallern umsehen, ich ging zum Heimatmuseum, das in einem der landes-untypischen Holzhäuser im Tiroler Stil, eine Besonderheit Wallerns, untergebracht ist. In dem kleinen Empfangsraum saßen zwei strickende ältere Frauen, beide hocherfreut, dass sich jemand für ihre ›Schätze‹ interessierte. Ich zahlte meinen freiwilligen Obolus und versprach, etwas später auf den angebotenen Kaffee und den Mohnkuchen zurückzukommen. Das Museum, gut ausgestattet und mit ausführlichen Kommentaren, auch in Deutsch, dokumentierte das bäuerliche und religiöse Leben im 18. und 19. Jahrhundert.

In einer Vitrine lagen mehrere Bücher, unschwer als die Chroniken zu erkennen, von denen die flotte Sekretärin im Rathaus gesprochen hatte. Die Bücher waren fächerartig und chronologisch aufgereiht, erinnerten mich an das romantische Poesiealbum meiner Oma. Eines fiel sofort auf, das ›Gedenkbuch der Stadt Wallern 1871-1943‹, ein ganz besonders prächtiger Foliant mit braunem Ledereinband und verschnörkelten Messingbeschlägen. Die ›Kronika Města Volary‹ über die Jahre 1945-1959 war im Gegensatz dazu ein schlichtes, zerfleddertes Ringbuch. Man sah, das waren schlechte Zeiten.

Ich kehrte zu den Empfangsdamen zurück, die mir wieder Kaffee und Kuchen aufschwatzten. Das gehöre bei ihnen zum Service. Diesmal nahm ich an und setzte mich zu ihnen. Sie sprachen gut Deutsch, was mich wunderte.

»No, sonst ich hätte diese Stellung nicht bekommen!«, erklärte die Museumsangestellte.

Sie hieß Lenka, war so um die Sechzig. Ihre Freundin nickte bestätigend. Nach meiner Lobeshymne auf das Museum und, nicht zu vergessen, den köstlichen, saftigen Mohnkuchen, ging es um mein Woher und Wohin. Ich pirschte mich an mein wirkliches Anliegen heran, versuchte das heikle Thema ›Vertreibung‹ zu umschiffen. Doch das gehört nun mal zu meiner Geschichte, zu der meiner Oma und der von Judith auch. Ich beschrieb also die Ahnenforschung meines Opas und fragte, ob ich einen ganz kurzen Blick in so eine Chronik werfen dürfe. Aber da gab es Bedenken. Die Vitrinen, das seien sowas wie heilige Schreine, beteuerte die Museumswärterin mit echtem Bedauern. Nein, da dürfte sie nichts herausnehmen.

Also erzählte ich die Geschichte des ›gefallenen‹ Mädchens Anna Judita – ja, diesmal tschechisch! – und das machte sie neugierig. Eine Siebzehnjährige mit einem unehelichen Kind, ein wortbrüchiger Mann – solche Fälle kannten beide Frauen in ihrem Umkreis, muj bože! Mein Gott! Zu guter Letzt holte die Museumsdame seufzend weiße Baumwollhandschuhe aus einer Schublade, die wir beide anzogen. Sie schloss die Vitrine auf und ließ mich bald allein, weil es ihr beim Zuschauen langweilig wurde.

Ich griff, obwohl es zeitlich gar nicht zu meiner Suche passte, zuerst nach dem besonders schönen, ledergebundenen

Buch. Mit welcher Hingabe, vor allem mit welcher Schönschrift dort Dinge – aus heutiger Sicht Nebensächlichkeiten – in der Stadtchronik eingetragen wurden! Zum Beispiel: *Im Sommer des Jahres 1871 unternahm S.K. Hoheit Kronprinz Rudolf von Österreich eine Reise in den Böhmerwald. In seinem Gefolge befanden sich sein Erzieher Graf Latour und sein Jugendfreund Max Freiherr von Walterskirchen. Bei dieser Gelegenheit erfreute er auch Wallern mit seinem Besuche…* Seine Unterschrift und die farbige Zeichnung des Wappens umschwebten Engel und holde Jungfrauen… Jetzt aber zur Chronik über die Lebenszeit von Judith, befahl ich mir – 1800-1870! Auch hier gab es ähnliche schwärmerische Notizen, die den Untertanengeist der k.u.k. Monarchie belegten. Teils musste ich schmunzeln, teils den Kopf schütteln. Und gerade, als mich auf einer Seite der Name Polleichtner ansprang, kam Lenka zurück, stellte sich dicht zu mir und reckte den Hals.

»Das Sie können lesen? Diese Schrift ich habe nie gelernt. Meine Babička vielleicht.«

Ich aber, ich konnte die Schrift, Kurrent- oder Deutsche Schrift, seit langem sehr gut lesen. Meine Hände zitterten, wurden feucht. Gut, dass ich die Handschuhe trug. »*Angesichts eines Vorkommnisses, dessen Erwähnung das unerhörte Unterfangen erzwingt, sei…*«, las ich halblaut vor.

»Liebe Frau«, unterbrach mich die Museumsdame. »Sie haben alles gesehen. Bitte Sie, jetzt Schluss zu machen!«

Kurzentschlossen zückte ich mein Handy und fotografierte in Windeseile die Seiten, auf denen die Namen Polleichtner oder Hanuss oder Hollerstrauch auftauchten.

»O, proboha! Final! Stop! Ich weiß nicht, ob das erlaubt, Foto und das«, jammerte Lenka. »Ist womeeglich Spionage, meine Dame?«

Sie war echt sauer, schlug das Buch zu und deponierte die Chroniken wieder in der Vitrine. Ich konnte nur hoffen, dass ich alles Entscheidende abgelichtet hatte.

Dem für die freiwillige Spende vorgesehenen Schweinchen auf dem Tresen steckte ich noch weitere fünf Euro in den Specknacken, was Lenka besänftigte, verabschiedete mich und lief zum Marktplatz. Das Wetter hatte sich nicht gebessert. Bis ich Ben in einem überdachten Straßencafé erreicht hatte, war ich ziemlich durchgeweicht.

Er sah mich mit gerunzelter Stirn an. »Wie du wieder aussiehst! Wie eine Wasserratte! Warum setzt du die Kapuze nicht auf bei dem Regen?!«

Ich überhörte den Tadel. Ben liebte ein bestimmtes Bild von mir. Die Frisur musste so und so sein, das Outfit dezent, das Benehmen kultiviert … Er sprach es selten aus, aber die stille Missbilligung in seinem Blick war nicht zu übersehen. Mit derselben Missbilligung musterte mich manchmal auch seine Mutter. »Ach, Kira, wenn Sie ein bisschen mehr aus sich machen würden, wären Sie eine Schönheit!«, hat sie mal geseufzt.

Ich schilderte Ben, was ich Interessantes gefunden hatte, aber es war sinnlos, ihm die Fotos auf dem Handydisplay zu zeigen. Die mussten wir am Laptop ansehen.

Wir besorgten uns schnell ›chlebíčki‹, diese üppig belegten Brote nach tschechischer Art für ein Abendbrot im Hotelzimmer, und fuhren zurück nach Prachatitz. Die Sonne ließ sich mittlerweile immer wieder mal blicken, Wolkenschatten hasteten über die abgeernteten Felder und versteppten Wiesen. Die Landstraße war holprig und kurvig. In einem Gehöft, das wir passierten, war ein Silo geöffnet worden, und es stank bestialisch. Mir wurde übel, und ich stieg vorsichtshalber ein paar Minuten aus, als die Luft besser war. Ben gab dann in den Kurven etwas weniger Gas, zumindest eine Weile, nörgelte aber, ihm würde auch schlecht werden, wenn er jeden Abend ein Glas Holundermarmelade auslöffeln würde. Das hatte ich heute Nacht tatsächlich getan – ein paar Löffel nur.

Im Hotelzimmer schmiss Ben den feuchten Parka aufs Bett, zerrte die durchgeweichten Schuhe von den Füßen, setzte sich vor den Laptop.

»Gib mal dein Handy her mit den Fotos«, drängelte er. Er war also doch neugierig auf meine Judith.

»Wieso du? Ich mach das schon.«

Auf dem Bildschirm konnte man meine Aufnahmen vergrößern, sodass man den Text gut lesen konnte. Die Schrift dieses Chronisten, das musste man anerkennen, war gestochen scharf, passte bestens zu seinen kleinlichen Kommentaren:

Angesichts eines Vorkommnisses, dessen Erwähnung das unerhörte Unterfangen erzwingt, sei dies in unserer Chronik zitieret: am 26ten Maius 1828 wurde das iudicium der Allodialherrschaft Wallern einberufen. Es fand statt die Anhörung der Jungfer Anna Judita Polleichtner, genannt Judith, aus Hollerstrauch, ehel. Tochter des ehem. Malermeisters Adalbert Polleichtner u. s. Gattin Marianna, geb. Hrdlička, welche sich erfrechte, Klage zu führen versus Martin Hanuss ebenda, angebl. Kindsvater des vorehelich gezeugten Kindes der vorgen. Klägerin, zum Zwecke der Einlösung d. Eheversprechens. Der Beklagte widersprach diesem Ansinnen, da er Judith nur einmal beigewohnt und dabei keine Heirat versprochen habe. Die Klägerin schlug das Kranzgeld aus und will die Heirat nach wie vor erzwingen. Dieses Kuriosum beweist erneut den Verfall der heutigen Sitte und Moral, indem Liederlichkeit sogar vor Gericht ziehet.

Ein super Mädchen, diese Judith, staunte ich. Aber noch etwas anderes fiel mir auf: Bei fast allen amtlichen Einträgen, sei es im Taufregister, Trauungs- oder Begräbnisregister, wurden bei den Frauen auch die Eltern, zumindest der Vater, oder der Ehemann genannt. Männer brauchten diesen Nachweis ihrer Existenz nicht unbedingt, bei ihnen reichte ihr Name. Soviel zur damaligen Wertschätzung der Frauen durch Kirche und Staat.

Und Kranzgeld, was war das? Wir fanden heraus, dass das eine beachtliche finanzielle Entschädigung für Mädchen gewesen ist, die sich im guten Glauben vor der Hochzeit mit ihrem Geliebten oder Verlobten eingelassen hatten und dann sitzengelassen wurden, unabhängig davon, ob sie zu dem Zeitpunkt schwanger waren. Die Bezeichnung Kranzgeld bezog sich auf den Myrtenkranz, den eine entjungferte Frau bei einer eventuellen Hochzeit nicht mehr tragen durfte.

»Die verlorene Ehre hatte demnach früher einen ziemlich hohen Stellenwert«, resümierte ich und las den letzten Absatz dieses Eintrags laut vor:

Der Vollständigkeit halber sey hier hinsichtlich des oben erwähnten Iudiciums auch notieret: Martin Hanuss, Freibauernsohn aus Hollerstrauch damnatur est = 4 Wochen Haft. Causa: Beeidigte Falschaussage vor Gericht betreffs eines angeblich einzigen Vollzuges des Beischlafs mit der Klägerin Judith Polleichtner, dessen mehrfache Ausübung jedoch von zwei Personen bezeugt wurde. Eine falsche eidliche oder nicht eidliche Aussage in eigner oder fremder Sach ist ein Delict gegen die Administration und hat criminellen Charakter. Die Haft ist vom Delinquenten stante pede anzutreten.

Dieser Eintrag blieb von dem moralinsauren Schreiber unkommentiert. Natürlich. Und es war auch nicht das, was Ben eigentlich erwartet hatte.

»Das sieht doch ganz danach aus, dass der Martin berechtigte Zweifel an seiner Vaterschaft hatte«, brummte er. »Und dann musste er sogar noch ins Kittchen!«

»Das gönn ich ihm! Meineid! Der Feigling hat einfach alles abgestritten«, hielt ich dagegen. »Dass die Judith in ihrer Lage vor Gericht ging, finde ich beachtlich. Die hatte Mumm! Aber gebracht hat es ihr ja erst mal nichts. Erst zwei Jahre später hat sich der Martin bequemt, sie zu heiraten.«

»Na, ich weiß nicht, Kira. Möchtest du von einem geheiratet werden, den du nur durch ein Gerichtsurteil vor den Traualtar zerren konntest?«

»Wenn du es wärst, dann schon!«, behauptete ich munter. Aber in Wirklichkeit war mir dieser Vorgang auch nicht ganz geheuer. Ein uneheliches Kind war vor zweihundert Jahren ein schlimmer Schandfleck. Klar, dass ein ›gefallenes‹ Mädchen darum gekämpft hat, geheiratet zu werden. Aber damit vor Gericht zu gehen? Und heute? Heiratet heute überhaupt noch eine Frau wegen der ›Schande‹?

»Angenommen ich würde dir jetzt eröffnen, dass ich schwanger bin. Was würdest du sagen?«

Bens Kopf fuhr herum. »Was!!«

»Ich sagte: angenommen«, stammelte ich, geschockt von seinem entsetzten Tonfall.

Er starrte auf den Bildschirm, den Rücken nach hinten, die Beine weit von sich gestreckt. »Solche Gedankenspiele sind Scheiße. Außerdem nimmst du doch die Pille. Ich verlass mich drauf, okay?«, murmelte er träge, den Blick schon wieder auf den Bildschirm gerichtet.

Wir rührten uns sekundenlang nicht, bis die Stille ungemütlich wurde. Ben wippte nach vorn, googelte ›Allodialherrschaft‹. Einmal mit der Nase drauf gestoßen, konnte er nicht anders, musste wie ein Eichhörnchen alle Informationen sammeln. Mit Halbwissen, dem mageren Ergebnis eines verregneten Ausflugs, gab er sich nicht zufrieden.

Ich ging ins Bad, noch immer konsterniert. Dieses ›Was!‹ war zu heftig gewesen.

»Wie ist es wohl dem Martin gegangen nach der Heirat?«, überlegte Ben laut, als ich zurückkam. Er hatte die belegten Brote liebevoll auf einem Teller verteilt und Bier dazu gestellt. Aber mir war der Appetit vergangen, ich schlüpfte ins Bett. »Wie hat der wohl damit gelebt, von seiner Frau und seinen Schwiegereltern abhängig zu sein?«

»Vielleicht hat er die Judith geliebt?!«, warf ich hin.

Mir grauste mehr bei der Vorstellung, dass anscheinend vier Generationen in dem kleinen Hof zusammengelebt haben. Wie hält man diese Enge, diese Nähe aus?

»Ha! Stell dir bloß mal vor, wie der von seinen Kumpeln verhöhnt worden ist!«, fuhr Ben eigensinnig fort. »Lässt sich von der so lange piesacken, bis er sie heiratet!«

»Der Mann war ein Schuft, so sehe ich das. In der damaligen Zeit ein schwangeres Mädchen im Stich zu lassen! Die war doch erledigt.«

Ben blieb unbeeindruckt, genoss die ›chlebički‹, die wie üblich so üppig belegt waren, dass ständig was auf den Teller oder seine Hose kleckste. »Martin hat offenbar sein Leben im Hof der Polleichtners zugebracht«, überlegte er laut. »Alle Kinder des Paares sind ja in der Nr. 19 geboren worden. Womöglich ist er wegen dieser Heirat enterbt worden, das arme Schwein, verliert wegen dieses Mädchens den schönen großen Hof und lebt dann in diesem mickrigen Gehöft!?«

»Na, und? Die Judith war bestimmt was Besonderes.«

Ich war immer noch verletzt von seiner Rohheit von eben. Ben überging seinen Fauxpas wie üblich mit Wurstigkeit. Statt die Wellen zu glätten, zerbrach er sich den Kopf darüber, wie der arme Martin gelitten hat! Dass Ben so gar kein Gefühl für das Mädchen aufbringen konnte, machte mich nachdenklich und verdrängte nach und nach meinen inneren Aufruhr. Für mich war Judiths prekäre Lage viel dramatischer als der soziale Abstieg des Kindsvaters. Zu entdecken, dass Bens eigene stinkreiche Herkunft offensichtlich eine viel größere Rolle in seinem Urteilsvermögen spielte, als ich bisher wahrgenommen hatte, irritierte mich.

Martin blieb jedenfalls das zentrale Thema von Bens Überlegungen.

Mir war der Mann herzlich unsympathisch. Er hat sein Kind verleugnet, Judith wahrscheinlich sogar verleumdet. Trotzdem kämpfte sie um ihn. War ihre Liebe zu Martin so groß oder nur der Zwang der Konventionen? Konnte ich ihr ein außergewöhnliches Rechtsempfinden andichten? Wollte sie in die Ehe flüchten, um der Abhängigkeit von ihren Eltern zu entkommen? Oder liebäugelte sie mit dem Stand der Großbäuerin im Hanusshof? Es fiel mir schwer, mir ihre Gedankenwelt vorzustellen. Der Start in diese Ehe stand jedenfalls unter keinem guten Stern.

Judith
1827- 1830

Im Sommer vor drei Jahren hatte alles angefangen. Ja, damals war Martin aufmerksam, warf Heckenrosen und Vergissmeinnicht über den Zaun, hat sie umgarnt und verfolgt. Er war ein Künstler in schönen Reden und elektrisierenden Berührungen, die ihr von Tag zu Tag mehr den Kopf verdrehten. Sie wollte eines Tages unberührt, keusch in die Ehe gehen, so wie es der Pfarrer den verlegen zu Boden blickenden Mädchen in der Katechismus-Stunde gepredigt hatte. Aber die Vorstellung, von diesem gut aussehenden Mann in den Arm genommen, gar geküsst und sonst was zu werden, machte Judith schwindelig und sehnsüchtig.

Wie hatte ihr die hartnäckige Werbung dieses von allen Mädchen begehrten Burschen geschmeichelt, war er doch der reichste Bauernsohn im Ort, vielleicht sogar im Sprengel!

Und dann kam die große Hochzeitsfeier von Alois Selbitschka. Martin hatte sich unter die Hochzeitsgäste gemischt, obwohl seine Mutter gerade erst vierzehn Tage unter der Erde lag. Martin tanzte mehrmals mit Judith, einmal allerdings auch mit der schwarzen Grete. Er flüsterte Judith, wie schon so oft in den vergangenen Wochen, heiße Werbungen ins Ohr, bis sie einwilligte, sich mit ihm zu treffen. Jetzt? Ja, jetzt gleich! Sie schlichen sich fort, jeder für sich, fanden sich in der dunklen Scheune. Es war keine Hurerei. Es war die große Liebe! Es blieb nicht bei dem einen Mal, das ihr genau genommen mehr Schmerzen als Lust bereitet hatte. Einmal überraschte Martin sie, als sie auf ihrem abgeernteten Feld Rapunzeln stach, ein anderes Mal in der

Waschküche am Zuber, einmal … Da brannte auch in ihr die Leidenschaft.

Aber so nach und nach machte Martin sich rar. Nun gut, es war Herbst, die arbeitsreichste Zeit auf einem Bauernhof, das sah sie ein. Die andere Begründung leuchtete ihr nicht ganz ein: Sein Vater sähe es nicht gern, dass er mit ihr, einer Polleichtner, liebäugelt. Sie müssten ein bisschen vorsichtiger sein. Er möchte den Vater nicht gegen sich aufbringen. Ihre eifersüchtige Frage wiegelte er ab. »Die Grete? Die mag er schon gar nicht, die soll ja Zigeunerblut haben. Ihm ist halt keine gut genug für mich.«

Und er lachte zufrieden.

Judith fügte sich, bis etwas Gewissheit wurde: Sie war schwanger. Im bäuerlichen Leben ist es ein Beweis ihrer Fruchtbarkeit, aber im dörflichen Moralkodex eine Schande, die schnellstens durch die Heirat getilgt werden muss. Hier und da hatte Judith schon miterlebt, wie das eine oder andere schwangere Mädchen diesen Hergang durchlaufen oder, falls die Hochzeit ausblieb, Hohn und Verachtung der Gemeinde ertragen musste.

Jetzt also war die Reihe an ihr! Jesusmaria! Aber heiraten? Einen Haushalt führen, Kinder gebären und erziehen – jetzt schon? Judith sank in der Scheune auf ein Strohbündel und seufzte. So eilig hatte sie es eigentlich nicht damit gehabt. Immerhin würde sie einen gut aussehenden und recht vermögenden Mann heiraten, im schönsten Bauernhof von Hollerstrauch leben – das ließ ihre Zukunft als Ehefrau und Mutter gleich viel rosiger erscheinen. So gern hätte sie mit ihm als Erstem über die neue Situation gesprochen, aber gerade jetzt ließ er sich nicht blicken. Judith ließ den November verstreichen in der bangen Hoffnung, ihre Monatsblutung würde wieder einsetzen, den Dezember ebenso. Doch ihr Zustand blieb unverändert. Martin war nicht zu erreichen. Er verbringe die Tage zwischen den Jahren bei Verwandten in Schwarzdorf, erfuhr sie. Am Neujahrstag beschloss sie, ihre Eltern einzuweihen.

Ihre Mutter stand an jenem Tag in der Küche. Vor ihr auf dem blanken Tisch lagen die letzten Weißkrautköpfe, die bis jetzt im dunklen, feuchten Keller eingelagert waren. Mit dem Krauthobel schnitt sie gerade einen in feine Streifen, spülte sie in kaltem Wasser und ließ sie in einem Sieb abtropfen. Judith lauerte auf den richtigen Moment, schaute zu, wie ihre Mutter Salz, zerquetschte Wacholderbeeren und Lorbeerblätter und eine gute Hand voll Kümmel in einer Schüssel vermengte – eine vertraute Arbeit. Aber untätig dabeistehen, das ging nicht. Also füllte Judith eine Schicht Kraut in einen der drei vorbereiteten dunkelbraunen Gärtöpfe, stampfte alles mit der Faust, streute eine Mischung aus Kräutern und Salz darüber, dabei kamen sich ihre Hände und die ihrer Mutter ins Gehege.

»Braucht es zwei, um das Kraut machen? Hast du nichts anderes zu tun?«, murrte Marianna.

»Schon, aber…«

Judith sagte es ihr. Vorsichtshalber wich sie zwei Schritte zurück. Es wäre nicht das erste Mal, dass ihrer temperamentvollen Mutter die Hand ausrutschte. Doch dieses Mal stand sie reglos da, starrte an die Wand, schob dann mit dem Handrücken das weiße Kopftuch aus der Stirn, klatschte eine neue Schicht Kraut in den Topf, stampfte sie.

»Schwanger«, presste sie hervor. »Vom Hanuss Martin! Bist du noch gescheit?!«

Judith beeilte sich, die Würzmischung zu verteilen. Ihre Mutter knetete weiter das Kraut, Judith gab die Würze dazu, bis der Topf zu dreiviertel voll war. Wie es sein soll, stand die Brühe jetzt gut über dem Kraut, trotzdem gab Marianna noch einen Schuss Apfelmost dazu, wegen des Geschmacks. Ihr Kraut wurde sehr gelobt.

»Und? Seid ihr euch einig wegen der Hochzeit?«, fragte sie zwischendurch, ohne ihre Tochter anzusehen, presste zwei Steine oben auf das Kraut im Gärtopf. Judith füllte die Wasserrinne des Topfes mit Salzwasser.

»Tja, also …«

Endlich hielt ihre Mutter inne, sank auf einen Stuhl, knotete das Kopftuch auf und strich wieder mit dem Ellbogen über die schweißige Stirn.

»Heißt das, du hast kein Versprechen von ihm?«

»Nicht grad mit Schwur und Handschlag oder so – aber so ähnlich! Der hält zu mir, Mutter, da könnt Ihr ganz beruhigt sein.«

Damals bei Selbitschkas Hochzeit, in der Scheune, ihrem allerersten Mal, bei diesem Hin und Her, diesen zudringlichen Händen, die überall waren, immer wieder unter ihren Rock wollten, da hat sie ›Heiratest du mich, wenn ich…‹ gestammelt zwischen den Küssen und Keuchen, und da hat er, daran erinnert sie sich genau, gestöhnt: »Ja, ja doch! Dann heiraten wir, mit allem Drum und Dran! Freilich! Aber es passiert schon nichts! Jetzt komm schon!«

Nein, die Szene konnte sie ihrer Mutter nicht so präzise schildern, so offen gingen sie nun doch nicht miteinander um.

»Kind, Kind! Wo hast du nur deinen Verstand gelassen!? Weiß er es überhaupt schon?«

Judith schüttelte den hochroten Kopf.

»Du redest mit dem Martin! Gleich morgen!«, verlangte Marianna. Sie beobachtete fassungslos, wie ihre Tochter eilig die Küche verließ.

Nichts hatte bisher darauf schließen lassen, dass Judith sich mit einem Mann eingelassen hatte. Sechzehn Jahre war sie gerade geworden! Wie konnte das passieren, ohne dass sie, die Mutter, argwöhnisch wurde, fragte sie sich. Was habe ich falsch gemacht? Und, mein Gott, die Aussteuer von dem

Mädchen ist noch längst nicht komplett! Wer hätte denn gedacht, dass es mit Judith so schnell gehen würde!? Immerhin hat sie sich nicht mit irgendwem, sondern mit einem ansehnlichen jungen Mann, dem Erben eines großen Hofes eingelassen. Mit dem würde es ihr sehr gut gehen, das war schon ein Lichtblick, der Marianna etwas optimistisch stimmte. Gleich aber meldeten sich Sorgen, ob Judith die Schwangerschaft gut durchstehen würde, so jung wie das Mädchen ist. Denn bei ihr selbst hatte es viele Probleme gegeben mit dem Kinderkriegen. Fehlgeburten, immer im fünften Schwangerschaftsmonat, musste sie hinnehmen, und den Verlust zweier Kinder, die früh gestorben sind, bis endlich ein Kind lebensfähig war – die Judith. Anna Judita hatte sie ins Taufbuch eintragen lassen, Judita, tschechisch geschrieben, als kleine Reminiszenz an ihre eigene Familie in Protivín. Im Laufe der Zeit hatte sich dann doch die alte Schreibweise aus der Bibel durchgesetzt.

Wie hatte Marianna danach um eine weitere Schwangerschaft gebetet, wollte sie doch dem Adalbert den Sohn und Erben schenken! In ihrer Verzweiflung hatte sie sogar heimlich den Rat befolgt, den ihre abergläubische Schwiegermutter ihr zugeraunt hatte: Sie solle beim Abendrot den Holunderstrauch vorm Haus fest umschlingen, das brächte den ersehnten Erben … Marianna tat es, verlegen und verzweifelt, doch es war umsonst. Es kam zu keiner Schwangerschaft mehr. Und dann Adalberts Unfall. So ein invalider Mann verliert leicht die Lust an allem.

Holunder … Dort, wo Marianna herkommt, ist ein Holunderbusch ein Strauch wie viele andere. Hierzulande wird er verehrt, gilt als Lebensbaum, in dem angeblich gute Geister wohnen und dem viel Mystisches angedichtet wird. Die alten Männer ziehen sogar den Hut, wenn sie an einem Busch vorübergehen. Seit jener vergeblichen Beschwörung verwertet Marianna die Holunderfrüchte achtlos und ungerührt

– für Marmelade oder Sirup, seine Blütendolden, in Pfannkuchenteig getunkt und in Butter ausgebacken, als beliebte Süßspeise. Den Busch selbst ignoriert sie.

Judith huschte in den folgenden Tagen mehrere Male über den Marktplatz, zum Friedhof, in die Kirche, plapperte mit jedem, der in der Nähe des Hanusshofs anzutreffen war, um sich dort länger aufzuhalten. Aber von Martin war nichts zu sehen oder zu hören. Einfach hineinzugehen zu diesen Leuten oder ihn herauszubitten, das wagte sie nicht. Sie bat ihre Eltern um Geduld. Alle drei nickten stumm.

Anderntags steckte Mizzi ihr, die von der Liebschaft natürlich wusste, dass Martin neuerdings viel mit der schwarzen Grete am Gartenzaun schäkern würde. Da griff etwas nach Judiths Herz, sodass sie für ein paar Minuten die Augen schließen musste. Furcht war es, böse Ahnungen, erste Enttäuschung.

Am Samstagabend, das wusste Judith, ging Martin regelmäßig zum Kegeln oder Kartenspielen ins Wirtshaus. Als es dämmerte, warf sie ihr Schultertuch um, das Türkische wie Mutter es wegen des Musters nannte. Auf dem Marktplatz, im Schatten der Arkaden, wartete sie auf Martin. Er kam auch.

»Schau an, sieht man dich auch mal wieder?«, grüßte er keck und lüpfte die Schirmmütze.

»Musst halt nicht so oft bei der Grete stehen. Dann könntest du mich leicht treffen«.

»Immer dieses Eifern! Geh, schau nicht so ernst. Wenn du lachst, bist du zehnmal schöner wie die Grete.« Er umfasste ihren Oberarm und fing an, ihn mit dem Daumen zu streicheln. Judith erschauerte wohlig bei der Berührung, wich aber gleich zurück.

»Das Lachen fällt mir grad jetzt schwer.« Trotzdem setzte sie ein gewinnendes Lächeln auf. »Martin, ich bin schwanger.«

Martins Kinnlade klappte herunter. »Schwanger!« Und dann gleich ganz entschieden: »Das kann nicht sein. Ich hab aufgepasst!«

Judith verschränkte die Arme vor der Brust. Ihr Lächeln verschwand. »Wohl nicht genug. Es gibt keinen Zweifel, Martin. Du musst zu deinem Versprechen stehen.«

Er sah sich nach allen Seiten um, trat ganz dicht an sie heran, flüsterte: »Bist du sicher? Ich habe doch aufgepasst, verflucht nochmal!« Er fuhr sich über Nase und Schnurrbart, um die Schweißperlen abzustreifen. »Und Versprechen? Von mir? Ich habe dir nichts versprochen.«

Judith wurde blass. »Martin! Was soll das?! Wieso redest du so?«, flüsterte sie.

»Ich hab dir nichts versprochen. Gar nichts!«, wiederholte er eigensinnig. Ansehen konnte er sie nicht.

»Doch, das hast du, Martin. Komm also bitte am Sonntagnachmittag zu meinen Eltern, bitte sie um meine Hand, wie es sich gehört, damit wir die Hochzeit absprechen können.«

Martin atmete schwer. »Ich kann dich nicht heiraten, Judith«, gestand er dann leise, aber bestimmt. »Mein Vater hat's ausdrücklich gesagt: Wenn ich dich heirate, dann kann ich den Hof vergessen!«

Ohne Gruß, mit einem Sprung wie ein flüchtender Hase, war er an der Wirtshaustür, ließ sie krachend hinter sich zufallen.

Judith trat zurück in den Schatten, am ganzen Körper zitternd. Tränen schossen ihr in die Augen. Was war los mit ihrem Liebsten? Sie waren doch ein Paar! Mit dieser Reaktion hatte ihr verliebtes Herz nicht gerechnet. Auf dem Heimweg gewann sie ihre Fassung wieder, redete sich ein, dass Martin sich besinnen und bestimmt den erforderlichen

Antrittsbesuch im Haus Polleichtner machen würde. Zuversichtlich kündigte sie das auch ihren Eltern an.

Am darauffolgenden Sonntag saß Judith, den Kopf tief gesenkt, mit ihren Eltern am Tisch in der Wohnstube und wartete. Die Pendeluhr tickte, schlug. Eine Spinne kroch von einer Stubenecke in die andere, aber keiner hob die Hand, um sie zu erschlagen. Der Nachmittag verstrich, Martin Hanuss ließ sich nicht blicken. Judiths Vater murmelte immer wieder mit zusammengebissenen Zähnen: »Dieser Hundsfott!« Mutter Marianna stopfte drei Stücke ihres Apfelstrudels in sich rein, um ja nichts sagen zu müssen. Der Großvater trampelte durchs Haus, brummend, fluchend. In der bedrückenden Stille wurde Judith bewusst, dass ihr niemand Vorwürfe machte. Die Familie stand zu ihr – tief enttäuscht zwar von ihrem Fehltritt, doch sie akzeptierten die Realität. Als sie leise zu weinen anfing, reuig und dankbar zugleich, tröstete sie aber niemand.

Am folgenden Morgen ordnete Marianna an, dass Judith ihr Sonntagskleid anziehen und die Haube aufsetzen solle. Auch sie selbst gab sich Mühe mit ihrer Garderobe. Dann machten sie sich auf den Weg zum Pfarrer.

»Soso, ihr habt also ohne den Segen unseres Herrgotts Hochzeit gehalten«, stellte Pfarrer Hieronymus Mistlholz finster fest, schob den Unterkiefer vor. »Und jetzt willst du den Segen auf einmal haben. Das hab ich gern!«

»Nicht nur ich, Hochwürden. Wir beide, der Martin und ich müssen ihn haben, damit unser Kind ehrlich zur Welt kommt. Ihr müsst mit ihm und seinem Vater sprechen.« Judith sagte es nicht demütig, sondern ruhig und entschlossen. Des Pfarrers Blick ruhte nachdenklich auf dem ovalen Gesicht des Mädchens. Er wusste, das war kein liederliches Frauenzimmer. Schon als Kind war sie ihm in der Katechismus-Stunde mit ihren wachen, dunklen Augen aufgefallen, und seitdem empfand er eine keusche Zuneigung zu dieser, wie er bisher geglaubt hatte, reinen Seele. Ein stilles Kind war sie gewesen, das sich am Unterricht wenig beteiligte, aber wenn er es befragte, wurde deutlich, dass es gut aufgepasst hatte. Judith war hilfsbereit, ohne lästig zu werden und freundlich, ohne aufdringlich zu sein, und in ihrem Lachen steckte immer eine Prise Ernst. Seit er sie kannte, war ihr braunes Haar mit den flachsblonden und bernsteinfarbenen Strähnen darin über der Stirn streng gescheitelt und am Hinterkopf zu einem dicken Zopf geflochten, den sie neuerdings zu einem Knoten zusammendrehte. Um die Schläfen kräuselten sich ein paar widerspenstige Löckchen. Trotz ihrer zurückhaltenden Art gefiel sie den Buben, das war ihm nicht entgangen. Jetzt erst wurde ihm bewusst, dass aus dem unauffälligen Schulkind eine aparte, ja, bezaubernde junge Frau geworden war. Die Schönheit mancher Frau entdeckt man ja erst auf den zweiten Blick, grollte der Pfarrer im Stillen, und den hat also der Martin, der elende Weiberer, auf sie geworfen.

Pfarrer Mistlholz lag viel daran, dass in seinem Kirchspiel keine ledigen Mütter mit ihren Fehltritten lebten. Man könnte ja seine geistlichen Fähigkeiten anzweifeln! Sündige Verhältnisse mussten in kirchliche, also eheliche Bahnen gelenkt werden, das war seine Aufgabe, mit der er es sehr genau nahm. Bis jetzt war ihm das auch fast immer gelungen. Allerdings – nicht immer sind gute Ehen aus diesem Zwang entstanden, das musste er sich in stillen Stunden eingestehen. Aber das fünfte Gebot stand nicht zufällig an diesem vorderen Rang unten den zehn Geboten, so glaubte er. Der Herrgott wird sich dabei schon was gedacht haben.

»Ein Eheversprechen nicht zu erfüllen, ist nicht nur eine Sünde, sondern auch ein juristisches Vergehen. Ich werde mich darum kümmern, Judith«, bot er verdrossen an. »Aber du, du musst öffentlich Buße tun!«

Marianna schnappte nach Luft. »Also bitte, Hochwürden! Muss das heutzutage noch sein? Wir sind doch…«

»Ja, ich bin bereit, öffentlich Buße zu tun«, fiel ihr Judith ins Wort. »Aber nur, wenn der Martin dabei neben mir kniet. Wir sind ja beide Sünder.«

Pfarrer Mistlholz sog vernehmlich die Luft zwischen den Zähnen ein. Wie bitte? Das wäre ja ganz was Neues! Aber ganz Unrecht hatte das Mädchen nicht, musste er zugeben.

»Hm, wir werden sehen! Auf alle Fälle gehst du jetzt gleich in die Kirche rüber, Judith, und betest fünf Vaterunser als Buße!«

Judith erwiderte den Blick des Pfarrers so, dass er ihren Kampfgeist nicht übersehen konnte.

Gleich am nächsten Tag machte sich der Pfarrer, wie üblich mit langen Schritten, auf zum Hanusshof, um die heikle Angelegenheit zu besprechen. Anschließend kehrte er bei den Polleichtners ein, die sich gespannt in der Stube versammelten. Was er zu sagen hatte, war ihm höchst unangenehm, das sah man gleich und ließ nichts Gutes ahnen.

»Das war ein schwerer Gang, meiner Seel'! Also, es ist so: Martins Vater hat keinen Zweifel daran gelassen, dass er nie und nimmer einer Heirat von Martin mit dir, Judith, zustimmen wird. Denn das hat er seiner Frau auf dem Sterbebett versprechen müssen, behauptet er. Eher will er seinen Sohn enterben und verfluchen.«

»Ja, verflixt, was hat die Hanussin denn gegen uns gehabt? Wir haben einen stattlichen Haushalt, Vieh, bewirtschaften ein gutes Stück Grund und Boden, und unsere Judith war bis jetzt ein unbescholtenes Mädchen! Was bilden die sich ein?«, empörte sich Marianna.

»Vielleicht hat es was damit zu tun, dass der Karl dich gern angesehen hat?«, murmelte Adalbert, ohne seine Frau anzusehen.

Der Pfarrer zog die Schultern hoch. »Er ist nun mal der reichste Bauer hier in Hollerstrauch. Und noch dazu der Schultheis! Solche Leute haben immer große Pläne mit ihren Kindern! Jedenfalls, ich konnte nicht herausfinden, was die Hanuss Barbara speziell gegen eure Tochter gehabt hat. Aber was der Schultheis gegen euch hat, das hat er mir gesagt: Weil – weil du aus einer behmischen Familie kommst, Marianna. Der Hanuss Karl denkt neuerdings deutschnational!«

Ein kleiner Tumult brach aus. »Was? Deutschnational?! Was soll das denn sein?«

»Das sind so Strömungen, so Tendenzen«, versuchte der Pfarrer abzuwiegeln. »Eine Mode halt, die da aus Bayern und Württemberg herüberschwappt. Das legt sich wieder.«

»Behm! In unserer Gegend hier – wer hat da keine Behm in der Familie? Außerdem, mein tschechischer Vater spricht fließend Deutsch, ist beliebt bei den Deutschen und den Tschechen. Und sind wir nicht alle Behm, also böhmisch?«

Marianna stützte beide Fäuste auf die Tischplatte. Ihr Atem ging schwer, die fadenscheinige Begründung ärgerte sie maßlos. »Was ist schlecht daran, dass ich eine halbe Tschechin bin? Der soll sich mal nicht so aufspielen mit seinem deutschnational!«

»Nun, nun, die Ahnenreihe von denen ist schon besonders, müsst ihr wissen. Sie stammen aus einem der sieben Künischen Dörfer, so sagt der Karl Hanuss jedenfalls. Die liegen im Dreieck Böhmen, Österreich und Deutschland. Ich glaube, Jandelsbrunn hat er genannt.«

»Großmäulige Bagage, großmäulige«, knurrte der Großvater im Hintergrund.

»Tschechisch! Künisch! Was soll das jetzt wieder bedeuten?!«, ruft Adalbert mit überschnappender Stimme. Röte ist in seine Wangen gestiegen. Jede Betonung einer ethnischen Zugehörigkeit erzürnt ihn seit er das Tohuwabohu im Dorf um seine Heirat mit Marianna durchstehen musste, die zwar gut situiert aber eine Tschechin von auswärts war.

Pfarrer Mistlholz fuhr sich durchs Haar, stöhnte leise. »Niemands Herr, niemands Knecht, das ist künisch Bauernrecht – kennt Ihr den Spruch nicht? Künisch, das bedeutet königlich. So wurden diese Dörfer genannt, weil sie bis Mitte des vorigen Jahrhunderts im Besitz der Habsburger waren…«

»Und Martin? Was sagt der Martin?«, fuhr Judith ungeduldig dazwischen.

Der Pfarrer rührte mit betretener Miene in seinem Milchkaffee. »Nun, zuerst hat der Martin alles abgestritten. Ja, wirklich, das hat er. Aber nachdem ich ihm ins Gewissen geredet habe, hat er zugegeben, dass er, ähm, – dich entjungfert hat. Er hat sich dumm gestellt und gefragt, ob eine Frau von einem einzigen Mal schon schwanger werden könnte. Mehr sei nicht gewesen! Aber dass er dir die Ehe versprochen hat, das bestreitet er.«

Judith sank in ihren Stuhl zurück, schlug beide Hände vors Gesicht, heulte auf wie ein Hund, den man getreten hat. Warum lügt ihr Liebster?! Marianna strich ihr mechanisch über den Rücken. Eine Zeit lang war nur Judiths Schluchzen zu hören und hier und da das Hüsteln des Vaters, das Ächzen des Großvaters.

Pfarrer Mistlholz rückte näher an das Mädchen.

»Es wird schon werden, Judith. Wie der Martin mich zur Tür begleitet hat und wir beide allein waren, da hat er geflüstert, dass du ihm schon recht wärst. Aber gegen seinen Vater könne er nun mal nichts machen. Martin ist ja erst in zwei Jahren majorenn. Selbst wenn er heiraten wollte, wären mir ohne die Einwilligung des Vaters die Hände gebunden. – Er hängt halt sehr an dem Hof, der Martin. Einerseits ist die Achtung vor dem Willen der Eltern durchaus gottgefällig und ehrenwert«, der Pfarrer tupfte mit dem Zeigefinger die letzten Kuchenkrümel vom Teller, hob dann die

Stimme. »Aber er muss andererseits zu seinem ungeborenen Kind stehen, vor Gott und dem Gesetz! Ich brauche seine Unterschrift im Taufbuch! Ich habe Martin eine Bedenkzeit von einer Woche eingeräumt und ihm gedroht, dass ich ihm zu keiner anderen Heirat den Segen geben werde. Sollte er die Zeit verstreichen lassen, gibt es durchaus noch andere Mittel, seinen Vater und ihn zur Räson zu bringen, der Ausschluss von den Sakramenten zum Beispiel…«

»Jesusmaria, nein!«, schrie Judith. Auch die übrigen Polleichtners duckten sich erschrocken. Sie waren gute Katholiken, für die eine derartige Strafe schon recht nahe am Höllenfeuer war.

Pfarrer Mistlholz hob beschwichtigend beide Hände. Es wäre ja nur zeitlich begrenzt, eine Beugestrafe sozusagen, die enden würde, sobald Martin wenigstens das Kind als das seine anerkennen würde.

Den Polleichtners gefiel die Vorstellung trotzdem nicht. Der umfassende Einsatz des Pfarrers für Judith war schon ungewöhnlich genug und ehrte ihn, natürlich, aber so weit sollte er doch nicht gehen.

Am Hoftor stehend blickte Judith dem Geistlichen nach. Ihr Zorn konzentrierte sich auf Karl Hanuss, diesen vermaledeiten Sturkopf und seine verstorbene Frau, die raffgierige Bissgurn mit ihren fadenscheinigen Einwänden. Martin und sie waren doch ein glückliches Paar, passten so gut zusammen. Warum gönnt Martins Vater ihnen nicht das Glück? Doch, doch, das renkt sich bestimmt noch alles ein, machte sie sich Mut. Martin wird es schon noch schaffen, von seinem Vater die Erlaubnis zur Heirat zu bekommen. Er hat eben Achtung vor ihm, will sein schönes Erbe nicht so ohne weiteres fahren lassen, will beides haben: den Hof und mich. Ab und zu jedoch schlichen sich Zweifel in ihre Grübeleien: Oder ist er einfach ein Feigling? Gar ein Schuft? Auf alle

Fälle würde sie die Hochzeitsvorbereitungen in Angriff nehmen.

Hinter den pechschwarzen Ausläufern des Böhmerwaldes färbte die untergehende Sonne den Abendhimmel rot und gelb, die Wolken erschienen in bedrohlichem Violett. Judith starrte gebannt hin. Die Geräusche des dörflichen Werkelns und Schaffens wurden um diese Zeit träge und weich. So wie jetzt der Sonnenball versanken auch ihre Kindheit und Jugend, erkannte sie. Für immer. Ein Beben lief durch ihren Körper. Sie zog ihr Schultertuch enger um sich, ging langsam zurück ins Haus.

Die Bedenkzeit, die Pfarrer Mistlholz eingeräumt hatte, verstrich. Martin ließ sich nicht blicken, auch nicht heimlich bei Judith. Also machte sich der Geistliche erneut auf den Weg. Judith presste die Lippen zusammen, als der Pfarrer ihr anschließend seinen erfolglosen Besuch schilderte. Er verschwieg auch nicht, dass Martin sogar angedeutet hätte, Judith habe wohl auch andere unter den Rock gelassen, deshalb käme für ihn weder die Heirat noch die Anerkennung der Vaterschaft in Frage. Die Verleumdung traf Judith so, dass sie ohnmächtig wurde. Marianna legte ihr einen nassen Lappen auf die Stirn, tätschelte die Wangen, der Großvater holte mit zitternder Hand ein Glas Selbstgebrannten. Alle starrten mitleidig auf Judiths graues Gesicht mit den bläulichen Augenlidern und den blutleeren Lippen. Vor dem inneren Auge des Pfarrers tauchte das Bild des braven Erstkommunionskindes auf, das fromme, unschuldige Antlitz mit den rosigen Wangen, wenn er in der Bibelstunde vorlas … Er war nahe daran, den zu verfluchen, der dieses Bild ruiniert hatte. Das kaltschnäuzige Auftreten von Martin und seinem Vater ihm, der Geistlichkeit gegenüber, kränkte und empörte ihn und machte den Streit inzwischen fast zu einem persönlichen zwischen dieser Familie und ihm.

Es wurde Frühling und die Schwangerschaft war nicht mehr zu übersehen. Die Zeit, um ihr Kind noch ehelich gebären zu können, lief Judith davon. So nach und nach versickerte die Hoffnung auf Versöhnung, und Judith verinnerlichte die Realität. »Schlampe!«, hatte gestern eine Nachbarin beim Vorübergehen gezischelt. Kaum jemand im Dorf erwiderte ihren Gruß. Vor ein paar Tagen waren ihr auf dem Dorfplatz zwei Burschen entgegengekommen, die mit ihr die Schulbank gedrückt hatten. Je näher sie kamen, desto schmieriger wurde ihr Grinsen. »Na, da ist sie ja, unsere keusche Jungfrau! Wen hast du denn reingelassen in deinen Brunzbusch'n? War es gar der Heilige Geist?« Niemand lud die Familie an den Feiertagen zu einem Ausflug im Kremser ein, zum Kloster Hohenfurth vielleicht oder zur Ruine Wittinghausen. Es war vorbei, dass sie mit Altersgenossinnen durch Wallern oder Prachatitz bummeln konnte, vorbei auch ihre Teilnahme an der Spinnstube an den langen nebligen Abenden. Judith war isoliert. Nur ihre Freundin Mizzi stand in unverbrüchlicher Treue zu ihr. Und gerade sie wird von Judith auf der Suche nach Wärme und Zuneigung eines Tages schmählich hintergangen werden.

Ihre Eltern, nach außen hin loyal, waren schweigsam geworden, gingen daheim mit verbitterter Miene umher. Ihre Lebenserfahrung sagte ihnen, dass ihre Tochter ihr Glück verspielt hatte und mit dem Makel leben musste. Insgeheim hofften sie immer noch, dass der reiche Bauernsohn wenigstens das Kranzgeld zahlen und die Vaterschaft anerkennen würde. Wenigstens das.

Eines Nachmittags saßen Judith und Mizzi auf einer Bank am Ufer des Buchenteiches. Es war der erste richtig warme Tag, an dem die Sonne von einem wolkenlosen Himmel strahlte. Die Wiesen ringsum standen im saftigen Grün, Wiesenschaumkraut füllte manche Mulde wie rosige Wolken. In den langen zarten Zweigen der Birken spielte der

Wind wie mit einem zerrissenen Schleier, unter dem Hasel-strauch bildeten Leberblümchen einen blaugrünen Teppich. Hier und da war ein Blöken oder Gebell zu hören; der Schä-fer Stoll, schwer auf seinen Schäferstab gestützt, hütete nicht weit von ihnen seine Böhmerwaldschafe.

Untätig herumzusitzen wäre ausgeschlossen gewesen. Beide hatten Handarbeiten dabei – Judith stopfte Strümpfe, Mizzi stickte, musste sich tief über das Leinentuch beugen, denn sie war ein bisschen kurzsichtig.

Für Judith gab es nur ein Thema – Martin, bis Mizzi der Kragen platzte.

»Geh, Judith! Du bist ja wie besessen von dem! Gib auf. Du bist doch nicht die einzige ledige Mutter im Sprengel«, ver-suchte Mizzi, sie aufzurütteln. »Wie viele Dienstmägde müs-sen mit ihren Kindern ledig bleiben, weil ihr Herr ihnen die Heirat nicht erlaubt, und die Armen, die von der Gemeinde versorgt werden müssen, trifft es erst recht.«

»Ich bin keine Dienstmagd und auch nicht arm! Und über-haupt: Die Gemeinden wollen die Heirat von armen Leuten ja nur verhindern, weil sie die zusätzlichen Kosten für die weiteren Kinder scheuen, die nach der Heirat noch kommen könnten. So will man künftige Fürsorgefälle vermeiden. Ha! Man erwartet Keuschheit von den Frauen, und wenn trotz-dem ein Kind kommt, stempelt man sie zur Dirne ab!«

Mizzi seufzte. »Sei nicht gar so hoffärtig, Judith! Das halbe Jahr bei deinen reichen Großeltern ist dir doch ein wenig in den Kopf gestiegen, scheint mir!«

Wie immer klang bei diesem Thema ein wenig Neid durch, denn Mizzi war noch nie aus Hollerstrauch herausgekom-men.

Judith blieb stumm. Ja, zugegeben, dieses halbe Jahr in Pro-tivín war für sie, damals neunjährig, prägend gewesen – das große Haus, die Dienstmädchen in ihren gestärkten weißen

Schürzen, der joviale Großvater und die gebildete Groß-mutter. Obwohl Tscheche, sprach ihr ›dĕdeček‹ flüssig Deutsch, was ja im Habsburger Kaiserreich unumgänglich war. Bei ihnen verfeinerten sich Judiths Tischsitten, auf die auch ihre Mutter Wert legte, wenn auch im bescheidenen Rahmen des Polleichtner-Haushalts. Sie lauschte dem Kla-vierspiel, wenn eine ihrer Tanten auftauchte und sich auf ihr Betteln hin ans Klavier setzte. Das hätte sie auch gern ge-konnt! Sie musste brav aus der *Prager Zeitung* oder der *Öster-reichisch-kaiserlichen Wiener Zeitung* vorlesen, die ihr der Groß-vater jeden Vormittag nach seiner eigenen Lektüre in die Hand drückte. So erfuhr Judith etwas von der großen weiten Welt, las Nachrichten, die Hollerstrauch wohl nur wie eine schwache Brise streifen würden – erfuhr etwas über einen Dichter Johann Wolfgang von Goethe, der in Karlsbad kurte und der das noch etwas simple Marienbad gönnerhaft lobte. Sie hörte von dem schrecklichen Unglück der Fre-gatte ›Medusa‹, bei dem die Überlebenden auf einem Floß zu Menschenfressern wurden, erfuhr erstmals etwas von ei-ner Erklärung der Menschenrechte und dass der große Na-poleon, immerhin der Schwiegersohn des Kaisers in Wien, gefangen genommen und auf eine Insel deportiert worden war. Verstand sie etwas nicht, und das kam oft vor, war der Großvater immer bereit, ihr alles ausführlich zu erklären. Mit der Großmutter blätterte Judith in dem *Journal der Mo-den*, das sie aus Wien bezog, und sie bestaunten die herrli-chen Kleider.

»Judith?« Mizzi beugte sich vor, um ihrer nachdenklichen Freundin in die Augen schauen zu können. »Judith, jeder weiß, dass du ein gutes Mädchen bist, und ein hübsches dazu und dass der Martin ein Falott ist! Es gibt doch noch andere Männer! Du kriegst bestimmt noch einen!«

Mizzis gesunder Menschenverstand hatte Judith vom ersten Schultag an beeindruckt, oft war sie ihren pfiffigen Ratschlägen auch gefolgt, doch bei ihrem jetzigen Problem prallten sie an ihr ab.

In den Buchen pfiffen die Finken, die kupferfarbenen Weidenäste spiegelten sich im Wasser des Teichs. Spitze Blätter schwammen darin wie tote Fische. Judith starrte sie an. Gute Mädchen in meiner Lage würden ins Wasser gehen, dachte sie. Aus Scham. Aber ich fühle keine Scham. Ich fühle Zorn. Zorn! Ich habe nur Martin umarmt und grad der verleugnet mich rücksichts- und hemmungslos.

»Dass er, gerade er mich zum Flitscherl abstempelt, zur Dirne, das tut so weh. Und das kann ich ihm nicht vergeben. Verstehst du das denn nicht?«

Mizzi wandte sich ab. Ja, ja, sie verstand es schon. Gestern erst hatte sie beim Krämer ein Getuschel mitangehört, etwa so: Hättest du das von der gedacht? Immer brav in die Kirche gerannt, und dabei ist sie so eine!

Aber so eine war die Judith eben nicht.

»Freilich versteh ich dich. Aber wär es nicht leichter für dich, wenn du endlich Ruhe gibst?«

Judith ballte die Faust um das Stopfei, stach sich vor Aufregung in den Finger.

»Nein. Ich muss was unternehmen.«

Judith sprach beim Pfarrer Mistlholz vor, erklärte ihm mit fester Stimme, dass sie nicht gewillt sei, Martins Verhalten hinzunehmen.

»Da muss man doch was machen können! Ihr habt einmal gesagt, dass das Brechen eines Eheversprechens auch ein — ein juristisches Vergehen sei. Also könnte man ihn verklagen am Gericht? Ich würde es tun, Hochwürden!«

In Pfarrer Mistlholz erwachte der Kampfgeist, als er in Judiths funkelnde, jetzt fast schwarze Augen blickte. Eine förmliche Anklage, jawohl! Aber ganz klar war beiden nicht, wie vorzugehen sei. Deshalb wollte der Geistliche den Schulmeister Rohrbach um Hilfe bitten. Der Lehrer, ein Junggeselle, war zwar noch ein junger Mann von vielleicht fünfundzwanzig Jahren, aber Pfarrer Mistlholz wusste, dass er aus der weitverzweigten Familie der Libiegitzer Herrschaft stammte. Das ließ vermuten, dass er ein weltläufiger Mann war, der nicht nur das ABC beherrschte, sondern auch über gewisse Beziehungen verfügen könnte.

Hans Rohrbach bat den Pfarrer und Judith in den einzigen Unterrichtsraum der Schule, der gleichzeitig seine Amtsstube war. Judith quetschte sich in eine der Schulbänke, der Lehrer nahm an seinem Pult Platz, Pfarrer Mistlholz blieb stehen, obwohl ihm ein Stuhl angeboten wurde. Er wippte nervös auf den Zehenspitzen, während er ihr Anliegen vortrug.

Judiths Augen huschten über die tintenbekleckste Tischplatte, die Kerben, die irgendwelche Schüler mit ihren Taschenmessern in das Holz geschnitzt hatten, über die gemalten Herzen mit einem Pfeil darin, E+F oder U+K, wer auch immer das war, auch über diese obszönen Rauten, die sie in Kindertagen für das Bild eines Papierdrachens gehalten hatte … sechs Jahre lang hatte sie hier gesessen, still, gehorsam, wissensdurstig.

»Und deswegen wollen wir, das heißt, die Judith will den Hanuss Martin verklagen!« Pfarrer Mistlholz riss sie jäh aus ihren Betrachtungen. »Wie geht man da am besten vor?«

Der Lehrer reckte sich, um Judith ins gesenkte Gesicht, das die Haube beschattete, sehen zu können. »Ist das wirklich dein Wunsch, Judith?«

Es klang ungläubig. Judith hob den Kopf, begegnete seinem forschenden Blick, nickte knapp.

Der Lehrer begann, die Gerichtsbarkeit im Bezirk zu erklären. Ihr schwirrte bald der Kopf von den vielen Bezeichnungen – Herrschaftsgericht, Patrimonialgericht, Appellationsgericht ... Hans Rohrbach entging das nicht. Er brach seinen Vortrag ab und seufzte.

»Das kannst du nicht allein durchstehen, Judith, das ist kein Spaziergang. Du brauchst einen Anwalt. Ich kenne einen Advokaten in Prachatitz. Armin Bechtel heißt er. Schreib ihm mit deinen Worten, offen und ehrlich, wie deine Lage ist«, riet er und notierte die Adresse auf ein Blatt Papier. »Der wird dann in deinem Namen Anklage erheben.«

Und sie möge sich nicht sorgen: Das sei kein Geldschneider. Er könne sich gut vorstellen, dass den Bechtel so eine ungewöhnliche Anklage sehr reizen werde. Und er selbst werde dem Advokaten auch schreiben und ein gutes Wort für sie einlegen.

Beim Verabschieden ließ Hans Rohrbach ihre Hand nicht gleich los, sein Blick hielt den ihren fest, als wollte er noch etwas Wichtiges sagen, errötete und wandte sich dann doch wortlos ab.

Mit glühenden Wangen lief Judith nach Hause, schilderte ihren Eltern mit heiserer Stimme, was sie in Angriff genommen hatte.

Ihre Mutter sank auf einen Stuhl. »Ja, bist du denn jetzt vollkommen närrisch geworden? Verklagen, dass er dich heiratet?! Du bringst uns alle immer mehr ins Gerede, siehst du das nicht?«

»Soll ich zu allem Ja und Amen sagen?!«, schrie Judith. »So kommt er mir nicht davon!«

»Judith, das Kind wird er bestimmt anerkennen! Ohne ein Gerichtsverfahren. Der ist doch aus einer guten Familie. Vielleicht, wenn er erst mal volljährig ist ...Jetzt warte halt noch ein bisschen«, beschwichtigt sie ihr Vater, wie immer mild und leise.

»Es ist Schluss mit Warten«, entschied Judith.

Advokat Bechtel nahm sich der Sache an. Ein Dorfgericht mit dem Schultheis Karl Hanuss als Richter war wegen dessen Verwicklung in den Fall von vornherein ausgeschlossen. Also wandte sich Bechtel an das Patrimonialgericht in Wallern und verklagte Martin wegen Nichteinhaltung des Eheversprechens.

Bisher hatte man sich in Hollerstrauch das Maul zerrissen über die scheinheilige Jungfer, jetzt höhnte und spottete man über ihre Klage bei Gericht. Verklagen! Na, die traut sich was, das dumme Luder, macht die Beine breit vor der Hochzeit und will dann auch noch geheiratet werden. Hoho! Am Verhandlungstag fuhren alle, die ihre Arbeit im Haus und Feld für einen Tag liegen lassen konnten, auf einem rumpelnden Leiterwagen und dem Kremser vom Ochsenwirt nach Wallern. Im Gerichtssaal drängten sie sich wie ein verschrecktes Hühnervolk zusammen, maßlos gespannt, wie der Kampf um die ›Ehre‹ von Judith, die doch längst ›perdu‹ war, ausgehen würde.

Vorn neben dem Richter und dem Aktuar, also dem Schreiber, und einem Zeremonienmeister saß auch Pfarrer Mistlholz als geistlicher Beisitzer. Martin wurde aufgerufen, musste darlegen, warum er die Judith Polleichtner nicht heiraten und auch das Kind nicht als das Seine anerkennen wolle.

Erstens, ein Eheversprechen habe er der Judith nie gegeben, behauptete er sofort. Und zweitens: Ohne die Erlaubnis seines Vaters wolle er sie auch gar nicht heiraten, denn dieser habe der Mutter am Sterbebett schwören müssen, dass er niemals seine Zustimmung zu einer Hochzeit mit der Polleichtner geben würde. Der Wunsch einer Sterbenden sei doch was Heiliges!

Beifälliges Gemurmel von den Bänken, wo die Leute aus Hollerstrauch hockten.

»Enterben werde ich ihn, wenn er die nimmt!«, verkündete Karl Hanuss, der breitbeinig in der ersten Reihe saß.

Und wie es denn mit der Anerkennung der Vaterschaft wäre. Bei den bohrenden Fragen des Advokaten verstieg sich Martin so weit, seine Vaterschaft anzuzweifeln – er habe die Polleichtner doch ›nur‹ entjungfert, damals im Herbst voriges Jahr, und dabei aufgepasst. Danach sei nichts mehr gewesen. Da müssten noch andere gewesen sein…

Judith wurde aufgerufen, trat mit hocherhobenem Kopf vor, das Lodencape vor ihrem Bauch zusammengerafft. Ihre Wut hatte sie inzwischen so verhärtet, dass ihr bleiches Gesicht einer Gipsmaske glich. Nicht ein einziges Mal verirrte sich ihr Blick zu Martin auf der Anklagebank. Kurz und knapp schilderte sie ihre Liebesbeziehung zu Martin, beschwor sein Eheversprechen und die Einzigartigkeit ihrer Beziehung.

»Das hier«, und sie riss das Cape auseinander und präsentierte ihren Bauch, »das hier ist sein Kind! Dass sein Vater ein gottloser Lügner ist, wird es immer vor Augen haben. Ich schwöre, dass kein anderer mich angerührt hat.«

Es stand also Aussage gegen Aussage, jedoch einem aufmerksamen Zuhörer konnte nicht entgehen, dass die hohen Herren den ganzen Prozess für überflüssig und das Aufbegehren dieser Dorfschönheit ungehörig fanden. Etwas zu schnell kam der Disput auf das Kranzgeld.

Bei seiner Erwähnung sprang Judith mit zornrotem Kopf und am ganzen Körper zitternd auf. »Kranzgeld? Das Kranzgeld will ich nicht! Das kann er sich an den Hut stecken!«, schrie sie. »Ich will das Judasgeld nicht haben, werde meine Ehre nicht verkaufen! Ich will, dass der Martin mich heiratet, wie er es versprochen hat, und unserem Kind und mir seinen Namen gibt!«

Ein Murmeln und Scharren lief durch die hinteren Reihen. Der alte Hanuss ballte die Fäuste und grunzte verzweifelt.

»Kranzgeld!? Wir? Wir sind unschuldig! Gar nix müssen wir zahlen!«

Martin, siegessicher ohne Advokat angetreten, verlor etwas von seinem scheinbar unerschütterlichen Selbstvertrauen, als ihn Advokat Bechtel auf sein Techtelmechtel mit einer gewissen Grete Pascher ansprach. Mit zwei Frauen zu poussieren, das zeige doch eindeutig, dass er ein Betrüger sei. Was er dazu zu sagen habe. Der alte Hanuss protestierte; mit ›so einer‹ hätte sein Sohn niemals poussiert, wurde aber nun doch vom Vorsitzenden gebeten, den Mund zu halten, sonst müsse er den Saal verlassen. Martin suchte nach Worten, behauptete schließlich, weiter als bis zum Gartenzaun und Fenster sei das mit der Grete nie gegangen.

Erneut befragt und ermahnt, beteuerte er mit großer Theatralik, nie und niemandem ein Eheversprechen abgegeben und der Judith voriges Jahr nur ein einziges Mal in Selbitschkas Scheune beigewohnt zu haben. Darauf schwor er einen Eid. Er fügte noch hinzu, dass er dabei einen ›Rückzieher‹ gemacht habe, also den ›coitus interruptus‹ oder wie das heiße, weswegen der Bankert auch gar nicht der seine sein könne.

Jetzt zog Advokat Bechtel ein Ass aus dem Ärmel. Er habe zwei Zeugen. Er rief den Schäfer Otto Stoll in den Zeugenstand. Der Stoll schilderte mit großem Behagen, was er einmal in der Dämmerung, draußen am Dorfrand im verfallenen Schafstall, sehen und hören konnte. Sakra, da war was los! Er habe, als das Paar später herausschlich, beide erkannt. Ja, die Judith und der Hanuss Martin seien es gewesen. Bei der Schilderung schielte er mehrmals zu Karl Hanuss hinüber, der ihn mit wildem Blick und Gesten einschüchtern wollte. Aber da der Schäfer unabhängig war, auf eigenen Füßen stand, und der Hanuss sowieso keine Schafe hatte und hüten ließ, wagte er die belastende Aussage. Des Weiteren bezeugte Erna Hilgert, Witwe aus Hollerstrauch, dass sie gesehen habe, wie Judith und Martin es am Buchenteich getrieben haben. »Dieses feige Kneifen am End' von so einer Liebschaft darf man den gamsigen Mannsbildern nicht durchgehen lassen«, beschloss sie ihre Aussage mit lauter Stimme und nickte Judith aufmunternd zu.

Zwar zweifelte Martin sofort die Sehkraft der beiden Zeugen an, aber ihre Aussagen überzeugten den Vorsitzenden. Martin hatte also gelogen, sogar falsch geschworen. Der Richter verurteilte ihn zu dreißig Tage Arrest und ließ ihn sofort verhaften. Die Sache mit dem Heiraten oder Kranzgeld war plötzlich zweitrangig, wurde vertagt.

Das Schreiben des Gerichts, das Judith drei Wochen später zugestellt wurde, brachte keine Lösung. Weder konnte ein Gericht Martins Vater zwingen, seinem noch minderjährigen Sohn die Heiratserlaubnis zu erteilen, noch Martin, das Kind anzuerkennen. Judith wurde nahegelegt, das Kranzgeld anzunehmen, sollte der Angeklagte es ihr anbieten.

Sogar ihrem Großvater riss jetzt der Geduldsfaden. »Nimm das Geld und schick den Kerl zum Teufel, Judith! Das ist ein Lump!«, brüllte er.

Aber seine Enkelin schüttelte trotzig den Kopf. Sie gab sich nicht geschlagen.

Am 27. Julei 1828, an einem drückend heißen, gewittrigen Tag setzten bei Judith die Wehen ein. Während der Entbindung, trotz Schmerzattacken und Schreien, ließ sie die Hebamme nicht aus den Augen, stellte Fragen.

»Tust grad, als hättest du so ein Hörrohr noch nie gesehen! Deine Großmutter war doch auch Hebamme, so wie ich«, brummte die Alte. »Kannst damit das Herz von deinem Kind klopfen hören. Willst du?«

Judith musste sich etwas aufrichten, und die Schönauerin platzierte das hölzerne Stethoskop zwischen der prallen Bauchdecke und dem Ohr der Gebärenden.

Judith hielt den Atem an. Tatsächlich! Sie konnte das dumpfe Pochen ganz deutlich hören. Schreck, Ungläubigkeit überrieselten sie. Und jetzt erst, mit einem Mal, erwachte in ihr die Freude auf das Kind, das sie bisher als Unglück, als Störenfried hingenommen hatte, hörte staunend das energische, drängende Klopfen als Zeichen des eisernen Lebenswillens dieses Wesens in ihr. Jetzt erst empfand sie so etwas wie Mutterliebe, wollte das Kind sehen, an die Brust drücken, es küssen. »Ja, ja gleich bist du bei mir, gleich«, flüsterte sie, ehe die nächste Wehe sie überrollte.

Judith brachte einen Jungen zur Welt. Marianna jubelte – ein Sohn, ein Enkel, das war ein Trumpf!

Die Neuigkeit erreichte bald auch den Hanusshof. Theresia, Martins Schwester, huschte herbei mit – fromm wie sie nun einmal war – einem silbernen Halskettchen samt Kreuz für den Neugeborenen und mit einem von ihrer Schwester Hermine bestickten Lätzchen, beides versteckt unter der Schürze. Aber die Hoffnung auf Versöhnung zerplatzte angesichts ihres Schocks, als sie sich über die Wiege beugte.

»Mein Gott! Der Bub hat ja feuerrote Haare! Nein, sowas hat es in *unserer* Familie noch nie gegeben«, murmelte sie entsetzt und ging.

Allein geblieben strich Judith mit einem tiefen Seufzer über das Köpfchen mit den brandroten Haaren, drückte ihre Lippen darauf. Ja, diese Haare … Musste der Herrgott sie jetzt auch noch damit strafen? Musste er auch das Kind damit strafen? Nur sie, sonst niemand, wird diese wunderschöne Farbe bewundern, das wusste sie.

Bei der Taufe waren nur die Polleichtners anwesend. Sogar Adalbert hatte sich mit seiner Krücke hingeschleppt. Göd, also Pate, war der Urgroßvater. Die Taufe auf den Namen

Ignaz Martin Paulus fand nicht am steinernen Taufbecken links unter der Orgelempore statt, sondern in der Sakristei, weil es sich ja um ein unehelich gezeugtes Kind handelte. Bei aller Sympathie für die junge Mutter – da achtete Pfarrer Mistlholz doch auf die Bräuche seines Dorfes und die Gebote der Kirche. Und Hurkind bleibt Hurkind.

Nicht ganz so genau nahm er es bei seiner Aufgabe als ›Standesamt‹ mit der Vorschrift, die Kaiser Joseph II. hinsichtlich unehelicher Kinder 1784 erlassen hatte; sie besagte, dass der Name des Vaters eines ›Bankerts‹ in den Matrikeln nur dann notiert werden durfte, wenn der Mann damit einverstanden war. Das umging der Pfarrer, indem er für die Drückeberger hinten im Taufbuch eine gesonderte Liste führte. Die Tatsache, dass er diesem illegitimen Ignaz, sollte er das bleiben, in Zukunft keine weiteren Sakramente spenden durfte – keine Kommunion, keine Firmung, keine letzte Ölung, bedrückte ihn. Und, was ihn verständlicherweise besonders wurmte, der Bub würde nie Priester werden können. Zwar waren Änderungen geplant bezüglich der Bastarde, aber wann würden sie Realität? Bis dahin wollte Mistlholz alles in seiner Macht Stehende tun, um dieses Kind weitestgehend vor den Sanktionen seiner Umwelt zu beschützen. Sollte keine Heirat zustande kommen, musste Martin wenigstens seine Vaterschaft anerkennen. Wenigstens das.

Noch einer hatte sich in der Kirche eingefunden. Der Schulmeister war auf die Empore gestiegen und begleitete den Taufakt mit zwei Etüden von Johann Sebastian Bach. Auch das war eigentlich ungehörig, denn eine solche Schandtaufe hatte ohne Musik stattzufinden.

Martin wurde nach der Haftzeit aus dem Gefängnis entlassen, lebte eine Zeit lang zurückgezogen im Elternhaus, verschwand schließlich ganz aus Hollerstrauch. Niemand wusste, wo er sich aufhielt, angeblich auch seine Familie nicht.

Wilde Gerüchte kursierten – er sei zu den Soldaten gegangen, er arbeite im Krumauer Silberbergwerk und sei ein reicher Mann geworden oder gar, dass er sich den Schmugglern im Grenzgebiet zu Bayern und Österreich angeschlossen habe, würde ›paschen‹.

Judith blieb aufmüpfig, schrieb regelmäßig Briefe an das Gericht, in denen sie zunächst devot, so nach und nach aber trotzig, zornig, gar herrisch auf die Einhaltung des Eheversprechens pochte. Mit stoischer Ruhe antwortete man, dass sie gefälligst das Kranzgeld annehmen solle, einen anderen Anspruch habe sie nicht. Schließlich wurden ihre Schreiben nicht mehr beachtet. Die täglichen Pflichten und ihr Kind waren für Judith die einzige Ablenkung von diesem demütigenden Vorgang.

Das Weihnachtsfest war freudlos. Nur der kleine Ignaz zauberte ab und zu ein Lächeln auf die Gesichter der Familie, auch auf das des Pfarrers, als er im Laufe seines Rundgangs durchs verschneite Dorf am Heiligen Abend bei ihnen einkehrte. Sobald er da war, wurden die Lichter an dem kleinen Christbaum im Herrgottswinkel angezündet, die die farbigen Glaskugeln und fein gesponnenen Glasketten zum Blinken brachten. Um die Adventszeit abzuschließen, sangen sie letztmalig: ›Thauet, Himmel, den Gerechten, Wolken, regnet ihn herab!‹, begleitet von Adalberts Zitherspiel. Dass er wegen seines lädierten Arms ab und zu danebengriff, überhörten alle großherzig. Zum Schluss rezitierte der Großvater ›Der Engel des Herrn brachte Maria die Botschaft…‹ und die Familie setzte sich, wie es Sitte war, an den Tisch zu einem großen Teller Erbsensuppe mit gerösteten Brotwürfeln – der Heilige Abend ist ja ein Fastentag – ehe sie die Mitternachtsmesse besuchten. Später schüttete der Großvater im Stall im Schein einer Stalllaterne dem Pferd eine Extraportion Hafer gemischt mit Zucker vor, streute den Hühnern ausnahmsweise zwei, drei Handvoll Erbsen hin und den Ziegen Rübenschnitzel und trockene Brotkanten, die er selber nicht mehr beißen konnte. Dabei musste er sich mehrfach schnäuzen. »Der Haderlump, der meineidige!«, schimpfte er. Am ersten Feiertag gab es dann das Festmahl – Karpfen und Rauchfleisch mit Semmelknödel und Krautsalat, einem guten Wein und einer Kanne Bier. Doch richtig schmecken wollte es keinem.

Im darauffolgenden Frühjahr machte ein neues Gerücht die Runde: Martin sei wieder im Dorf, fidel und redselig. Pfarrer Mistlholz machte sich umgehend auf, um den Burschen an seine Pflicht zu erinnern und den starrköpfigen Vater zum Einlenken zu bewegen. Er zerrte ungeduldig an der Glocke am Hoftor, knirschte über die unverschämt lange Wartezeit mit den Zähnen, in der er, schon wieder reuig über seinen Zorn, ein ganzes ›Gegrüßet seist du, Maria‹ beten konnte. Endlich wurde die Öffnung im Tor aufgestoßen. Der alte Hanuss, mit einem Knecht mit zwei Pferden beschäftigt, blickte ihn unwirsch über die Schulter an.

»Grüß Gott, Hochwürden. Ihr habt einen schlechten Zeitpunkt gewählt. Um was geht's?«

»Nun, es ist nicht immer leicht, den richtigen Zeitpunkt zu finden«, erwiderte der Pfarrer ohne Lächeln. »Mein Anliegen ist noch immer dasselbe und ist schnell gesagt: Werdet Ihr Eurem Sohn endlich erlauben, die Judith zu heiraten und wird er das Kind als das seine anerkennen?«

Der Bauer schleuderte die Trense, die er wohl gerade einem Pferd umschnallen wollte, gegen das Tor, sodass Pfarrer Mistlholz erschrocken zurücktrat.

»Es reicht, Herr Pfarrer! Es reicht! Ich hab's meiner Frau geschworen, wie Ihr wohl wisst, dass die Polleichtner Judith uns nicht ins Haus kommt. Und dabei bleibt's! Was den

Martin angeht, der ist noch nicht volljährig, also hat er mir zu gehorchen. Ist das jetzt klar?«, schrie er.

Hinter Karl Hanuss tauchte jetzt auch Martin auf. »Herr Pfarrer, Ihr ereifert Euch in einer falschen Sache. Ich werde die Judith nicht heiraten. Warum sollte ich? Ich bin nicht der Vater und hab nichts weiter mit der zu tun. Begreift das doch endlich!«, erklärte er träge. Er vermied es, dem Geistlichen ins Gesicht zu sehen, schickte stattdessen einen prüfenden Blick zu seinem schweratmenden Vater.

Der nickte zufrieden. »Richtig! Geht jetzt, Hochwürden, und stört uns nicht weiter bei der Arbeit.«

Pfarrer Mistlholz bekreuzigte sich und ging. Das war nun doch zu viel. Er beschloss, ein Exempel zu statuieren, damit in Zukunft jeder Bursche seines Sprengels sah, was ihm blühte, wenn er sein Eheversprechen nicht hält, und er setzte sein schärfstes Druckmittel ein. Am Palmsonntag verkündete er von der Kanzel, dass Martin Hanuss ab dem heutigen Tag nicht mehr zu den heiligen Sakramenten zugelassen sei. Martin zuckte nur mit der Schulter. Die Kirche und der Pfaffe seien ihm scheißegal, tönte er großspurig im Wirtshaus. Karl Hanuss ließ seinerseits umgehend ausrichten, dass er von nun an zur Heiligen Messe nach Kalsching fahren würde und dass die Kirche in Hollerstrauch mit keiner milden Gabe mehr von ihm rechnen könne. Das kam dem Pfarrer doch sauer an. Die großzügigen Spenden des Freibauern würden im Klingelbeutel sehr fehlen. Aber es war Pflicht des geistlichen Hirten, Ordnung in seiner Herde zu schaffen.

Der Zwist zwischen dem Kirchenmann und dem reichsten Bauern am Ort belastete die Gemeinde. Die Kleinbauern, Häusler, Handwerker und Tagelöhner waren hin- und hergerissen zwischen der Achtung vor den Geboten der heiligen Kirche und der Abhängigkeit von ihrem Bürgermeister und potentiellen Arbeit- oder Auftraggeber. Gerade im

Frühjahr und in der Erntezeit war man aufeinander angewiesen. Andererseits war die Anwesenheit dieses quasi exkommunizierten jungen Mannes in ihrer Gemeinde ohne Frage ein Schandfleck. Der gottlose Frevler könnte Unglück über das Dorf bringen, fürchteten die Alten, und die Jungen meinten, er bringe die männliche Dorfjugend von Hollerstrauch in Verruf. Sie seien doch allesamt gute, gottesfürchtige Christen, die das fünfte Gebot beachten!

Von ihrem Platz in der Kirche aus hatte Judith von nun an jeden Sonntag die leere Bank der Familie Hanuss vor Augen. War es eine Sünde des Hochmuts, es so weit zu treiben, dass Martin jetzt von den Sakramenten ausgeschlossen war, grübelte sie. Ist sie stolz oder einfach stur? Müsste sie wegen ihrer Unkeuschheit nicht doch die öffentliche Missachtung ertragen und demütig schweigen? Sollte sie sich darauf bescheiden, dass Martin die Vaterschaft anerkannte? Aber seine Feigheit und Falschheit brachte sie zur Weißglut, sobald sie nur daran dachte. Seine schamlosen Verleumdungen, die er im Dorf verbreitet hatte, trieben ihr immer wieder Tränen in die Augen. Die Häme der Dorfgemeinschaft, die das Unrecht gewiss durchschaute und sie dennoch mit Verachtung strafte, lastete schwer auf ihr, auch die Erkenntnis, dass ein Aufbegehren gegen diesen Rufmord sinnlos war. Sie gestand sich ein, dass eine ihrer Triebfedern die Rachsucht war. Aber bei all ihren negativen Gefühlen wusste sie eines genau: Sie wollte kein Geld. Sie wollte einen Vater für ihr Kind. Sie wollte Martin, den Mann, nach dessen Zärtlichkeiten und Umarmungen sie sich trotz allem sehnte. Der Erste und Einzige. Doch der dachte gar nicht daran, sie zu treffen oder gar seinen Sohn anzusehen.

Im Herbst dann sickerte die Schilderung einer wilden Sauferei beim Ochsenwirt bis zu Judith und ihren Eltern durch. Martin hatte seinen Geburtstag besonders ausgelassen gefeiert; denn jetzt war er volljährig. Und? So hätten die meist jugendlichen Gäste ihn spät in der Nacht grinsend provoziert, würde er jetzt die Polleichtner Judith zur Frau nehmen? Eine Hochzeit mit der Polleichtner käme nie und nimmer in Frage, das gebiete die Achtung vor seinen Eltern, habe Martin entgegnet, so würdevoll, wie es Betrunkene eben zustande kriegen. Und, in die Enge getrieben, habe er schwankend mit einem Humpen in der Hand geprahlt: »Heiraten? Ich? Wegen der meinen Hof aufgeben? Nie und Nimmer! Ich werde das verdammte Kranzgeld zahlen, ob die Judith das will oder nicht. Es reicht mir jetzt! Wenn sie das nicht annimmt, lege ich es eben der Gottesmutter in der Kirche vor die Füße. Basta!«

Diese Ankündigung ging im Dorf schnell von Mund zu Mund. Der Bestechungsversuch missfiel Hieronymus Mistlholz nicht gänzlich, ließ ihn sogar schmunzeln und gespannt abwarten. Hatte Martins Vater tatsächlich die beträchtliche Summe aufgetrieben? Aber Judith erhielt keinen Besuch von Martin mit dem Kranzgeld, die Gottesmutter am Seitenaltar auch nicht. Da schaute Pfarrer Mistlholz täglich nach. Leere Worte also, wie zu erwarten war.

Was blieb Judith übrig, als zurückgezogen bei ihren Eltern zu leben, ihr Kind zu versorgen, mit dem sie niemals den Hof verließ, und sich rastlos in den Arbeitsprozess des Hofes einzufügen. Sie mied die wenigen Dorffeste – das Kirchweihfest im Mai, den Gedenkgottesdienst der heiligen Ludmilla im September, der Pfarrer Mistlholz besonders am Herzen lag, den Martinstag mit der Gänsebraterei – teils aus Desinteresse, teils aus Scheu vor den Nachbarn. Das Jahr schleppte sich dahin.

In der ersten Woche des neuen Jahres machte Pfarrer Mistlholz wie immer seine Hausbesuche, um allen ein gesegnetes neues Jahr zu wünschen. Er hoffte insgeheim, bei dem einen oder anderen noch etwas vom Neujahrskuchen oder den Neujahrsbrezeln abzweigen zu können, ehe sie vertrockneten und dann an die Haustiere zur Abwehr von Krankheiten im neuen Jahr verfüttert wurden. Diesem Aberglauben musste man doch entgegentreten!

Da lief ihm Karl Hanuss über den Weg. Zuerst wollte der Bauer grußlos weiterstiefeln, dann blieb er doch stehen. Was der Martin daherreden würde, sei noch nicht das letzte Wort, verkündete er.

»Ich muss mich ja verschulden, wenn ich dem Martin das Geld gebe, Herr Pfarrer! Das liegt bei mir auch nicht unterm Polster!« Er trat näher zum Pfarrer, senkte die Stimme. »Was meint Ihr: Wird der Herrgott mich strafen, falls ich das Versprechen, das ich meinem Weib am Sterbebett gegeben habe, breche? Weiß man's, ob sie da überhaupt noch bei Verstand war? Drei Kinder sind uns am Scharlach gestorben, eins nach dem andern. Darüber hat sie nicht aufgehört zu jammern, ist trübsinnig geworden … Am End' würde sie mich angesichts der Schulden, die ich machen muss, von diesem vermaledeiten Versprechen entbinden, wenn sie noch lebte? Sie ist ja immer eine sparsame Frau gewesen.«

Dem Pfarrer schoss kurz durch den Kopf, dass ›geizig‹ die passendere Bezeichnung gewesen wäre, kehrte aber rasch zum Kern der Sache zurück. Er kannte seine Schäfchen. Wenn irgend möglich, musste innerhalb des Dorfes ein Heiratskandidat oder eine Kandidatin mit gleichem Besitzstand gefunden werden. Nur wenn das nicht klappte, suchten reiche Bauern in Nachbardörfern nach einer ähnlich vermögenden Kandidatin für ihre Söhne. Fanden sie eine, mussten sie früher sogar eine Geldstrafe wegen der ›Gebietsübertretung‹ leisten. Heiraten dient vorwiegend der Vermögenserweiterung.

Laut sagte er: »Ja, verflixt, wen hatte Euer Weib denn vorgesehen für den Martin?«

»Naja – also es gibt da so eine entfernte Verwandte in Schwarzdorf, die zwei Häuser und Grund und Boden erben wird. Die sollte es werden, hat mein Weib gemeint«, murmelte der Bauer verlegen.

Pfarrer Mistlholz stöhnte. Aha! Diese ewige Inzucht bei den Dörflern! Geld soll zu Geld!

»Jaja, Herr Pfarrer. Es geht drunter und drüber bei uns, ich weiß es ja.« Karl Hanuss trampelte ein paarmal mit den Stiefeln auf, weil seine Füße allmählich kalt wurden. »Noch dazu hat gestern auf d'Nacht die Grete Pascher bei mir daheim angeklopft. Der Martin hätte ihr die Heirat versprochen, behauptet sie.« Er lockerte den Stehkragen seines Hemds. Sein Kopf war blaurot angelaufen. »Es ist ja so: Man hat uns ja schon vor Zeiten gesteckt, dass unser Martin mit der poussiert. Ich hab mir gedacht, soll er sich nur die Hörner abstoßen, wenn Ihr versteht, was ich meine, Herr Pfarrer. – Aber Heiraten? Und dann noch womöglich eine mit so einer zweifelhaften Herkunft? Ja ist er denn ganz und gar aus der Art geschlagen?!«

Den Widerwillen des Bauern gegen eine aus der Paschersippschaft konnte der Pfarrer bei aller Nächstenliebe nachvollziehen. Er wusste, dass in der Familie Pascher Unordnung herrschte. Sie gehörte zu einem weitverzweigten, im Böhmerwald ansässigen Clan, dessen Familienname ein Synonym für schmuggeln und wildern, also ›paschen‹ geworden war. Die Zugehörigkeit zu der Sippe konnte man der hiesigen Familie nicht zum Vorwurf machen, aber was sich bei ihr im Laufe der Jahre abgespielt hat! Emmerich Pascher war Waldarbeiter, bis ihm ein umstürzender Baum die Hüften zerschmetterte. Er konnte nicht mehr laufen, war ans Haus gebunden und wurde zum unleidlichen Misanthrop. Trotzdem setzte, nachdem den Eheleuten in den ersten Jahren Kinder versagt geblieben waren, plötzlich ein Kindersegen ein. Der Dorftratsch brachte ihn bald mit einer Zigeunergruppe in Verbindung, die jeden Sommer ein paar Wochen in der Nähe des Dorfes lagerte. In weiteren Jahren wurde Josefa Pascher dreimal schwanger, immer dann, wenn die bunten Wagenburgen auf der Viehmarktwiese standen und Männer und Frauen auf der Suche nach Arbeit oder bettelnd durch die Gassen streiften. Mit der Zeit entstand der Spruch: ›Wart halt, bis die Zigeuner kommen, dann wird's bestimmt was werden‹, wenn einmal ein Paar vergeblich auf Nachwuchs hoffte. Emmerich bezweifelte nie die Vaterschaft an seiner schwarzäugigen, schwarzhaarigen Kinderschar, zumindest nicht gegenüber anderen. Dass er zum Gespött des Dorfes wurde, merkte er nicht oder er nahm es nicht zur Kenntnis. Da der schäbige, abgelegene Einsiedelhof zu seinem Sprengel gehörte, hatte Pfarrer Mistlholz einmal dazu angesetzt, mit Josefa über ihr möglicherweise sündiges Treiben zu sprechen, aber sie ließ ihn eiskalt abfahren. Wie er darauf käme, dass ihre Kinder einen anderen Vater als den Emmerich hätten? Da die Paschers keine Kirchgänger waren und auch nicht zur Beichte gingen, musste er sich als Geistlicher mit der Situation abfinden.

Eines dieser Kinder war die Grete. Ihr braver Vorname passte so gar nicht zu ihr, denn sie war eine fremdartige Schönheit – dunkle samtige Haut, rabenschwarze Locken, funkelnde braune Augen und eine Figur mit besten Proportionen. Das konnte auch Hieronymus Mistlholz nicht übersehen.

»Ja, mein Martin, das ist schon ein Sauhund«, murmelte Karl Hanuss ein bisschen verlegen.

»Was soll nun aber werden?«, forschte der Pfarrer verzweifelt. »Was sagt denn die Grete? Wie weit ist es denn gegangen mit den beiden?«

Bauer Hanuss winkte ab. »Angeblich soll noch nichts passiert sein. Sie behauptet, der Martin habe mehrmals nachts bei ihr gelegen, aber in voller Kleidung, und es sei nichts Unrechtes geschehen. Sie hätte ihre Unschuld behalten. Hoho! Sie hätte ihn damit getröstet, dass er nach der Hochzeit alles genießen könnte. Und was, das hat sie ihm bestimmt vorgeführt, dieses Luder. Jedenfalls, die kommt mir schon gar nicht ins Haus. Da wär mir die Polleichtner Judith schon lieber. Fleißig und fesch ist sie ja schon…« Er verharrte einen Moment mit hängendem Kopf.»Wenn mir nur einer sagen könnt, was das Richtige ist. Dieses vermaledeite Versprechen an meine Frau!«

Beide Männer schüttelten den Kopf über die verworrene Geschichte, dann stapft Karl Hanuss davon. Pfarrer Mistlholz sah ihm nach. Einen kleinen Hoffnungsschimmer glaubte er zu Judiths Vorteil zu entdecken. Ihr Schicksal könnte sich doch noch wenden, nachdem die Grete Pascher in diesem Drama aufgetaucht ist. Mit flatternder Soutane eilte er zu den Polleichtners und schilderte die Diskussion mit Karl Hanuss, stellte sogar in Aussicht, dass sich der Sinn des Bauern doch endlich wandeln könnte. Vielleicht könne er schon am Sonntag die Beugestrafe gegen Martin aufheben und ihn wieder in die kirchliche Gemeinschaft aufnehmen, wenn nicht gar das Aufgebot verkünden.

Am Sonntag saß Judith vor Aufregung zitternd in der Kirchenbank, ließ den Pfarrer während der Heiligen Messe keine Sekunde aus den Augen. Er hatte ihr so große Hoffnungen gemacht … Aber nichts geschah. Nach dem ›Ite, missa est‹ hastete der Pfarrer mit gesenktem Kopf in die Sakristei.

Judith wurde klar, dass sich nichts geändert hatte. Sie war die erste, die aus der Kirche stürzte, der Großvater und ihre Mutter folgten ihr mit steinerner Miene.

Auf dem Heimweg ließ Judith die Tränen laufen, presste ihr Taschentuch fest vor den Mund. Mizzi, ihre treue Freundin, holte sie ein. Judith drehte ihr Gesicht zur Seite, denn keiner sollte ihre Tränen sehen und wie sie die endlosen Demütigungen schmerzten. Aber Mizzi brauchte nicht viel zu fragen, sie wusste ja, mit welchen Erwartungen Judith heute in die Kirche gegangen war. Sie begleitete die Schluchzende bis an ihre Hoftür, griff nach ihrer Hand und hielt sie fest.

»Jetzt wart halt, Judith. Herrgott, wenn du doch endlich aufgeben würdest! Du wirst noch krank darüber. Pfeif auf den Schuft! Weißt du nicht, dass die schwarze Grete neuerdings herumposaunt, dass der Martin ihr die Heirat versprochen hat? Und wenn er nicht bald dazu steht, will sie ihn grad so wie du verklagen. Ha, eine ganz neue Mode wird das! – Jedenfalls, da siehst du doch, was das für ein Lottersack ist!«

Judith umklammerte mit beiden Händen die Staketen des Zaunes. »Mizzi, du redest vom Vater meines Kindes«, flüsterte sie verzweifelt.

»Und wenn schon!«, trumpfte Mizzi auf. Sie nahm ihre Freundin fest in den Arm, drückte sie, wollte fortgehen, blieb dann doch wieder stehen.

»Hör zu, Judith. Mein Bruder will sich heute so gegen sieben beim Ochsenwirt mit dem alten Zirkel zum Kartenspielen treffen. Am End' ist der Martin auch dabei? Ihr habt doch schon seit ewigen Zeiten kein Wort mehr miteinander geredet. Vielleicht wenn ihr, also nur ihr zwei…«

Und heimlich dachte, hoffte sie wohl, dass ihrer Freundin bei so einer Gegenüberstellung endlich die Augen über den schlechten Charakter von Martin geöffnet würden.

Judith winkte ab, schlurfte mit hängendem Kopf ins Haus. Aber Mizzis Tipp beschäftigte sie weiter. Sie sprach später mit ihrer Mutter darüber.

Marianna presste die Hand auf ihr flatterndes Herz. »Kind, hast du denn gar keinen Stolz mehr im Leib? Er wird dich wieder in den Dreck stoßen. Er ist es nicht wert!«

Judith starrte vor sich hin, blieb stumm. Dieses ewige »Gib auf! Gib auf!«, sie konnte es nicht mehr hören. Zurückgewiesen zu werden ist doch gar nichts gegen den Stachel, den Martins Lügen in mein Herz getrieben haben, dachte sie. »Ich tu's. Ich geh hin.«

Vor dem Spiegel richtete sie sich das Haar, kniff sich in die blassen Wangen, damit sie etwas Farbe annahmen. Marianna seufzte, legte der Zitternden das Schultertuch aus feinster Schafwolle um, machte ihr ein Kreuzzeichen auf die Stirn und schob sie zur Tür. »Gott helfe dir.«

Judith hatte schon die Klinke in der Hand, machte aber kehrt, ging zum Kachelofen, wo der kleine Ignaz auf der Ofenbank eingenickt war. Sie hob das schlaftrunkene Bürschchen auf den Arm, schlug das große Tuch um sie beide. Marianna schaute ihr nach, die Faust auf ihr Herz gepresst, schwankend zwischen Verzweiflung und Hoffnung. Als den Ignaz draußen die kalte Abendluft traf, wachte er auf. Er bestaunte die schwach beleuchteten Fenster und die Umrisse der Häuser, blickte den spärlichen, aber dicken Schneeflocken nach. Judith drückte ihn fester an sich.

Ein paar Minuten wartete sie vor der Wirtshaustür, weil sie lieber hier draußen als drinnen vor Zuhörern mit Martin reden wollte. Aber in der nasskalten Witterung sorgte sie sich um Ignaz. Judith trat ein. Im Ochsenwirt saßen an einem Sonntagabend nur alte Männer und junge Burschen. Der Geruch von Bier und billigem Tabak schlug ihr entgegen. Sie schloss die Tür hinter sich und blieb stehen. Öllampen und Kerzen schufen ein schwaches Licht, aber nach der tiefen Dunkelheit draußen war sie trotzdem geblendet und konnte Martin zwischen all den Köpfen nicht ausmachen.

Die Unterhaltung versiegte, alle drehten sich um zu der Frau mit dem Kind im Arm, beide eingehüllt in ein großes Tuch.

»Einen guten Abend wünsch ich«, sagte Judith laut und fasste den Wirt hinter dem Schanktisch fest ins Auge.

»Ebenfalls. Was willst du denn? Suchst du wen?«, fragte er scheinheilig, grinste.

»Ja. Ich such den Martin Hanuss, wenn's recht ist. Ist er da?« Der Wirt deutete mit dem Lappen, mit dem er gerade die Theke abgewischt hatte, in die rechte Stubenecke, wo Martin sich langsam aufrichtete und seine Karten auf den Tisch legte, ohne den Blick von der dunklen Silhouette am Eingang abzuwenden.

»Also bitte, ich sag es gleich, wenn es Streit gibt mit euch zwei, dann geht vor die Tür. Verstanden?! Ich will kein Geschrei da herinnen.« Der Wirt sprach freundlich, aber energisch. Es wurde geflüstert, an einem der Tische löste eine Bemerkung ein hämisches Lachen aus.

Martin drängte sich zwischen den Stühlen und Tischen durch, starrte Judith unentwegt an. »Komm!«, murmelte er, als er sie erreicht hatte, öffnete die Tür und ließ ihr den Vortritt. Als hinter ihnen die Tür zufiel, brauste im Schankraum Gelächter auf.

Judith suchte Schutz vor dem Wind und den nassen Flocken hinter einem Arkadenbogen, zog den Umhang dichter um das Kind.

»Judith«, setzte Martin an, brach ab. Ignaz hatte mit einem Händchen das Tuch wieder weggeschoben, reckte den Kopf vor, um den fremden Mann zu mustern. Diese Stimme kannte er nicht. Aber das Gesicht, umrahmt von hellen zerzausten Locken, und vor allem der lustige Schnurrbart gefielen ihm. Er verzog den Mund zu einem verschmitzten Lächeln und strahlte den Fremden an.

Martin schluckte. »Läufst mit dem Kleinen in der Nacht durch die Kälte! Krank wird er noch werden.«

Er wollte das wollene Tuch wieder besser um Kopf und Brust des Jungen feststecken, dabei griff die kleine feuchte Hand nach seinem Ringfinger, umklammerte ihn.

»Was willst du denn von mir, Judith, im Wirtshaus, vor allen Leuten?«, fragte Martin gepresst. Der Junge lachte ihn immer noch an, hielt den Finger fest. »Sag schon.«

»Was ich will?«, wiederholte Judith fast tonlos. »Dein Sohn und ich, wir wollen dir sagen: Wir wollen dein Geld nicht. Wir wollen eine Familie sein, weil wir doch zusammengehören, Martin. Und ich, ich will dich auch. Und bittschön, hör auf mit den Lügen.« Zum Jungen gewandt fuhr sie fort: »Das ist dein táta, Ignaz.«

Der Junge zog die Stirn in kleine Dackelfalten, gab aber den Finger frei. Martin wich zurück, fasste Mutter und Kind eine Weile ins Auge, lehnte sich an den Arkadenpfeiler.

»Weißt du was, Judith? Wie du da gestanden bist, drin in der Wirtschaft, da hab ich einen Moment geglaubt, die Madonna mit dem Kind aus der Kirche drüben wär hereingekommen, du weißt schon, die im linken Seitenaltar, wo ich das Geld…«, flüsterte er, trat dicht zu ihr, streifte ihr Tuch etwas zurück und schaute ihr in die Augen. »Ganz anders ist mir da geworden. Ganz kalt. Aber jetzt sehe ich, dass du es bist, die Judith, samt dem Buben, der der meine sein soll.« Er zupfte an Ignaz Zipfelmütze, strich über eine brandrote Haarsträhne, die hervorlugte. »Rote Haare … Wie nur haben wir beide das zustande gebracht?«

Judiths brennende Augen quollen über. »Wie? Das weiß ich noch gut! In der Scheune und einmal draußen unterm Holunderbusch, in der Waschküche und am Bach … Erinnerst du dich wirklich nicht?«, flüsterte sie mit brüchiger Stimme. Martin wandte das Gesicht ab und starrte in das Schneegestöber. »Ja, schon, freilich erinnere ich mich. Es ist ja wahr«, murmelte er.

Keiner von beiden rührte sich, sogar Ignaz schien die Spannung, die in der Luft hing, zu spüren und hielt still, starrte gebannt auf die Schneehauben, die sich auf Martins Haar und Schultern bildeten. Einer aus dem Dorf stapfte vorbei, grüßte, doch Martin nickte nur abwesend. Nach einer scheinbaren Ewigkeit und einem tiefen Seufzer drehte sich Martin wieder zu Judith.

»Also gut, Judith. Sei's drum. Ich geb' auf. Du hast mich, hast mich ganz und gar. Wenn ich schon Marienerscheinungen habe wegen dir, dann soll es wohl sein.« Er lächelte schwach, fuhr sich mit beiden Händen durchs Haar, zerstörte zu Ignaz' Bedauern die wachsende weiße Mütze aus Schneeflocken. »Also dann komm. Ich bring dich heim, sonst erfriert ihr zwei mir noch, und dann wird's am Ende doch nix mit dem Heiraten.«

Kira

Mitten hinein in unser Abtauchen in längst vergangene Schicksale meldete sich mein Handy. Es war mein Prof von der Uni! Er ist ein ungeduldiger Mann, etwa Mitte fünfzig, so eine Art Übervater, der nichts auf die lange Bank schieben kann. Daher das Telefonat. Es gehe um den einjährigen Aufenthalt in den USA, an dem ich im Zusammenhang mit der Arbeit an meiner Promotion so großes Interesse gezeigt hätte, sagte er. Die Deutsche Forschungsgemeinschaft habe das von ihm beantragte Forschungsprojekt in vollem Umfang bewilligt, einschließlich der Personalmittel. Dabei sei insbesondere die beabsichtigte Kooperation mit der University of Florida in Gainsville positiv bewertet worden. Er freue sich, dass sein Sabbatical vor drei Jahren an dieser Uni in Florida die Grundlage für die Kooperation gelegt habe und nun Früchte trage. Mein Promotionsthema liege im Bereich des Forschungsprojekts, so dass mein Aufenthalt in den USA aus Projektmitteln finanziert werden könne. Für die Projektarbeit insgesamt und die langfristige Kooperation sei mein Aufenthalt dort sehr nützlich. Also?

»Muss ich mich jetzt entscheiden«, stotterte ich. Wenn möglich, ja, war seine Antwort, denn er möchte dafür sorgen, dass mir der Platz im Institut sowie in einem Wohnheim reserviert wird. Ich gab mich geschlagen, willigte ein, fragte noch nach dem Termin. Spätestens Januar, und er gratulierte mir herzlich.

Die Nachricht machte mich wahnsinnig stolz und glücklich. Ben wusste, dass der Antrag für dieses Forschungsprojekt lief. Der möglichen einjährigen Trennung hatten wir bis jetzt ziemlich gelassen entgegengesehen, aber nun wurden wir sentimental.

»Du willst das also wirklich machen«, murmelte Ben mit belegter Stimme.

»Doch … schon«, flüsterte ich und lehnte die Stirn an seine Brust.

Seine Hände strichen mechanisch über meinen Rücken. Wir schwiegen eine Weile.

»Willst du mal meine ehrliche Meinung hören? Eigentlich brauchst du die Promotion doch gar nicht. Und der Forschungsaufenthalt in den USA – na, ist ja ganz nett – muss doch auch nicht sein. Was soll dir das denn bringen?«

Seine Worte wirkten wie eine kalte Dusche. Ich schob ihn sacht von mir weg. »Also beides ist für mich…«

»Wenn es dir darum geht, mal die USA kennenzulernen – das können wir doch zusammen machen! Wir bummeln von Ost nach West, vom Norden nach Süden. Mit allem was dazugehört! Ich lade dich ein!«

Und diese Einladung servierte er mir mit dem charmantesten Lächeln, zu dem er fähig war.

»Oh, das klingt irgendwie … super, danke! Da muss ich drüber nachdenken«, stammelte ich perplex. Ich musste mich setzen. Das Angebot kam überraschend und war irgendwie verlockend, aber konnte ich mein wissenschaftliches Projekt und damit meine beruflichen Zukunftspläne deswegen einfach so canceln?

»Ja, denk drüber nach«, lenkte Ben ein, ohne mich aus den Augen zu lassen, fügte konziliant hinzu: »Auf jeden Fall ist das eine exzellente Auszeichnung für dich, was dein Prof da mit dir vorhat. Aber meine Einladung steht!«

Er gab sich einen Ruck, besorgte unten in der Hotelbar eine Flasche Krimsekt, und wir leerten sie auf die Zukunft, so oder so. Mir drehte sich bald der Kopf, sodass ich vorsorglich ins Bett kroch und vor mich hindöste. Ein fremdes Laborteam, neue interessante Forschungsmethoden und das in Florida … weiße Strände … Surfer … Everglades … Ben würde sicher ein paarmal rüberfliegen, und wir würden mit meinen neuen Freunden am Strand feiern, Beach Volleyball spielen ... Nein, stopp, das war nicht Bens Ding. Eher Tennis oder Golf. Irgendwas würden wir schon finden, was uns beiden in Florida Spaß macht... Oder doch lieber mit ihm eine mehrwöchige Rundreise durch die Staaten machen? Die Niagarafälle erleben, dem Mississippi folgen, den Grand Canyon bestaunen oder in die MET gehen und das Guggenheim Museum in New York besuchen ...

Und meinen beruflichen Ehrgeiz fahren lassen?

Nach ein paar Stunden, mitten in der Nacht, wachte ich auf, der Kopf brummte. Nachdem ich mich eine Zeit lang hin und her gewälzt hatte, war ich mit meinen Gedanken wieder in Hollerstrauch.

Nach Bens Szenario war Martins Ego ziemlich beschädigt, als er erkannte, dass er im kleinen Anwesen der Polleichtners eigentlich nur der Knecht war. Soweit konnte ich Ben folgen. Der verwöhnte ›Erbprinz‹ eines großen Hofes war sicher nicht arbeitsscheu, aber standesbewusst. Von 1839-1852 war er Gardegrenadier in Krumau, so der Eintrag im Sterbebuch anlässlich seiner Beerdigung. Hatte er sich in den Jahren zwischen Hochzeit und diesem Wachdienst mit seinem Schicksal abgefunden? Er muss in Hollerstrauch, zumindest aber in der Nähe geblieben sein, weil Judith mehrere Kinder bekommen hat und Martin als Vater eingetragen ist. Ich hatte gelesen, dass sich die Männer der Bauernhöfe in dieser Gegend während der Wintermonate auswärts Arbeit gesucht haben. Hat Martin das auch gemacht und wo? War er vielleicht Holzfäller oder Brauereigehilfe? Dass er nach Linz oder gar nach Wien als ›Ziegelbehm‹ gegangen ist, wie die Bauhilfsarbeiter aus dem Böhmischen genannt wurden, oder als ›Scheiterbehm‹, d.h. als Flößer an der Moldau gearbeitet hat, war auch unwahrscheinlich.

Per Zufall brachte ein kunstvoller Gegenstand aus dem Besitz meiner böhmischen Familie uns einen Schritt weiter.
Am folgenden Tag besuchten wir nämlich Budweis. Sightseeing war angesagt. Im Laufe des Rundgangs blieben wir vor dem Schaufenster eines Antiquitätenhändlers stehen. Ich tippte überrascht an die Schaufensterscheibe. »Guck mal! Meine Großeltern haben genau die gleiche Vase!«
Im Biedermeier-Eckschrank meiner Großeltern steht so eine circa dreißig Zentimeter hohe Glasvase. Meine Oma erzählt gern, dass ihr Vater vor der Vertreibung die Preziose bei seinem tschechischen Schwager deponiert hat. Nach der Grenzöffnung habe er sie umgehend abgeholt und der Vase einen Ehrenplatz in seinem Wohnzimmer gegeben. Es sei ein Erbstück aus der Linie seines Vaters. Erbstück! In meinen Augen war es Kitsch – eine Art Amphore aus violettem Glas, dunkel wie Auberginen, irisierend, von zarten Silberfäden umsponnen. Also ein echter Staubfänger, zu nichts zu gebrauchen, dachte ich immer. Als meine Oma mich einmal mit missbilligender Miene vor ihrer Kostbarkeit stehen sah, meinte sie trocken: »Ja, schau nur. Eines Tages wirst du solche Dinge auch schätzen. Dinge mit Geschichte.«
Sie sollte Recht behalten.
Der Antiquitätenhändler erklärte uns in fließendem Deutsch, dass diese Vase ein Produkt der Glashütte Kralik in Eleonorenhain, heute Lenora, sei und aus der Mitte des 19. Jahrhunderts stamme. Der Historismus sei an dem Kunstwerk festzustellen, auch frühe Anklänge des Jugendstils könne man sehen. Im südlichen Böhmerwald habe es so einige Glashütten gegeben, holte er aus, die im 17. und 18. Jahrhundert ihre Blüte erlebt hätten. Eine Ursache für ihren Niedergang sei schlicht der Mangel an Holz gewesen. Nicht alle Eigentümer der Wälder seien nämlich bereit gewesen, einem Hüttenbetrieb zuliebe auf ihr Jagdrevier zu verzichten und dem Kahlschlag zuzustimmen. Anfang des

19. Jahrhunderts habe es jedoch in dieser Gegend wieder einen Aufschwung in der Branche gegeben, nachdem Fürst Schwarzenberg die Einrichtung von vier Glashütten in seinem Forstbesitz im Böhmerwald erlaubt habe.

Das waren interessante Informationen. Der Preis, den der Händler schließlich verlangte, war horrend. Er ließ nicht mit sich handeln, also gingen wir ohne das Pendant.

Ben grübelte. »Die Familie Hanuss war doch, sagen wir mal, bloß gutbürgerlich. Man kann nicht unbedingt auf Sinn für Luxusgegenstände schließen…«

»Leisten konnten sie es sich wahrscheinlich schon. Und vielleicht wurden die Glaswaren damals nicht zu solchen Wucherpreisen gehandelt wie es heutzutage die Antiquitätenhändler machen. Wenn die Vase aus der Zeit um 1840/50 stammt, hat sie vielleicht sogar der ach so nette Martin seinem Eheweib geschenkt. Wer weiß?«, stichelte ich mit einem koketten Seitenblick.

Leider verstand Ben den Wink mit dem Zaunpfahl nicht.

»Ich kann mir nicht vorstellen, dass der so eine ausgefallene Vase gekauft hätte. Wann sind die Leute schon mal rausgekommen aus ihrem Dorf? Weiter als bis nach Prachatitz oder Krumau dürften die kaum gekommen sein.«

»Oder nach Eleonorenhain? Martin auf Arbeitssuche in einer Glashütte?«, überlegte ich.

Ben starrte mich an.

»Mensch, das ist es! Die Kombinationsgabe der Frau Doktor in spe ist enorm!« Ben nahm mich in den Arm, drückte mir einen Kuss auf die Backe. »Da fahren wir hin«, entschied er hochgestimmt.

Judith
1830 - 1832

Am Morgen nach der Hochzeitsfeier räumen Judith und ihre Mutter Stube und Küche auf. Es wird gefegt und gewischt, das circa dreißigteilige Tafelservice mit dem blauen Wiener Muster, das achtzehnteilige Kaffee-Service – alles aus Mariannas Aussteuer – gespült und sorgsam in Truhen und Schränken bis zur nächsten Familienfeier verstaut, das Silber poliert und die Speisereste im kühlen Keller gelagert. Nach dem Mittagessen bitten die Eltern und der Großvater gutgelaunt das junge Paar, am Küchentisch sitzen zu bleiben. Es soll besprochen werden, wie sie ab jetzt alle zusammen arbeiten und leben wollen.

Abgesehen vom invaliden Adalbert sind sie jetzt vier gesunde Arbeitskräfte, die das Anwesen eigentlich gut versorgen können. Eigentümer von Haus, Garten, zwei Feldern dahinter und einigen Feldern weiter weg ist die Wallerner Herrschaft, letztendlich der Fürst Schwarzenberg. Großvater Paulus Polleichtner ist der Besitzer, der es bewirtschaftet. Ein Pferd, eine Kuh, zwei Schweine und einige Ziegen, das Hühnervolk und die Gänse gehören ihnen, ebenso das Mobiliar. Zweimal im Jahr sind Abgaben zu leisten. Frondienste, der Robot, waren in diesem Jahr nicht eingefordert worden; es heißt, dass sie ganz abgeschafft werden sollen. Im Winter ist in dem kleinen Anwesen nicht viel zu tun. Aber jetzt, im Frühjahr, sind die Polleichtners über ein zusätzliches Paar Arme froh.

»Also, um was willst du dich kümmern?«, fragt Marianna entgegenkommend.

Martin brummt, er wolle erst einmal schauen, wie es hier so zuginge. Nein, die Schweine werde er auf keinen Fall versorgen, das habe daheim die Schweinedirn gemacht. Und die Ziegen? Auf keinen Fall. Ihn ekle der Ziegengeruch.

Sie kommen zu keiner Regelung. Die Polleichtners sind erschrocken über die unerwartete Feindseligkeit des jungen Ehemannes. Sie schlucken, nehmen stumm ihr Tagewerk auf. Sie werden zuversichtlich, als Martin anfängt, Holz zu hacken und die Scheite an der Hauswand stapelt. Bisher war das Großvaters Arbeit, aber mit seinen fünfundsiebzig Jahren und dem Reißen in allen Knochen ist er mit dieser Lösung ganz zufrieden. Er sitzt auf der Bank vor seinem Altenteil, seine zwei Paar Arbeitsstiefel stehen am Boden, von denen er später den Lehm abkratzen will, denn Schmutzarbeit wird immer im Freien erledigt. Er raucht und beobachtet den Ehemann seiner Enkelin ungeniert, fragt sich, wie das mit dem weitergehen wird. Seine hellblauen Augen sind nicht mehr die besten, weshalb sie meistens zwischen den zugekniffenen Lidern aufblitzen. Er ist ein mittelgroßer Mann, leicht gebeugt, mit einem kleinen Bauchansatz, schütterem Haupthaar aber mit einem dichten Bart um die Kinnlade, in den Ignaz gern hineinfasst, wenn er ihn auf seinen Knien reiten lässt.

Adalbert kann jetzt und wird in den kommenden Jahren seinen Ärger über den hochnäsigen Schwiegersohn nicht verbergen. Er spricht es nicht aus, demonstriert es aber, indem er Martin den Rücken ganz oder doch wenigstens halb zudreht. Anschauen wird er ihn nie. Vielleicht ist ihm auch die eigene Behinderung peinlich, durch die er nicht richtig zupacken kann. Das war auch mal anders! Sein Vater, Paulus Polleichtner, war immer ein gesunder, kräftiger Mann, der das Regiment über den Bauernhof so schnell nicht abgeben wollte. Daher hat Adalbert mit vierzehn Jahren einen Handwerksberuf erlernt, wurde Anstreicher. Bald stellte sich eine besondere Begabung heraus, er wurde Dekorationsmaler. Als er noch die Häuserfronten mit seinen schönen Motiven bemalt, in manchen Kirchen und in Gutshöfen die Wandgemälde restauriert hat, war er angesehen und beliebt. Vor fünf Jahren aber ist er vom Gerüst gestürzt, als er den Heiligen Florian an der Hauswand eines Bauernhofes in Chrobold auffrischen wollte. Das linke Knie wurde dabei zerschmettert, blieb steif, das linke Handgelenk brach und wuchs nicht mehr richtig zusammen. Er konnte diesen einträglichen Beruf nicht mehr ausüben, auch, weil es ihm nicht mehr möglich war, in größerer Höhe schwindelfrei zu stehen. Dass sein Schwiegersohn nicht von selbst erkennt, was von ihm erwartet wird, lässt Adalbert oft vor unterdrückter Wut zittern.

Marianna dagegen hat eine Schwäche für ihren feschen Schwiegersohn, wird manchmal sogar rot unter seinem schrägen Blick. Sie ist eine lebensfrohe, stattliche Frau. Ihr volles Haar, braun wie Malzkaffee, sprenkeln zwar einige graue Strähnen, aber ihre Haut ist noch glatt. Nur am Dekolleté, da, wo die Sonne sie zu oft verbrannt hat, und in den Augenwinkeln zeigen sich erste Falten. Marianna sehnt sich insgeheim nach ein bisschen Leben im Haus, nach Lachen und Leichtigkeit, und wünscht nichts mehr, als dass sich zwischen dem jungen Paar alles zurechtrücken würde. Und darüber hinaus auch zwischen den beiden Familien und der Dorfgemeinschaft! Die Stellung im Dorf ist ihr sehr wichtig. Sie stammt aus einer angesehenen Familie. Ihre Mitgift war stattlich, die zum Teil in die Erweiterung des Hofes gesteckt wurde. Ihr Vater, Vojtech Hrdlička, ist Holzhändler. Durch den Bau des Schwarzenberger Schwemmkanals, der seine Baumstämme vom Böhmerwald zur ›Großen Mühl‹ und von dort bis kurz vor deren Mündung in die Donau transportiert, wo sie schließlich per Schiff bis nach Wien gelangen, wurde er wohlhabend, aber nicht dünkelhaft.

Dass seine Tochter Gefallen an diesem ruhigen Mann gefunden hat, der gut aussah und doch nicht eitel war, das passte ihm. Er brauchte keinen aufsässigen Schwiegersohn, auch keinen Nachfolger. Das war schon ausgemacht mit seinem ältesten Sohn Ondrej. Dass Mariannas Auserwählter nur ein ›Lüftlmaler‹ war mit einer kleinen Landwirtschaft, nahm er hin. Auch Vojtech Hrdlička hatte einmal klein angefangen. Immerhin hatte der Besitzer von Schloss Protivín für Renovierungsarbeiten im Speisesaal eigens den Adalbert Polleichtner aus dem Böhmerwald kommen lassen! So hatte Marianna ihn kennengelernt. Die Hrdličkas richteten den beiden eine Hochzeitsfeier in Protivín aus, die sich sehen lassen konnte.

Im Ehebett demonstriert Martin ebenfalls Gleichgültigkeit. Judith fragt sich, ob er sie nachträglich für ihr rabiates Vorgehen am Gericht bestrafen will, indem er sie vier Nächte lang im Bett ignoriert. Es nützt nichts, dass sie wie zufällig den Ausschnitt des Nachthemds über die Schulter rutschen lässt oder das Laken von ihren Schenkeln schiebt. Irgendwann aber ist sein sexuelles Bedürfnis doch so gewachsen, dass er auf seinen Trotz pfeift. Vorher droht er aber halb lachend, halb ernst: »Dass du mir aber nicht gleich wieder schwanger wirst!« Von da an verlangt Martin mit mechanischer Regelmäßigkeit nach seiner Frau. In den Flitterwochen schmeichelt Judith die kaum zu stillende Begierde ihres Mannes. Sie ist ganz erfüllt von dem stolzen Glauben, dass sie, ihre Schönheit, ihr Lächeln, ihr Körper allein der Auslöser für seine Lust sind. Erst viel später dämmert ihr, dass ihr Mann nur seinen Trieben folgt, die nichts mit ihr zu tun haben.

Gut gelaunt und glücklich ist das Paar, wenn es so wie andere junge Leute sonntags Arm in Arm den Marktplatz hinauf und hinunter spaziert oder wenn es hinaus in die Heide schlendert, zu den moorigen Tümpeln, und die Zweisamkeit genießen kann. An manchen Sonntagen, wenn Marianna bereit ist, den Enkel zu hüten, kutschieren sie in eines der Nachbardörfer zur Kirchweih, zum Tanz oder bummeln in Prachatitz an der Stadtmauer entlang, bewundern die Malereien an den alten Häusern, trinken ein Bier oder einen Schoppen Most. Ja, so weit weg von allen und allem, da ist der Martin ein anderer Mensch, lustig, fröhlich. Manchmal allerdings wirkt sein Überschwang aufgesetzt, aber Judith denkt nicht weiter darüber nach.

Ihre Eltern nehmen Martins Verhalten, was die Arbeit angeht, zähneknirschend hin. Sie mahnen sich gegenseitig zur Geduld, trösten sich damit, dass mit der Heirat Ordnung in ihr Leben zurückgekehrt, dass Judith eine geachtete Hausfrau geworden ist und Ignaz einen Vater hat. Aber hier und da reißt bei Marianna doch der Geduldsfaden und sie zischelt ihrer Tochter zu, so könne es nicht weitergehen, ihr Mann habe doch zwei gesunde, starke Arme!

Auf Judiths Ermahnungen reagiert Martin aufbrausend oder gleichgültig. Manchmal nach ein, zwei Tagen macht er doch das, worum sie ihn gebeten hat. Sie lernt, dass sie ihre berechtigte Kritik oder ihren Ärger in freundlich klingende Vorschläge oder Bitten kleiden muss. Er ist ja nicht faul, aber ohne wirkliches Interesse an dem kleinen Hof. Nach dem Nachtmahl macht er manchmal einen Gang ins Wirtshaus, kommt immer zeitig und nie betrunken zurück, doch oft mit schlechter Laune. Dann hat ihn wohl ein Dörfler wegen seiner streitbaren Ehefrau aufgezogen, vermutet Judith bekümmert.

Mit dieser oft gereizten Stimmung innerhalb des Familienclans vergeht der Sommer. Als der Herbst seinen Einzug hält, die Ernte eingeholt ist, wäre es Zeit, dass sich Martin wie alle arbeitsfähigen Männer des Dorfes über die Wintermonate Arbeit sucht, an einer Ölpresse oder Essigsiederei, in einer Brauerei, im Bergwerk oder sonst wo. Arbeit ist dort immer zu kriegen. Das hat der reiche Bauernsohn Martin jedoch nie nötig gehabt, und jetzt überhört er bockig die mehr oder weniger deutlichen Winke.

Die Weihnachtsfeiertage verlebt die Familie in einer bedrückten, unzufriedenen Stimmung. Oft ruht der Blick des Urgroßvaters nachdenklich auf Ignaz, der mit seinem Holzpferd in der Küche herumkrabbelt, fragt sich wohl, wann man den Jungen in den Arbeitsprozess einbinden kann – zum Gänsehüten zum Beispiel. Aber er sieht es ja ein, dafür ist der Hosenscheißer doch noch zu klein. Damals, als er selbst ein Kind war, musste er mit sechs Jahren die Ziegen hüten, das Vieh im Stall füttern, beim Pflügen und Dreschen und anderer Feldarbeit dem Vater zur Hand gehen. Schule? Die besuchten die Kinder nur im Winter. Erinnerungen an die heißen Hochsommertage steigen in ihm auf, wenn die Sonne brannte und die Halme rasch trockneten und eingefahren werden konnten. Da musste er flink wie ein Wiesel über den Acker rennen, Strohbänder auslegen, mit denen die Frauen die Gerstenbündel zusammenschnürten … Und dann die Heimfahrt, hoch oben auf dem beladenen Leiterwagen, den zwei Ochsen zogen, da lag er dann erschöpft, schweißnass auf der schwankenden Fuhre, der Staub brannte in den Augen, der Durst ließ die Zunge am Gaumen kleben … Trotzdem, so scheint es dem Alten heute, war es eine glückliche Kindheit.

Einmal überrascht Judith ihren Mann im Hof beim Gelderländer, dem er das Fell mit Kardätsche und Striegel pflegt.

»Das Ausreiten fehlt mir schon«, murmelt er, als müsse er sich entschuldigen.

»Tja, unser Joschi ist nichts zum Ausreiten, leider. Das kennt der gar nicht. Der ist auch nicht sowas Edles wie eure Rösser daheim. So schön dunkelbraun wie die sind, die Mähne und der Schwanz schwarz wie die Haare von der…« Judith bricht erschrocken ab, schiebt die Vision von der schwarzen Grete schnell beiseite.

Aber Martin hat ihren Gedankensprung gar nicht wahrgenommen. »Ja, schöne Tiere sind das. Bayerisches Warmblut, eine alte Pferderasse.« Er holt den Schwamm aus dem Wassereimer und wischt vorsichtig Joschis Augen aus. »Sind gut zu reiten, arbeiten aber auch gut.« Martin stützt beide Arme auf den Pferderücken und starrt ins Leere. »Ja, viel hab ich aufgegeben wegen dir … Bestimmt wird bald eine von meinen Schwestern heiraten, und dann wird ein Fremder der Herr auf meinem schönen Hof sein. Himmel sakra! Ich hätte nicht geglaubt, dass mein Vater so halsstarrig sein wird.«

»Lass halt ein bisschen Gras drüber wachsen. Er hat bestimmt noch ein Einsehen.«

Judith wechselt den Korb mit Erdäpfeln auf die andere Hüftseite. Obwohl die nasskalte Februarluft ihr durch das Kleid bis auf die Haut kriecht, bleibt sie bei ihrem Mann stehen. Ihr Blick wandert über ihr Zuhause, das sie bisher mit Stolz erfüllt hat – das Wohnhaus mit dem Schopfwalmdach, das dem böhmischen Wind wenig Angriffsfläche bietet, der zu jeder Jahreszeit, insbesondere aber im Herbst und Winter, ein Sturm werden kann. Sie betrachtet die schwärzliche Schindelverkleidung an den Außenwänden und den Sockel aus weiß gekalkten Feldsteinen. Wohnhaus, Stall und Scheune bilden einen Hof, der mit rund geschliffenen Steinen aus dem Bach gepflastert ist. Auch der bescheidene Anbau, der Alterssitz von Großvater Paulus, gehört dazu. Die Schwengelpumpe auf der Seite der Scheune versorgt sie mit gutem Wasser. Auf dem Balkon, der sich über die ganze Hausfront erstreckt, würden bald rosarote Nelken leuchten. Links und rechts von der grünbemalten Haustür, zur Straße hin, hat Marianna einen prächtigen Bauerngarten angelegt, wo im Frühjahr Schneeglöckchen, Tulpen, Pfingstrosen und Schwertlilien, im Sommer Rittersporn und Malven, Strohblumen, Goldlack und Löwenmäulchen blühen. Diese Tür wird aber selten benutzt. Jeder betritt das Haus vom Hof aus, durch die Hintertür sozusagen. Im Rücken des Wohnhauses liegt Mariannas Gemüsegarten, dem ein Birnbaum und ein Zwetschgenbaum Schatten spenden. Ganz am Rand des Grundstücks stehen Großvaters Bienenkörbe. In einer umzäunten Wiese grasen im Sommer Pferd, Kuh und Ziegen in schöner Eintracht. Die Gänse freuen sich über einen Tümpel, den ihnen Großvater Paulus in jungen Jahren ausgehoben hat. Die Nussbaummöbel im Wohnhaus sind schlicht und solide, gezimmert von Jakob, dem Mann von Adalberts Schwester, dem besten Schreiner im Kreis. Die Kredenz hat er sogar mit schönen Intarsien geschmückt. Klein aber fein, nennt Mutter Marianna ihr Anwesen. Sie ist glücklich hier. Jetzt auf einmal schrumpft das Haus zu einer Hütte, weil da jemand ist, dem es nicht reicht, merkt Judith. Martin starrt noch immer ins Ungewisse. Seine Hand streicht abwesend über den Rücken des Pferdes.

»Wenn ich ja eigenes Geld hätte«, tastet sich Judith vor, spricht leise, damit sie niemand hört, »dann würde ich dir ein schönes Reitpferd kaufen. Aber leider… Ich finde ja, dein Vater müsste dir schon was auszahlen. Ein gewisser Teil steht dir doch zu. Ist das nicht so vor dem Gesetz?«

Martin sagt nichts, klatscht Joschi auf die Kruppe, und das Pferd macht sich brav auf den Weg zu seinem Platz im Stall. Judith ereifert sich angesichts seines Schweigens. »Hat er dich denn überhaupt richtig enterbt? Ich meine, ich hätte gehört, dass man in so einem Fall eine Erbschaftsklage…«

»So! Willst du schon wieder vor Gericht ziehen?! Reicht dir unser Prozess nicht? Mir hat's gereicht!«, fährt Martin sie an. Seine hellen Augen funkeln unter den gerunzelten Brauen.

Aber Judith lässt sich nicht einschüchtern. »Wenigstens ein Stück Wald könnte dein Vater dir überschreiben!«, drängt sie. »Das Holz bringt doch viel ein!«

»Der Wald, das ist die eiserne Reserve unseres Hofes«, erklärt ihr Martin von oben herab. Und sei denn von den Wäldern ringsherum nicht schon genug kahlgeschlagen worden? Ohne Sinn und Verstand habe man hier drauflosgehackt und -gesägt und das Aufforsten versäumt. Ganz nackert seien viele Höhenzüge inzwischen.

»Hast du denn gar nichts verlangt von deinem Vater, als du gehen musstest?«

»Verlangt!? Mein Vater ist keiner, von dem man was verlangen kann. Du hast es ja erlebt!«

Judith stellt den Korb ab, reibt die kalten Hände. Was nur könnte ihn mit seinem Schicksal aussöhnen? Der Streit macht ihr Angst, sie möchte ihn möglichst schnell beilegen. Aber Martins Zorn verraucht nicht so schnell.

»Schon davor, als du mich beim Gericht angezeigt hast und ich einsitzen musste, da hat mich mein Vater weggeschickt wie einen Hausierer, damit das Gerede aufhört. Hab anderswo alle mögliche Drecksarbeit gemacht.« Er fährt herum, sein Gesicht ist ganz verzerrt. »Warum hast du das gemacht? Mich verklagt und das alles! Warum hast du mich nicht ausgelassen? Hast mich eingefangen wie einen weggelaufenen Schafbock!«

Jetzt kocht auch in Judith die schon lange angestaute Wut. Aber sie spricht trotzdem leise, darauf bedacht, dass ihre Familie den Wortwechsel nicht hört.

»Du hast begreifen sollen, dass du dich nicht mit einer dummen Melkdirn' eingelassen hast! Dass ich keine bin, der man mit Liebesschwüren kommen und die man dann in den Straßengraben stoßen kann! Für mich war es kein Spiel, sondern heiliger Ernst. Und das hast du gewusst!«

Martin schweigt beharrlich, stiert auf die Hauswand.

»Was um Herrgotts willen hat dir auf einmal nicht mehr an mir gefallen?«, flüstert Judith nach einer Weile. Ihre Augen werden feucht, und sie muss schlucken.

Ihr Mann bemerkt die Tränen, kommt zu ihr, legt die Hände um ihre Taille und zieht sie an sich. »Gefallen hast du mir immer, Judith. Du bist mir die liebste! Glaub mir!« Er atmet tief durch, berührt ihre Stirn mit den Lippen. »Um den Hof ging's mir, verstehst du das denn nicht? Das ist ein Rustikalgut mit Rustikalland, das meine Altvorderen mit harter Arbeit erworben haben. Mein Vater allein hat darüber die Verfügungsgewalt, voll und ganz! Da gibt es nicht so eine Hörigkeit von der Herrschaft wie bei euch hier.« Als Judith nicht reagiert, fährt er leise fort: »Und das, Judith, sollte ich aufgeben, einfach so? Natürlich fiel mir das schwer. Und jetzt? Was bin ich denn jetzt? Ein Habenichts. Arm und heimatlos.«

Judith lehnt den Kopf an seine Brust. »Ich bin jetzt deine Heimat, Martin. Der Bub und ich.«

Und das Kleine, das seit Kurzem in meinem Bauch wächst, denkt sie. Aber das braucht Martin jetzt noch nicht zu wissen. Demnächst, wenn seine Laune besser ist, erzähle ich es ihm. Dazu kommt es jedoch nicht mehr. Ein paar Wochen später wird Judith das Kind verlieren. Sie hat sich wohl beim Kartoffelsetzen übernommen.

»Ja, freilich, ihr seid alles was ich hab«, murmelt Martin, verharrt aber in seinen düsteren Gedanken. »Mein Vater muss doch ein Einsehen haben! Ich bin doch der einzige Sohn und einen Enkel hab ich ihm auch gemacht. Sein Starrsinn muss doch mal vorbeigehen.«

Judith umarmt ihn fest, um ihn aufzumuntern, fährt sich mit dem Handrücken über die Augen und geht.

Wie nur kann ich Martin glücklich und zufrieden machen, grübelt sie dabei. Im Bett, ja, da gelingt es, aber sonst… Verflixt, rumort es auf einmal in ihr, wieso eigentlich soll ich alle glücklich machen – meinen Mann, die Eltern, den Großvater, das ganze Dorf am Ende! Und wo bleib ich?

Ein paar Tage später kommt Martin pfeifend vom Wirtshaus nach Hause. Er kriecht zu Judith ins Bett, schiebt seine eiskalten Füße zwischen ihre Waden. Ein Schneeregen hat ihn auf dem Heimweg erwischt.

»Du, ab November habe ich eine Arbeit! Ihr wollt doch, dass ich im Winter fortgehe und Geld verdiene. Jetzt mache ich es.«

Einerseits freut sich Judith, dass er aus seiner Lethargie erwacht, andererseits erschreckt sie die Vorstellung, dass er nicht bei ihr ist. »Und? Was ist das für eine Arbeit?«

In der Wirtschaft habe heute ein Werber gesessen vom Warnsdorfer Unternehmer Bienel, der jetzt in Moderbach Fichtenholz für Musikinstrumente verarbeiten lassen will. Man suche Holzfäller und Säger, denn der Bienel wolle expandieren. Er habe sich für's Sägen eintragen lassen.

»Dein Onkel Jakob war auch im Wirtshaus und hat mir zugeredet. Also, da geh ich hin und probier's aus, ob das was für mich ist.« Und der Bastl, sein alter Schulfreund, ginge auch mit.

Angesichts seines Elans schöpfen die Polleichtners neue Hoffnung für ihr weiteres Familienleben.

Ende Oktober marschieren die beiden jungen Männer los. Judith schaut ihnen lange nach. Jetzt scheint Martin sich endlich in sein Schicksal an ihrer Seite zu fügen.

Einen Tag vor dem Christfest poltert Martin in die Wohnküche. Judith richtet ihm gleich den Zuber her für ein heißes Bad, bringt ihm frische Wäsche. Ein Blick in sein verdrossenes Gesicht sagt ihr, dass sie besser still ist, so lange, bis sie es nicht mehr aushält und fragt.

»Ja, wie soll's gewesen sein? Reingelegt hat uns der Werber! Eine Arbeit in der Sägerei hat er uns versprochen, einen trockenen, warmen Arbeitsplatz in einem großen Schuppen! Aber die meiste Zeit waren wir nichts wie Holzhacker im Wald.«

Nun, gottlob, der Winter sei ja nicht so streng gewesen dieses Mal, versucht Judith ihn zu trösten, während sie ihm den Rücken schrubbt.

»Das ist egal!«, braust Martin auf. »Es war Betrug! Gaunerei! Sie haben sich herausgeredet, dass die neue Gattersäge nicht rechtzeitig geliefert worden ist. Ja, leck mich! Jetzt ist sie da, steht in einer Halle, aber keiner von unseren Ingenieuren traut sich an das Monstrum, so kommt es mir vor!«

Er legt den Kopf zurück, damit Judith ihm die Seife aus dem langen Haar spülen kann. »Ich weiß noch nicht, ob ich da wieder hingehe. Der Bastl, ja, der will auf jeden Fall wieder hin…«

Abwarten, ruhig bleiben, zügelt Judith sich selbst, als sie ihm die Haare schneidet. Und wirklich, als Bastl nach den Feiertagen wieder anklopft, ist Martin reisefertig.

Doch schon vier Wochen später ist Martin plötzlich aus Moderbach zurück, blass, wortkarg.

»Ich habe den Bastl heimbringen müssen. Ihm ist was Furchtbares passiert«, murmelt er und starrt auf das Uhrpendel. »Drei Finger hat er verloren an der rechten Hand, abgesägt mit einem Ratsch! Grad wie dicke Würmer sind sie im Sägemehl gelegen. Ich hab's erst gar nicht begriffen, war wie vom Schlag getroffen! Erst das viele Blut und dem Bastl sein Geschrei haben mich aufgescheucht.« Martin schweigt eine Zeitlang. »Aufhängen will er sich, wenn er die Hand wieder benutzen kann…«

»Saisonarbeiter!«, brummt der alte Polleichtner und schüttelt den Kopf. »Dem zahlt die Sägerei bestimmt keine Entschädigung. Ein armer Teufel, der Bastl.«

»Und wie steht's mit dir? Gehst du denn wieder zurück?«, bohrt Adalbert an einem der nächsten Tage nach. »Dein Arbeitsvertrag geht doch noch bis Ende Februar oder März.« Martin starrt schweigend aus dem Fenster, schüttelt den Kopf.

Judith lehnt sich an ihn, schlingt einen Arm um seine Taille. »Das hat dich arg mitgenommen, dieser grausige Unfall, nicht wahr? Aber schau, das Leben geht weiter…«

»Ich gehe da nicht wieder hin«, unterbricht Martin sie rau, jedes Wort betonend.

»Heißt das, der feine Herr wird auch diesen Winter wieder wie ein altes Weib hintern Ofen sitzen und die Daumen drehen?«, spottet Marianna mit feuerroten Wangen. »Fängst vielleicht gar mit dem Spinnen an?!«

Und der Großvater wirft dem jungen Mann einen verächtlichen Blick zu. »Arschkratzer!«, raunzt er, aber so leise, dass es keiner versteht.

Martin lenkt nicht ein. So oft es geht, schaut er bei seinem Freund Bastl vorbei, muntert ihn auf. Gottlob steht die Vreni, Bastls Liebste, treu zu ihm, drängt sogar zum Heiraten, und ganz langsam findet der junge Mann ins Leben zurück. Vom Aufhängen ist keine Rede mehr.

Martin zieht sich noch mehr als früher in ihre kleine Wohnstube im Dachgeschoss zurück. Aber Großvater braucht beim Ausmisten der Ställe Hilfe, beim Ackern der Felder, beim Ernten der Erdäpfel und des Korns, eben bei allem, was so schmerzhaft für seinen Rücken ist. Die Tiere müssen dreimal täglich gefüttert, die Ziegen und die Kuh zweimal gemolken werden – eigentlich Männerarbeit, in die Marianna und Judith zwangsläufig hineingewachsen sind. Die Pflichten hätten sie inzwischen gern dem jungen Mann übertragen, aber er ignoriert sie oder erfüllt sie mangelhaft. Das Haus und die Arbeit darin ist Frauensache, ebenso der Garten und das Versorgen der Hühner- und Gänseschar.

Hierbei brauchen die Frauen keine Hilfe. Das schaffen sie allein – die Milch verarbeiten, das Brot backen, die Birnen und Zwetschgen im Backofen dörren und dann am Dachboden lagern, Zwetschgenmus und Pastinakensirup kochen, Birnenschnaps, Holundersaft und Pastinakenwein ansetzen. Wird ein Schwein geschlachtet, sorgen sie für die Konservierung im Pökelfass und das Aufhängen im Rauchfang vier Wochen später. Sie braten die Fettstreifen aus zu Schweineschmalz und so vieles mehr. Nicht selten hat Marianna mit ihrer metallischen Kopfstimme dabei tschechische Volkslieder gesungen, etwa das vom dummen Bauern, ›Sedlák, sedlák, ještě jednou…‹ Aber auch deutsche Moritaten gehören zu ihrem Repertoire, wie ›Es war einmal eine Jungfrau rein‹, wobei sie die dann finster werdende Miene ihrer Tochter übersehen hat, oder die traurige Ballade ›Paulinchen saß weinend im Garten‹, die derzeit alle Stallburschen pfiffen und die Mägde über den Melkeimern schluchzten. Jetzt singt Marianna nur noch selten.

Das Jahr zieht sich hin. Der kleine Hof ist durchdrungen vom Groll seiner Bewohner – dem gelegentlichen Aufbrausen des Hausherrn Paulus, von Adalberts versteckten Lästereien und den schnippischen Bemerkungen, die Marianna sich nicht verkneifen kann. Judith versucht zu vermitteln, bittet Martin inständig darum, sich mehr einzubringen in seinem neuen Zuhause, doch nach gutwilligen Anläufen erstirbt sein Elan wieder, und er verkriecht sich im Dachgeschoss.

Kira

Wir verließen Prachatitz in aller Herrgottsfrühe Richtung Lenora. Ich habe es schon gesagt, Ben unternahm nichts ohne gründliche Vorbereitung. Während der kurzen Hinfahrt musste ich ihm alles Wissenswerte über den kleinen Ort aus unserem Böhmerwald-Führer vorlesen. Also, Lenora hieß früher Eleonorenhain. 1834 gründete Johan Meyr an dieser Stelle eine große Glashütte, die ihre Produkte vor allem in die USA, Frankreich, Belgien und Italien exportierte. Sie gehörte zuletzt den Brüdern Alfons und Sigfried Kralik, die 1945, weil sie Deutsche waren, enteignet wurden. Die Glashütte wurde verstaatlicht, schlingerte so dahin und kam trotz diverser Rettungsversuche nicht mehr auf die Beine, ging schließlich Pleite.

»Es gibt auch ein Museum mit den alten Glassachen. Das schaue ich mir an«, entschied ich.

Ben meinte, ihm wäre nach frischer Luft, nicht nach Museumsmuff.

Wir verlebten einen freundlichen Herbsttag in Lenora, einem ziemlich verschlafenen Ort. Am Ortseingang gab es einen kleinen Laden mit Glassachen, aber nichts darin reizte uns. Eine Besonderheit ist das ›Rechle‹, eine Holzbrücke mit Schindelüberdachung über die Moldau aus dem Jahr 1870. Das Holzschwemmen auf der Moldau wurde hier wie mit einem Rechen reguliert. Dieses technische Denkmal interessierte Ben, ich blieb beim Glasmuseum. Wir trennten uns für eine Weile.

Beim Anblick der wunderschönen Exponate im Museum rückte unser Familienerbstück doch in ein sehr viel besseres Licht. Außer mir spazierte nur ein Ehepaar vor den Vitrinen umher. Der junge Mann, der mir die Eintrittskarte verkauft hatte, folgte uns getreulich wie ein Wachhund. Er langweilte sich, das war offensichtlich. ›Simon‹ stand auf dem Schildchen an seiner Brust.

»Klasse Sachen hier, oder? Möchtest du eine Führung?«, fragte er mich schließlich.

Eine Führung wollte ich eigentlich nicht, aber er schaute mich so an, dass ich zustimmte. Wir machten uns bekannt, und dann legte er los, eindeutig mit einem auswendig gelernten Sermon. Natürlich brannte mir die Frage auf der Zunge, wieso er, ein Deutscher, in diesem abgelegenen Nest Museumswärter war, aber sein Redefluss über Form und Farbe, Jugendstil oder Art déco war nicht zu stoppen. Erst, als er hinter dem Ehepaar die Tür schloss, konnte ich meine Frage nach dem Wieso und Woher anbringen.

Er stammte aus Bayreuth, erfuhr ich. Ursprünglich wollte er sich hier in dem alten Glasbläserort nur mal umsehen. Die gläsernen Kunstwerke im Museum fesselten ihn aber sofort. Er kam mit dem Museumswärter Petr ins Gespräch, dem sein Interesse gefiel und sehr gelegen kam, denn er wollte einen längeren Urlaub in Kroatien machen, aber seine Vertretung hatte aus irgendwelchen Gründen abgesagt. Petr organisierte mit dem Ortsvorsteher unter der Hand die Urlaubsvertretung in Gestalt des fränkischen Simon.

»Und was machst du mit den tschechischen Museumsbesuchern, wenn du doch ihre Sprache kaum sprichst, wie du sagst?"

Es gäbe ein Tonbandgerät, das in diesen Fällen laufen würde. Aber die meisten Leute wollten eh nur gucken und ihre Ruhe haben.

»Im Urlaub Fremdenführer spielen … Gefällt dir das?«

Simon lachte unfroh. »Urlaub? Nein. Bin arbeitslos.«

»Oh! Und vor dem Job hier – was hast du denn da gemacht?«

Er schwieg einen Augenblick, als müsse er nachdenken. Eigentlich habe er nach dem Abi studieren wollen, Lehramt –

Physik, Chemie, die Richtung eben, berichtete er zögernd. Aber er musste, wie alle in der Oberstufe, ein Schülerpraktikum machen. Ohne wirkliches Interesse sei er bei einem Fachbetrieb für Metallbau gelandet und habe dort so zum Spaß ein Messer geschmiedet.

»Das hat mich so gefangen genommen, dieses Arbeiten an der glühenden Esse, dass ich keine Lust mehr hatte zum Studium, sondern ich habe mir eine Ausbildungsstelle zum Metallgestalter gesucht. Zu guter Letzt war ich Kunstschmied. Leider ging die Schmiede, bei der ich war, Pleite. Ich saß auf der Straße, besser gesagt, in Bayreuth bei meinen Eltern am Küchentisch. Zufällig hab ich einen Tschechen kennengelernt, der wie ich Saisonarbeiter bei der Hopfenernte war. Der hat am Lipnosee eine Datsche und die hat er mir angeboten, wenn ich sie ihm innen neu streiche. Mir kam das grade recht. So bin ich hier gelandet. Der Anstrich ist fertig, aber ich bin immer noch da. – Und du, was verschlägt dich hierher?«

Ich erzählte ihm, warum ich nach Lenora gekommen sei. »Kannst du mir da irgendwie helfen?«

»Ich kann allen schönen Mädchen helfen«, behauptete er, lächelte dabei eher verlegen, als sei ihm die Phrase peinlich. »Lohnlisten aus dem neunzehntem Jahrhundert also? Gibt es bestimmt. So ein kleiner Ort wie Lenora sammelt alles, was nach Historie klingt. Aber einfach ist das nicht. Komm mit, ich zeig's dir.«

Simon schloss das Museum ab und führte mich durch einen Hintereingang in einen dunklen, muffigen Kellerraum, vollgestellt mit Regalen, in denen Bücher, Aktenordner und Kartons gestapelt waren.

»Du siehst: da drin etwas zu finden dauert Tage!«

Immerhin bot er mir an, bei Gelegenheit nach dem Namen Martin Hanuss in diesem unübersichtlichen Archiv zu suchen. Ich nannte ihm alle wichtigen Daten.

Als wir wieder im Freien standen, blieb Simon stehen, schob die Fäuste in die Taschen seiner Jeans. »Zigarette?«, fragte er, und als ich ablehnte, murmelte er, ohne mich anzusehen: »Joint?«

»Was? Nein, danke. Wo hast du das denn her?«

Mein verdutztes Gesicht amüsierte ihn. »Bei der Datsche hübsch und klein wachsen viele Blümelein«, deklamierte er und ging weiter. Den Joint ließ er in der Tasche. Ich folgte ihm leicht irritiert. Als er sich wieder als Wachmann auf den Gartenstuhl vor dem Museumseingang setzen wollte, lud ich ihn als kleinen Vorschuss für sein Hilfsangebot zu einem Bier auf die Terrasse der gegenüberliegenden Kneipe ein. Er nahm ohne Ziererei an, setzte sich aber so, dass er das Museum im Auge behalten konnte.

Simon war mir sympathisch mit seinem lockeren und bescheidenen Auftreten. Er war attraktiv, konnte wahrscheinlich ohne lange Präliminarien bei den Mädchen landen – mit und ohne Joint. Er war kein klebriger Papagallo, sondern eine anziehende Mischung aus Scheu und Verwegenheit. In seinem runden Gesicht blitzten helle Augen, und die vollen Lippen konnten sicher gut küssen. Alles umrahmte zerzaustes dunkelbraunes Haar. Unter seinem Sweatshirt zeichnete sich ein kräftiger Brustkorb ab, muskulöse Schenkel unter den Cargo Pants, und seine Hände waren auch in Ordnung. Einmal im Schwung erzählte er von seiner ›Tippelei‹, also von seiner Wanderschaft als Geselle, die ihn bis nach England geführt habe. Drei Jahre und einen Tag musste sie dauern, nicht mehr und nicht weniger! Und überhaupt, was er von diesem Ehrenkodex der Wanderburschen erwähnte – davon hatte ich noch nie gehört.

»Nicht mal ein Handy darf ein Tippelbruder bei sich haben! Also ehrlich, das hat mir arg gefehlt«, gab Simon schmunzelnd zu. »Nach Ablauf der Wanderzeit habe ich mir sofort eins besorgt.«

Ben traf mich nach seiner Rückkehr in bester Laune an und raunzte: »Dich kann man nicht allein lassen!« Er setzte sich, ohne Simon zu beachten.

»Ich bin nicht allein, sondern in sehr netter Gesellschaft«, flötete ich munter, ignorierte seine verdrossene Miene. »Das ist Simon. Er ist der Museumsführer, will mir helfen. Es gibt vielleicht noch Lohnlisten, die er suchen will, wenn er Zeit hat.«

Jetzt immerhin schenkte er meinem neuen Freund ein Nicken.

Simon nickte ebenso frostig zurück, stand auf. »Pardon, ich muss gehen, da stehen zwei neue Besucher. Gib mir bitte deine Handynummer, Kira, falls ich was finde. Und danke für das Bier.«

Der etwas zu lange Händedruck dieses waschechten Oberfranken – der war irgendwie anders. Mir wurde tatsächlich ein bisschen warm, nicht nur die Hand. Wir schauten ihm schweigend nach, wie er ohne Hast zum Museumsgebäude ging.

»Jetzt fehlt bloß noch das Arschgeweih«, ätzte Ben mit Blick auf die ziemlich tiefsitzende Hose meines neuen Bekannten.

»Eifersüchtig? Wie süß!«

Er verdrehte die Augen. »Ich? Auf den Loser?«

Aber Ben konnte wegen sowas nicht lange grollen, dazu war sein Selbstbewusstsein viel zu ausgeprägt. Er hatte von der Fahrt nach Lenora eine Reklame für ein Hotel am Lipnosee in Erinnerung, ein edles Vier-Sterne-Hotel. Wir brachen auf. Das Hotel war nicht billig, aber Ben war in der ›Krösus-Phase‹, und ich genoss sie, denn wer weiß, wie lange sie dauern würde. Das Hotel lag nicht weit entfernt vom Ufer, war geschmackvoll eingerichtet, hatte einen Wellnessbereich, Tennisplätze, und zu einem Golfplatz war es auch nicht weit. Stille Feldwege verführten zu Radtouren, wofür man die Räder leihen konnte, ebenso wie Tennisschläger. Wir lieferten uns zweimal ein Match und einmal ein Doppel mit zwei stets gut gelaunten, aber schlecht spielenden Italienern. Außerdem mieden wir das Thema ›Ahnen‹.

Am dritten Abend saßen wir müde und einsilbig auf der Hotelterrasse. Wir hatten das Geburtshaus von Adalbert Stifter in Oberplan besucht und bei leider schlechter Sicht seinen Gedenkstein hoch oben über dem Plöckensteiner See, waren beide etwas geschlaucht. Nicht weit von uns schwappten die Wellen des Sees über die Kieselsteine. Die Sonne versank hinter dem Wald, färbte Wasser und Himmel kupferrot.

Mein Handy klingelte. Ohne auf das Display zu schauen, in Erwartung der Stimme meiner Mutter, murmelte ich leicht beduselt vom Rotwein das übliche: »Naa? Was gibt's?«

Aber es war Simon. »Wie läuft's? Wo bist du?«

»Es läuft … es geht uns prima! Wir sind am Lipno, in einem tollen Hotel«, stammelte ich.

Ich raunte Ben zu, wer der Anrufer sei. Er schnaufte genervt, stand auf und entfernte sich ein paar Schritte Richtung Strand.

»Lipno? Wie heißt denn das Hotel? Ich könnte kommen, weil – ich habe etwas gefunden, Kira.«

Den komplizierten tschechischen Namen der Hotelanlage konnte ich nicht aussprechen, wollte es auch nicht. Ich überhörte seine Frage einfach.

»Bitte, Simon, sag schon! Was hast du gefunden?«

Er tat geheimnisvoll, aber es war leicht zu erraten, um was es ging – die Lohnlisten. Wenn ich an den Kellerraum dachte, war mir klar, dass der sympathische Kerl Stunden darin verbracht haben musste.

Ja, in dem sogenannten ›Archiv‹ habe er ein dickes, großes Buch gefunden, in dem säuberlich nach Jahren geordnet die Namen der Arbeiter aufgeschrieben seien. Also, es seien nicht direkt Lohnlisten. Aber dieser Martin Hanuss tauche in den Jahren 1833 bis 1835 auf, zuerst als Gehilfe, später als Facharbeiter.

»Ich könnte kommen und dir die Kopien bringen...«

Ich musste schmunzeln. Nein, Besuch von ihm wollte ich eigentlich nicht haben. Ich war froh, dass bei Ben und mir der Haussegen wieder gerade hing. Nein, auch Kopien brauchte ich nicht, obwohl sie Ben wahrscheinlich als Beleg für was auch immer wichtig wären.

»Nein, danke, Simon. Die Information reicht völlig. Das war sehr hilfreich und sehr, sehr nett von dir. Danke! Also dann...«

So leicht ließ sich Simon nicht abwimmeln. »Ich schicke dir eine MMS mit Fotos von der Liste! Okay?«

Na gut, dachte ich. Wenn er unbedingt will.

Ich verabschiedete mich und drückte ihn weg.

Ben zeichnete sich als vorwurfsvolle, dunkle Silhouette vor dem blinkenden Wasserspiegel ab. Ich starrte ihn an. Es war seltsam, plötzlich von einem anderen Mann umgarnt zu werden. Es kribbelte, irritierte aber auch. Ben und ich waren jetzt knapp drei Jahre zusammen, und irgendwie war ich in dieser Zeit für Kommilitonen oder Bekannte tabu gewesen. Ich bin ja keine umwerfende Schönheit und selten zu Flirts aufgelegt. Hatte ich Simon missverständliche Signale geschickt?

Ben kam zurück. »Was wollte der denn?«, fragte er, ohne mich anzusehen.

»Er hat den Martin in Eleonorenhain tatsächlich gefunden, stell dir vor! Und besuchen wollte er mich auch.«

Wir beobachteten stumm das Verglühen des scheinbar brennenden Sees, bis er zum Schluss wie eine schwarze Lackfolie vor uns lag.

»Nicht mal eine Wochenendehe war das bei Judith und Martin, so wie sie in unserer Zeit üblich sind«, resümierte ich nach einer Weile. »Die waren wahrscheinlich über Monate getrennt! Ein Wunder, dass die Ehe überhaupt gehalten hat.«

»Das kannst du ja nicht wissen. Eine Scheidung hat bestimmt kein Pfarrer in seinen Büchern notiert, sollte es denn eine gegeben haben. Die hatten es doch mit der Unauflöslichkeit der Ehe! – Und? Kommt der etwa jetzt hierher, dieser Typ?«

Es sollte nur mäßig interessiert klingen, gelang Ben aber nicht ganz.

Ich schüttelte den Kopf. Nein, Simon würde nicht kommen. Ich hatte ihn abgewimmelt. Irgendwie fand ich es plötzlich schade. Dort, unter den Apfelbäumen in Eleonorenhain hatte ich mich so lebendig gefühlt, das realisierte ich erst jetzt.

Ben fand, es sei Zeit fürs Bett. Ich blieb noch eine Weile sitzen, starrte aufs Wasser. Ab und zu brummte ein Auto auf der fernen Landstraße, minutenlang blökte ein Rind, es klang traurig und irgendwie hoffnungslos. Meine Euphorie über Simons deutliches Werben verflog. Plötzlich war ich niedergeschlagen, ohne zu wissen warum.

Anderntags bog morgens ein Motorrad laut knatternd auf den Hotelparkplatz ein. Alle im Frühstückssaal reckten den Hals, wir eingeschlossen. Ein Motorrad – das war ungewöhnlich in diesem gehobenen Ambiente. Erst als der Motorradfahrer den Helm abnahm, erkannte ich ihn.

Judith
Frühjahr 1833

Einmal schon hatten das Trompeten der Kraniche und ihr Keil am Himmel die sehnsüchtige Hoffnung auf den baldigen Lenz geweckt. Doch plötzlich, über Nacht, meldet sich der Winter mit ständigem, bitterkaltem Wind und Eisregen zurück. Oft liegt Nebel über den Hügeln wie Asche. Immer wieder fällt Schnee, bleibt in den Senken lange liegen. Die Vorräte gehen zur Neige, für den Menschen wie für das Tier. Die Feldarbeit stockt, abends sitzen die Polleichtners bedrückt um den Tisch und sprechen von besseren Zeiten. Gestern ist Judith dem Schulmeister Rohrbach begegnet, hat sich ein Herz gefasst und ihn gefragt, ob denn etwa wieder eine Hungersnot bevorstünde wie 1816, als der Himmel auch im Sommer immer dunkel war. Endlose Regenfälle, Sturm und Hagel hatten die Ernte vernichtet, davon haben ihre Eltern wiederholt erzählt. Auf der westlichen Seite des Marktplatzes habe sich das Wasser vom Ortseingang kommend einen Graben gewühlt, in dem es talwärts zum Bachbett sprudelte, das sich mehr und mehr zu einem moorigen Teich verbreitete.

»Daran erinnern Sie sich? Da müssen Sie ja noch ganz klein gewesen sein«, wunderte sich der Schulmeister.

Es verwirrte Judith ein wenig, dass ihr Gegenüber sie nicht wie bisher mit ›du‹ oder ›Ihr‹ anspricht, sondern neuerdings mit ›Sie‹ und mit ›Frau‹, wie es der Zeitgeschmack jetzt verlangt.

»So klein grad auch nicht«, hat sie lächelnd widersprochen. In dem bewussten Jahr war sie ungefähr fünf Jahre alt. Sie erinnert sich gut, weil es täglich die verhasste Breisuppe aus halb verfaulten Erdäpfeln, Grütze und Pastinaken gab, und dass sie kaum hinaus auf die Straße durfte, weil alles vom Dauerregen schlammig wie ein Schweinepfuhl war. Ihre Eltern hatten ihre Strohsäcke in die Stube geschleift und schliefen dort mit ihr und dem Großvater zusammen, damit sie nachts die Wärme des Ofens nutzten. Die Schule wurde geschlossen, weil zu viele Kinder schwach und krank waren. Da gab es noch den alten schwerhörigen Dorfschulmeister.

»Aber die Verzweiflung der Eltern, die hab ich schon gespürt. Meine Großmutter hat befürchtet, dass das Jüngste Gericht bevorsteht und hat nur vom Teufel und dem Weltuntergang gezetert und viel gebetet.«

Der Lehrer schmunzelte. »Nun, dazu ist es ja gottlob nicht gekommen. Bis heute hat die Wissenschaft nicht klären können, wie diese schwarzen Wolken über unserem Kontinent aufziehen konnten … Aber erinnern Sie sich noch an die farbenprächtigen Sonnenuntergänge in dieser schlimmen Zeit? Solche atemberaubenden Farben habe ich danach nie mehr am Himmel gesehen.«

Nein, das ist Judith damals nicht aufgefallen. Sie durfte ja kaum aus dem Haus.

»Also, ich glaube nicht, dass es eine Hungersnot geben wird, Frau Judith. Die Lage ist auf keinen Fall so dramatisch wie damals. Machen Sie sich keine Sorgen, morgen oder übermorgen ist die Sonne wieder da. Hoffen wir lieber, dass uns kein neuer Krieg trifft.«

»Ach, mein Gott, Krieg?«

Kriegshandlungen hat Judith noch nie erlebt, Gott sei Dank. Als sie den Blick hob, entdeckte sie einen bitteren Zug um seinen Mund.

»Gerade mal siebzehn, achtzehn Jahre ist es her, dass dieser kriegswütige Napoleon bezwungen wurde«, fuhr er immer leidenschaftlicher fort. »Und jetzt kriselt es im Osten schon wieder, zwischen dem Polen und dem Russen!«

Judith sah ihn verstohlen an. Sie würde gern noch mehr davon hören, aber ihn quälten scheinbar böse Gedanken. Seine schlanken Hände, die den Hut halten, sind ganz unruhig. Da kann man nicht nachfragen. Er selbst schnitt hastig ein anderes Thema an.

»Und sonst, Frau Judith? Sind Sie glücklich mit dem, was Sie sich erstritten haben?«

Judith sog die Luft scharf ein. Erwartete er etwa, dass sie mit ihm über ihre Gefühle sprechen würde?

»Ja, freilich, alles ist gut«, stieß sie hervor und zog die Brauen zusammen.

Der Lehrer, plötzlich rot von der Stirn bis zu den Augenlidern, stotterte: »Pardon! Es ist nur so: damals, als Sie mich um Rat gefragt haben, da war es für mich schwer nachvollziehbar, dass ein so schönes Mädchen wie Sie unbedingt diesen – diesen gewissenlosen Mann heiraten will und...«

»Der Martin ist ein guter Ehemann, Herr Lehrer!«

»Natürlich! Pardon«, beschwichtigte er sie, setzte seinen Hut auf und fasste schnell Ignaz ins Auge. »Nicht mehr lang, und du wirst bei mir in der Schulbank sitzen, nicht wahr?«

Wie meistens bei einer ersten Begegnung mit Fremden war Ignaz scheu. Die vielen Hänseleien wegen seiner Haarfarbe und des Makels seiner Geburt haben ihn vorsichtig gemacht. Er schwieg, suchte Deckung hinter dem Rock seiner Mutter.

»Das hat noch Zeit«, winkte sie, immer noch pikiert, ab. »Der Bub ist doch erst fünf Jahre im Julei«.

»So? Er ist so groß und kräftig, darum...«, schob der Lehrer noch entschuldigend nach, aber Judith zerrte die Arme des Jungen unwirsch von ihrem Bein und ging mit einem knappen Gruß davon.

Jetzt schickt Judith einen verstohlenen Blick hinüber zur Ofenbank, wo Martin die Beine von sich streckt und mit einem Holzsplitter in den Zähnen bohrt. Wann hat er mich das letzte Mal so genau angesehen, wie der Lehrer es gestern getan hat, überlegt sie. Dieser Blick hat etwas ausgelöst in ihr. Nein, keine Wollust, sondern ein Verlangen, eine Sehnsucht nach Zuwendung, nach Wärme und Wohlwollen, so etwas eben. Der Lehrer Hans Rohrbach ist ledig. Ein Lehrergehalt sei so knapp bemessen, dass der Mann nur mit Mühe eine Familie ernähren könne, hat der Großvater mal erwähnt. Die meisten Schulmeister müssten sich um einen Nebenverdienst bemühen. Aber abgesehen davon könnte dieser Mann leicht eine Frau finden, denkt Judith, denn er ist freundlich und bestimmt klug. Er spricht nicht den österreichisch eingefärbten Böhmerwald-Dialekt, sondern ganz ›nach der Schrift‹, also hochdeutsch. Das beherrscht Judith zwar auch ganz gut, es macht Gespräche aber doch förmlich und steif. Und eine gesunde Hautfarbe hat der Lehrer auch nicht. Er ist so bleich. Da fallen seine schönen großen Augen besonders auf. Die Farbe, so zwischen grün und blau, kann Judith nicht genau beschreiben, denn sein dichter schwarzer Wimpernkranz beschattet die Pupillen. Vor Jahren hat sie bei den Großeltern in Protivín auf dem Klavier das Bild eines Pianisten gesehen. So wie der trägt der Schulmeister die Haare auch fast bis auf die Schultern und hat so einen ähnlich abwesenden Gesichtsausdruck. Liszt hieß der, jetzt fällt es ihr ein. Und etwas straffer sollte er sich halten, beanstandet sie im Stillen, den Kopf nicht so hängen lassen. Dagegen ist der blonde Martin ein wirklich gutaussehender Mann mit neugierig funkelnden Augen, denen nichts entgeht, mit einer breiten Brust und festen Muskeln, und wenn er auch oft übelgelaunt oder teilnahmslos herumsitzt, besitzt er im Grunde eine ansteckende Fröhlichkeit.

Ob sie glücklich sei mit dem Erreichten, hat der Lehrer gefragt. Einfach so! Sowas fragt man doch nicht eine fast Fremde! Natürlich ist sie glücklich. Zufrieden und glücklich.

Und noch jemandem ist sie an dem Tag auf dem Heimweg begegnet. Ihr Schwiegervater, Karl Hanuss, kam ihr mit schwerem Schritt in hohen Schaftstiefeln entgegen. Zuerst wollte sie ausweichen, auf der anderen Seite der Kirche nach Hause gehen, aber dann hob sie das Kinn und änderte ihre Richtung nicht. Der Schritt des Großbauern wurde langsamer, je näher sie sich kamen, und er behielt sie, nein, den kleinen Ignaz fest im Blick. Als sie auf gleicher Höhe waren, blieb er stehen, nahm den Zigarrenstummel aus dem Mundwinkel.

»Ist er das?« Zu ihrer Überraschung sprach er leise.

»Ja, das ist er. Euer Enkel Ignaz.« Obwohl sich alles in ihr gegen diese Begegnung sträubte, blieb Judith auch stehen. Karl Hanuss beugte sich etwas vor, um den Kleinen genauer betrachten zu können. Dieses Mal war Ignaz mutig, starrte den fremden, schwergewichtigen Mann finster an.

»Ignaz!? Wie seid ihr denn auf den Namen gekommen!?«

»Der Pfarrer hat ihn vorgeschlagen.«

Der Bauer grunzte. »Ach, der!« Und wieder zu dem Jungen gebeugt fragte er: »Kennst mich nicht, gelt ja? Ich bin dein Großvater.«

Ignaz schüttelte den Kopf. »Ihr? Nein, Ihr seid nicht mein Großvater. Mein Großvater ist daheim und mein Ähnl auch«, antwortete er mit fester Stimme.

Karl Hanuss richtete sich bei dieser Abfuhr fast erschrocken auf und drehte sich weg.

»Rote Haare!«, hörte sie ihn beim Weggehen abschätzig murmeln.

»Stimmt es, dass der mein Großvater ist, Mutter?«, hakte Ignaz auf dem Heimweg nach.

Judith zögerte einen Moment. »Das stimmt, Ignaz«, sagte sie dann ruhig. »Jedes Kind hat zwei Großväter. Du auch. Das eben war der Vater von deinem Vater und daheim der, das ist mein Vater.«

Nach einer Weile murmelt das Kind versonnen: »Der hat eine schöne Uhrkette. Aus Gold war die. So eine möchte ich auch haben, wenn ich mal reich bin.«

Auch von diesem Zusammentreffen hat sie weder ihren Eltern noch dem Martin was erzählt. Wozu die alten Wunden aufreißen?

Seit Martin wieder in den Schoß der Kirchengemeinde aufgenommen ist, besucht Karl Hanuss die Heilige Messe wieder in Hollerstrauch. Die sonntägliche Fahrt nach Kalsching war doch recht lästig gewesen. Wenn er jetzt sonntags durch den Mittelgang stolziert und mit seinen Töchtern als Erster die Kirche verlässt, schickt er einen schnellen Blick zur Bank der Polleichtners. Und wenn Ignaz neben Judith sitzt, dreht ihr Schwiegervater den Kopf schnell weg, wie ertappt. Ignaz dagegen schaut nicht weg. Er hat sich das rote Gesicht mit dem Walrossbart gemerkt, und er schaut dem zweiten Großvater immer fasziniert auf die Uhrkette an seinem dicken Bauch.

Marianna holt sie aus ihren Gedanken. Für die Alten sei es Zeit fürs Zubettgehen. Sie reicht ihrem ächzenden Mann die Krücke, und sie verschwinden in ihre Schlafstube. Eine Weile rumoren sie noch herum. Adalbert benutzt vernehmlich den Pisspott, die Betten knarren, dann kehrt Ruhe ein. Ein Scheit im Kachelofen knackt, einmal jammert der Ignaz oben im Zimmer, schläft aber wieder ein. Judith legt ihr Strickzeug beiseite, bläst die Kerzen bis auf eine aus.

»Komm, Martin, erzähl was!«, ermuntert sie ihren Mann. Aber er brummt nur etwas Unverständliches.

»Du bist so viel herumgekommen, hast bestimmt viel erlebt. Warst du schon einmal in Prag oder gar in Wien?«

»Wien! Prag! Was soll einer wie ich da?« Martin schaut zum Fenster hinaus, denkt nach, als könne er sich nur schwer erinnern. »Nach dem Arrest war ich in Harrachsdorf«, sagt er schließlich.

»Harrachsdorf? Wo ist das denn?«

Martin wirft den Holzsplitter auf den Boden. »Liegt fast schon in Polen. Da ist eine Glashütte.«

»Fast in Polen?«, wiederholt Judith leise. Sie setzt sich zu ihm auf die Ofenbank und schmiegt sich an seine Schulter. So weit fort von mir hat es ihn getrieben, denkt sie bestürzt.

»Kannst du das denn, das Glasblasen?«

Martin lacht spöttisch. Nein, Glasbläser war er da nicht, bloß einfacher Hilfsarbeiter.

Judith schaut zur Kredenz. Ach ja, ein paar schöne Gläser könne der Haushalt brauchen. So viele haben einen Sprung oder sind angeschlagen. Martin, der von daheim schönes Geschirr gewohnt ist, hat sich einmal darüber mokiert. Aber für so einen Luxus ist kein Geld im Haus.

Ein paar Tage später verkündet Martin, dass er wegen einer Stellung in Eleonorenhain nachfragen wolle. Dort, so habe er gehört, würde eine neue Glashütte gegründet. Wenn er sich bei der schon jetzt melden würde, habe er bestimmt gute Chancen für eine Anstellung. Der Familie verschlägt es die Sprache.

»Ist das weit weg?«, fragt Judith mit zittriger Stimme.

»Ja, schon, fast in Bayern. Die Ansiedlung soll recht hoch liegen, an die achthundert Meter. Luftkurort sagen sie dazu. Leute mit Auszehrung oder so etwas halten sich da auf. Wenn es dort nichts wird, versuche ich es bei der Hütte Ernstbrunn.«

Das Gespräch am Abend hat also seine Erinnerungen an die Glasbläserei geweckt. Martin ist es egal, dass er jetzt, wo das Frühjahr doch endlich da ist, im Hof gebraucht wird, zumal Marianna des Öfteren Schmerzen in der Brust hat und die Arbeit unterbrechen muss.

»Ich muss hier raus, Judith!«, vertraut ihr Martin später im Ehebett an. Er sei doch in diesem kleinen Hof ganz überflüssig, würde langsam meschugge werden. »Und außerdem – glaubst du, es ist so leicht für mich, dass du mir Geld zusteckst fürs Wirtshaus oder für den Tabak? Geld, das du vorher deiner Mutter abgebettelt hast? Daheim, also beim Vater, da habe ich jeden Monat ein Drangeld bekommen. Nicht viel, aber ich hatte was in der Tasche, verstehst du? Ich möchte selbstständig sein, unabhängig. Vielleicht kann ich sogar das Glasblasen lernen. Das wär doch ein gescheiter Beruf!«

Judith wälzt sich im Bett hin und her, kann diesen neuen Plänen noch nicht recht trauen, obwohl sie ihr gefallen. Glasbläser, das ist ein angesehener Berufszweig im Böhmerwald. Wenn Martin das wirklich erreicht, würde er hohes Ansehen genießen, das auch auf sie abstrahlen würde. Es ist zwar traurig, dass sie sich trennen müssten, so jung verheiratet wie sie sind. Aber sie sieht, dass Martin oft unzufrieden und bärbeißig ist. Vielleicht braucht er so eine Herausforderung. Ein rosiges Luftschloss voll Harmonie und Wohlstand entsteht in ihren Träumen, und sie schmiegt sich zuversichtlich in Martins starke Arme. Zweimal schon hat Judith einen Fötus in den ersten Wochen verloren. In dieser Nacht zeugen sie ein Kind, das sie austragen wird.

Die Polleichtners lassen Martin ziehen, unterdrücken ihren Ärger. Marianna redet ihm sogar zu, denn so käme mehr Bargeld ins Haus. Die wenigen Kreuzer, die sie auf dem Wochenmarkt mit Eiern, ihrem beliebten Ziegenkäse und Sauerkraut, mit den Gänsen oder Suppenhühnern verdient, sind schnell wieder ausgegeben.

Und alle hoffen natürlich, dass Martin es zu was bringt, da draußen in der Welt. Sollte er eine geregelte Arbeit finden, würde er selbstbewusst zurückkehren und sein Heim samt Judith und Ignaz mehr lieben und schätzen.

Judith hilft ihm, seinen Rucksack zu packen und kutschiert ihn zu einer Ziegelei. Von dort soll ein Ochsenkarren mit Ziegelsteinen Richtung Eleonorenhain aufbrechen, hat Martin gehört. Sie haben beide keine Vorstellung, wann sie sich wiedersehen.

»Schreibst du mir?«, bettelt sie und drückt sich an ihn.

Martin klopft ihr den Rücken wie einem Hofhund. Freilich, freilich, wenn er Zeit habe.

Judith schaut dem Ochsenkarren lange nach. Erst als er nach einer Biegung verschwunden ist, gibt sie mit einem tiefen Seufzer dem Joschi das Zeichen zur Rückfahrt. Still und bedrückt fügt sie sich in die täglichen Pflichten.

An einem der folgenden Tage gibt es bei den Polleichtners eine Überraschung. Jemand ruft in der Hofeinfahrt: »Grüß Gott! Ist jemand da?«

Als Marianna neugierig ins Freie tritt, steht der Dorfschulmeister vor ihr. Er fragt nach Judith, also nach Frau Hanuss. Die habe gerade keine Zeit, behauptet Marianna sehr reserviert, ob man was ausrichten könne. Der Lehrer wird rot, wedelt mit einem Buch herum. Er habe kürzlich mit Frau Hanuss über ihren Sohn gesprochen, und jetzt möchte er ihr dieses Buch ausleihen. Marianna nimmt das Buch ohne Lächeln entgegen, und der Lehrer empfiehlt sich hastig, doch mit einer respektvollen Verbeugung.

In der Stube liegt Judith auf den Knien, schrubbt den hellen Dielenboden. Ignaz patscht in den Pfützen herum. Marianna wirft das Buch auf den Tisch. »Hier, das hat der Schulmeister grad gebracht. Was hast du denn mit dem zu tun?«

Judith richtet sich auf, trocknet sich die Hände an der Schürze ab. Sie bemerkt die säuerliche Miene ihrer Mutter und muss lachen. »Nichts habe ich mit dem zu tun, Mutter! Wir sind uns neulich auf der Straße begegnet und da…«

»Das passt mir nicht!«, bricht es aus Marianna heraus, laut und grob. »Der Mann aus dem Haus, und schon steht einer auf der Schwelle! Das geht nicht! Man kennt das doch: Was ausborgen, was zurückbringen, was anderes borgen, eins kommt zum anderen … Fang mir ja nichts an mit dem, Judith! Noch einen Skandal können wir uns nicht leisten.«

Judith drückt den Rücken durch, hebt das Kinn. »Frau Mutter, ich habe nichts Unrechtes getan. Und der Mann will auch nichts Unrechtes, da bin ich mir sicher. Er wollte mir einfach was bringen, was meinen Horizont erweitert und den vom Ignaz auch. Er ist doch ein Lehrer! Ich freue mich jedenfalls darüber.«

»Horizont erweitern! Ja, ja!«, wiederholt Marianna bissig. »Jetzt haben sich grad die Wellen gelegt um deinen Fehltritt und den Prozess. Aber beobachtet wirst du immer noch. Denk dran! Und das Buch bringst nicht du zurück, sondern ich, wenn du es ausgelesen hast. Falls dir dafür überhaupt Zeit bleibt.«

Judith schweigt. Der Auftritt verschlägt ihr die Sprache. So deutlich hat ihre Mutter noch nie gezeigt, wie sehr sie sich wegen ihrer ›gefallenen‹ Tochter schämt und dass ihr Glaube an Judiths Tugend erschüttert ist. Die Erkenntnis verstört Judith, und ihr wird blitzartig bewusst, dass sie allein ist.

Ja, damals, als es ihr dämmerte, dass sie schwanger sein könnte, dass sie genau das erleben würde, was sie im Dorf schon das eine oder andere Mal beobachtet hatte – das Getuschel, den scharfzüngigen Hohn, die schlagartige Herabsetzung eines Mädchens, das unverheiratet schwanger geworden war – da ist ihr so bange geworden, da war sie auch ganz allein. Schreck, Scham und Reue trieben sie mehrmals in die Kirche, ließen sie flehen: ›Maria, Mutter der Barmherzigkeit, unser Leben, unsere Wonne, unsere Hoffnung, sei gegrüßt. Zu dir rufen wir verbannte Kinder Evas, zu dir

seufzen wir trauernd und weinend in diesem Tal der Tränen…‹ Immer wieder, immer dringlicher. Die Wende in ihrer Haltung hatte die kurze, ergebnislose Aussprache mit
Martin gebracht, sein späteres Leugnen, sein Verleumden
vor allem. Von da an hatte sie sich vor niemandem mehr
geschämt und gebetet hatte sie auch nicht mehr.

Mit einem seifigen Finger schiebt sie das Buch so hin, dass
sie den Titel lesen kann. *Wilhelm Hauffs Märchen-Almanach auf
das Jahr 1826* lautet er. Zwei Eselsohren sind reingezwickt –
bei der Geschichte von einem Kalif Storch und bei ›Die Geschichte von dem kleinen Muck‹. Ob das Erzählungen für
meinen roten Wildfang sind, überlegt sie lächelnd. Versuchen kann ich es ja.

An einem Sonntagnachmittag im Juni taucht Martin wieder
auf. Jawohl, er wird die Glasbläserei lernen! Unterwegs hat
er für Judith einen Buschen Böhmerwald-Enzian gepflückt,
den er ihr schwungvoll überreicht.

Judith kann ihm, als habe sie sein Kommen geahnt, sein
Lieblingsbackwerk, die Buchteln mit Zwetschgenmus, auf-
tischen. Die Polleichtners versammeln sich um den Küchentisch – Adalbert natürlich mit abgewandtem Gesicht –
und Martin muss erzählen. Es kommt ihnen vor, als seien
es Geschichten aus dem fernen Amerika, dabei war er nur
ein paar Kilometer hinter Prachatitz, wo die Warme Moldau
fließt. Ja, ja, es gäbe auch die Kalte Moldau und die beiden
würden dann zusammen irgendwo bei Haidmühle die richtige Moldau machen. Eleonorenhain und das riesige Wald-
gebiet ringsum würde dem Fürst Schwarzenberg gehören,
daher wohl der Standort.

»Was für ein schöner Name für eine Ortschaft – Eleonorenhain«, schwärmt Judith.

Mit dem Namen habe der Fürst seine Frau Eleonore ehren
wollen. Eine Prinzessin soll das sein, lässt Martin wissen.

Ja so, eine Prinzessin, denkt Judith und seufzt. »Hast du sie schon mal gesehen, die Prinzessin?«

Martin schüttelt den Kopf. »Ach, geh, nein. Die wird sich da nicht blicken lassen, ist ja alles eine große Baustelle voll Dreck und Staub. Den Direktor von der Glashütte, Johan Meyr heißt er, den habe ich manchmal gesehen. Außerdem springen da auch noch zwei Neffen von ihm herum.«

»Und wo nächtigst du da? Im Wirtshaus oder wo?«, fragt Judith scheinbar so nebenbei.

Martin grinst und zieht sie an sich. »Der Meyr, der hat vorerst eine Kaserne für seine Arbeiter bauen lassen. Da nächtigen wir. Und außerdem: Wir sind ja nur Mannsbilder. Aber sie planen, mehrere kleine Arbeiterhäuser zu bauen, damit wir nicht so aufeinander hocken.«

Judith senkt den Blick, geniert sich wegen ihrer misstrauischen Frage. Sie schiebt die Buchteln zu ihm, Marianna schenkt ihm Milchkaffee nach. Und wie das denn nun sei mit der Glasbläserei.

Seine fidele Miene verfliegt. »Dazu kann ich noch nichts Genaues sagen. Die Glashütten da in unserer Gegend erleben grad jetzt erst so etwas wie eine Wiederauferstehung. Die Konkurrenz ist groß. Jedenfalls, in der Branche muss man schon was Außerordentliches leisten, und die Hüttenmeister nehmen nur die Besten.«

»Bei den Glashütten gibt es ja ganz verschiedenes Handwerk«, erinnert sich Marianna, die in der Nähe einer Glashütte aufgewachsen ist. »Du musst halt schauen, was du am besten kannst. Es muss ja nicht das Glasblasen sein.«

»Ja, das weiß ich doch noch aus der Zeit in Harrachsdorf. Die Glasschneider gibt es und die Graveure und die Schmelzer und so weiter. Jetzt aber werden erst einmal die Holzfäller und Flößer gebraucht. Überhaupt ist es ja so, dass, wenn alles erst einmal in Gang ist, das Schmelzen nur ein paar Monate läuft. Die restliche Zeit bringen wir damit zu, Quarz zu fördern, Holz zum Anheizen und für die Asche zu beschaffen. Die braucht man für die Pottasche.« Er drückt die Selbstgedrehte im Aschenbecher aus. »Ja, das alles ist nichts für feine Bübchen! Nächstes Jahr im Mai soll der Hohlglasofen stehen und am ersten Juni gibt es dann eine feierliche Einweihung mit Pfarrer und Musik und so weiter. So ist's geplant, hab ich gehört.«

Judith muss hinter der Hand schmunzeln. Martin plustert sich ja auf wie ein Auerhahn, aber er scheint tatsächlich zufrieden zu sein. Das ist die Hauptsache. Viel Geld hat er nicht heimgebracht von seinem Lohn. Besser jedenfalls, als wenn er hier daheim auf der faulen Haut liegt, denkt Adalbert maliziös.

Am Morgen fällt Martin das Märchenbuch auf, als er frische Socken aus der Kommodenschublade holt.

»Das? Das hat mir der Lehrer geborgt. Das Buch ist gerade erst gedruckt worden. Er meint, ich soll – soll unserem Ignaz draus vorlesen«, beeilt sich Judith zu erklären. Durch die Unterstellungen ihrer Mutter ist sie dabei nicht ganz unbefangen, atmet flach. Martin blättert in dem Buch und legt es zurück, wo auch ein Heft *Die Weiße Frau vom Krumauer Schloss* liegt.

»Was dich so alles interessiert«, brummt er kopfschüttelnd, mehr nicht.

Judith schluckt. Also keine dumme Verdächtigung. Dieser unscheinbare Hänfling von Lehrer lässt einen Kerl wie Martin kalt.

Zum Ritual seiner künftigen Kurzbesuche gehört dennoch die Frage: »Bist du auch brav gewesen? Schaust du auch keinen anderen an? Warst du mir treu?« Die Sorge, es könnte jemand in seinem Terrain wildern, ist nicht zu überhören.

»Warum hast du mir denn nie geschrieben?«, klagt Judith später, als sie eng beieinander im Bett liegen. Jede Woche ist sie zum Haus des kaiserlichen Posthalters gelaufen, hat gefragt, ob denn der reitende Briefpostler was für sie mitgebracht habe, aber nie war ein Brief für sie dabei.

»Geh, Briefe schreiben! Das Schreiben liegt mir nicht, Judith. Du kannst das besser. Deinen Brief hab ich immer wieder durchgelesen. Schön war er. Und jetzt komm! Du hast mir arg gefehlt.« Er schiebt ihr Nachthemd hoch, lacht, seine Zähne und Augen blitzen im Dunkeln.

»Aber leise, Martin, bitte leise! Der Ignaz schläft grad so gut.«

Martin wirft einen kurzen Blick auf das Kinderbett am Fußende des Ehebettes. »Da muss der sich dran gewöhnen, wenn sein Vater im Haus ist. Der braucht das.«

Später flüstert Judith ihrem Mann ihr ›süßes Geheimnis‹ ins Ohr.

»No, bravo«, brummt er schlaftrunken. »Schau, dass es wieder ein Bub wird…«

Judith seufzt, blickt an die Zimmerdecke. Ja, wenn das so einfach wäre. Immer wieder streichelt sie mit stiller Freude ihren leicht gewölbten Bauch, bis sie einschläft.

Ihre Mutter, der sie an einem der nächsten Tage von der Schwangerschaft erzählt, empfindet keine große Freude darüber, dass sie wieder Großmutter wird. Das hätte schon noch ein bisschen warten können, findet sie, denn als Schwangere und später zweifache Mutter wird Judith in Haus und Hof keine volle Arbeitskraft mehr sein. Aber allzu viel Rücksicht wird sowieso nicht genommen werden, weder auf die Kinder noch auf ihre Mutter.

Kira

Ich beobachtete gespannt, wie Simon in seiner schwarzen Ledermontur zielstrebig zur Rezeption stapfte, mit dem Portier diskutierte, die Gäste im Frühstücksraum musterte, bis er mich entdeckte. Er lachte, ich winkte, mit Rücksicht auf Ben etwas verhalten. Ohne zu zögern durchquerte Simon den Raum bis zu unserem Tisch am Panoramafenster.

»Hey, Kira! Wie läuft's?«

Davide und Ernesto, die Italiener, fingen am Nebentisch an zu tuscheln. Da sie morgens immer ein Glas Prosecco schlürften, glänzten ihre dunklen Augen schon jetzt.

»Aber – aber wie hast du uns denn gefunden, Simon?«

»Ach, das war easy. Du hast was von einem tollen Hotel am Lipno gesagt. Davon gibt's hier nicht so viele…« Mit einer Handbewegung bat er um Erlaubnis, sich auf den freien Stuhl setzen zu dürfen. Seine Lederklamotten knirschten, als er Platz nahm und den Reißverschluss der Jacke aufzog. Er griff in die Innentasche. »Bitte sehr, das wolltest du doch haben. Ist ein Geschenk.«

Er zog ein zerknittertes, mehrmals gefaltetes Blatt Papier heraus, wollte es mir über den Tisch reichen, aber Ben schnappte danach wie ein gieriger Habicht.

Die Bedienung erschien am Tisch. Simon fragte höflich, ob es gestattet sei, mit uns zu frühstücken. Klar, ich gestattete es gern. Simon orderte Kaffee und viel Milch, marschierte mit dem Teller ans Buffet und kehrte mit einem Berg Rührei, Lachs, Butter und zwei Brötchen zurück.

»Sagen Sie mal, sehe ich das richtig?« Ben hob den Kopf von dem Papierbogen und musterte Simon eindringlich. »Das Blatt hier, das ist doch ein Original!«

Simon schaufelte zwei Löffel Zucker in seinen Kaffee. »Korrekt. Das ist das Original.«

Mir entfuhr ein erschrockenes: »Was!« Ben lehnte sich weit zurück, als wollte er Abstand gewinnen, starrte sein Gegenüber an.

»Sie klauen also einfach so ein altes Dokument? Das müssen Sie zurückgeben! Das ist doch ein wichtiger Beleg!«

»Einfach? Grad einfach war es nicht. Kira hat den Papierberg ja gesehen.« Simon nahm in aller Ruhe einen großen Schluck Kaffee, wischte sich die Lippen mit der Serviette ab. »Das ist nicht gestohlen, nein. Ein Tausch! Ich habe die Seite aus dem alten Buch gerissen, ja, aber ich habe eine Fotokopie gemacht, und die habe ich in das Buch gelegt. Das Original ist für Kira. – Glauben Sie mir, kein Schwein wird sich für Arbeiter von Achtzehnhundertsoundsoviel in der Glashütte interessieren. Und wenn? Der Beleg ist vorhanden.«

Ich nahm Ben das Blatt mit den Stockflecken aus der Hand. Im Querformat waren gut zwanzig Arbeiter mit Namen, Handwerk, Alter, Ortsnamen ihrer Herkunft, Beginn und Ende des Arbeitsverhältnisses dokumentiert worden. Einer von ihnen war Martin Hanuss aus Hollerstrauch. Ich legte meine Hand auf die linke von Simon und drückte sie.

»Danke, Simon, ich freue mich! Und Ben, ich glaube, wenn du diesen versifften Kellerraum in Lenora gesehen hättest, würdest du auch nicht von ›klauen‹ und so reden. Da war alles dem Verrotten überlassen.«

»Egal! Du kannst das nicht annehmen«, insistierte Ben scharf, aber da Ernesto und Davide an unserem Tisch stehen blieben, um mit uns Smalltalk auf Englisch zu treiben, nahm er sich zurück. Nach einer Weile war deren Interesse an Simon nicht zu übersehen, vor allem an seinem Motorrad, das Davide mit Kennerblick sofort als ein Oldtimermodell einschätzte.

»BMW, corretto? 1949?«

Simon konnte es bestätigen. »Stimmt. BMW R24.«

Das alte Motorrad habe jahrelang in der Scheune seines Ur-großvaters unter einer Plane von besseren Zeiten geträumt, bis er, Simon, es wieder auf Vordermann gebracht habe.

»But I tell you – ach, Kira, mein Englisch ist grottenschlecht. Sag du ihnen, dass ich mehr an dem alten Ding herummontieren muss, anstatt mit ihm zu fahren.«

Ich tat es. Die beiden Italiener lachten, schnatterten drauflos, zogen sich zwei Stühle an unseren Tisch und ließen sich ungeniert nieder. Es dauerte nicht lange und sie orderten eine Flasche Prosecco, um am Ende uns drei zu einem Törn mit ihrem gecharterten Segelboot auf dem Lipno einzuladen. Ben, der einen Segelschein besitzt, war hellauf begeistert, tauschte mit den Italienern sofort in Fachchinesisch Einzelheiten über das Boot. Ich war noch nie auf einem Segelschiff, war skeptisch, aber neugierig. Auch Simon reagierte verhalten.

»Müssen Sie nicht zurück und den Museumsdiener spielen?«, erkundigte sich Ben ziemlich von oben herab.

Simon hob nicht einmal den Blick von seinem Rührei.

»Nein. Der Diener hat heute Ausgang.«

Da wir zum Schiffsliegeplatz zunächst ein paar Kilometer am See entlangfahren mussten, wollten die Italiener Simon in ihrem Maserati-Cabrio mitnehmen, doch er donnerte lieber mit seiner qualmenden Maschine los, anstatt sich in den Fond ihres Sportwagens zu zwängen. Wir folgten mit unserem Wagen. Als wir an der Marina ankamen, war Simon schon da, schälte sich gerade aus seiner Montur. Darunter trug er abgeschnittene Jeans und ein gelbes Shirt. Kurzentschlossen kaufte er sich in einem Kiosk die billigsten blauen Leinen-Turnschuhe, die es da gab. Seine wahrscheinlich teure Lederausrüstung samt Stiefel deponierte er beim Besitzer des Ladens. Ich war verblüfft, wie gelassen er sich zurechtfand. Zu guter Letzt war es Simon, der wie ein echter Seemann aussah, viel besser als die durchgestylten Italiener in ihren schneeweißen Designerklamotten oder Ben in weißen Shorts und rotem Sweatshirt oder ich in Shorts, geknoteter blauer Bluse und trendigen Sneakers. Noch authentischer wirkte Simon, als wir uns alle bei einer Flaute zum Sonnen auf die Planken legten; denn jetzt zeigte sich, dass Davide und Ernesto ihre trainierten, von Sonnenöl glänzenden Körper überall sorgfältig rasiert hatten. Ben hatte kaum Brustbehaarung, nur an den Waden spross braunes Haar. Simon dagegen saß zwischen ihnen wie Rübezahl mit einem schwarzen Busch, der ihm aus dem Hosenbund bis auf die Brust wuchs, und einem schwarzen Fell an den kräftigen Beinen. Davide und Ernesto verschlangen ihn mit begehrlichen, gleichzeitig schockierten Blicken. Ich, jetzt im knappen gelben Bikini, war ihnen schnurzegal.

Simon und ich waren Laien, was das Segeln betraf. Wir wurden nicht gebraucht, lümmelten auf den Planken oder Bänken und unterhielten uns über Gott und die Welt, genossen den warmen, sonnigen Herbsttag. Davide hatte unserer Hotelküche eine klassische Lasagne abgeschwatzt, die wir mittags in der Mikrowelle der Kombüse wärmten, brüderlich teilten und mit viel Bier, Rot- und Weißwein nachspülten. Bens Ärger über das gestohlene Original samt Simon war verflogen, das Segeln machte ihm ebenso viel Spaß wie unseren Gastgebern, vor allem, als am Spätnachmittag eine kräftigere Brise aufkam. Während die drei mit dem Navigieren beschäftigt waren, saß Simon auffallend still, ja, verkrampft auf der Bank.

Irgendwann richtete er sich auf, flüsterte, jedes Wort betonend: »Ich. Hasse. Die. Seefahrt.«

Erst jetzt sah ich, dass er leichenblass war. Er wankte an die äußerste Backbordkante und übergab die halb verdaute Lasagne samt Budweiser den Fluten. Ben grinste väterlich, Ernesto und Davide blickten betreten woanders hin, dann aber brachten sie Simon hinunter in die Kombüse, wo er sich auf den Boden legen musste. Sie hüllten ihn liebevoll in eine Wolldecke, tätschelten seine Wangen, gaben ihm einen Apfel, den er ganz langsam kauen sollte. Das, so behaupteten sie, sei das Beste, wenn man seekrank wäre. Vorsichtshalber stellten sie trotzdem einen Eimer neben ihn.

Irgendwie war nach diesem Vorfall die spritzige Luft unseres Ausflugs verpufft. Die Sonne sank ohnehin, und es wurde kühl auf dem Wasser. Die drei Männer steuerten zum Jachthafen, legten an. Simon stieg aus der Unterwelt herauf, immer noch bleich, versuchte zu lächeln. Er ließ sich von Ernesto und Davide zum Abschied ausgiebig umarmen und drücken und die üblichen Küsschen-Küsschen verpassen.

»We will come to see your museum! Most certainly, Simon! Ciao, amico!«

Das Pärchen brauste davon.

Ben verabschiedete sich per Handschlag von Simon, ging sogar großherzig vor zum Wagen, um unsere Verabschiedung nicht zu stören.

»Simon, kannst du wirklich fahren?«

»No problem.«

»Na gut, wenn du meinst…«

»Es war schön heute mit dir, Kira. Trotz meiner Ko… na, du weißt schon.« Er grinste breit.

»Ja, schön war's.«

Plötzlich waren wir ernst.

Simon ergriff meine Hand, zog mich näher zu sich und gab mir scheinbar einen Wangenkuss. In Wirklichkeit berührten seine Lippen ganz leicht mein Ohrläppchen. Es war wie ein Stromschlag.

» Tschüss, Kira.«

Ich ging langsam und leicht benommen zu Ben, der schon im Wagen saß und den Nachrichten im Radio lauschte.

Während der Fahrt schwiegen wir lange.

»Also die Blamage hätte der sich ersparen können. Kotzt denen das Boot voll«, lästerte Ben nach einem Blick in den Rückspiegel. Klar, das konnte er einfach nicht unkommentiert lassen. Als das Motorrad uns knatternd und mit einer dicken, stinkenden Wolke überholte, fügte er hinzu: »Der ist scharf auf dich.«

»Ich finde ihn auch ganz gut«, gab ich zu.

Ben registrierte mein versonnenes Lächeln, legte einen anderen Gang ein und meinte gönnerhaft: »Tja, da musst du jetzt durch, mein Mädchen!«

Judith
Herbst 1833

Das Märchenbuch auf dem Nachttisch mahnt, dass der Schulmeister es ihr ausdrücklich nur geliehen hat. Judith will das Buch unbedingt selbst zurückbringen, wartet auf einen günstigen Zeitpunkt. Herrgott, da war nichts zwischen ihr und diesem Mann. Das Misstrauen ihrer Mutter wurmt sie. Als sie einmal beim Bäcker Sauerteig fürs Brotbacken holen muss, steckt sie das Buch ein. Ich habe auch ein Leben, kann nicht nur parieren, sagt sie sich. Will auch mal selbst entscheiden.

Lehrerwohnung und Unterrichtsraum sind in einem ehemaligen kleinen Wohnhaus untergebracht, das die Gemeinde für diesen Zweck erworben und eingerichtet hat. Das größte Zimmer wurde der Klassenraum, die übrigen drei kleinen bewohnt der jeweilige Schulmeister.

Judith klopft. Die Haustür wird sofort aufgerissen, als habe Hans Rohrbach sie kommen sehen. Er ist nur mit einem weißen Hemd, dessen Kragen er abgeknöpft hat, einer offenen schwarzen Weste und einer Tweed-Hose gekleidet und in Socken. Er errötet, streicht sich das Haar hinter die Ohren, entschuldigt sich für seine derangierte Kleidung, bittet sie herein.

Judith winkt ab. »Nein, nein, ich muss weiter. Ich bringe nur das Buch und danke auch dafür.«

Seiner hastigen Frage, wie diese Kunstmärchen auf sie gewirkt haben, weicht sie aus.

»Ja, sie sind schön. Aber unsere Sagen aus dem Böhmerwald sind es auch…«

»Ja, natürlich«, pflichtet ihr Hans Rohrbach bei. »Und Ignaz? Haben sie ihm gefallen?«

»Ganz gut, ja. Der kann halt so schlecht stillsitzen und zuhören, leider. Aber ich lese gern. Ich hab das ganze Buch gelesen!«

Sie verstummen, er an den Türrahmen gelehnt, sie eine Stufe tiefer im Vorgarten, immer schwerer atmend.

»Möchten Sie vielleicht ein anderes Buch mitnehmen?«, fragt der Mann schließlich mit belegter Stimme, macht wieder einen Schritt zur Seite, um sie einzulassen, doch Judith rührt sich nicht. Also fährt er immer drängender fort: »Nun, ich hätte da vielleicht etwas für Sie: Einen historischen Roman, der zurzeit großen Erfolg hat. Vor ein paar Jahren erst wurde er aus dem Englischen ins Deutsche übersetzt – von einer Frau übrigens! – und in Zwickau gedruckt. ›Kenilworth‹ heißt der Roman, Autor ist ein Walter Scott. Ein fleißiger Autor aus Schottland! Also es geht um die Königin Elizabeth von England, um ihre Liebschaft mit dem Grafen Leicester, der allerdings verheiratet ist…«

Er bricht ab, weil Judith teils amüsiert, teils entrüstet fragt: »Und das, meint Ihr, könnte mir gefallen?!«

»Es ist – es ist faszinierend!«, beteuert er verwirrt. »Es geht um Betrug, Intrigen, Verrat, Mord … und die Liebe natürlich!«

Judith starrt in das jetzt rot gewordene Gesicht des Mannes, in seine leuchtenden Augen, erkennt seine Erregung, ahnt etwas von seiner Leidenschaft und dem Überschwang der Gefühle hinter seinem schüchternen Auftreten und erschrickt. Ihr trotziges Verlangen, ein eigenes Leben haben zu wollen, verfliegt. Mein Gott, wo soll das hinführen? Sie weicht zurück, schüttelt den Kopf.

»Nein, besser nicht, Herr Rohrbach«, sagt sie leise, blickt verlegen zur Seite ins Geäst der kleinen Weißtanne, weil sein Blick sie nicht loslässt.

Er räuspert sich, fährt in einem sachlichen Ton fort: »Wissen Sie, es wär schön, wenn ich jemanden hätte, mit dem ich reden könnte, Judith, einfach so. Über so ein Buch oder über Neuigkeiten aus München oder Wien. Mir bleibt halt nur der Pfarrer!«

»Ach, das passt doch, Herr Rohrbach. Der weiß doch viel mehr als ich«, wehrt Judith steif ab und fügt wie zum Trost leise hinzu: »Es tät mir schon gefallen, aber – mir fehlt ja die Zeit dafür.«

»Verstehe. Natürlich.« Auch ihr Gegenüber senkt die Stimme. »Und sonst, Judith?«

»Nun ja.« Judith zieht die Schultern hoch. »Der Martin ist fortgegangen nach Eleonorenhain, hat da eine Arbeit gefunden. Bin halt viel allein. Also nicht direkt allein, ich…« Judith verhaspelt sich, haucht: »Lebt wohl, es wird Zeit«, läuft auf die Dorfstraße zurück, geht mit dem Gefühl nach Hause, dass doch was Unrechtes passiert ist.

An einem Samstag im September, nach fast einem Vierteljahr, ist Martin wieder da, stellt missmutig fest, dass alle beschäftigt sind. Paulus Polleichtner ist mit den Männern des Dorfs ›im Holz‹, um den Wintervorrat an Brennholz anzulegen. Marianna pflückt hinterm Haus im Garten die Herbstbirnen, Adalbert hält die Leiter. Judith arbeitet im Gemüsebeet, und Ignaz buddelt nach restlichen Erdäpfeln.

»Der Táta! Der Táta!«, kräht er, als Martin um die Hausecke kommt, und auch Judith lässt alles liegen und stehen, und fällt ihm um den Hals.

Martins gute Laune verpufft endgültig, als er den harten Kugelbauch seiner Frau bei der Begrüßung an seinem spürt und später erlebt, dass sie unter Übelkeit, Sodbrennen und Kreuzschmerzen leidet. So sei es bei der ersten Schwangerschaft nicht gewesen, nein, klagt sie, bekommt aber keinen Trost. Eine kränkelnde, unförmig gewordene Ehefrau verpatzt Martin das freie Wochenende gründlich.

Dass er jetzt in die Produktion der Glashütte eingebunden ist, findet allseits gebührend Anerkennung. Er selbst, das bekennt er ganz freimütig, ist nicht ganz zufrieden damit. Für das Glasblasen seien seine Lungen zu schwach, habe man ihm gesagt. Er wird es mit dem Glasschneiden versuchen, falls seine Hände nicht zu ungeschickt sind. Früher als geplant macht sich Martin wieder auf den Weg nach Eleonorenhain. In der Erntezeit hat sowieso niemand Interesse an seinen Geschichten, nicht daheim und nicht im Wirtshaus.

»Schau mir ja keinen anderen an!«, droht er halb lachend, halb ernst beim Abschied. Judith klopft nur vielsagend mit der flachen Hand auf ihren Bauch.

Zum ersten Mal ist sie erleichtert, dass er fort ist. Martin beansprucht ihre Aufmerksamkeit wie ein Kind, schmollt oder wird grantig, wenn Judith keine Zeit hat, nur für ihn da zu sein. In der Landwirtschaft ist der Spätsommer die arbeitsintensivste Jahreszeit, da muss alles andere zurückstehen. Um das Dorf gilben die Getreidefelder, der Schnitt der meisten Sorten ist getan, und sie wurden ebenso wie die zweite Heuernte in die Scheune gebracht. Ignaz und Judith haben abschließend die großen Halmrechen über die Stoppelfelder gezerrt. Was sie zusammengerecht haben, wurde heimgefahren und sofort gedroschen. Zwar ist ihr Hof nur ein kleiner Kosmos verglichen mit den großen Gehöften, wo sich in diesen Wochen Knechte, Mägde und Tagelöhner von Sonnenaufgang bis Sonnenuntergang für den Hausherrn abrackern. Aber auch die Polleichtners sind mit ihren Pflichten ausgelastet und oft am Ende ihrer Kräfte. Birnen und Pflaumen werden getrocknet oder eingekocht, das Haus duftet nach Mus und Holundersaft, der unentbehrlich ist für den bösen Husten im Winter. In einem dickbäuchigen Glasballon reift ein ›Aufgesetzter‹ aus Schlehen, und der Likör aus Holunderbeeren und Kandis, gewürzt mit Zimt, würde auch bald die richtige Konsistenz haben. Die grauen Schmalztiegel mit der blauen Bemalung sind bis zum Rand mit Butterschmalz und Schweinefett gefüllt, die Gärtöpfe voll Sauerkraut stehen im Keller aufgereiht wie dickbäuchige Soldaten. Die Kisten sind mit Getreide, die Vorratskammer mit Obst und Gemüse gefüllt, die Kartoffeln in der Schütte, das vier Wochen lang gepökelte Schweinefleisch hängt im Rauch, und das Futter für die Tiere lagert in der Scheune.

Jetzt ist also die Zeit der Rastlosigkeit und des Zähnezusammenbeißens vorüber, man kann manchmal abends mit gutem Gewissen die Hände in den Schoß legen. Oder sich mal wieder ein frisches Bier gönnen, sagt sich der Großvater, als er die Schelle des Ortsdieners hört, der den Marktplatz hinauf- und hinunterläuft und verkündet, dass es im Wirtshaus frisch gebrautes Bier gäbe. Das lässt Paulus Polleichtner sich nicht entgehen. Er schickt Judith mit seinem Bierkrug, der zwei Liter fasst, zum Brauer.

Trübes Wetter empfängt sie vorm Haus. Es riecht nach Schnee. Endlich kann sie wieder tief Luft holen und die reine, kalte Winterluft einatmen. In den letzten vierzehn Tagen hing über Hollerstrauch der Geruch von Blut, Wurstsuppe und rohem Fleisch wie ein stinkender Baldachin. Der ›Sautod‹ war umgegangen im Dorf, was bedeutete, dass in vielen Haushalten ein Schwein geschlachtet wurde, auch bei den Polleichtners. Erst, als durch die Zubereitung der Leber-, Blut- und Fleischwürste der Duft der Gewürze – Majoran, Thymian, Zwiebeln, Knoblauch und Pfeffer – und die Räucherschwaden durch Hof und Haus waberten, legte sich der Brechreiz bei der schwangeren Judith.

Obwohl es erst drei Uhr ist, schimmert in manchen Fenstern schon ein Licht. Aus der Senke steigt dicker Nebel, der die Konturen verwischt. Ach, der Sommer ist immer so kurz in diesem Landstrich ... Judith zieht die Schultern hoch, beschleunigt ihre Schritte.

Da hört sie, dass ihr Name gerufen wird, und dreht sich um. Es ist die Hebamme Berta Schönauer.

»Es ist also wieder soweit?«, fragt die Alte – wie alle Schwerhörigen viel zu laut – nach einem wissenden Blick auf Judith, der das Blut ins Gesicht schießt. Das ist doch kein Thema für den Marktplatz!

Aber die Hebamme hat einen sicheren Blick für ihre Kundschaft. »Siehst aber schlecht aus. Geht's dir nicht gut dieses Mal?«

Judith schildert anfangs widerwillig, dann doch zutraulich die Malaisen, die sie fast täglich quälen. Die Schönauerin zieht ihre große lederne Umhängtasche, in der sie Medikamente, gesammelte Kräuter, gelegentlich auch Einkäufe verstaut, von der Hüfte nach vorn. Sie kramt darin herum, fischt ein Säckchen heraus und drückt es Judith in die Hand. »Schau her, das sind Samen von der Schafgarbe. Die helfen bei so vielem, sind eine Wohltat für den sauren Magen. Wirst wieder Appetit kriegen, das Blut wird frisch, Milch wirst du auch viel haben. No, und die Haare wachsen angeblich auch davon.« Sie lacht rau, klopft Judith leutselig auf die Ausbuchtung unter dem Mantel. »Das wird ein Mädchen, glaub mir's.« Und wann es denn so weit sei.

»Dezember habe ich mir ausgerechnet, so ungefähr«, verrät Judith mit deutlich gedämpfter Stimme.

»Dezember ... Ob ich das noch erlebe?« Die alte Frau wendet sich ab, wühlt erneut in ihrem Beutel. »Wo hab ich... ach, da! Das sind Himbeerblätter. Schau, dass du dir noch welche sammelst und trocknest vor dem Winter. Daraus machst du dir in den letzten Wochen jeden Tag ein Haferl Tee. Dann wird die Geburt leichter sein.«

Jetzt endlich spricht auch die Schönauerin leise. Judith fällt auf, dass sie sehr bleich ist, die runzlige Haut unter den eingesunkenen Augen liegt bläulich auf den Wangenknochen.

»Und wie geht es Euch eigentlich?« Judith interessiert das nicht ganz uneigennützig.

Die Hebamme wiegt den Kopf mit dem schwarzen Kopftuch. »Jo mei, das Alter! Der Rücken und die Hände werden immer steifer, es wird immer schwieriger, ein Kind rauszuholen. Die Augen, ach, die lassen auch nach. Und überhaupt…«

Die Schönauerin ist so etwas wie eine Gemeindedienerin. Einen Arzt gibt es in Hollerstrauch nicht. Die Hebamme wird gefragt oder geholt, wenn es irgendwo zwickt. Sie entscheidet, ob ihre bescheidenen Mittel – Laudanum und diverse Kräuter – ausreichen, oder ob man besser zum Doktor nach Wallern fährt oder ihn gar ruft.

»Also, wenn Ihr mal Hilfe braucht, Schönauerin, Ihr selbst oder bei einer Entbindung, dann lasst mich holen. Ich helfe Euch gern!«

Die alte Frau nickt dankbar. »Ist schon recht, Judith. Ich werde dran denken.«

Judith schaut ihr nach. Soweit sie weiß, lebt die Hebamme seit ihrer Jugend allein, hat nie geheiratet. Ihre Kate, von vielen auch *Hebammenhütte* genannt, mit einem kunterbunten Garten, in dem sie viele ihrer Heilkräuter zieht, liegt unten in der Senke am Ortsausgang. Dort geht der abschüssige Marktplatz in unbestelltes Land über – in sanfte Hügel, bedeckt mit jetzt braunem Heidekraut, Hecken aus Schlehen- und Himbeergesträuch sowie einzeln stehenden, zerzausten Buchen und Birken, Vogelbeerbäumen und Kiefern, alle vom steten, manchmal tobenden böhmischen Wind ostwärts gebeugt. Es gibt Teiche und Mooraugen, ein Feldweg und ein Bach schlängeln sich durch die wildromantische Au, verlieren sich am Horizont. An dem Bach hat Judith in der

Kindheit oft Butterblumen und Vergissmeinnicht gepflückt für ihre Mutter, obwohl es gefährlich war, denn im Frühjahr schießt der Bach schäumend durchs Tal mit dem Schmelzwasser von den Bergen.

Ach, fürs Blumenpflücken hat sie schon lang keine Zeit mehr.

Dort, im *unteren Dorf,* reihen sich einfache Häuser mit einem Gemüsegarten aneinander, die den Häuslern, auch Chalupner genannt, gehören. Sie haben keine eigenen oder gepachteten Felder in ihrem Rücken. Hier wohnen auch die Tagelöhner, ein Schuster, ein Korbflechter, ein Weber, der Schmied, ein Besenbinder. Ein ehemaliger invalider Soldat betreibt das kleine Gasthaus *Zur Trommel.* Die Kirche steht in der Mitte des langen Platzes, ist so etwas wie ein Scheitelpunkt für oben und unten, für Wohlstand und Dürftigkeit. Aber Hollerstrauch gilt als gutsituiertes Dorf, es ist genug für alle da. Das Anwesen der Polleichtners, mittig gelegen, gehört nicht zu den sozial Schwachen, aber auch nicht zu denen im *oberen Dorf.*

Judith nimmt ihren Weg zum Ochsenwirt, der florierenden Gastwirtschaft für die ›Besseren‹, wieder auf.

Daheim beim Abendbrot erzählt sie von der Begegnung mit der alten Hebamme. Nachdem das Schicksal der einsamen Alten gebührlich bedauert worden ist, rückt Judith auf einmal den noch nicht ganz geleerten Suppenteller ein Stück von sich weg.

»Wisst Ihr was? Ich würde auch gern Hebamme werden.«

Alle drei heben langsam die Köpfe, starren sie an, dann löffelt ihr Vater weiter, tiefer als sonst über den Teller gebeugt. Der Großvater nimmt einen langen Schluck aus seinem Bierseidel. Ihre Mutter behält sie dagegen fest im Auge.

»Geh, was redest du denn da! Du kannst nicht Hebamme werden! Du bist verheiratet und hast ein Kind. Bald zwei! Wie soll das gehen?«

»Geburten gibt es doch nicht jeden Tag, Frau Mutter. Ich wär doch jedes Mal nur ein paar Stunden weg!«, wendet sie mit der sanftesten Tonlage ein, zu der sie trotz ihres wachsenden Ärgers fähig ist.

Ihr Vater lässt seinen Löffel in den leeren Teller fallen, dass es scheppert und Ignaz zusammenzuckt. »Du bist eine verheiratete Frau. Du gehörst ins Haus, Judith. Schlag es dir aus dem Kopf«, sagt er wie üblich ruhig, aber bestimmt.

Der Großvater schweigt, schenkt sich das Schwarzbier nach. Nach einem großen Schluck wischt er sich den Schaum mit dem Handrücken weg und schmatzt zufrieden. »Aaah … Bin schon neugierig, wie das neue Bier aus Pilsen sein wird. Da soll ja jetzt eine Brauerei untergäriges Bier produzieren. Einen Braumeister aus Bayern haben sie sich dafür geholt. Heller soll's sein, haben sie am Sonntag im Wirtshaus erzählt. Gelb wie Nonnenseiche, oha!, weil sie anderes Braumalz dafür nehmen. Und länger halten soll's auch, das neue Pilsener Bier.«

»No, Vater, aber dem Ochsenwirt sein Obergäriges ist auch nicht das Schlechteste, gell ja?«

Vater und Sohn grinsen, prosten sich zu und trinken mit hüpfenden Adamsäpfeln.

»Alsdann: Wohlsein!«, wünscht ihnen Marianna geflissentlich.

Judith presst die Lippen zusammen, lehnt sich zu Ignaz und versteckt ihr zornrotes Gesicht in seiner Halsgrube. Gut. Gut, gehen wir zur Tagesordnung über! Sobald ihr Ehemann aus dem Haus ist, muss sie in die Rolle der gefügigen Tochter schlüpfen. Die Eltern wissen es nicht besser. Aber das letzte Wort ist noch nicht gesprochen zu dem, was mein Leben ist, denkt Judith. Ich bin nicht nur die Hälfte von Irgendwem. Ich bin was Ganzes.

Das Interesse ihres Schwiegervaters an Ignaz hatte in Judith die Hoffnung geweckt, dass eines nicht zu fernen Tages eine Aussöhnung möglich sein und Martin samt Familie in sein prächtiges Vaterhaus zurückkehren könnte. Aber ihre Träume erhalten einen Dämpfer: Der Pfarrer verkündet das Aufgebot des Paares Rudolf Neumeier und Hermine Hanuss, Martins Schwester. Ende Oktober solle die Hochzeit sein und die Gemeindemitglieder seien alle eingeladen. So, wie die Dinge zurzeit stehen, bedeutet das, dass Rudolf irgendwann den Hanusshof führen wird. Er stammt aus einer Bauernfamilie, deren Hof zu Andreasberg gehört, ist der jüngste von vier Geschwistern. Macht er seine Sache gut, zeugt vor allem bald einen Sohn, dann stehen die Chancen für Martin noch schlechter als bisher.

Judith umschlingt wehmütig ihren geschwollenen Bauch. Würde auch ihr zweites Kind praktisch vaterlos aufwachsen, weil der Vater in der Fremde das Geld verdienen muss – oder will?

Da der Hochzeitsbitter nicht an ihre Tür geklopft hat, folgen die Polleichtners der allgemeinen Einladung zur dreitägigen Hochzeitsfeier bei den Hanuss nicht. Sie bleiben im Haus, aber der prächtige Hochzeitszug ist nicht zu übersehen, das Gelächter, das Peitschenknallen, die Gesänge nicht zu überhören, auch nicht das Kreischen der Mädchen, wenn der *Plampatsch*, der alberne Zeremonienmeister, mal wieder seine Späße mit ihnen treibt. Hermine stolziert in der Hochzeitstracht auf dem Marktplatz umher, umschwirrt von ihren aufgebrezelten Kranzljungfern und den Dorfkindern, denen sie Süßigkeiten zuwirft. Marianna sitzt verdrossen im hintersten Winkel der Stube. Ach, ja, genau so hatte sie sich die Hochzeit ihrer Tochter dereinst vorgestellt.

Ende November setzen bei Judith die Wehen ein, viel früher als erwartet. Zu ihrer großen Erleichterung kommt die alte

Hebamme rechtzeitig ins Haus und hilft, wie von ihr vorhergesagt, einem Mädchen auf die Welt. Die Schwangerschaft ist beschwerlich gewesen, dafür verläuft die Geburt leicht und schnell – vielleicht wegen des Himbeerblättertees, den Judith täglich getrunken hat.

»Die wird fesch«, stellt die Schönauerin mit Kennerblick fest, wobei sie den schreienden Säugling an den Füßen hochhält und samt Nabelschnur baumeln lässt. »Schaut euch das schöne Köpfchen an! Und Beine hat sie, lang wie eine Rehgeiß!« Sie badet das Neugeborene und bettet es an die Mutterbrust. Stille kehrt ein.

Judith kann den Blick nicht vom Haar des Säuglings wenden, das sich silberblond von der hohen Stirn bis in den Nacken zieht. Es erinnert sie an das Fell eines Schneehasen im Winterkleid. Immer wieder muss sie zärtlich darüberstreichen. Und die Augen sind so blau wie Martins, auch die Form seines Mundes glaubt sie zu erkennen. Bei diesem Kind wird es keine boshaften Zweifel an der Vaterschaft geben.

»Das reinste Engerl«, murmelt der Urgroßvater und schnäuzt sich. Im November geboren – da werden zwar abergläubische Leute viel Trübsinn vorhersagen. Nebelmond oder Windmond wurde dieser Monat in seiner Jugend genannt, in dem die ruhelosen Geister umgehen. Aber dieses zarte Geschöpf mit dem blonden Hahnenkamm wird Frohsinn und Sonnenschein ins Haus bringen, denkt er. Sogar Opapa Adalbert befreit sich aus seiner inneren Isolation, von seinem Selbstmitleid. Nach ein paar Tagen kramt er seinen Rötelstift hervor und portraitiert seine entzückende Enkelin. Seit dem Unfall wollte er nichts mehr mit der Malerei zu tun haben, jetzt kribbelte es plötzlich in den Fingern.

Ignaz drängt sich zu seiner Mutter, die erschöpft, aber glücklich in Adalberts Lehnstuhl sitzt. Dabei hat er das Bündel im Steckkissen fest im Blick, die Stirn zu den üblichen Zornesfalten gekraust.

»Bleibt das jetzt da?«, fragt er und zupft an dem Fatschenband, das einst seine Urgroßmutter Anna mit den Namen ihrer Nachkommen bestickt hat. Auch seiner steht inzwischen darauf.

Alle bestätigen es, schmunzeln, lachen. Da stampft er mit dem Fuß auf, läuft hinüber in den Ziegenstall, lässt sich bis zur Dunkelheit nicht mehr blicken. Vom ersten Tag an sieht er in der Schwester eine Konkurrentin.

»Die kann ja nix wie schreien«, monierte er abfällig, wenn ihn jemand nach seiner Schwester fragt.

Taufpatin wird Mizzi, deren Taufname Marieluise lautet. Das kleine Mädchen wird als Marieluise Marianna am Tag seiner Taufe, dem 5. Dezember 1833, ins Kirchenbuch eingetragen. Mit der Zeit wird daraus Luise oder Luisi werden. Bei den Polleichtners steht jetzt das Haus zwei Tage lang für jedermann offen. Die Verwandten und die Nachbarn schauen herein, beglückwünschen die Mutter, bringen Geschenke in Form von Windeln, feiner Leinwand, einem Dutzend Eier, eine Flasche Wein oder den Taufgroschen. Mizzi packt bei der Bewirtung mit an und ist eine verlässliche Hilfe für Marianna. Unter den Geschenken ist auch eine bauchige Flasche Portwein mit einer Karte. ›Für die junge Mutter‹ steht darauf, schwungvoll unterzeichnet von Hans Rohrbach. Er hat sie der Patin an der Haustür überreicht. Eintreten wollte er zu Mariannas Erleichterung nicht. Und die Flasche versteckt sie ganz hinten in der Kredenz.

»Diesmal habt Ihr alles richtig gemacht«, lobt sogar Mutters Kusine Anna aus Cheltschitz zwischen zwei Bissen von der Buttercremetorte. Nur dass der Kindsvater nicht anwesend ist, das ist ein Schönheitsfehler. Aber die Kusine weiß schon, dass man wegen seiner Abwesenheit die Taufe nicht länger verschieben darf. Spätestens am Sonntag nach der Geburt muss üblicherweise ein Neugeborenes im Rahmen einer kurzen liturgischen Feier in den Schoß der heiligen römisch-katholischen Kirche aufgenommen werden, damit es nicht Gefahr läuft, ungetauft zu sterben und in die Hölle zu kommen. Als sich nach dem Taufschmaus die Verwandtschaft am Spätnachmittag auf den Heimweg macht, setzt ein eisiger Wind ein, der dichten Schneefall mitbringt. Hollerstrauch versinkt binnen zwei Stunden im Schnee. Der Winter ist endgültig da, wird das Dorf, die Wiesen, Äcker und den Böhmerwald für mehrere Monate eiskalt umklammern.

Leicht vorgebeugt schaut Urgroßvater Paulus am Fenster den Kindern nach, die mit ihren Schlitten oder simplen Rutschbrettern am Haus vorbei stapfen. Ihr übermütiges Gelächter dämpfen die weißen Wälle, die durch das Schneeschieben vor den Häusern entstanden sind. Nach einer Weile klettert der Alte die Leiter zum Heuboden hinauf, und wuchtet seinen alten Hörnerschlitten herunter, der immer noch stabil ist, aus verlässlichem Buchenholz nämlich, mit schrägen, eisernen Kufen. Den Rost, der sich angesetzt hat, behandelt der Alte mit Speckschwarten. Dabei denkt er zurück an so manche riskante Schlittenfahrt, bei der er das Gefährt, hoch beladen mit geschlagenem Holz oder mit Bergwiesenheu aus den Scheunen an abgelegenen Hängen, ins Tal gelenkt hat. Sakra, wie war er da jung und so stolz auf sein Können! Die Bergbauern rissen sich um ihn, zahlten gut, sodass er nach ein paar Jahren den kleinen Hof hier pachten konnte. Weit herumgekommen war er damals, ins Österreichische und bis zu den Eidgenossen. Tja, seine Söhne sind auch noch mit diesem Schlitten den Marktplatz runtergerodelt, schön langsam natürlich. Eine lächerliche Piste, o mei! Die Judith hatte er einmal, da war sie noch klein, vielleicht vier oder fünf Jahre alt, mitgenommen zu einer Rodelpartie, aber die hatte zu viel Angst, setzte sich lieber zur Mizzi auf so einen kümmerlichen Bretterschlitten. Weiber halt! Irgendwann fragte keiner mehr nach seinem imposanten Gefährt. Es landete auf dem Heuboden und verstaubte. In der Küche verlangt er, dass man dem Ignaz feste Schuhe und einen schafwollenen Pullover samt Mütze und Fäustlinge anzieht. »Irgendwer muss ihm doch das Rodeln zeigen, wenn schon sein Vater auf der Gaudee ist!«, brummt er. Dabei ist er vor Aufregung so zappelig wie ein Schuljunge.

»Mein Mann ist nicht zum Vergnügen woanders. Er arbeitet«, ruft ihm Judith über die Schulter zu. Aber er tut, als höre er nichts.

Paulus Polleichtner zieht den großen Schlitten samt Ignaz zum Scheitelpunkt des Marktplatzes, wo schon die Dorfjugend versammelt ist. Das vorsintflutliche Fahrzeug wird bestaunt und verlacht, der Alte seinerseits schenkt den neumodischen Schlitten nur einen verächtlichen Seitenblick. Eigentlich müsste er den Hornschlitten im Stehen lenken, aber das könnte für Ignaz gefährlich werden, so allein auf dem Sitz hinter ihm. Also setzt sich der Urgroßvater auf das Brett, positioniert den Jungen zwischen seine Knie. Er stemmt die Fußsohlen gegen den vorderen Rahmenbogen, packt zum Lenken links und rechts die nach oben gebogenen Kufen, die Hörner, brüllt zwei Jugendliche an: »Schiebt mich an! Los!«, und ab geht es, den Platz hinunter bis ins Tal, einmal, zweimal, und beim dritten Mal fast in den Bach hinein. »Sakradi!« Zugegeben, es entsteht nicht der eisige Fahrtwind wie in den Bergen, das Tempo ist vergleichsweise mäßig, aber es wurden in ihm so viele Bilder wieder lebendig! Ignaz lauscht seinen Schilderungen auf dem Rückweg mit großen Augen. »Noch mal!«, kräht er, wenn sie oben an der Kirche ankommen.

Auch Judith zieht es ans Fenster. Sie wiegt das Neugeborene in ihren Armen und starrt in das Schneegestöber. Es ist noch gar nicht lange her, da ist sie den Marktplatz hinuntergerodelt. Die Buben haben sie mit Schneebällen beworfen, haben eine Gleitbahn angelegt …

Auf dem obersten Ast des Holunderbusches hocken zwei Krähen eng beieinander wie ein trübsinniges, frierendes Ehepaar. Ja, zum Teufel, wann kommt mein Mann heim, fragt sich Judith. Ich komme überhaupt nicht mehr vor die Tür, muss die sittsame Ehefrau spielen, damit nicht nur die Familie, nein, damit das ganze Dorf zufrieden ist. Wenigstens zu Weihnachten wird er doch hoffentlich bei uns sein! Außerdem gibt es am kommenden Wochenende die Kirchweih, einen Höhepunkt im Dorfleben! Vier oder fünf Verkaufsstände werden dann aufgebaut, und Händler mit ihren Bauchläden bieten alles an, was man in den langen Wintermonaten brauchen wird: Wolle, Zwirn und Nähnadeln, Stoffe, Felle, Korbwaren, Spielzeug aus dem Erzgebirge und Christbaumkugeln aus Lauscha, Kandiszucker und Gewürze, geröstete Kastanien, Nüsse und Mandeln … Dieses Jahr soll es sogar ein Ringelspiel mit hölzernen Pferdchen für die Kinder geben, erzählte man beim Bäcker. Zu gern würde sie mal wieder zwischen den Ständen herumschlendern und den Duft von gebrannten Mandeln und Bratäpfeln genießen. Aber allein, als verheiratete Frau, das gehört sich nicht, wird die Mutter sagen. Mit Martin, Arm in Arm, wird es schön sein, dort herumzuspazieren. Hoffentlich kommt er endlich!

Als hätte sie dieses heimliche Sehnen bemerkt, klopft Mizzi am Samstag an die Tür und fragt, ob Judith sie zum Markt begleiten würde. Ungebunden, wie Mizzi ist, lässt sie sich keine Veranstaltung im Dorf entgehen. Zudem hat sie sehr großherzige Eltern, die ihr jede Freude gönnen – vielleicht mit dem Hintergedanken, dass sich so bei ihrer quirligen Tochter endlich ein Freier einstellen könnte.

Judith springt sofort auf. »O ja, gern!«

Wenig begeistert lässt Marianna sie ziehen, aber mit der Vorgabe, dass sie in einer Stunde zurück sein müsse; sie könne sich neben der Hausarbeit nicht auch noch um den Säugling kümmern. Judith zieht Ignaz und sich warm gefütterte Jacken an, drückt sich statt der Haube eine Pelzmütze, die Uschanka, ins Haar. Das Fell ist von einem Fuchs, den Großvater einmal hinterm Haus geschossen hat, als der Räuber um den Gänseteich schnürte. Er selbst hat ihn für Judith zu einer schicken ›Kosakenmütze‹ verarbeitet, wie Marianna sie verächtlich nennt. Sie hätte einen Muff oder eine Stola mit Fuchskopf und baumelnden Pfoten passender gefunden.

Die jungen Frauen, Ignaz in der Mitte, stapfen fröhlich hinauf zur Kirche, von wo ihnen Leierkastenmusik und Stimmengewirr entgegenschallt. Es dämmert schon, und umso mehr leuchten die bunten Lampions an den Ständen. Und da ist er endlich, der Duft von Vanille und Zimt! Er weht ihnen entgegen aus einem Kupferkessel auf einer offenen Feuerstelle, in dem ein Mann gleichmütig die Masse aus Mandeln, Zucker und Wasser umrührt und sie karamellisieren lässt. Judith kauft sofort ein Papiertütchen voll, lutscht und knabbert sie gierig. Mizzi leistet sich ein paar Scheiben vom süßen Magenbrot, weil sie den Geschmack von Gewürznelken und Muskat liebt. Das Ringelspiel ist wegen der verschneiten Straßen leider doch nicht nach Hollerstrauch gekommen, deshalb darf Ignaz zum Trost auf einem alten müden Esel im Kreis reiten, und Mizzi schenkt ihm einen Lebkuchenmann.

Die hellen Kirchenfenster fallen ihnen auf, und als sie näherkommen, entlässt Schulmeister Rohrbach gerade eine Kinderschar, die mit Geschrei aus der Kirche auf den Marktplatz stürmt. Beim Anblick der beiden Frauen macht er einen Bückling. »Grüß Gott, die Damen. Möchten Sie eintreten?«

»Nein, nein, jetzt nicht! Grüß Gott, Herr Lehrer! Ihr habt wohl das Krippenspiel geübt?«, antwortet Mizzi übereifrig.

»Ich hab davon gehört. Mein Gott, es ist noch gar nicht lange her, da habe ich beim Krippenspiel den Josef gespielt und du die heilige Maria, Judith. Weißt du noch? Mir ist grad so, als wäre das erst gestern gewesen!«

Hans Rohrbach schließt die Kirchentür zu, setzt den breitkrempigen Hut auf. Mizzi bezieht ihn ungeniert ins Gespräch mit ein, erzählt, wie sie als Kind am Heiligen Abend auf das Goldene Rössl gewartet hat, das draußen vor der Haustür ihre Schale und die ihrer Geschwister mit Äpfeln, Zuckerstangen, Lebkuchen und Nüssen gefüllt habe. Das Schnauben und Hufescharren des Rössls vor der geschlossenen Tür habe sie noch immer in den Ohren, sei erst spät dahintergekommen, dass das ihr Vater draußen vorgespielt hat.

Judith steht schweigend dabei, den Blick auf Ignaz gesenkt, der am Lebkuchenmann knabbert und ab und zu an ihrem Rock zieht, weil er weiter will. Der Schulmeister beugt sich zu ihm und fragt, ob denn der Nikolo samt Krampus schon bei ihm gewesen sei, aber Ignaz schweigt verstockt.

»Du musst schon mit mir reden, Ignaz, denn bald sitzt du bei mir in der Schulbank!«

Ignaz stampft mit einem Fuß auf. »Schule? Da geh ich nicht hin. Mein Ähnl braucht mich im Stall.«

Der Lehrer richtet sich mit einem Lachen wieder auf. »Der Ähnl wird dann wohl ohne Ihren Sohn auskommen müssen, Frau Judith. Schule ist sechs Jahre lang Pflicht. Ich denke, im kommenden Herbst wird es Zeit für ihn, nicht wahr?«

»Ja, ich weiß. Aber leicht werdet Ihr es nicht mit ihm haben«, warnt ihn Judith steif.

»Fast alle Buben sind anfangs in der Schule widerspenstig. Trotzdem muss es sein. Wir wollen doch nicht, dass das bekanntlich hohe Niveau des Bildungssystems in Böhmen gefährdet wird, oder?«, fährt er lächelnd fort. »Immerhin zählt es zum fortschrittlichsten in der ganzen Donaumonarchie, vielleicht sogar von Europa!«

»Wen wundert's? Bei solchen Lehrern wie Ihr es seid!«, schmeichelt Mizzi und kichert.

Der so Gelobte schüttelt verlegen den Kopf. »Oh, bitte! Nun ist es aber genug! – Wie steht's, meine Damen? Trinken wir ein Glas Apfelpunsch? Ich lade Sie ein. Die Witwe Hilgert verkauft ihn dort drüben.«

Mizzi legt den Kopf schief und zwinkert den Schulmeister an. »Bei einem anderen Mann würde ich vermuten, dass er gleich zwei Frauen auf einmal betrunken machen und verführen will. Aber eine Einladung in allen Ehren vom Schulmeister, da ist wohl Derartiges nicht zu befürchten. Oder?«

Statt einer Antwort schaut Hans Rohrbach fragend zu Judith, aber die betrachtet die bunten Schals und die seidenen Schultertücher auf dem Tisch eines Standes, nimmt dieses in die Hand und jenes. Mizzi hakt sich unbefangen bei Judith und dem Lehrer ein und zieht beide hin zum Punschtisch der Witwe Hilgert. In einem großen Topf, dampfen Apfelmost und Weißwein, es duftet nach Nelken, Zimt und Vanille. Wer es mag, lässt sich den Punsch mit einem Klecks Sahne verfeinern. Judith erlaubt sich auch einen Becher voll, obwohl sie noch stillt. Nach ein paar Schlucken löst sich endlich ihre Lähmung, die ihre dauernde Selbstkontrolle erzeugt hat. Sie kann lächeln, wenn schon nicht lachen, weil die Witwe Hilgert sie beobachtet.

»Sie sehen heute besonders schön aus, Judith«, murmelt Hans Rohrbach einmal, als Mizzi abgelenkt ist. »Ich denke viel an Sie.«

Judith errötet, schlägt die Augen nieder. Sie weiß nicht, wie kapriziös sie aussieht mit dem Fuchsfell auf dem Kopf, den blonden Haarsträhnen an den Schläfen, den roten Wangen und auch mit der roten Nasenspitze. Er denkt viel an mich? Aber wieso, fragt sie sich benommen und spürt das Herzklopfen bis in den Hals.

Mizzi brilliert weiter mit kecken Scherzen und Sprüchen, und Hans Rohrbach steht zwischen den beiden jungen Frauen und lacht verhalten. Hier und da streift sein Oberarm Judiths Schulter und die kleine Atemwolke vor seinem Mund ihre Stirn. Und ihre Blicke verhaken sich auch immer wieder ineinander. Ein Wunder, dass Mizzi nichts merkt. Als Judith glaubt, ihr Zittern nicht mehr verbergen zu können, gibt sie sich einen Ruck.

»Für mich wird's Zeit! Einen schönen Abend wünsch ich noch. Und ich danke auch schön für den Punsch, Herr Rohrbach. Alsdann…«

Der Lehrer will ihre Hand zum Abschied ergreifen, aber Judith wendet sich brüsk ab und geht, zerrt Ignaz mit, der laut zu brüllen anfängt.

Daheim rennt der Junge sofort zum Stall, wo die Stimmen seiner Großmutter und des Ähnl zu hören sind, um sich über die Mutter zu beklagen, vom Markt zu erzählen und vom frechen Ansinnen des Schulmeisters, ihn in die Schule zu holen. Sein Opapa liegt mit einer fiebrigen Verkühlung im Bett, oben im Schlafzimmer schreit der Säugling.

Judith ist allein in der Küche. Noch im langen Rock mit dem nassen Schneerand und der schweren Winterjacke öffnet sie die Kredenz, greift nach ganz hinten, wo ihre Mutter den Portwein versteckt hat, den von Hans Rohrbach. Mit blau gefrorenen Händen löst sie den Korken, den wahrscheinlich ihr Großvater schon gelockert hat, und nimmt einen langen Zug direkt aus der Flasche. Mit geschlossenen Augen genießt sie die süße Schärfe in ihrem Magen und fühlt den Kitzel von Hans Rohrbachs Blick.

Als sich Schritte dem Hintereingang nähern, stellt sie die Flasche hastig in ihr dunkles Versteck zurück und fängt an, sich aus den nassen Sachen zu schälen. Dabei summt sie ein Weihnachtslied. Die Tür wird aufgestoßen.

»Da schau her! Das fängt ja heute gut an!«

Es ist Martin.

»Empfängst mich gleich im Unterrock und mit der Uschanka auf dem Kopf? Und rote Wangen hast du wie ein Posaunenengel! Man könnte meinen, ich wär in so einem gewissen Salon…«

Er lässt den Reisesack fallen, zieht Judith an sich, streift ihr die Pelzmütze vom Kopf, küsst und drückt sie, dass sie nach Luft schnappt.

Endlich ist er da! Alles, was ihr in der letzten Stunde den Kopf verdreht und sie schwindlig gemacht hat, ist plötzlich unwichtig, ja lächerlich. Das ist ihr Mann, dieser kernige, heißblütige, springlebendige Kerl. Aber als er anfängt, ihr gleich hier in der Küche den Unterrock hochzuschieben, drückt sie ihn zur Seite.

»So wart halt, Martin. Du hörst ja, wie das Kind oben schreit. Ich muss hinauf und ihm die Brust geben. Komm mit und schau es dir an. Marieluise Marianna heißt sie, gefällt dir der Name? Die Mizzi ist die Godl.«

Während sein Töchterchen gierig an der Brust saugt, streicht Martin ihm zart über das vom Schreien feuchte Haar und die rosige Wange.

»Wirklich, ein schönes Kind ist das. Da werde ich dereinst die Burschen haufenweise vom Fenster wegjagen müssen!«, scherzt er, aber auch Stolz klingt mit.

»Jetzt sind wir eine richtig große Familie«, flüstert Judith. Das Kind ist während des Trinkens erschöpft und satt eingeschlafen, und Judith bettet es in der Wiege, in der auch sie einst gelegen hat. Dann tritt sie ans Ehebett, lässt sich mit ausgebreiteten Armen zurückfallen. »Und jetzt komm zu mir.«

Martin schiebt die Hosenträger von den Schultern und lacht. »Aber ich sag's gleich: Noch größer braucht die Familie nicht zu werden…«

Zum Abendbrot versammeln sich alle um den Küchentisch. Ignaz möchte auf den Schoß des Vaters, aber der schiebt ihn weg. Also krabbelt er auf den seines Urgroßvaters, schlingt die Arme um dessen Hals und schläft ein. Die Geschichten, die Martin seiner Familie erzählen kann, sind inzwischen nicht mehr ganz so sensationell, aber das Geld, das er auf den Tisch zählt, beeindruckt sie.

Es zieht Martin erstaunlich oft in die dämmrige Schlafstube, an die Wiege seiner Tochter. Wenn sie schreit, aber manchmal auch, wenn sie fest schläft, nimmt er sie auf den Arm und tanzt mit ihr, summend und singend, im Kreis herum. Seine Vaterfreude rührt insgeheim die ganze Familie. Manchmal holt er sogar seine verstaubte Klarinette aus dem Schrank, versucht ein Schlaflied zu intonieren, doch mangels Übung gelingt es nicht gut. Trotzdem versiegt das Weinen; denn nicht die quäkenden Töne, sondern Martins bewegliche Finger auf den Klappen des Instruments faszinieren Luise und schläfern sie ein.

Einmal überrascht Judith in so einem Moment Ignaz. Er sitzt am Fuß der Treppe und schlägt mit seinem Holzpferdchen zornig auf die Dielen. Er ist eifersüchtig. Diese väterliche, zärtliche Beachtung hat er nie erfahren. Anfangs hat er seinen Vater bewundert, um seine Aufmerksamkeit und Liebe gebuhlt, schließlich aber resigniert. Martins Gefühle für Ignaz sind freundlich, doch unübersehbar distanziert. Auch jetzt noch bemerkt Judith hier und da seinen nachdenklichen Blick, wenn er dem Jungen beim Spielen zuschaut.

An Hans Rohrbach denkt Judith nicht mehr.

Kira

Das zerknitterte Blatt aus dem *Personalverzeichnis* der Glashütte lag vor mir auf dem kleinen Sekretär des Hotelzimmers. Immer wieder strich ich darüber, um die Knicke zu glätten.

Drei Jahre, von 1833 bis 1835, hat Martin also in Eleonorenhain gearbeitet. In der Rubrik Tätigkeit stand *Gehilfe*, wurde aber irgendwann durchgestrichen und durch *Pochsteiger* ersetzt. Ich fand heraus, dass ein Pochsteiger für die Zubereitung eines Glasgemenges verantwortlich war, fürs Zerkleinern von Quarz, der in der Umgebung der jeweiligen Glashütte gefördert wurde.

Wie aber ging es den jungen Ehefrauen, wenn die Männer so lange abwesend waren? Judith lebte im Kokon ihrer Familie, stand unter der Kuratel ihrer Eltern und ihres Großvaters, der das Regiment im Haus weder an seinen Sohn, noch an seine Enkelin abgegeben hat – Gründe unbekannt. Doch kaum hat Judith einen Ehemann und ihr Kind einen Vater, verlässt dieser sie auf der Suche nach Arbeit und Ansehen. Oder war er ein Abenteurer? Statt sich richtig kennenzulernen, zusammenzuwachsen, leben sie getrennt, nicht nur wie es Usus war, für ein paar Wochen im Winter, sondern über Jahre.

Judith musste ihr Leben und das ihrer Kinder selbst managen. Der Gang der Siebzehnjährigen vor den Kadi, der Kampf um ihre Ehre lassen auf eine starke Persönlichkeit schließen, der Kinder, Küche, Kirche nicht gereicht haben. Doch es wäre wohl einer Palastrevolution nahegekommen, wenn Judith ihre Flügel ausbreiten und, wenn schon nicht weg-, so doch wenigstens auffliegen wollte.

»Ich finde, du erwartest ein bisschen viel von dem Mädchen«, meinte Ben, als er meine Argumente hörte. »Die stammte aus einfachen Verhältnissen, lebte in einem Dorf – gut, einem relativ großen Dorf – hat bestimmt nur die Dorfschule besucht. Ich denke, die war mit ihrem Leben als Kleinbäuerin ganz zufrieden, hatte keine großen Wünsche und Pläne zur Selbstverwirklichung. Die Frauen damals kannten eben ihren Platz.«

Ben lächelte heuchlerisch, aber ich ging auf seine Flachserei nicht ein.

Judith war nach meiner Vorstellung durch die lange Diskriminierung wegen ihres unehelichen Kindes in der Gemeinde isoliert. Martin hat sie anschließend als Ehemann sicher gut versorgt, das war ein Lichtblick. Wo aber blieb die Liebe?

»Also wenn dich das so interessiert, dann such doch mal in dem Heft deines Opas oder in den Matrikeln von Třebon, ob es noch irgendeine Bemerkung über diese Judith gibt. Aber mehr als die mageren Einträge über ihren Kindersegen und ihr eigenes Todesdatum wirst du nicht finden, das sage ich dir jetzt schon«, lenkte Ben ein.

»Kindersegen! Drei oder vier Kinder sind doch in der damaligen Zeit überhaupt nicht viel gewesen.«

Ben streckte sich auf dem Bett aus, schloss die Augen und signalisierte, dass er endlich nach dem für ihn kräftezehrenden Segeltörn schlafen wollte.

Stichwort ›Kindersegen‹ – wie viele Kinder hatte das Paar letztendlich? Hatte Judith auch Kinder im Kindbett verloren? Schon damals hatten mein Opa und ich festgestellt, dass Fehlgeburten, also Abgänge von Föten, nicht in den Kirchenbüchern vermerkt wurden. In den Taufregistern findet man allenfalls früh verstorbene Säuglinge, denen noch die Nottaufe erteilt werden konnte.

Nach langer Suche konnte ich in den Jahren 1828 bis 1836 vier Kinder namentlich herausklauben und entziffern, die ich aber bereits kannte – Ignaz, Marieluise, Anton und Laurens.

Anton wurde ein Jahr nach Marieluise geboren, *1834 am 17. Septembris*, und auf den Namen *Anton Adalbertus* getauft. Interessant war der Zusatz in der Rubrik Taufdatum: *Wegen drohenden Absterbens des Kindes hat die Schönauer Berta, approb. Hebamme, das Kind notgetauft, welche mir ebendieses berichtet hat.* Pathe: *Adalbertus Polleichtner, Vater der Kindsmutter. Hoc testatur: H. Mistlholz, Pfarrer.*

Dabei fielen mir im Taufregister unter der Rubrik Paten zwei Namen auf: Marieluise Höpfler und Hans Rohrbach, Paten von Marieluise beziehungsweise von Laurens. Gewöhnlich war jemand aus dem Familienkreis Taufpate, sehr oft die Großeltern, wie zum Beispiel bei Ignaz und Anton. Diese beiden Paten waren sozusagen ›Fremde‹ und für mich wieder ein Zeichen, dass Judith es mit den dörflichen Regeln nicht so genau nahm. Ich fand heraus, dass diese Marieluise – der Name wurde in Südböhmen meistens zu Mizzi – ein Jahr nach Judith in Hollerstrauch geboren wurde. Sie sind bestimmt Schulkameradinnen gewesen. Mizzi tauchte in den Taufmatrikeln wieder auf, nachdem sie zwei Kindern das Leben geschenkt hatte. Als Ehemann und Vater war der schon genannte Hans Rohrbach, Schulmeister und Organist, vermerkt und dass er aus Libiegitz stammt. Möglicherweise hat das Paar dort auch geheiratet, denn ein Eintrag ihrer Trauung in Hollerstrauch war nicht zu finden. Mizzi Rohrbach, geborene Höpfler, starb mit achtundvierzig Jahren an ›Nervenfieber‹, ihr Mann 1871 an Altersschwäche, wie ich im Beerdigungsregister nachlesen konnte.

Dort fand ich auch den kleinen Anton wieder. Er hatte keine Überlebenschance. Laut Register starb er vier Tage nach der Geburt an ›Frais‹, also an Krämpfen. Ich habe mich informiert: Häufigste Ursache für das ›Fraisen‹ waren schnell aufeinander folgende Schwangerschaften, so dass ein Kalk-

und Vitamin-D-Mangel bei den Schwangeren auftrat, der bei den Neugeborenen zu tödlichen Krämpfen führte. Arme Judith.

»Du, Ben«, rief ich, ignorierte sein Schlafbedürfnis. »Ein Junge von Judith ist schon kurz nach der Geburt gestorben und…«

Er richtete sich auf, fuhr sich mit gespreizten Fingern durchs Haar. »Weißt du was? Du gehst mir mit deiner Judith langsam auf den Senkel! Wenn ich gewusst hätte, dass wir auf diesem Trip dauernd hinter dieser Dorftrine herjagen, hätte ich ein anderes Ziel ausgesucht!«

Ich zuckte zusammen. Sein Ärger war echt, und ich konnte ihn auch nachvollziehen.

»Hast ja Recht«, beschwichtigte ich ihn. »Aber was hattest du dir denn vorgestellt bezüglich dieser Reise?«

»Dass wir uns die Orte ansehen, in denen deine Vorfahren gelebt haben, ist ja okay, Kira. Aber müssen wir dauernd in alten Dokumenten kramen und uns irgendwelche Lebensläufe zusammenbasteln?«

»Ich dachte…«

»Gut, gut, ich fand das ja auch spannend mit dem Martin und so. Aber dass es jetzt nur noch um dieses Ehepaar geht, finde ich übertrieben. Mir reicht es! Hier am Lipno haben wir ein paar Tage schön relaxt, das war Klasse, aber ich möchte auch noch etwas mehr sehen vom ehemaligen Königreich Böhmen. Da gibt es jede Menge Kunstschätze! Reizen die dich nicht?«

Wie konnte ich da nein sagen? Ich klappte den Laptop verärgert zu.

Wir checkten aus und machten mal wieder in Tourismus, tuckerten Richtung Süden am Lipnosee entlang. Die zahllosen Datschen und rustikalen Wirtshäuser wirkten verlassen, die Saison war ja vorüber. Als 1960 die Staumauer in der Moldau bei Frymburk entstand und aus dem Fluss der See wurde, gab es Proteste. Heute schmiegt sich der Lipno so harmonisch in die Landschaft ein, als sei es immer so gewesen. Immerhin versorgt das Kraftwerk die Region mit Strom, bewahrt vor allem die Orte moldauabwärts vor den Hochwasserkatastrophen der Vergangenheit. Von einer hat meine Oma oft gesprochen, die sie 1946 im Haus ihrer Großmutter in Krumau miterlebt hat.

Unterhalb der Staumauer säumen schmale Auen und steile Hänge die Moldau. Der Fluss hat Kaskaden, stürzt über tonnenschwere Granitblöcke. Die Kraft des damaligen Wildwassers konnten wir bei den *Teufelsströmen* und der *Teufelsmauer* erahnen. Das Zisterzienserkloster Hohenfurth, heute Vyšší Brod, sahen wir schon von weitem, denn es thront wie eine Festung über dem Fluss. Im Ort stach uns ein kleines Hotel mit Garten, großer Terrasse, schönen Zimmern und Restaurant ins Auge. Es sah aus wie ein Biedermeierschlösschen. Ich war mit Bezahlen dran, zückte gern die Visa Card. Nach einem kleinen Imbiss gingen wir auf Besichtigungstour. Beim Abendessen hörten wir von einem älteren Paar am Nachbartisch, dass es hier ein Schmankerl gäbe, nämlich eine Wallfahrtskapelle *Maria Rast am Stein*, die man über einen einstündigen Wanderweg entlang des Kreuzweges von Hohenfurth aus erreichen könne. Die Frau erzählte uns treuherzig, dass sich dort ein Granitblock befände, auf dem sich der Legende nach Maria mit dem Jesuskind auf der Flucht nach Ägypten ausgeruht habe.

Naja, dieser Hintergrund war uns natürlich fremd, aber die Wanderung am Nordhang zu der Lichtung samt Wallfahrtskirche machten wir am nächsten Vormittag. Oben begegneten wir einem einsamen, recht betagten Wanderer, der uns auf Ruinen, angeblich die Reste eines Wirtshauses, hinwies. Da sei früher das Klosterbier den frommen Wallfahrern ausgeschenkt worden. »Dös kennt i jetzt grad brauchen!«, scherzte er, unüberhörbar ein Österreicher. Er war nach tagelangem Marsch durch den Böhmerwald auf dem Heimweg nach Linz – eine beachtliche Tour!

Wir setzten uns so, dass unser Blick über das Umland schweifen konnte.

»Wer weiß, vielleicht hat Judith auch einmal eine Wallfahrt hierher gemacht, hat vor jeder Kreuzwegstation gesungen und gebetet, hat das Klosterbier getrunken«, sinnierte ich halblaut.

Ben stieß einen abgrundtiefen Seufzer aus. »Na also, da wären wir ja wieder bei deinem Lieblingsthema! Ich hab mich schon gewundert!«

Wir schauten uns an und mussten beide lachen.

Am Abend erhob Ben keinen Einspruch, als ich den Laptop aufklappte. Was so eine Wallfahrt nicht alles bewirken kann…

»Was suchst du eigentlich noch?«, brummte er, ohne von seinem Buch aufzublicken.

Ich konnte nichts Konkretes nennen. Es war nur so ein Gefühl, so eine Vision von Judith, dass sie nicht bis an das Ende ihrer Tage im kleinen Hof der Polleichtners am Herd stand, die Kuh gemolken oder ihren Kindern die Nase geputzt hat. Ich wusste ja, dass die Pfarrer oder Chronisten höchst selten Privates von ihren Schäfchen im Kirchenbuch festhielten, trotzdem suchte ich wieder in den passenden Zeitabschnitten bei den Taufen, Trauungen und Beerdigungen danach. Und diesmal gab es einen Treffer! Ich fand den Namen Judith Hanuss in der Rubrik *Hebamme*, die ich bisher kaum beachtet hatte. 1835 taucht ihr Name dort erstmals auf, im Wechsel mit einer Berta Schönauer. Später ist Judith als approbierte Hebamme allein notiert.

Ein kleines Triumphgefühl konnte ich nicht unterdrücken, als ich Ben die Entdeckung vorführen konnte. Er quittierte es mit einem Schulterzucken, so als wollte er sagen: Hebamme, was ist das schon.

Judith
1834

Im Februar wird an einem Werktag gegen vier Uhr morgens an die Tür getrommelt, Unverständliches geschrien. Alle fahren aus den Federn. Gleichzeitig mit ihrer Mutter erreicht Judith die Tür zum Hof, reißt sie auf. Ein Mädchen steht davor, einen Schal um Kopf und Hals, in einem Lodenumhang, bei dem unten etwas Weißes, das Nachthemd vielleicht, hervorschaut. Es trampelt auf der Stelle mit den Füßen, die in vereisten Schuhen stecken, und schlägt mit den Armen um seine Schultern.

»Grüß Gott! Die Schönauerin schickt mich! Das Kind von unserer Nachbarin kommt, aber die Schönauerin kann sich nicht auf den Beinen halten! Die Judith soll kommen! Schnell!«, ruft das Mädchen mit heiserer Stimme.

»Wer bist du denn?«, will Marianna wissen und verschränkt die Arme vor der Brust.

»Ich bin die Frieda, also, die Friederike Wohanka! Bitte, Judith kommt schnell! Die Grundlerin könnt' sterben, hat die Hebamme gesagt! Und sie am End' auch!«

»Grundler? Die aus der Nummer 22?« Mariannas Stimme klingt verächtlich.

Frieda nickt, starrt ihr Gegenüber unter der gesenkten Stirn böse an.

Judith drängt sich an ihrer Mutter vorbei. Das ist ihre Chance. »Komm herein, Frieda, und wärm dich auf. Ich zieh mich an und dann bringst du mich hin. Es wird alles gut, bestimmt!«

Ohne ihre Mutter anzusehen, rennt Judith ins Schlafzimmer zurück. Das Mädchen betritt den Flur, aber Marianna erlaubt ihm nicht, mit seinen nassen Schuhen bis in die Wohnküche zu gehen. Also lehnt es sich müde an die Wand, reibt die Finger aneinander, wartet mit gesenktem Blick. Judith fährt in Windeseile in ihre Kleider, zieht zusätzlich zwei Strickjacken an und über alles die wattierte lange Winterjacke.

Am Fuß der Treppe erwartet ihre Mutter sie mit finsterer Miene.

»Ja, lauf zu. Aber darüber reden wir noch!«

Das Mädchen und Judith rennen hinaus in die blauschwarze Nacht. Unter ihren Schuhen knirscht der Schnee. Stellenweise ist er glatt, so dass Judith einmal ausrutscht und hinfällt. Frieda packt ihre Hand und zerrt sie weiter.

Die Grundler sind einfache Leute. Andreas Grundler arbeitet in Wallern an der Ölpresse und versorgt damit seine Frau und fünf Kinder. Mehr weiß Judith nicht über sie.

Als sie die Stube der Grundlers betritt, ist sie einen Moment lang irritiert, denn die Frau liegt nicht im Bett, sondern hockt auf einem Stuhl, einem Gebärstuhl, wie sie später lernt. Judith hat ihre Kinder im Bett liegend geboren, zwischendurch stand sie am Fußende des Bettes, hat den Pfosten umklammert, gehechelt, gepresst, geschrien. Die Gebärende hier ist halb ohnmächtig, ächzt und presst nur schwach. Die Hebamme kniet vor ihr auf dem Boden, streicht kraftlos, ganz mechanisch über die pralle Bauchdecke. Der Geburtsverlauf steht still, das ist schnell zu erkennen. Zwei Mädchen drücken sich in eine Ecke, starren aus den Augenwinkeln auf ihre Mutter. Aus dem Dachgeschoss dringt das Geschrei zweier Kleinkinder zu ihnen. Ein Junge von etwa vierzehn Jahren hockt im Herrgottswinkel und beobachtet alles mit schmalen Augen.

Berta Schönauer hebt eine Hand. »Judith! Gott sei Dank! Wasch dir die Hände mit heißem Wasser und Kernseife, da im Lavoir. Und dann komm her zu mir!«

Judith wirft ihre Jacken ab, seift sich die Hände wie befohlen ein. Dabei bittet sie Frieda und den Jungen, das Wasserschiff des Ofens aufzufüllen, Holz nachzulegen und sich danach um die verängstigten Kinder zu kümmern. Dann richtet sie die totenbleiche Schönauerin etwas auf und flößt ihr kaltes Wasser ein.

»So, Schönauerin, jetzt sagt mir, was ich tun soll.«

»Wir müssen das Kind holen. Siehst du den Kopf? Er steckt fest. Massier den Bauch und dann nimm die Zange, so …«

Als der Säugling endlich da ist, ist sein kleiner Körper blau verfärbt, zeigt kein Lebenszeichen. Aber die alte Hebamme gibt nicht auf. In Sekundenschnelle muss Judith das Neugeborene an den Beinen hochhalten, auf seinen Rücken klopfen, es an der Innenseite eines Oberarms mehrmals kneifen, es mit Schnee abreiben, dann wieder trockenreiben und in die Nähe des heißen Herdes halten, den Ansatz der Nabelschnur rhythmisch quetschen, und das alles schnell, schnell, schnell! Sie reagiert wie eine Gliederpuppe auf die Befehle der Hebamme, und dann, endlich, wimmert der Säugling, und die Mutter, die immer noch apathisch auf dem Gebärstuhl sitzt, schreit erlöst auf. Nur der Vater, der sich endlich blicken lässt und Bierdunst verbreitet, fragt nach dem Geschlecht – es ist ein Junge. Er nickt, hochzufrieden mit sich, und will wieder gehen. Aber die Schönauerin, die jetzt auf einem Hocker sitzt, hält ihn am Ärmel fest.

»Grundler, hört mir zu: Ihr lasst Euer Weib jetzt eine Weile in Ruhe! Und überhaupt müsst Ihr Euren vermaledeiten Schwengel mehr in der Hose lassen. Macht es Euch halt selbst! Noch eine Schwangerschaft, und Ihr könnt Euer Weib auf den Friedhof bringen.«

Der Mann, er hat einen hässlichen Kropf, reißt sich mit einem rauen »Leck mich!« los und stolpert hinaus.

Zwölf Monate später wird sich die Mahnung bewahrheiten: Die Grundlerin stirbt bei der nächsten Entbindung, auch das Kind, obwohl die Schönauerin in weiser Voraussicht schon bei den ersten Wehen den Arzt holen ließ. Die drei älteren Kinder werden danach als Hilfskräfte bei Verwandten verteilt. Für die Kleinkinder und für die Befriedigung seiner Triebe findet der Grundler bald eine verwitwete Frau, die aus dem gebärfähigen Alter heraus ist.

»Sechs Wochen soll eine Wöchnerin ihre Ruhe haben, sechs! Früher hieß es ja auch Sechswöchnerin. Aber wer von den ewig bockigen Mannsbildern hält sich schon daran!?«, schimpft die alte Hebamme, kramt ein Fläschchen mit einem undefinierbaren Inhalt aus ihrem Beutel und trinkt es in einem Zug aus. Es riecht intensiv nach Kampfer und Weißdorn.

Judith errötet, meidet den Blick der alten Frau. Auch sie und Martin haben sich nicht an diese Schonfrist gehalten. Nicht nur Martin war ›bockig‹ nach der langen Trennung, auch sie suchte und genoss seine Wärme, seine Umarmungen beim letzten Wiedersehen. Außerdem, bei ihr wäre eine neue Schwangerschaft keinesfalls so ein Drama wie bei diesen armen Leuten hier, beruhigt sie sich.

Judith hilft der Wöchnerin auf die warme, breite Ofenbank, wo sie sich mit einem tiefen Seufzer ausstreckt, deckt sie zu, kocht ihr einen starken Malzkaffee, baut den Gebärstuhl unter der Anleitung der Schönauerin ab, reinigt die Geräte und verstaut alles in der Buckelkraxe. Gemeinsam mit Frieda transportiert sie die Hebamme auf einem Schlitten den Berg hinunter zu ihrer Kate. »Das wird schon wieder, das wird schon wieder«, murmelt die Alte wie eine Litanei, ob zur eigenen oder Judiths Beruhigung bleibt unklar. Judith befürchtet, dass die alte Frau ein leichter Schlag getroffen hat, denn ihr ist aufgefallen, dass sie ihre linke Hand nicht mehr richtig beherrscht.

Erschöpft, aber erfüllt von aufregenden Bildern, neuen Erfahrungen, kehrt Judith heim. Es ist fast Mittag. Ihre Mutter steht am Herd, die fest schlafende Luise auf einem Arm, und rührt im Gemüseeintopf.

»Hundert Hände müsste man in diesem Haus haben«, schimpft sie dabei. »Das war eine einmalige Sache, Judith. Dass du es nur weißt!«

Judith hängt ihre Winterjacke zum Trocknen auf und nimmt den Säugling an sich.

»Wenn Luise schläft, brauchst du sie nicht herumzuschleppen. Leg sie in den Korb und gut ist's.«

Genau das macht Judith, fragt nach Ignaz. Der sei drüben beim Großvater. Na bitte, denkt Judith, es geht doch. Laut schildert sie den kraftlosen Zustand der alten Hebamme und mit unverhohlenem Stolz, wie sie geholfen hat, den kleinen Buben auf die Welt zu bringen.

Marianna legt den Deckel schräg auf den brodelnden Topf, wischt sich die Hände ab. »Wenn die Schönauerin ihr Amt nicht mehr bewältigen kann, dann muss eben eine andere her. Du jedenfalls machst das nicht.«

»Ich möchte aber!«

Auf einmal zieht die Mutter sie an sich, umfasst ihren Kopf mit beiden Händen. »Kind, Kind! Kommst du denn gar nicht zur Ruhe?«, murmelt sie weich. Aber gleich tritt sie wieder zum Herd und rührt weiter. »Außerdem hat dein Mann auch noch ein Wörtchen mitzureden. Sollte mich wundern, wenn er einverstanden wäre. Und jetzt Schluss! Ich will nichts mehr davon hören.«

Judith ballt die Fäuste, doch sie weiß, dass sie nichts ausrichten kann. Wie stets muss sie mal die gehorsame Tochter sein, mal die gefügige Ehefrau.

Wieder ist es Mizzi, die sie aus dem Alltagstrott und der Isolation herausreißt. »Du lebst ja wie ein Maulwurf«, schimpft sie. Ob sie denn nicht einmal mehr wisse, dass heute Faschingssamstag sei.

»Also, auf geht's!«

Wie jedes Jahr marschiert nachmittags ein kleiner Trupp verkleideter Burschen den Marktplatz hinauf und hinunter mit Tamtam und Trara, und am Abend wird beim Ochsenwirt getanzt. Nein, dieses Spektakel hatte Judith nicht gereizt. Aber zusammen mit Mizzi wird es bestimmt wieder lustig.

»Komm, eil dich, Judith! Sie sind schon unterwegs. Wenn erst mal die Fastenzeit anbricht, gibt's bis Ostern ohnehin nichts mehr zum Lachen.«

Judith ignoriert die Mienen ihrer Eltern. Sie packt ihren Jungen warm ein, bindet sich den Säugling mit einem wollenen Tuch vor die Brust, stülpt sich die Pelzmütze über den Kopf, ruft: »Bin gleich wieder da!« und hastet mit Mizzi davon.

Auf dem Marktplatz steht das halbe Dorf herum, manche haben eine Schnapsflasche in der Hand. Die beiden jungen Frauen mischen sich unter die Zuschauer, blicken dem kunterbunten Zug gespannt entgegen, der gerade vom oberen Teil des Platzes kommend an der Kirche vorbeizieht. Vorneweg macht eine kleine Blaskapelle Musik. Hinter ihr trottet der ›Strohbär‹, hinkt die ›Wilde Hex‹, die vor allem die Kinder zum fröhlich-ängstlichen Quieken bringt. Manche Burschen tragen grausige Masken, andere haben einfach nur verrückte Hüte auf oder Frauenkleider an. Sie bewegen sich mit Bocksprüngen und Tanzschritten voran, packen hier und da eine der Frauen oder auch mal eine Alte und küssen sie ab. Einer erwischt auch Mizzi, die den Überfall scheinbar empört abwehrt, aber Judith mit ihrem Säugling vor der Brust lassen sie in Ruhe.

Da bemerkt Judith schräg hinter sich den Schulmeister. Er nickt ihr zu, kommt näher. Da sie keine Hand zur Begrüßung frei hat, berührt er kurz ihren Oberarm. Keiner sagt etwas. In dem ohrenbetäubenden Lärm hätte man ohnehin nichts verstanden. Beide richten den Blick wieder auf die Narren.

Mizzi hat sich endlich von den zudringlichen Verehrern befreit. »So freche Kerle! Ja, glaubt man's denn?!« Sie lacht aber übers ganze rote Gesicht. »Einer will sogar mit mir am Abend zum Tanz gehen. Sowas! – Aber wie wär's, Herr Rohrbach? Mit Euch tät ich gehen!«

Aber der schüttelt den Kopf. Das sei nichts für ihn. Er könne ja gar nicht tanzen.

»Das kann ich Euch beibringen, daran soll's nicht liegen«, umwirbt ihn Mizzi, dabei himmelt sie den Schulmeister ganz unverfroren an. Aber er weicht der Antwort aus.

Ach, so vorlaut und unbekümmert, ja, sogar so dreist wie Mizzi möchte ich auch manchmal sein. Aber das ist mir nicht gegeben, denkt Judith niedergeschlagen.

Der Narrenzug zieht vorbei und hinunter in die Senke, die jungen Frauen wechseln mit dem einen oder anderen Nachbarn fröhliche Kommentare. Mizzi ist durch die Aussicht auf das Faschingsfest ganz kribbelig geworden. Vielleicht holt der Bursche sie wirklich nachher ab, wie er es angedeutet hat, tuschelt sie mit Judith. Sie will doch lieber nach Hause, ihren Kleiderschrank auf den Kopf stellen. Das Kostüm vom letzten Jahr, als Seerose ging sie da, wäre noch gut, müsse aber gebügelt, die Frisur gerichtet werden…

»Also – bis heute Abend, Herr Rohrbach? Ich rechne fest mit Ihnen!« Sie wieselt davon.

Judith und der Schulmeister sehen ihr amüsiert nach. Die Zuschauer um sie herum zerstreuen sich, manche folgen dem Zug weiter den Hügel hinab, kehren auf einen Schnaps in der *Kleinen Trommel* ein. Ein paar Frauen bleiben tratschend in Judiths Nähe stehen. Die Häuserreihen und die Berghänge wirken wie ein Amphitheater. Der Schall der Blaskapelle und das Gelächter nimmt eher zu als ab. Hans Rohrbach steht neben ihr, ein Windstoß bläht seine Pelerine auf, der Stoff schlägt an ihre Schenkel.

»Und? Könnt Ihr wirklich nicht tanzen?«, fragt sie, ohne ihn anzusehen. Sie ist überzeugt, dass er es kann. Er kommt doch angeblich aus besseren Kreisen. Da lernt man das.

»Doch, ich kann tanzen«, murmelt er, blickt scheinbar interessiert dem Faschingszug nach. Judith folgt mit einem törichten Lächeln seinem Beispiel. Sie wissen beide: es wäre fatal, wenn sie beide in aller Öffentlichkeit eine längere Unterhaltung führen würden. »Mit Ihnen schon, Judith.«

Judith senkt die Lider über ihre plötzlich brennenden Augen, versteckt das errötete Gesicht in dem Schultertuch. Tanzen … ja, das wär' mal wieder was! So ein Walzer, den die feinen Damen und Herren beim Wiener Kongress getanzt haben … Sie sieht sich mit Hans Rohrbach langsam und träumerisch übers Parkett schweben, dann wieder mit Martin eine Polka tanzen, hitzig, stampfend …

Der Mann hinter mir weiß genau, was in mir vorgeht, denkt sie, erstaunt über seine Kühnheit und erschrocken, weil ihr das stille Einverständnis zwischen ihnen bewusst wird. Sie rückt die kleine Luise im Wolltuch zurecht, wischt ihr mit einem Taschentuch fürsorglich den Speichel vom Mundwinkel, schaut zu Ignaz, der mit zwei Buben streitet, dann wieder hinunter in die Senke, wo die Narren herumspringen.

»Und? Werdet Ihr die Mizzi heute Abend ausführen?«, fragt sie forsch, aber ihr Herz flattert ängstlich dabei.

»Soll ich denn?«, weicht der Schulmeister der Frage aus.

Judith schenkt ihm einen verstohlenen Seitenblick, schüttelt dann kaum merklich den Kopf. »Ich weiß nicht…«

»Soll ich oder soll ich nicht?«, insistiert er, starrt weiter ins Tal hinunter. Seine Stimme klingt, als amüsiere er sich. »Sagen Sie mir doch, was ich tun soll.«

»Gefallen würde es mir nicht, ehrlich gesagt«, gesteht Judith leise. Sie zerrt wieder am Schultertuch, fährt heiser, ohne den Blick zu heben, fort: »Aber – aber wenn Ihr der Mizzi den Hof machen würdet, dann könnten wir uns öfter sehen…«

Hans Rohrbach weicht einen Schritt zurück, während Judith versucht, das Atmen zu regulieren, damit auch ihr Herz wieder normal schlägt. Noch hat sie nicht verinnerlicht, was sie vorgeschlagen hat.

Hans Rohrbach fängt sich. »Nun, nun, das war's dann wohl.« Er lüftet seinen Filzhut, verbeugt sich zweimal, einmal Richtung Judith, einmal zu den herüberschielenden Frauen. »Ich wünsche noch allseits einen fidelen Fasching. Auf Wiedersehen, die Damen.«

Die Frauen grüßen scheu zurück, Judith nickt mit steifem Rücken. Er geht.

Sie zieht Ignaz aus dem Knäuel von Buben, die sich im Schnee wälzen und verbissen aufeinander einschlagen. Er wird auf dem Heimweg nicht müde, damit zu prahlen, wie er dem Franzl einen richtigen Haken unters Kinn versetzt hat. Beide überhören tapfer, dass die Jungen ihnen die abgedroschenen Verse nachbrüllen: »Was rot is, is Fuchs, und des is nix nutz« und »Rote Haar' und spitzig's Kinn, da wohnt der Teufel mitten drin'«.

Judith bewegt sich wie im Trance. Wie konnte ich so etwas zu ihm sagen! Ihr Vorschlag war ein intriganter Gedankenblitz, dessen Ausmaß sie erst jetzt so nach und nach begreift. Die Scham macht das Atmen schwer. Sie schaut sich um, aber Hans Rohrbach ist schon an der Kirche, eilt mit gesenktem Kopf nach Hause. Nachlaufen kann sie ihm nicht, nein. Aber was würde sie ihm denn noch sagen können zu ihrem hinterhältigen Vorschlag?

Es stimmt ja, sie möchte ihn öfter sehen, sprechen, dieses süße Sehnen spüren. Mehr nicht! Mehr darf und kann nicht sein. Sie ist eine verheiratete Frau, Mutter von zwei Kindern, da gehört es sich nicht, dass sie tändelt, solche freche Sachen sagt. Nie mehr darf ihr das passieren. So dreist darf sie nicht sein.

Wann immer es geht, schaut Judith bei der Schönauerin vorbei, meistens heimlich. Die alte Frau hat sich erstaunlich rasch erholt, kann ihren kleinen Haushalt versorgen und hat auch schon wieder eine normal verlaufende Geburt begleitet, ohne Judith kommen zu lassen. Judiths Klage, dass ihre Eltern strikt gegen ihre Berufspläne seien, hat die Alte mit ernster Miene zur Kenntnis genommen. »Das wird nicht leicht für dich werden«, weissagt sie. »Du tust mir leid. Überleg es dir gut.«

Als Judith sich eines Tages der Schönauerin wegen der ausbleibenden Monatsblutung anvertraut, bringt ihr ein simples Hausmittel Gewissheit – die Alte weicht Getreidekörner in Judiths Urin ein. Die Körner treiben aus, und die alte Hebamme hält das für ein sicheres Indiz für eine Schwangerschaft. Sie verliert kein Wort darüber, dass sie viel zu schnell auf Luise folgt. Judith nimmt es gottergeben mit einem tiefen Seufzer hin. Das ist halt der Preis für leidenschaftliche Stunden.

Immer wieder blättert sie in den Arzneibüchern der Schönauerin, vor allem in einem großen zerfledderten Bildband, aus dem sie alles über die Lage eines Ungeborenen im Mutterleib erfährt, wie eine ideale Entbindung ablaufen sollte, aber auch alles über eine komplizierte, beispielsweise

über den ›gedoppelten Handgriff‹ und das Drehen des ungeborenen Kindes mit Hilfe einer Schlinge. Es ist das erste
auf Deutsch geschriebene Lehrbuch für Hebammen aus
dem 17. Jahrhundert, geschrieben von einer Justine Siege-
mund. Die Siegemundin habe sich alles selbst beigebracht,
sei sogar Hebamme am brandenburgischen Hof geworden,
erzählt die Schönauerin. Nun, was das betrifft: bis nach
Schönbrunn wolle sie es gar nicht bringen, beteuert Judith
lachend. Nur tun will sie etwas! Manchmal, so beim Karot-
tenschrappen, beim Selleriehacken, da ist so eine Leere in
ihrem Kopf. Ihr Blick schweift dann durchs Küchenfenster
hinaus, über den Gemüsegarten, über die wiederkäuenden
Ziegen auf der Wiese, aber sie sieht doch nichts, hört nichts,
ist weit weg und doch nirgendwo. Jetzt, mit ihren neuen Plänen wird Judith bewusst, dass sie auf der Suche ist nach etwas, das alle drei – Hände, Kopf und Herz – braucht. Sie
fiebert ihrem nächsten Einsatz entgegen.
»Geduld, Madl. Geduld! Im Winter kommen nicht viele
Kinder zur Welt. So ab Juli, da kommen sie dann, die Kinder«, erklärt ihr die alte Frau schmunzelnd. »Die werden in
den dunklen Winternächten gemacht, wenn der Sturm
durch den Böhmerwald braust und die Paare in den warmen
Betten zusammenkriechen.«
Einmal wagt sich Judith ganz vorsichtig an das Thema ›Abtreibung‹. Aber da wird die Alte grob. »Hör dir das erst gar
nicht an, wenn dir eine Frau damit kommt!«, rät sie erregt.
»Und sie werden kommen! Du kannst den Frauen zu einem
Sud raten, aus Petersilie oder Rauke zum Beispiel. Rosma-
rinöl hat auch schon manch einer geholfen. Wer es hat,
nimmt Lorbeer, Zimt oder Nelken in Rotwein. Aber rühr
die Gebärmutter nicht an, Judith. Die ist für uns vor der
Entbindung tabu. Was Heiliges!«
Sie bekreuzigt sich, schiebt Judith ein handschriftlich ge-
führtes Notizbuch hin. Darin hat sie alle Hausmittel notiert,

die sie den Frauen empfehlen kann, die, warum auch immer, kein Kind wollen. Aber nichts davon garantiere einen Abortus, gibt sie zu bedenken. Mal funktioniere es, mal nicht.

Nach jedem Besuch läuft Judith ganz benommen nach Hause. Die Hebamme weiß so viel, lehrt sie so vieles, oft nur in Nebensätzen, und dieses neue Wissen schwirrt durch ihren Kopf wie Fledermäuse. Ob sie jemals so gelassen mit ihren Kenntnissen über Schwangerschaft und Geburt wird umgehen können wie Berta Schönauer? Während sie im Haushalt ihre Pflichten erfüllt, ihre Kinder versorgt, die aber ohnehin, wie alle Kinder auf dem Land, früh lernen müssen, sich allein zu beschäftigen, hat sie die Zeichnungen aus dem Bildband vor Augen, wiederholt in Gedanken die Namen der Kräuter mit heilender Wirkung.

Endlich taut der letzte Schnee, das liebliche Bächlein im Tal verwandelt sich wie stets in einen Wildbach, der die Wiesen überschwemmt. Zu beiden Seiten des leicht gewölbten Marktplatzes gurgelt Tauwasser bergab. In den Gärten und Feldern regt es sich. Es wird gegraben, gejätet, gepflanzt, geackert.

Auf dem Weg zum Friedhof, zum Grab ihrer Großmutter, muss Judith am Hanusshof vorbei, wenn auch auf der gegenüberliegenden Seite des Marktplatzes. Sie tut es mit abgewandtem Kopf, ihr Blick gleitet jedoch immer flink hinüber zu der stattlichen Front. Obwohl die Hanuss-Sippschaft ihrem Leben eine grausame Wendung gegeben hat, wird doch alles, was bei denen vor sich geht, zumindest von Judith und ihrer Mutter insgeheim wahrgenommen.

»Könnt Ihr das lesen, was da oben am Haus geschrieben steht, Mutter?« Ignaz bleibt stehen und deutet auf den Hof. »Ja, freilich«, murmelt Judith mürrisch. »Da steht geschrieben, wer einmal das Haus gebaut hat.«

Und wer das denn gewesen sei, bohrt Ignaz weiter. Sie gibt nach und liest stockend vor, denn die alte Schreibweise kann sie nicht immer gleich entziffern, und die mangelhafte Orthographie verwirrt sie: »Anno 1749 - Eß schwankt daß Leben wie ein Baum. Auf Gott und die heilige Ludmilla haben wir vertrauet und dießes Haus erbauet, Freibauer Johann Hanuss und sein Weib Theresia, Müllerstochter«.

Die Inschrift wird von Zeit zu Zeit mit weißer Farbe aufgefrischt. Judith seufzt. Das allein sind schon knapp hundert Jahre, die der Hof besteht, und wer weiß, wie weit zurück der Stammbaum noch bekannt ist. Wen wundert's, dass die Familie so herrisch geworden ist.

»Johann und Theresia, das sind deine Ur-ur-großeltern«, belehrt sie den Jungen, obwohl sie nicht genau weiß, wie viele Male sie ›Ur‹ sagen muss.

»Ur-ur-großeltern«, wiederholt Ignaz brav.

Da tritt Hermine, Martins Schwester, aus dem Tor. Sie lächeln sich an, gehen zögernd aufeinander zu. Hermine hat zwar eine hüftlange Pelerine an, aber man kann nicht übersehen, dass sie schwanger ist. Also hat Judith hinsichtlich der übereilten Hochzeit richtig vermutet. Die jungen Frauen tauschen ein paar Floskeln aus. Judith greift nach dem Korb, will weitergehen, aber Ignaz mustert immer noch die Front des Hofes, aus dem die fremde Frau gekommen ist, und fragt: »Das schöne Haus da, ist das dein Haus?«

»Nein. Das gehört meinem Vater. Aber irgendwann einmal wird es mir gehören«, erklärt ihm Hermine. Dann klopft sie sich lachend auf den Bauch. »Und dem hier.«

»Das ist das Haus von deinem anderen Großvater«, mischt sich Judith mit fester Stimme ein. »Und das hier, das ist deine Tante.«

Hermines Züge werden abweisend. Es stört sie wohl, dass Judith sich und ihr Kind zur Familie Hanuss zählt. Ignaz

Blick wandert zwischen dem Hof und seiner neu erworbenen Tante hin und her. Den Stimmungsumschwung nimmt er nicht wahr.

»Ach, so? Dann können wir uns ja mal besuchen. Am besten komm ich. Für dich ist es ja schwer mit deinem dicken Bauch.«

Die Frauen lachen gequält, schauen sich an, und ein wenig Bedauern und Wehmut kommt auf.

»Besser ist's, ich komm mal zu dir«, antwortet Hermine leise und streicht dem Jungen über das Haar.

»Baba, Hermine… Und noch einen guten Verlauf.«

Judith und Ignaz nehmen den Weg zum Friedhof wieder auf. An der Straßenecke, wo die Schule samt Lehrerwohnung liegt, geht Judith schneller. Halb fürchtet sie, halb hofft sie, dass Hans Rohrbach sich blicken lässt. Ihre Gefühle taumeln zwischen Sehnen und Abwehr. An den vergangenen Sonntagen nach dem Kirchgang, als die Gläubigen wie immer noch eine Weile vor dem Portal standen, Neuigkeiten austauschten und dem Pfarrer die Hand gaben, hat sie Hans Rohrbach verstohlen beobachtet. Er plauderte mit fast allen, aber nicht mit ihr. Zweimal war er zur Mizzi getreten, die bei ihren Eltern stand, und hatte ein paar Worte an sie gerichtet. Da hatte sich Judiths Magen zusammengezogen.

Sie wendet sich wieder dem schmalen Grab ihrer Großmutter zu, setzt die restlichen Stiefmütterchen, die sie daheim im Stall vorgezogen hat, und Wurzelwerk von den Maiglöckchen. Später sollen Löwenmäulchen und Bartnelke folgen. Ihre Triebe waren jetzt noch zu zart. Mit einem Lappen poliert sie zum Schluss das reich verzierte eiserne Grabkreuz und das weiße Emaille-Medaillon mit dem Namen.

Von den Polleichtners gibt es nur dieses Grab auf dem Gottesacker. Die zwei ersten Kinder von Marianna wurden tot geboren, sind damals abends ›in der Stille‹ begraben worden, weil sie ungetauft gestorben sind. Ihre kleinen Gräber sind längst eingeebnet. In diesem Grab der Großmutter liegen auch zwei weitere Geschwister von Judith, die getauft und lediglich ein paar Wochen alt geworden sind. Die Großmutter habe ›zwei Engel im Arm‹, so hatte die Mutter es einmal ausgedrückt.

Die älteren Vorfahren waren noch auf dem Kirchhof rund um die Kirche begraben worden, den es damals gab. Dann kam die Neuerung durch die Reformgesetze von Kaiser Joseph II., die besagte, dass die Friedhöfe seiner Untertanen an den Rand der Orte verlegt werden mussten. Vor fünfzig Jahren war das, hat ihr Großvater erzählt. Die Zustände auf manchen Kirchhöfen seien zum Teil so unhygienisch gewesen, dass die Gesundheit der Bevölkerung gefährdet war. Das traf zwar auf den Kirchhof in Hollerstrauch nicht zu, aber die Anordnung wurde auch hier durchgesetzt: Eine Wiese am Ortsrand wurde auserkoren, in deren Nähe auch eine Quelle sprudelte, damit Gießwasser vorhanden war. Einige Tote wurden umgebettet, alle anderen Gräber wurden eingeebnet. Irgendwann wurden sie mit Bachkiesel bedeckt und noch viel später mit einer Teerdecke versiegelt.

Auf dem Rückweg will Ignaz die dicke Tante besuchen, aber Judith zieht ihn fort und eilt mit langen Schritten nach Hause. Dort wartet eine Überraschung auf sie. Ihre Eltern sitzen mit der Schönauerin am Küchentisch. Ein Haferl Malzkaffee steht vor jedem. Die Mienen von Vater und Mutter verheißen nichts Gutes.

»Ja, ich wollt halt mal über deine Berufspläne reden, Judith«, erklärt die Schönauerin ihren Besuch. »Ich müsste ja mal was machen wegen den Papieren und so…«

»Ich hab es doch schon gesagt: Da braucht nichts unternommen werden«, fährt Marianna dazwischen. »Unsere Tochter gehört ins Haus. Die kann nicht Hebamme werden.«

Die alte Hebamme hebt beide Hände hoch. »Ach geh, geh, seid nicht so gaach! Das Madl ist ein heller Kopf, kapiert alles schnell und ist geschickt dazu! Und schmale Hände mit langen Fingern hat sie auch. Sie wäre genau richtig für diesen Beruf. Ich…«

»Das Madl ist kein Madl, sondern eine verheiratete Frau und zweifache Mutter dazu«, fällt ihr Adalbert ins Wort.

»Ich bin damals in Schönau auch einfach mitgelaufen mit einer, die schon Hebamme war. Wehmutter hat man damals noch zu unsereins gesagt. So habe ich es gelernt«, fährt die Alte unbeirrt fort. »Hab später einen Eid ablegen müssen und fertig.«

»Ich will davon nichts wissen«, sagt Adalbert mit einer Stimme, in der man allmählich den Zorn hört. »Wir sind nicht damit einverstanden. Und der Martin bestimmt auch nicht.«

»Woher wollt Ihr das wissen, Herr Vater? Ihr habt doch noch nie ein Wort mit ihm gewechselt«, faucht Judith.

Berta Schönauer drückt sich stöhnend aus dem Stuhl hoch. »Ja, leider, das ist so, Judith. Der Ehemann hat das letzte Wort. Früher, ja, da sollten nur Unverheiratete Hebammen sein, weil die Ehemänner ja bekanntlich in alles reinreden.« Keiner lacht über den kleinen Seitenhieb.

Die Polleichtners sollen sich das Ganze mal in Ruhe durch den Kopf gehen lassen, bittet die alte Frau abschließend. Reich könne Judith damit allerdings nicht werden, aber ein gutes Zubrot sei es schon. Zwölf Sack Dinkel nebst Holzgeld, also einen Gulden und zwölf Kreuzer, zahle die Wallerner Herrschaft als festen Lohn. Die Wöchnerinnen entlohnten früher nach Belieben, die Armen meist gar nichts. Da gab es oft einen Wettlauf zweier Hebammen zu einer reichen Gebärenden. Das sei jetzt genau geregelt worden. Sie habe was läuten hören, dass woanders Gemeinde-Hebammen aus einer Kasse bezahlt würden, so sei man unabhängig davon, ob die werdende Mutter reich oder arm sei. Außerdem entstünden in den Städten Spitäler, extra für die Entbindung, habe ihr der Doktor Kern erzählt. Accouchierhaus würden die genannt.

»Alles ist im Umbruch, ja, ja. Aber bis sich da bei uns auf dem Land was ändert, brauchen die Mütter Hilfe. Leider will halt keine mehr Hebamme werden«, klagt sie, jetzt doch etwas aufgebracht.

Nachdem sie die Hebamme zur Haustür begleitet hat, kehrt Judith mit müden Schritten an den Küchentisch zurück.

»Dass ihr es nur wisst: Ich bin wieder schwanger. Ihr braucht euch also nicht den Kopf zu zerbrechen, dass ich Hebamme werden könnte. Das muss warten.«

Sie lässt sich nicht anmerken, wie schwer sie sich in Wirklichkeit tut mit dieser Wendung.

Als sie einmal zusammen mit ihrem Großvater auf dem Acker arbeitet und sie sich für eine Verschnaufpause auf die umgedrehten Eimer setzen, fragt sie ihn verzweifelt, was sie machen soll.

»Hebamme sein, das muss schon viel Freude machen«, sinniert er und schaut in die Ferne. »Meine Anna, also deine Großmutter, hat es mit viel Liebe gemacht, solange es ging. Über jedes Kind, dem sie auf die Welt geholfen hat, hat sie sich gefreut als wär es ihr eigenes. Aber mir hat es nicht gefallen, das sag ich frei heraus. Sie war ja manchmal zwei Tage fort, wenn eine Geburt nicht voranging. Öfters hat sie zu Fuß weit gehen müssen, wenn ich das Pferd nicht entbehren konnte. Das hat an ihren Kräften gezehrt, oh ja. Und ich, ich musste mich allein um die Kinder, um das Land und den Hof kümmern. Unser Ludwig, der erste, der war schwer zu bändigen. Der Ignaz erinnert mich an ihn. Der Ludwig sollte das hier mal übernehmen. Aber er ist ja fortgegangen, hinaus in die Welt, wollte halt kämpfen für den Kaiser Franz und Soldat spielen. Gefallen ist er mit grad mal achtzehn Jahren, irgendwo in Italien, der depperte Bub. Das war ein Schlag! Aber Gott sei Dank, ich war immer gesund, bis heute, und hab alles irgendwie geschafft.«

Er zieht seine Meerschaumpfeife aus der Joppe, saugt vernehmlich am Holm, stopft sie aber nicht neu, sondern schiebt sie kalt in einen Mundwinkel. »Geblieben ist uns der Adalbert, dein Vater. Ich sag's wie es ist: der war von klein auf immer ein bisschen hinfällig und keine große Stütze. Zu schwächlich für Bauernarbeit, da ist er halt Anstreicher geworden. Seine Begabung hat sich anfangs nur darin gezeigt, dass er die farbigen Ornamente an den Häusern, innen wie außen, besonders gut ausführen konnte. Mit der Zeit wurde das sein Hauptgeschäft. Bis ich eingesehen habe, dass er was Künstlerisches hat, nicht nur ein Anstreicher, ein Gipser war, und dass er mit der Malerei Geld verdienen konnte, das hat gedauert. Aber dann hat mich sein Können stolz gemacht. Der Unfall, der fürchterliche Sturz vom Malergerüst, das war ein Kreuz für uns alle.«

Es ist Hochsommer, die Sonne sticht. Die Bluse klebt bei Judith am Rücken und am Busen, Schweißperlen rollen von der Stirn über die Wangen und den Hals hinunter. Der Großvater lüftet den Strohhut und fährt sich durch das verschwitzte Haar, schaut den Saatkrähen zu, die in der aufgebrochenen Erde herumhüpfen.

»Ja, und die Traudl war noch da«, fährt er fort. »Die war schon früh neugierig auf die Burschen, o mei! Da musste ich aufpassen wie ein Hofhund. Wir waren froh, dass sie schnell unter die Haube kam, und dass ihr Mann, der Jakob, sie an der kurzen Leine gehalten hat.« Er seufzt, trocknet sich die Stirn mit dem Halstuch. »Deine Großmutter, ja, die war stolz und glücklich mit ihrer Aufgabe als Hebamme. Aber daheim, da ging es öfter drunter und drüber.«

Der Großvater blickt Judith in die Augen. Die seinen sind feucht geworden.

»Die Träume, die ihr Frauen so habt, gehen selten in Erfüllung, Judith. Das Kinderkriegen, der Mann, das Haus, das bindet euch an. Das wird immer so bleiben. Meine Anna hat mir zuliebe nachgegeben, hat dann aufgehört damit, aber glücklich war sie von da an nicht mehr. Sie ist so schnell verwelkt wie eine Mohnblume.«

Judith legt ihm eine Hand auf den Unterarm. »Verstehe ich Euch recht, Großvater? Ich soll mich abfinden mit Mann und Kindern?«

Er nimmt die Pfeife aus dem Mund, legt eine erdverkrustete Hand mit den dicken Gichtknöcheln über die ihre.

»Nein, Judith, im Gegenteil. Mein Rat ist: Werde Hebamme! Du hast einen Mann, der nicht grad zuverlässig ist. Ist es nicht so? Du musst sehen, dass du zur Not auf eigenen Füßen stehen kannst. Deine Eltern und ich, wir werden nicht ewig leben.«

Judith starrt ihn an, wiederholt im Stillen die nüchterne Bilanz des hellsichtigen Alten.

»Ja. Ja, du hast wohl Recht«, murmelt sie. Die realistische Darstellung ihrer Situation erschreckt sie, rüttelt sie auf. Sie schlingt die Arme um ihren Bauch, in dem das Ungeborene sich unruhig bewegt. Wenn das erst mal auf der Welt ist, dann packe ich es an, denkt sie grimmig. Jetzt halt ich still.

Ende September bringt Judith einen Sohn zur Welt. Es ist ein äußerlich makelloses Kind, das aber nur schwache Lebenszeichen von sich gibt. Vorsichtshalber nimmt die Hebamme die Nottaufe vor. Der kleine Anton fängt am vierten Tag an zu krampfen, eine beängstigende Starrheit wird von wilden Zuckungen abgelöst. Das wiederholt sich in immer kürzeren Abständen. Judith reißt den Säugling immer wieder an ihre Brust, aus der die Milch sickert. Die Schönauerin nennt es fraisen, rät voll böser Ahnungen, den Doktor in Wallern aufzusuchen, der könne vielleicht helfen. Doch am Morgen, das Pferd ist schon angeschirrt, stirbt das Söhnchen in Judiths Armen. Der kleine Anton wird im Familienkreis beigesetzt, und seine Urgroßmutter Anna hat ein neues Engelchen in ihrem Grab. Wie es Sitte ist und der Aberglaube es rät, drückt Judith ein kleines Kreuz aus Holunderästen in den Grabhügel. Sollte es im nächsten Jahr grünen, und Judith betet darum, ist das ein Zeichen, dass das Kind in die ewige Seligkeit eingegangen ist.

Man geht schnell zur Tagesordnung über, denn der Herbst mit seiner Erntearbeit erlaubt kein Pausieren.

Martin erschüttert es nicht sonderlich, dass das Kind nicht lebensfähig war, als er im November anlässlich seines Namenstages nach Hollerstrauch kommt.

»Nimm es nicht so schwer«, versucht er Judith zu trösten, der beim Erzählen die Tränen hervorsprudeln. »Schau, so hast du mehr Zeit für unser Luiserl. Die braucht dich doch auch noch.« Und er beteuert, im Bett würde er Ruhe geben und später aufpassen, damit sie sich erst einmal erholen kann von der Geburt und dem Schock. Aber inzwischen weiß Judith auch einiges, wie sie sich vor einer Schwangerschaft schützen kann.

Kira

Judith, die Hebamme. Ich sah sie vor mir, wie sie dick vermummt durch den Schnee zu einer Einsiedelei stapft, die Utensilien für eine bevorstehende Entbindung in einer Kraxe auf dem Rücken. Komisch, in schwüler Sommerhitze sah ich sie nicht.

1835 taucht sie als Hebamme im Geburtsregister auf – da hatte sie bereits zwei Kinder. Und ein Kind war früh gestorben.

Der letzte Nachweis der Existenz meines Vorfahren Martin Hanuss war der Eintrag im Sterberegister, kommentierte Ben meine Überlegungen. Und der besagte, dass Martin als Gardegrenadier des Fürsten Johann Adolf II. Fürst zu Schwarzenberg in Krumau starb und beigesetzt wurde. Er hatte Judith also im Stich gelassen, könnte man sagen. Ben sah das natürlich anders. Ein Mann mit Ehrgeiz sei das gewesen, fortschrittlich, agil, dynamisch…

»Meine Oma hat ein Nähkästchen, in dem sie alte Fotos aufbewahrt. Da waren auch welche vom Garderegiment im Krumauer Schloss dabei«, erinnerte ich mich versonnen.

Vielleicht hat meine Oma, wenn wir die alten Fotos angeschaut haben, bei den Fotos der Schlossgarde auf einen der Männer in Uniform getippt und gesagt, das sei ihr Urgroßvater gewesen. Schon möglich. Ich war damals zu jung, zu unaufmerksam, um solche Informationen richtig einschätzen zu können. Jetzt frage ich mich allerdings, warum diese Fotos aufgehoben worden sind.

»Was hatten diese Operetten-Figuren denn eigentlich zu bewachen? Die waren doch bloß farbenprächtige Staffage am Schloss, denk ich mal«, spöttelte Ben.

»Wieso? Heute haben die Promis Bodyguards, die verspiegelte Sonnenbrillen und schwarze Armani-Anzüge plus

Krawatte oder lederne Klamotten tragen! Bloß Staffage!? Die Wachsoldaten hatten denselben Zweck«, verteidigte ich meinen Urur... also meinen Altvorderen. »Sie mussten den Fürsten nebst Gemahlin zum Beispiel vor Attentätern schützen. Siehe Sarajewo! Außerdem sind die Fürsten nicht mit einer Visa Card gereist, sondern mit einer Kiste voll Bargeld. Und dann der Schmuck der Damen! Da war Bewachung schon wichtig.«

Ben nickte zustimmend. »Ja, das ist richtig. – Und die Fotos von der Garde im Nähkästchen deiner Oma? Wer hat die gemacht?«

Das wusste ich nicht. Mein Uropa hat so ab 1930 mit einer Handkamera – Agfa-Billy, die so einen kleinen Ziehharmonika-Balg hatte – seine Frau und seine Kinder fotografiert. Die Kamera bewahrte er auch noch auf, als das Gerät von der Kameraentwicklung längst überholt war. Auch meine Oma hing irgendwie an diesem Unikum, platzierte es in einer Vitrine.

Aber diese gestellten Aufnahmen der Garde konnten nicht von ihm sein.

»Wenn es besondere Fotos werden sollten, ging man in das Atelier Seidel in Krumau, das weiß ich von meiner Oma. Das Hochzeitsfoto ihrer Eltern, also meiner Urgroßeltern, wurde dort aufgenommen, der Erstgeborene, ihr Bruder Emil, auf dem Eisbärfell, die ganze Familie...«

»Seidel? Das können wir ja mal googeln.«

Also wurde das Internet befragt. Das Atelier Seidel in Krumau, erfuhren wir, ist heute das Museum Seidel. Seine alten Fotoplatten und Filme sind in den 1990er Jahren nach einem fünfzigjährigen Dornröschenschlaf wiederentdeckt worden. Viele dieser Schwarz-weiß-Fotos sind digitalisiert, und – ich konnte es kaum glauben – wir konnten sie am Bildschirm aufrufen! Ich tippte den Namen meiner Urgroßeltern und bekam gleich mehrere Fotos angeboten: Ihr Verlobungsfoto, mehrere Standfotos als Brautpaar, von der Hochzeitstafel im Hotel Stadthof … Immer aufgeregter gab ich verschiedene Namen ein und fand tatsächlich noch ein Bild von meiner Uroma mit einem ihrer Kinder im Steckkissen auf dem Arm! Und dann noch eins von meiner Oma, etwa sechs Jahre alt, bei der Fronleichnamsprozession … Mir wurde ganz flau vor Rührung.

»Lass mich mal, bitte.«

Ben schob mich beiseite. Er tippte den Namen Hollerstrauch. Auf dem Bildschirm erschienen mehrere Aufnahmen: Wir erkannten die Kirche, den abschüssigen Marktplatz, die schmucken Fassaden der Bauernhöfe. Ein Standfoto von drei Frauen in Tracht vor der Kirchentür gab es, von einem Fuhrmann, der sich breitbeinig mit seinem Gespann voller dicker Bierfässer für den Fotografen in Positur geschmissen hatte, und auf einem steilen verschneiten Waldweg hielt ein großer Hörnerschlitten, beladen mit Baumstämmen, gelenkt von einem todesmutigen Mann, auf den Fotografen zu.

Und dann das Foto! Vor einem Haus hatte sich eine Gruppe postiert, die scheinbar mitten in ihrer Arbeit vom Fotografen angesprochen worden war. Niemand war besonders herausgeputzt. Man sah drei junge Männer in schmutzigen Schnürstiefeln, kragenlosen Hemden und ausgebeulten Hosen, einer stützte sich auf eine Mistgabel. Die zwei jungen Frauen dagegen sahen adrett aus in ihren langen Röcken, Miedern und weißen Blusen. Wie so oft auf solchen alten Fotos starrten alle mit gesenkter Stirn in die Kamera, todernst, fast mürrisch – vielleicht, weil sie so lange stillhalten mussten. Aber das Paar in der Mitte, etwa sechzig Jahre alt, wirkte unbeschwert und selbstbewusst. Das Kleid der Frau war schwarz, bodenlang, mit einem kleinen weißen Rüschenkragen. Der Mann in Hemd, dunkler Weste, Breeches und Stiefel, blickte mit hochgerecktem Kinn in die Kamera. An seinem Bauch glänzte etwas, es könnte eine Uhrkette sein. Und seitlich, man entdeckte es nur bei genauem Hinsehen, war eine alte Frau mit krummem Rücken ins Bild gelaufen, verharrte halb abgewandt, als gehörte sie nicht richtig dazu.

»Bauernfamilie«, las Ben die Unterschrift vor. »Hollerstrauch 1891«.

»Das könnte…« Ich krächzte, musste mich räuspern.

»Kira, fang nicht an zu spinnen, wer diese Leute da waren! Deine Fantasie treibt zu viele Blüten, um nicht zu sagen: Holunderblüten! Obwohl … Ja, der Hintergrund, das könnte der Hof mit der Nummer 7 sein, der Hanusshof. Da oben am Giebel, die Muschel, die Apfelbäumchen, ja, ich erinnere mich. Und der Ignaz hatte doch eine Menge Kinder, oder? Hm, das wäre ja ein irrer Zufall!«

Und die schemenhafte alte Frau könnte Judith sein, fantasierte ich trotzig. Doch, vom Alter her passte es. Und einer dieser jungen Männer könnte auf Arbeitssuche nach Krumau gegangen sein, eine von dort gefreit und die Krumauer Linie meiner Vorfahren gegründet haben…

Ich glaube, das war der Moment, in dem ich beschlossen habe, die Geschichte der Judith eines Tages aufzuschreiben.

Judith
1835 - 1836

Nachdem der Weihnachts- und Neujahrstrubel verklungen ist, kann sich Judith wieder mehr auf sich besinnen, kann die Gedanken schweifen zu lassen, während sie in dem dürftigen Licht am Küchentisch sitzt und die Gänsefedern schleißt. Die Daunen füllen so nach und nach ein Federbett für Luises Aussteuer.

Der Wunsch, Hebamme zu werden, gewinnt wieder Raum. Ihre Eltern haben sich auf Martins nicht vorhandene Erlaubnis herausgeredet, meiden das Thema konsequent. Auch ihr Großvater hat nie mehr davon gesprochen. Aber Judith hat immer wieder ihre Unterhaltung auf dem Feld vor Augen und hört seine Mahnung, sie müsse einen Beruf erlernen.

Als das Frühjahr den Böhmerwald mit hellgrünem Flor bedeckt, der Birnbaum hinterm Haus so üppig und strahlend weiß wie selten blüht, fasst Judith einen Entschluss. Wann Martin mal wieder daheim auftaucht, ist ungewiss. Sie wird nicht hier hocken und warten bis ihr Herr Gemahl sie mit seinem Besuch beehrt! Sie wird nach Eleonorenhain fahren, kündigt sie beim Mittagessen an.

»Am Sonntag könnt Ihr ja wohl mal ohne Joschi auskommen. Ich nehme die Kalesche.«

Der Großvater nickt, ist sofort einverstanden. Die Kalesche aber, die er Gäuwagerl nennt, mahnt er, wolle er zuvor noch gründlich putzen, nachdem sie über den Winter ungenutzt im Verschlag stand und den Hühnern oft ein willkommener Unterschlupf war. So verschmutzt, damit könne Judith nirgends wohin fahren. Er macht sich gleich an die Arbeit.

Die erneuten Einwände der Eltern prallen an Judith ab. Sie geben auf, verlangen aber als letztes Druckmittel – wohl auch aus Sorge, Judith könnte beim Kutschieren nicht beide Kinder im Auge haben –, dass Ignaz bei ihnen bleibt.

Um fünf Uhr morgens, die Sonne ist noch nicht aufgegangen, befestigt der Großvater den Wäschekorb, in dem Luise reisen wird, mit Schnüren, und Marianna verstaut noch ein dickes Paket mit Reiseproviant unter dem Sitz. Judith, gehüllt in ein bodenlanges Lodencape und eine Pelerine mit Kapuze, steigt in die Kalesche. Ein wenig mulmig ist ihr schon, anmerken lässt sie es sich nicht.

Ein letzter Blick auf ihre Eltern und auf den laut heulenden Ignaz, dann klatscht der Großvater auf Joschis Kruppe, und die Reise beginnt.

Vor ihr liegen Straßen, die nur zum Teil befestigt sind. Nach zwei Stunden müsse sie dem Joschi eine Ruhepause gönnen, hat der Großvater ihr aufgetragen und ihr dabei seine Taschenuhr zugesteckt. Sie hält sich daran, pausiert an einem Wirtshaus. Ein Knecht will das Pferd versorgen, während Judith sich mit Luise eine Hirsesuppe und Brot, einen Becher Milch und Wasser teilt. Sie ist frohgemut und zufrieden mit dem bisherigen Verlauf. Dann geht es weiter. Erst, als sie unterwegs Hunger bekommt, entdeckt sie, dass der Fuhrknecht ihren Proviant gestohlen hat. In einem Bauernhof kann sie der Hausfrau Brot und eine Scheibe Speck abkaufen.

Luise, angebunden mit einem Laufgurt, verhält sich ruhig in ihrem Korb, das Rumpeln der Räder schläfert sie ein. Wenn sie wach ist, starrt sie fasziniert nach oben in die flimmernden Blätter der Bäume, die den Straßenrand säumen. Judith tangiert mit ihrer Kalesche Prachatitz, meidet aber die Innenstadt, durchquert kleine Weiler. Mal begegnet sie auf der Landstraße anderen Fuhrwerken oder Kutschen, mal ist sie

völlig allein. Den blauen Himmel überziehen zarte Feder-
wolken, Felder und Wiesen stehen in saftigem Grün. Als sie
aber zwischen dem Kubany und dem Böhmerwald in einen
verwilderten Mischwald mit undurchdringlichen Tannen-
und Fichtenbeständen eintauchen muss, kriecht Angst in ihr
hoch. Im Böhmerwald soll es ja Wölfe und Luchse geben,
abgesehen von frechem Gesindel. Jetzt treibt sie den Joschi
doch zum Trab an.

Gleich im ersten Haus am Ortseingang von Eleonorenhain,
wo sie nach einem Zimmer fragt, hat sie Glück. Die Vermieterin kennt auch den hiesigen Hufschmied, bei dem Judith Pferd und Wagen unterstellen kann. Nachdem das erledigt, Luise versorgt ist, sie einen Happen gegessen und
zwei Becher Brunnenwasser getrunken hat, lässt Judith sich
erschöpft auf das Bett fallen. Alles tut ihr weh von der langen Fahrt in der schlecht gefederten Kalesche. Nach einem
Blick auf Großvaters Taschenuhr springt sie gleich wieder
auf, macht sich frisch, zerreibt ein paar trockene Rosenblätt-
chen und Lavendelsamen zwischen den Händen und auf
dem Nacken, schlüpft in das Kleid, das sie zum Wechseln
mitgenommen hat, richtet die Frisur. Den Mantel braucht
sie nicht, es ist ein lauer Abend. Auch Luise zieht sie ein
frisches Hemdchen über, bürstet ihre silberblonden Locken.
Wie ein aufgeregtes Kind fiebert Judith dem Wiedersehen
mit Martin entgegen. Die Vermieterin erklärt ihr mit einem
verständnisvollen Schmunzeln den Weg zur Glashütte und
der Siedlung der Arbeiter, dann läuft Judith los.

Die Sonne steht schon tief, als sie das Areal durch ein offenes Gittertor betritt. Die Türen der Unterkünfte der Arbeiter stehen fast alle offen. Ein paar Männer sitzen im Schatten von blühenden Apfelbäumen an einem Tisch und spielen Karten. Es riecht nach verbranntem Holz und irgendetwas Chemischen. Während sie sich noch zögernd umsieht,
rollt neben ihr ein Landauer mit aufgeklapptem Verdeck

durchs Tor. Zwei elegant gekleidete Herren mit Zylinderhüten sitzen im Fond. Einer gibt dem Kutscher ein Zeichen zum Halten und dreht sich dann zu Judith um.

»Kann man Ihnen helfen, gute Frau?«, ruft er. Es klingt streng.

Judith geht ein paar Schritte auf ihn zu, knickst. »Grüß Gott, der Herr. Es könnte schon sein. Ich suche meinen Mann.«

»Der arbeitet hier?«

Judith nickt nachdrücklich.

»So, so. Und wie heißt Ihr Mann?«

Judith nennt seinen Namen.

Der andere Herr in der Kutsche mischt sich ein. »Wie? Martin Hanuss? Das ist Ihr Mann?«, hakt er nach. Er wirkt verblüfft.

»Ja, der ist mein Mann«, bestätigt Judith ungeduldig. »Mein Mann und der Vater unserer Kinder. Zwei sind's.« Und sie deutet auf Luise.

Die Herren im Landauer wechseln mit unterdrückter Stimme ein paar Sätze, die Judith nicht verstehen kann, wenden sich ihr wieder zu.

»Gehen Sie mal zu diesen Männern da am Tisch. Die werden Ihnen sagen können, wo Ihr Mann sich gerade aufhält.« Sie nicken ihr zu, und der Landauer rollt weiter. Ihr Ziel scheint die weiße Villa zu sein, die man hinter den Rhododendren sehen kann.

Dann geht alles ganz schnell. Die Kartenspieler grinsen zwar komisch, mustern sie eingehend, aber einer geht zu den Unterkünften, und es dauert nur noch ein paar Minuten, bis Martin vor ihr steht – überrascht, überrumpelt, verärgert. Judith ist gehemmt, ihn vor den gaffenden Kollegen zu umarmen, obwohl sie es möchte. So drücken sie sich nur fest die Hände. Dann führt er sie ein Stück in die Grünanlage hinein.

»Was ist los? Ist was passiert? Wieso kommst du hierher?«, sprudelt es aus ihm heraus. Mit beiden Händen fährt er sich durchs strubbelige Haar. Er ist ziemlich durcheinander. Ihm fällt nichts Besseres ein, als Luise zu packen und sie im Kreis herumzuwirbeln. Aber das Kind schreit ängstlich, und er setzt es schnell wieder ab.

»Nein, passiert ist nichts, Martin. Sehen wollte ich dich, mit dir sprechen. Ich weiß ja gar nicht mehr, wie du aussiehst, so lange bist du schon nicht mehr zu Hause gewesen.«

Jetzt umarmt er sie doch, küsst sie, dass ihre Knie weich werden. Nein, heute sage ich noch nichts wegen der Hebammensache, beschließt sie. Morgen ist auch noch Zeit. Sie setzen sich auf eine Bank, tauschen Neuigkeiten aus, beobachten Luise, die mit Kieselsteinen auf dem Parkweg spielt und dabei ihrem Vater verschmitzte Blicke zuwirft.

Als es dunkelt, ziehen sich die Arbeiter nach und nach in ihre Unterkünfte zurück. Martin begleitet Judith, ganz Kavalier, zu ihrem Quartier. Beiden fällt es schwer, sich zu trennen.

Am Sonntag steht Judith schon früh auf, weil sie spätestens in der Mittagsstunde die Rückreise antreten muss. Die Witwe serviert ihnen Milch und Kaffee, Brot und drei Scheiben Striezel mit Butter, die Judith mit Appetit verschlingt. Sie versorgt Luise, packt ihre Reisetasche, die sie im Korridor bei der Witwe stehen lassen darf, und macht sich wieder auf den Weg zu Martin. Er erwartet sie schon am Hoftor mit einem Beutel auf dem Rücken.

Er führt sie hinaus aus dem Ort ans Ufer der Warmen Moldau. Die Wiese, auf der sie lagern, ist ganz weiß von Kamille, hier und da gibt es blaue Tupfer von Glockenblumen. Über diesen schönen Teppich gaukeln die Falter. Judith kann den Großen Fuchs und Bläulinge erkennen, und man hört das Summen der Wildbienen und Hummeln. Ein idealer, friedlicher Platz.

Martins Bündel enthält eine Korbflasche mit Bier, Brot und eine Blutwurst. Außerdem packt er aus einer dicken Hülle Zeitungspapier ein Geschenk aus: Eine Vase, die violett und grün schillert. So etwas Herrliches hat Judith noch nie gesehen. Sie schlingt ihre Arme um seinen starken Nacken, küsst ihn, lässt sich küssen. Sie ist so froh, wieder bei ihm zu sein, weit weg von daheim. Und weil Luise grad am anderen Ende der Wiese herumkrabbelt und Blumen für einen Strauß abreißt, schiebt sie selbst ihren Rock hoch und nimmt Martin in sich auf, überglücklich und gelöst. Sie lacht laut vor Glück. Nein, von der Hebammensache kann sie auch jetzt nichts sagen.

Die Mittagsstunde naht viel zu schnell. Sie muss sich auf den Weg machen, sonst kommt sie in die Nacht hinein. Sie hätte gern seine Unterkunft gesehen, aber Martin redet es ihr aus. Da gäbe es nichts zu sehen, das wäre ja bloß ein armseliges Zimmer. Er kümmert sich um Luise und das Pferd, während Judith ihre Reisetasche bei der Zimmervermieterin abholt. Als sie in der Kalesche sitzt und auf ihren Mann hinunterblickt, möchte sie ihn am liebsten bitten mitzufahren, wenigstens durch das Stück Wald, vor dem sie sich fürchtet. Martin gelobt, bald, ja, sehr bald nach Hollerstrauch zu kommen und küsst ein letztes Mal ihren Hals da, wo sie es gern hat.

Martin begleitet sie ein Stück. »Und dass du mir keinen anderen anschaust!«, ruft er ihr nach, dann macht er kehrt.

Judith bewegt die Zügel, schnalzt, und als der Joschi anzieht, stützt sie nach Kutscherart die Ellbogen auf die Knie. Ein wunderschönes Wiedersehen war das. Die Blumenwiese, das gluckernde Flüsschen, die Zeisige schlugen über ihnen in den Erlen, und die Wasseramsel führte ihre Tauchkünste vor ... Sie waren beide so heiter gewesen, so weit weg von ihren Alltagssorgen. Aber, je größer der Abstand zwischen ihr und Eleonorenhain wird, desto fordernder holt sie die

Realität ein. Das, was sie eigentlich von Martin wollte, ist unausgesprochen geblieben. Wie immer in ihrem Leben war sie bei seiner animalischen Ausstrahlung, seinem Charme dahingeschmolzen, hatte ihr Verstand ausgesetzt. Nein, so kann sie nicht heimfahren.

Bei der nächsten Möglichkeit wendet sie, kehrt nach Eleonorenhain zurück, stellt die Kalesche am Straßenrand unter einer Linde ab. Luise lässt sie weiterschlafen in ihrem Wäschekorb. Sie wird die Aussprache so kurz wie möglich machen. Unter dem Torbogen bleibt sie stehen, blickt sich suchend um.

Die Türen der Unterkünfte stehen auch heute offen, vor einer unterhalten sich drei Männer und rauchen dabei. Jemand spielt Akkordeon. Bei einem der letzten Häuser sitzt einer auf der Bank, das könnte Martin sein. Ja, das ist er! Judith will gerade losgehen, da tritt neben ihm eine Frau vor die Tür und schüttelt eine Decke aus. Martin sagt etwas, und sie lacht. Judith kann es bis hierher hören. Die Frau in dem leuchtend blauen Kleid ist groß, hat eine schmale Taille, einen üppigen Busen. Und ihr langes glänzendes Haar, das sie nur an den Schläfen hochgesteckt hat, ist schwarz. Rabenschwarz. So rabenschwarz, wie es nur eine hat.

Judith kann sich ein paar Sekunden lang nicht rühren, das Luftholen fällt schwer. Sie stülpt sich die Kapuze über den Kopf und geht langsam zur Kalesche zurück.

»Und?«, fragt Marianna, als Judith am Morgen in die Küche kommt. »Was hat er gesagt?«

Judith reibt sich die Augen, in denen noch das Salz der nächtlichen Tränen brennt.

»Es ist ihm recht.«

Ihre Eltern wechseln einen schnellen Blick. Schweigen macht sich am Frühstückstisch breit. Nur das Klappern der

Löffel in den Schüsseln mit Milch und Brot und im Malz-kaffee ist zu hören.

»Den Joschi, den hast du zu viel im Trab laufen lassen«, grollt der Großvater nach einer Weile. Ganz nass sei er ge-wesen, als sie gestern zurückgekommen ist. Dafür sei das Pferd zu alt.

Judith senkt bekümmert den Kopf. »Es ist so schnell Nacht geworden, Großvater, da hab ich mich gefürchtet.«

Ihre Eltern und der Großvater erheben sich, um ihrer Arbeit nachzugehen. Judith bleibt mit aufgestützten Ellbogen ho-cken. Es war eine mörderische Heimfahrt. Ja, sie hat weder auf das Pferd, noch auf Luise oder sich selbst Rücksicht ge-nommen. Nur weg, war ihr einziger Gedanke gewesen, weg! Ignaz schiebt sich zwischen ihre Knie, will etwas hören von seinem Táta, wenn er schon nicht mitreisen durfte. Judith denkt sich etwas aus von schwerer Arbeit an heißen Öfen und über einen Táta, der der beste aller Glasbläser sei, holt die Vase aus der Reisetasche und lügt, die habe sein Vater gemacht.

Ignaz staunt, berührt andächtig die silberne Verzierung. So was will er auch mal können.

»Sie gehört dir, später mal, wenn du mal heiratest, Ignaz«, flüstert sie mit erstickter Stimme.

Eigentlich juckt es ihr in den Fingern, die Vase aus dem Fenster in den Gänsetümpel zu schmeißen, aber das Entzü-cken des kleinen Sohnes bremst sie. Sie stellt das Glaskunst-werk oben auf die Kredenz, dorthin, wo es dunkel ist. Ob-wohl es das einzige Stück in diesem Haushalt wäre, das ihr allein gehört, hat sie keine Freude mehr daran. Verrat, Be-trug, Lüge und Heuchelei kleben an der Vase wie Blattläuse, wie Schleim.

Diese Grete, diese schwarze Hexe ... Bis nach Eleonoren-hain steigt sie ihm nach, denkt Judith zornig. Die hat keine

Hemmungen, einen verheirateten Mann in ihr Netz zu locken. Da sind zwei zusammengekommen, die nur an sich denken. Ein Mann nimmt so ein Angebot natürlich an, hat nicht solche Gewissensbisse, solche Bedenken wie eine verheiratete Frau.

Was soll sie nur machen. Sie weiß, dass man sich in der Habsburgermonarchie gemäß dem Josephinischen Ehepatent von 1783 scheiden lassen kann. Das bedeutet eine rechtliche Trennung von Tisch und Bett, das hat ihr damals der Advokat Bechtel nebenbei erklärt. Eine kirchliche Neuverheiratung sei bei katholischen Paaren aber nicht möglich. Kann sie ihrer dominanten Mutter, dem labilen Vater und dem konservativen Großvater und vor allem den Kindern eine Scheidung zumuten? Kann sie es sich selbst zumuten? Sie wäre erneut in der Dorfgemeinschaft stigmatisiert und würde als geschiedene Hebamme geschnitten werden. Finanziell wäre sie auf den guten Willen ihres Exmannes und ihrer Eltern angewiesen. Aber nach dieser erschütternden Enthüllung in Eleonorenhain wird frei zu sein eine Sehnsucht, eine erregende Fiktion, die sie sich im Einzelnen noch nicht auszumalen wagt.

Am Nachmittag schrubbt Judith im Hof Hemden und Kindersachen am Waschbrett. Da wieselt Mizzi herein.

»Servus, Judith! Du, ich muss dir was sagen. Es gibt Neuigkeiten!«

Irgendwie weiß Judith sofort, was das für Neuigkeiten sein werden. Sie beugt sich tiefer über den Zuber und schrubbt weiter. Nein, bitte nicht, fleht sie im Stillen. Sie will nichts hören.

Mizzi hält ihren Arm fest. »Jetzt hör halt einen Moment auf! Judith, du wirst es nicht glauben: Am Samstag war der Lehrer, also der Herr Rohrbach, bei uns daheim und hat die Eltern gefragt, ob sie erlauben, dass er mit mir zum *Schloss Kurzweil* fährt und dass wir dort spazieren gehen. Du weißt

198

schon, dieses Jagdschloss mit dem herrlichen Garten. Renaissancegarten hat der Herr Rohrbach ihn genannt. Was sagst du jetzt?«

Mit der nassen seifigen Hand schiebt sich Judith die kitzligen Lockensträhnen aus der Stirn. Mit der anderen bewegt sie Vaters Hemd in der Lauge hin und her. »Ja, sowas! Und? Haben sie es erlaubt?«

»Ja freilich!«, jubelt Mizzi. »Freilich war das meinen Eltern recht. So ein Verehrer! Gestern ist er gegen Mittag mit einer Kutsche vorgefahren, einer kleinen mit nur zwei Rädern. Tilbury Gig oder so hat er die genannt. Er hat sie sich ausgeliehen, weiß nicht, bei wem, und damit sind wir dann hingefahren und später im Park herumspaziert. Das Wetter war ja so schön, und da haben wir auch noch ein Glas Wein im Garten von einer Wirtschaft getrunken. Einen mährischen Muskat hat er bestellt, stell dir vor!«

Judith taucht das Hemd in die Lauge ein. Immer wieder. »Ja, sowas. Da schau an!« flüstert sie.

Marianna ist nähergekommen, hört interessiert zu. »No, da gibt's wohl bald eine Verlobung?«

Mizzi scharrt mit dem Schuh in den Steinen am Boden. »Verlobung? Freilich, das hoffe ich auch. Aber der Herr Rohrbach ist ja so schüchtern. Da wird es wohl noch dauern, bis der sich traut und mir einen Antrag macht.« Jetzt erst fällt ihr die Einsilbigkeit ihrer Freundin auf. »Was ist, Judith? Freust du dich denn nicht mit mir?«

Mit einem fahrigen Lächeln hebt Judith den Kopf. »Aber ja, ich freue mich mit dir! Aber ich hab so Kopfweh und Schmerzen im Kreuz. Hab auch eine Kutschfahrt hinter mir, hab den Martin besucht. Und du siehst es ja: immer gibt es Arbeit, wenn du eine Familie hast. Auf alle Fälle wünsch ich dir viel Glück mit dem Herrn Rohrbach, Mizzi. Das – das ist ein guter Mann.«

Sie fängt wieder an, die Manschetten mit der Wurzelbürste zu bearbeiten. Also das mit der Scheidung, das wird sie lassen. Die Seifenblase heimlicher Wunschträume und Sehnsüchte ist zerplatzt.

Als Judith hinterm Haus die Wäsche auf die Leine hängt, folgt ihr die Mutter, tut, als prüfe sie das Erdbeerbeet.

»Ach, da fällt mir ein: der Lehrer Rohrbach war am Samstag hier und wollte mit dir sprechen«, murmelt sie beiläufig. »Ich habe ihm gesagt, dass du deinen Mann besuchst, da ist er wieder gegangen. Was er wollte, hat er mir nicht gesagt. Weißt du es?«

Judiths Finger verkrallen sich in einem nassen Wäschestück. Nach ein paar Atemzügen gelingt es ihr zu scherzen: »Vielleicht hat er eine Anstandsdame für den Ausflug mit seiner künftigen Braut gesucht?«

Sie lachen beide, aber fröhlich klingt es nicht. Als ihre Mutter wieder gegangen ist, lehnt sich Judith an den Birnbaum, schaut blicklos über die Beete und den Gänseteich und lässt die Tränen laufen, ohne dass ein Ton über ihre Lippen kommt. Wir haben uns verpasst.

Scheidung? Ich bin eine dumme Gans.

Die Liebe gibt es gar nicht, denkt sie verzweifelt. Die Liebe, das sind nur Momente, in denen man glücklich ist, Sekunden, in denen das Herz bis zum Hals schlägt. Aber Liebe, so als Begriff, der alle Gefühle für den anderen umfasst, die gibt es nicht. Das ist eine Erfindung der Dichter. Habe ich meine Gefühle für Martin damals nur Liebe genannt, weil ich es nicht besser wusste? Habe ich damals, als junges Ding, den Martin gar nicht geliebt, sondern bin nur neugierig, erfahrungshungrig gewesen, bin wollüstig geworden von seinen schönen Worten, seinen wissenden Händen und Küssen? Ach, die Liebe… Manchmal, wenn sie in den nächsten Tagen und Wochen einmal tief Luft holt, so ganz in Gedanken, dann wird ein Schluchzen daraus und aus manchem

Seufzer ein jämmerlicher Klagelaut, der sich unversehens aus ihrer Kehle löst. Dann schließt sie kurz die Augen und denkt an den anderen.

Am selben Abend läuft sie zur Berta Schönauer. Auch ihr sagt sie nicht die Wahrheit, sondern behauptet, Martin sei einverstanden mit ihrer Entscheidung, Hebamme zu werden. Jetzt müsse alles in die Wege geleitet werden, was nötig ist. Natürlich ist die Schönauerin hoch erfreut.

»Also pass auf. Das Ganze verläuft so: Ich werde dich melden, dass du meine Nachfolgerin werden willst. Dann stimmen die ›Honoratiorinnen‹ von Wallern und Hollerstrauch ab, ob du ehrbar bist und in unserem Landkreis arbeiten darfst. Also das sind die Gemahlinnen vom Lehrer, vom Förster, Doktor, Gutsverwalter …«

Beiden ist klar, dass diese Damen-Hürde das Schwierigste sein könnte. Das bremst jedoch nicht ihren Elan.

Berta Schönauer fährt fort: »Einmal in der Woche musst du zum Doktor Kern nach Wallern gehen oder fahren, zu einem Lehrgang. Theorie sagen sie dazu. Das geht so etwa ein Vierteljahr, und dann musst du als Prüfung eine erste Entbindung durchstehen.«

Und noch eine Warnung müsse sie Judith mitgeben: Den Hebammen sei in der Vergangenheit oft Hexerei wegen ihrer Kenntnis der Naturheilmittel angedichtet worden, auch weil ihnen insbesondere kranke Katzen, Vögel, sogar gefährliche Wildtiere zugelaufen sind. Sie solle immer schön sichtbar ein Kettchen mit einem Kruzifix um den Hals tragen, rät die Alte abschließend. Das würde die abergläubischen Frauen beruhigen. Nun, das mit dem Kettchen war leicht zu machen. So eines trägt sie seit ihrer ersten Kommunion, allerdings auf der blanken Haut unter dem Kleid. Sie braucht es nur hervorzuholen.

Zuhause sieht Judith ihren Großvater in der Scheune einen Stuhl abschmirgeln – den Gebärstuhl aus der Ausrüstung seiner verstorbenen Frau, ihrer Großmutter. Auf dem Hackklotz liegen diverse Geräte, die er noch alle reinigen, polieren oder ölen will. »Das ist alles noch gut zu gebrauchen«, meint er fachmännisch.

Judith drückt ihm einen Kuss in den struppigen Bart. Auf ihn kann sie also zählen.

Eine Woche später poltert Martin herein. Er schmeißt seinen Reisesack und einen Pappkoffer mitten in die Stube, zieht eine Schnapsflasche aus der Jackentasche und nimmt einen langen Zug. »Aus ist's mit der Glashütte«, lallt er. »Aus ist's!«

Alle laufen zusammen, starren ihn an und erwarten eine Erklärung, doch sie bleibt aus. Er kriecht mit der Schnapsflasche ins Bett wie ein Kleinkind mit seiner Nuckelflasche.

Am Morgen wälzt er sich im Bett herum und mustert den Rücken seiner Frau, die sich ganz an den Rand des Bettes zurückgezogen hat, mit trägem Blick.

»Warum hast du das gemacht, Judith?«

»Was? Was meinst du?«

»Warum hast du mich angeschwärzt beim Hüttenschreiber?«

»Ich dich angeschwärzt? Bei wem? Ich kenne keinen Hüttenschreiber«, entgegnet Judith kalt. Sie steht auf. Sie weiß nicht, dass ihr Körper unter dem bodenlangen Hemd ein aufreizender Schattenriss vor dem Fenster voll Morgensonne ist.

»Ha! Und woher weiß der, dass ich Weib und Kinder habe?!«

»Was weiß denn ich! Und? Sind Weib und Kinder etwa ein Grund, dich rauszuschmeißen?«

Martin gibt nur ein unverständliches Grunzen von sich. Judith verschränkt die Arme vor der Brust und lehnt sich zurück an das Fensterbrett.

»Ich verstehe nicht, was du mir vorwirfst. Aber reden wir lieber über dich und mich. – Ich weiß, dass du hurst in Eleonorenhain.«

»Ich?«, stammelt Martin. Der Protest klingt matt. Immerhin, er weicht ihrem Blick aus.

»Ja. Ich hab euch gesehen, dich und die schwarze Grete, diese dreckige Hur', bevor ich heimgefahren bin. Den Magen hat es mir fast umgedreht in dem Moment.«

Martin fährt herum. Seine Lippen sind ganz weiß. »Sie ist keine Hur'! Sie arbeitet da! Arbeitet und verdient ihr eigenes Geld in der Glashütte als Heimtragefrau!«

»Heimtragefrau! Was soll das denn sein!«

»Sie – die Heimtragefrauen schleppen für einen Hungerlohn das feinere Glas in der Kraxen oder in Henkelkörben zu den Kunden. Also kein Wort mehr von wegen Hur'! Oder ich…!«

Judith zuckt zusammen, fixiert die drohend erhobene Hand. Noch nie hat er die Hand gegen sie erhoben, und ausgerechnet jetzt geschieht es, um dieses schamlose Weibsbild zu verteidigen. Auch Martin wird die widersinnige Situation bewusst, er senkt die Hand und den Blick.

»Himmelherrgott, wie kannst du nur so leben?«, flüstert Judith nach einer Weile, wartet auf eine Antwort, eine Erklärung, hofft auf eine Bitte um Verzeihung, aber Martin stiert wortlos auf den Dielenboden. Er hat kein schlechtes Gewissen, erkennt sie, holt tief Luft. »Hör mir zu: Ich will Hebamme werden. Ich erwarte von dir, dass du mir ebenso wenig Schwierigkeiten machst wie ich dir wegen deiner Hurerei.«

Martin lässt sich erleichtert über den Themenwechsel ins Kissen zurückfallen. »Hebamme!? Du!«, wiederholt er geringschätzig. »Ich möchte wissen, wie das gehen soll mit den Kindern! Und bin ich nicht Manns genug, dass ich dich und die Kinder ernähren kann?«

»Darum geht es nicht. Also: Mein Schweigen für deine Erlaubnis, Martin. Denn wenn ich deine Hurerei öffentlich mache, bist du erledigt. Das würde auch dein Vater nicht verzeihen und euren Hof kannst du dann endgültig vergessen!«

Er dreht sich zur Wand. »Kruzitürken! Mach, was du willst«, keucht er.

Nach ein paar Minuten flüstert Judith, und dabei laufen ihr Tränen über die Wangen: »Martin? Martin, ich bitte dich: Hör auf mit der anderen.«

Er rührt sich nicht, zieht das Federbett bis an die Ohren.

So nach und nach kann sich Judith aus seinen Bemerkungen zusammenreimen, was zu seiner Entlassung geführt hat. Der Hüttenschreiber, d.h. der Verwalter, und vor allem der Besitzer der Glashütte dulden keine ›liederlichen Verhältnisse‹ in ihren Fabrik- und Wohnanlagen. Martin hat wahrscheinlich die schwarze Grete als seine Frau ausgegeben. Und dann taucht auf einmal eine Ehefrau mit Kind auf … Der kurze Wortwechsel mit den Herren in dem Landauer an der Einfahrt zur Glashütte dürfte also den Stein ins Rollen gebracht haben.

Freuen kann sich Judith nicht über das für ihre Berufspläne positive Ergebnis des ganzen Schlamassels. Gut, sie wird Hebamme werden. Ihre Reise hat ihren Mann zurückgebracht, der jetzt wieder im Haus herumsitzt, auch noch anfängt zu trinken. Vor allem aber hat er ihre brüchige Ehe bloßgelegt, über die sie aber zu niemandem etwas sagen kann und will.

Als Mizzi ihr ein paar Wochen später ihren Verlobungsring präsentiert, bewundert Judith den funkenden Reif wortreich, aber mit brüchiger Stimme. Danach übersieht sie ihn.

Im September beginnt das neue Schuljahr. Der erste Schultag eines Kindes ist in Hollerstrauch kein besonderer Festtag. Die meisten Eltern ärgert die Schulpflicht; denn ein sechs- bis siebenjähriges Kind ist eine Arbeitskraft, die ab jetzt einen halben Tag in Haus und Hof fehlen wird. Eigentlich würde sich Judith gern vor dem Gang zum Einschreiben in die Schule drücken, denn seit jenem fatalen Moment beim Faschingszug hat sie kein Wort mehr mit Hans Rohrbach gewechselt. Aber ihren meist angetrunkenen und dann großmäuligen Ehemann vorzuschicken, ist ihr peinlich.

Der Dorfschulmeister sitzt im Klassenzimmer, lässt die Mütter mit den ABC-Schützen einzeln eintreten und nimmt die Daten in das Klassenbuch auf. Judith kommt es so vor, als sei er noch schmaler, fast hohlwangig geworden. Sein kinnlanges Haar streicht er beim Schreiben immer wieder hinter die Ohren. Ignaz beobachtet das fasziniert, macht es ihm unbewusst nach. Immerhin beantwortet er die Fragen des Lehrers nach seinem Namen, Geburtsdatum, dem Namen seines Vaters und der Hausnummer flüssig, ohne bockig zu werden. Das hatte ihm Oma Marianna eingetrichtert.

Judith hat sich neben dem Lehrerpult auf einen Stuhl gesetzt. Als alle Fragen zu Ignaz gestellt sind, legt Hans Rohrbach den Federhalter hin.

»Und Sie, Frau Judith? Wie ist das werte Befinden?« Das klingt betont förmlich.

Judith hebt den Kopf. Einen Augenblick lang hat ihr Blick etwas Flehendes, aber sie zwingt sich, ebenso kühl zu antworten: »Danke der Nachfrage. Es geht uns gut.«

Der Lehrer beugt sich weit über sein Pult, um Judith ansehen zu können. »Nein, ich sehe es doch, es geht Ihnen nicht gut.«

»Euch auch nicht, Herr Lehrer, so scheint mir«, entgegnet Judith spitz. Sie schaut zu Ignaz, der in der neuen Fibel blättert. Etwas weicher fügt sie an: »Es ist nichts. Ich habe so viel zu tun, das ist es. Ich will ja Hebamme werden und mache grad die Ausbildung.«

Ihr Gegenüber scheint das nicht sonderlich zu beeindrucken. »Ja, ich habe davon gehört. Mizzi spricht oft von Ihnen.«

Er schaut sie an, als warte er auf mehr.

»Ich – ich gratuliere auch zur Verlobung, Herr Rohrbach. Ich wünsche – viel Glück.«

»Danke.« Nach einem schnellen Blick zu Ignaz beugt sich Hans Rohrbach über sein Pult. »So wolltest du es ja, nicht wahr?«, flüstert er.

Judith schweigt, schaut auf ihre Hände hinunter. Ja, schon. Aber gleich verloben, das hätte nicht sein müssen, denkt sie.

Hans Rohrbach beugt sich noch weiter vor, so nah wie möglich. »Sag mir, was dich quält, Judith! Sprich mit mir! Sei doch nicht so verstockt!«

Judith hebt den Kopf, schaut ihn an. »Er hurt«, haucht sie, damit Ignaz das schlimme Wort nicht hört. Mehr kann sie dazu nicht sagen, ohne in Tränen auszubrechen.

Ihr Gegenüber weicht zurück, starrt sie ungläubig an. »So ein Hundsfott«, formen seine Lippen, ehe er sie grimmig zusammenpresst.

Trotz der wenigen Worte, die fielen, scheint Ignaz die Spannung zwischen dem Lehrer und seiner Mutter nicht entgangen zu sein. Er schlägt die Fibel zu und legt wie schützend einen Arm um Judith. Ob sie nicht endlich gehen könnten.

Der Lehrer begleitet sie bis an die Tür, und als Judith ihm die Hand reicht, deutet er einen Handkuss an. Aber nein, es ist keine Andeutung. Judith spürt seine Lippen auf den Knöcheln ihrer Rechten für mehrere Sekunden. Dann stolpert der nächste Junge über die Schwelle, gefolgt von seiner Mutter, und Judith muss Platz machen.

Großmutter Marianna, die ja immerhin eine Bürgerschule besucht hat, hält es für ihre Aufgabe, darauf zu achten, dass der Junge lernt und regelmäßig die Schulbank drückt. Er lernt leicht, aber lustlos. Viel lieber hilft er dem Ähnl im Stall oder auf dem Feld. Martin erledigt im Hof, was man ihm aufträgt, treibt sich viel im Dorf und in Wallern herum, trinkt und führt dann anklagende Reden gegen die scheinheiligen Glashüttenbesitzer. Die Glaser seien eine sture, aufgeblasene Berufsgruppe. Die Hüttenmeister würden die großen Herren spielen, gehörten zu den reichsten Menschen im Böhmerwald. Aber geizig seien sie und schamlose Heuchler! Sie würden das verprassen, was die Schmelzer, Schleifer und Glasschneider, die Pochsteiger und Ofenmeister mit ihrer Schufterei in Hitze und Staub für einen Hungerlohn erwirtschafteten. Die sähen ihn nie wieder!

Judith ist von der Ausbildung zur Hebamme besetzt, betreibt sie verbissen, fast rücksichtslos. Die Gattinnen der Honoratioren haben zwar nicht einstimmig, aber letztlich doch ihr Einverständnis verkündet. An der wöchentlichen Unterrichtsstunde beim Doktor Kern in Wallern nimmt auch eine Witwe mittleren Alters aus dem Nachbarort Chrobold teil, mit der sich Judith bei der Anreise per Kutsche nach Wallern abwechselt. Die Frau gehört zu einer kleinen hussitischen Gemeinde, deren Frauen nur eine Hebamme ihres Glaubens haben wollen.

Der Widerstand ihrer Eltern bröckelt, seit sie ihnen in einer ruhigen Stunde ihren künftigen Verdienst, der sich aus Naturalien und barem Geld zusammensetzt, detailliert beschrieben hat. Auch die Haube erwähnt sie, die ihr für ein erstgeborenes Kind, egal ob ehelich oder unehelich, zusteht! Sogar wenn sie, was Gott verhüten möge, ein tot geborenes oder im Kindbett verstorbenes Kind versorgen, es also ins Leichentuch wickeln und auf den Friedhof tragen müsse, bezahle man sie. »Nicht schlecht«, murmelt Marianna widerwillig. Von da an herrscht Burgfrieden. Einmal kann sie der Schönauerin wieder bei einer Entbindung assistieren. Sie macht alles mit stiller Freude und mit unauffälligem Stolz, die vorübergehend den Trübsinn verjagen und die tiefe Verletzung vergessen lassen, die Martins Betrug ihr zugefügt hat.

In einem Winkel in der Scheune beginnt Judith, Kräuter zum Trocknen auszulegen. Sie rückt das Betpult im Schlafzimmer ans Fenster und benutzt es, wann immer es geht, als Schreibpult. Alles, was ihr wichtig erscheint, notiert sie in einem Heft. Martin beobachtet ihr Treiben mit geringschätziger, oft spöttischer Miene.

Ihr neu erwachtes Selbstbewusstsein verunsichert ihn. Wie es seine Natur ist, glaubt er, seine Frau mit der Sexualität zur Raison bringen und an sich binden zu können. Nach einer gewissen Schon- oder Schamzeit verlangt er von Judith die eheliche Pflichterfüllung. Sie lässt es geschehen. Betrug, denkt sie dabei. Es ist alles Betrug. Ihre kühle Glätte, die simmernde Verachtung in ihren Augen reizen Martin noch mehr. Er lässt sie nicht in Ruhe. Zur Empfängnisverhütung benutzt Judith zwar jedes Mal eine Mixtur aus Honig und Öl – ein Rat der alten Hebamme – trotzdem wird sie wieder schwanger.

»Das Kind will ich nicht«, gesteht sie der Schönauerin. »Ihr müsst was machen, mir helfen! Bitte!«

Die schüttelt abweisend den Kopf, schiebt ihr das bewusste Notizbuch hin. Zu mehr ist sie auch in diesem Fall nicht bereit.

Judith braut und trinkt die bitteren Tinkturen, nimmt heiße Sitzbäder, springt vom Heuboden und lässt sich die Treppe im Haus hinunterrollen, reitet auf dem Joschi um die Felder – der Abort tritt nicht ein. Der Embryo krallt sich fest, will unbedingt weiterwachsen und auf die Welt kommen, so scheint es. Judith schwankt zwischen Scham über ihr Tun und Wut, dass es erfolglos bleibt, wird darüber eine wort-karge, in sich gekehrte, freudlose Frau. Sie gibt auf. Sie wird auch diesem Kind das Leben schenken.

Eventuell wird sie dadurch ihren Beruf eine Weile nicht aus-üben können. Deshalb verlangt sie mit Nachdruck von Mar-tin, dass er wieder Arbeit sucht, etwa in der Glashütte in Winterberg, damit Geld ins Haus kommt. In Winterberg habe er keine Chance, winkt Martin mit schwerer Zunge ab. Die leite ein Neffe von Direktor Meyr der Hütte in Eleono-renhain, der kenne ihn. »Ist doch alles eine Mischpoke! Und er ist bestimmt auch so ein Moralapostel!«

Judith bezweifelt, dass so einer alle Arbeiter mit Namen kennt. Schließlich gibt Martin klein bei, packt seinen Reise-sack und bricht nach Winterberg auf.

Eines Abends im November trommelt Doktor Kern an die Tür der Polleichtners. Judith müsse kommen, eine Entbin-dung stehe bevor. Jetzt müsse sie sich beweisen, das sei der Tag ihrer Prüfung.

Sie stürzt an die Waschschüssel, um Gesicht und Hände zu reinigen.

»Wer? Wo?«, stammelt sie dabei aufgeregt.

»Bei der Hermine Neumeier ist es so weit. Drüben im Ha-nusshof.«

Marianna hält die Luft an, bekreuzigt sich. Judith schwankt, hält sich an der Tischkante fest.

»Was? Unmöglich! Das geht nicht, Herr Doktor. Auf keinen Fall! Ich kann da nicht hin. Ihr müsst die Schönauerin ho-len«, flüstert sie halb erstickt.

Die könne er nicht holen, entgegnet der Arzt ungehalten. Die sei bei einer Entbindung in Unterschneedorf.

»Aber was soll das? Die Hermine, das ist doch eine Ver-wandte von Ihnen, Frau Hanuss!«

Judith und Marianna starren ihn stumm mit aufgerissenen Augen an.

Der Arzt zögert. »Nun, nun … Richtig, jetzt erinnere ich mich. Der Schultheis war gegen die Hochzeit damals. Ist der Zwist etwa noch nicht beigelegt? – Wie auch immer, darauf kann ich keine Rücksicht nehmen. Ich bitte um Beeilung! Der Schultheis hat mich mit einem reitenden Boten herbestellt, es ist also höchste Zeit.«

Judith holt die Buckelkraxe mit ihrer Ausrüstung aus der Kammer, schultert sie. Also gut, probieren wir es, denkt sie dabei. Die werden mich sowieso gleich davonjagen. Ihre Mutter malt ihr schnell ein Kreuzzeichen auf die Stirn.

Als sie beim Hanusshof vorfahren, öffnet ein Knecht sofort das große Tor, sodass sie in den Innenhof einbiegen können. Der alte Hanuss empfängt den Arzt in der Haustür. Wo er denn so lange bliebe, donnert er. Dann erst erkennt er Judith.

»Was will die denn hier? Wo ist die Schönauerin?«

Der Arzt erklärt ihm den Sachverhalt und betont, dass heute Abend niemand anderer als diese Seminaristin kommen könne. Dass es sozusagen Judiths Gesellenprüfung werden soll, erwähnt er wohlweislich nicht.

Karl Hanuss mustert seine ungeliebte Schwiegertochter von oben bis unten. »Hebamme ist die jetzt auch noch, das freche Weibsbild?«

Aus dem ersten Stock sind langgezogene Schreie und beruhigende Stimmen zu hören. Der alte Hanuss zuckt zusammen, tritt beiseite, damit die Ankömmlinge eintreten können.

Er schickt beide in den ersten Stock. Im Flur oben sitzt Rudolf Neumeier, der werdende Vater, leichenblass auf einem Stuhl und stiert dem Arzt und der Hebamme entgegen, als käme der Erlöser persönlich.

»Helft ihr, helft ihr!«, bettelt er mit glasigen Augen.

Hermine liegt in einem Ehebett mit Baldachin, zwei Mägde stehen an ihrer Seite und versuchen zu trösten. In einer

Zimmerecke kniet Theresia, Hermines Zwillingsschwester, auf einer Gebetsbank vor einem Kruzifix und leiert laut den Rosenkranz. Es ist ein riesiges holzgetäfeltes Zimmer, erhellt von Kerzen und neumodischen Petroleumlampen. Judith erscheint der Raum so groß wie das ganze Parterre in ihrem eigenen Heim. Von der Decke herab baumelt ein vielarmiger Messingkronleuchter, dessen Kerzen aber schon fast alle herabgebrannt sind. Judith ordnet als Erstes an, die schweren weizenfarbenen Leinenvorhänge beiseite zu ziehen, damit die verbrauchte Luft abziehen kann. Dann legt sie ihren Kittel an.

Die Entbindung verläuft gottlob ohne Komplikationen, Judith macht unter den wachsamen Augen des Doktors ihre Sache gut, hilft einem kleinen Buben ans Licht der Welt.

Überglücklich bittet Karl Hanuss den Arzt und Judith in die gute Stube. Eine Magd hat einen Imbiss vorbereitet, einen Krug frisches Wasser hingestellt, auf den sich Judith als erstes stürzt. Über den Rand des Glases mustert sie den Raum, die gediegenen, zum Teil bemalten Schränke, den großen ovalen Tisch mit der schweren Brokat-Tischdecke, die grün gepolsterten Sessel, das feine Geschirr, die Bilder an den Wänden, die mit Rosen bestickten Vorhänge an den Fenstern. Aber seltsam, es macht sie nicht traurig, dass all das nicht das Ihre geworden ist. Ihre Brust ist zum Bersten erfüllt von der Freude über das heute Erreichte.

Die fromme Theresia winkt Judith beiseite, feilscht bei der Bezahlung der noch nicht amtlich bestätigten Hebamme, aber Doktor Kern greift ein. Für das erstgeborene Kind stünden der Hebamme ein Laib Brot oder Mehl sowie dreißig Kreuzer zu, außerdem eine Haube. Das sei die Regel. Zähneknirschend schaut Theresia zu, wie ihre Schwägerin die vorbereiteten Entlohnungen in der Buckelkraxe deponiert und mit andächtiger Miene die neue Haube aufsetzt.

Karl Hanuss mustert Judith, die ziemlich verschwitzt ist, aber ihr von dunkelblonden Kringellocken umrahmtes gerötetes Gesicht ist zweifellos hübsch, wenn auch der Blick recht herausfordernd ist. Einen schlechten Geschmack hat der Martin, dieser Sauhund, nicht gehabt, meiner Seel', denkt er.

»Das ist ja alles bestens gelaufen, Doktor«, lobt er den Arzt, halb von Judith abgewandt. »Ich danke Euch. Und die da – die wird eine gute Nachfolgerin, wenn die Schönauerin mal wegstirbt. Respekt.«

Er schenkt einen Selbstgebrannten ein. Judith will ablehnen, aber das lässt Karl Hanuss nicht gelten.

»Trinken wir auf die Gesundheit von meinem Enkelsohn! Und darauf, dass das Haus Hanuss weiterbesteht! Prosit!«

Er kippt den Branntwein hinunter, Arzt und Hebamme tun es ihm nach. Theresia steht mit vor der Brust verschränkten Armen und missbilligendem Blick dabei.

»Ja, und du, Resl, du kannst jetzt von mir aus ins Kloster gehen, jetzt, wo ein Erbe da ist. Das willst du doch schon so lange. Aber such ja ein gescheites aus!«, brummt ihr Vater.

Theresia strahlt, bekreuzigt sich und eilt wieder ans Bett ihrer Schwester oder wohl eher zur Gebetsbank, auf der sie vielleicht für diesen Satz ihres Vaters stundenlang gebetet hat.

Karl Hanuss verabschiedet den Doktor mit Handschlag, nachdem er ihm seinen Lohn ausgezahlt hat, auch Judith bekommt den herzhaften Druck seiner Pranke zu spüren. Sie atmet auf.

Im Innenhof bleiben Arzt und Hebamme stehen. Die frische Nachtluft tut ihnen nach den Anstrengungen der vergangenen Stunden gut. Der Doktor informiert sie, dass es üblich sei, einen Teil der Naturalien der alten Hebamme zu übergeben, solange die lebe. Judith verspricht es. Sie ist erschöpft, aber unbeschreiblich froh, dass gerade diese Geburt gut verlaufen ist. Nicht auszudenken, wenn ihr ein Fehler unterlaufen wäre. Was hätte man ihr da wohl alles unterstellt?!

»Ab jetzt«, sagt der Arzt und schaut Judith zufrieden an, »ab jetzt sind Sie Hebamme mit Brief und Siegel. Gratulation! Demnächst kommt die Vereidigung.«

Er bietet ihr an, sie mit seinem Einspänner vor der Haustür abzusetzen, aber sie lehnt dankend ab. Ihr ist vom Alkohol im leeren Magen ein bisschen schwindelig, vielleicht auch von den zurückliegenden Anstrengungen, physisch wie psychisch. Die paar Schritte will sie zu Fuß gehen, auch wenn es noch dunkel ist. Der Doktor zieht den Hut, und die Kutsche rollt davon.

Judith steht etwas benommen vor dem Tor, atmet tief durch. Die Nacht ist feucht und kalt, manchmal geben die ziehenden Wolken den Mond frei. Wie eine Grubenlampe beleuchtet er dann die Inschrift im Querbalken im ersten Stock des Haupthauses. Es ist erst ein paar Jahre her, da wollte sie hier die Hausherrin werden, hatte es gehofft, hatte auch um Martins Willen darum gebetet – das lag nun weit hinter ihr. Sie hat ihren Platz gefunden.

Judith schultert ihre Ausrüstung, macht sich auf den Heimweg. Im Osten schimmert ein heller Streifen des Himmels wie die Innenseite einer Moldaumuschel, bald wird die Sonne aufgehen. Sie zündet die kleine Laterne an der Kraxe nicht an. Es geht auch so.

Als sie auf der anderen Straßenseite unter die Arkaden tritt, ruft jemand ihren Namen. Eine Gestalt löst sich von der Hauswand.

»Erschrecken Sie nicht. Ich bin es, Judith.«

Sie starrt Hans Rohrbach bestürzt an. »Ihr? Woher wisst Ihr, dass ich…«

Hans Rohrbach lacht leise. »Nun, die Schreie der werdenden Mutter waren ja über den ganzen Marktplatz zu hören! Zudem haben zwei vor meinem Fenster getratscht, dass die alte Hebamme auswärts sei, wie das denn gehen soll bei der Hanuss Hermine. Da wurde mir klar, dass Sie heute Nacht noch hier vorbeikommen müssen. – Ist alles gut gegangen?«

Judith nickt. Er greift mit beiden Händen nach den Schulterriemen ihrer Kraxe und zieht sie näher zu sich.

»Judith«, flüstert er halb erstickt. Sie kann Trauer und Sehnsucht in seiner Stimme hören. Er zieht sie noch näher an sich heran, so nah, so unglaublich nah, dass sie seine Augen mit den schwarzen Wimpern direkt vor sich hat, fast jede Pore seiner wachsbleichen Haut erkennen kann, dass seine widerspenstige Haarsträhne ihre linke Wange kitzelt, dass sie seine Bartstoppeln auf der Oberlippe wahrnehmen kann … Und als seine Lippen auf einmal die ihrigen berühren, da legt sie ihm beide Hände auf die Brust, drückt ihn zurück. Obwohl der Platz menschenleer ist, hat sie die Vorstellung, dass hinter jedem dunklen Fenster, jeder Tür jemand steht, der sie beobachtet, sie belauscht.

»Judith, bitte. Noch könnten wir, du und ich… Wir müssen miteinander reden, in Ruhe, ganz offen«, keucht Hans Rohrbach, doch er lässt sie los.

»Jetzt? Reden? Nein. Nein, ich muss gehen! O Gott! Ich muss weitergehen, bitte.«

Dem Mann ist nicht klar, was für sie mit so einem Treffen auf dem Spiel steht. Ihre Ehe? Vielleicht. Dass ihr guter Ruf verloren gehen, ihr deswegen die Genehmigung wieder entzogen werden könnte, die sie gerade eben mit harter Arbeit erworben hat, das ist das Risiko! Aber das alles kann sie ihm jetzt nicht erklären, nein, ihr dröhnt der Kopf. Sie muss fort, weg, weg, ehe sie jemand zusammen entdeckt.

Er ergreift ihre Hand, führt sie an seine Lippen. Es fällt ihr schwer, sie ihm zu entziehen. Seine Hand ist so wunderbar glatt und weich, und die Lippen sind so zart. Sie kennt nur Küsse mit einem kratzigen Schnurrbart.

»Was ist das mit uns, Judith? Wie soll es bloß weitergehen?« Seine Stimme bebt.

Judith macht ein paar Schritte, bleibt wieder stehen. »Ich glaube, ich liebe Euch, Hans Rohrbach«, flüstert sie, ohne ihn anzusehen. »Aber wie es mit uns weitergehen soll, das weiß ich auch nicht.«

Sie weiß nur, dass Martin sie wieder geschwängert und sie damit aufs Neue an sich und die Familie gekettet hat.

Zu Weihnachten ist Martin wieder da. Er hat in der Winterberger Glashütte tatsächlich eine Anstellung gefunden, verdient gut und hat sein sorgloses Selbstbewusstsein wiedergefunden. In Prachatitz hat er sich nach der neuesten Mode herausstaffieren lassen mit einem Zylinder, einem braunen Gehrock samt Weste, einem Hemd mit hohem engen Kragen, einem kunstvoll geknoteten Halstuch, schwarzen Galoschen sowie einem gewalkten Kutschermantel. Dicke Koteletten, die er weltmännisch ›Favoris‹ nennt, wachsen jetzt bis zu seinem frechen Schnurrbart. Ein Gigerl, denkt Judith belustigt, fehlt grad noch, dass er kräht! Die alten Freunde im Dorf bewundern oder belächeln ihn, wenn er ins Wirtshaus kommt.

Für die Kinder hat er Geschenke mitgebracht – eine Kutsche aus buntem Blech für Ignaz und für seine geliebte Luise eine blondgelockte Puppe mit Schlafaugen, für Schwiegervater und Uropa je eine Flasche Enzianschnaps, für die Schwiegermutter eine Glasschale. Auch Judith hat er nicht vergessen und überreicht ihr ein kleines Handtäschchen, das sie nach ihrem Gusto besticken kann. Er lässt durchblicken, dass er stolz ist auf sie, auf die Hebamme mit Brief und Siegel. Alle sind heiter und voll Zuversicht, es wird eine schöne

Weihnachtszeit. Als aber jemand erwähnt, dass Judith in seinem Elternhaus die Entbindung seiner Schwester betreut hat, verfliegt seine Fröhlichkeit.

»Einen Sohn hat die Hermine? No, bravo! Damit ist meine Aussicht auf den Hof endgültig vorbei«, seufzt er. Den Rest des Tages ist er still und in sich gekehrt.

Die Schwangerschaft seiner Frau nimmt er kopfschüttelnd zur Kenntnis.

»Du bist ja noch öfter trächtig als wie die Hasen, sakradi!«, staunt er, halb amüsiert, halb entsetzt. Sie gefällt ihm trotz der rund gewordenen Taille. Judith genießt seine Umarmungen, aber zu oft liegt die biegsame Gestalt der schwarzen Grete mit ihnen im Bett. Und manchmal ist ein Vierter dabei. Dann erlischt ihre Sinnlichkeit als habe jemand eine Kerze ausgeblasen.

Am Palmsonntag im darauffolgenden Frühjahr verkündet Pfarrer Mistlholz das Aufgebot der Verlobten Marieluise Höpfler und Hans Rohrbach. Judith schließt in ihrer Kirchenbank kurz die Augen, presst die gefalteten Hände zusammen. Obwohl durch Mizzi darauf vorbereitet, ist ihr, als habe ihr die Kuh beim Melken in den Bauch getreten. Er macht es, kann sie nur denken. Er macht es!

Nach der Heiligen Messe drängt sich die Gemeinde vor dem Portal um das Paar, um zu gratulieren. Mizzi strahlt und kichert, ihr Verlobter gibt sich gutgelaunt. Marianna Polleichtner ist eine der Ersten, die das Paar beglückwünschen. Judith sieht ihr an, wie erleichtert sie über diese Entwicklung ist. Mit gespielter Fröhlichkeit schließt auch sie sich der Gratulationscour an.

Da ihr Heimweg dieselbe Richtung hat, schlendern Mizzi und Judith zusammen los, Luise an der Hand zwischen sich. Der Schulmeister spaziert nebenher, will seine Verlobte noch bis zur Haustür begleiten. Marianna und Ignaz folgen ihnen.

Mizzi vertraut ihrer Freundin an, dass sie nicht in Hollerstrauch heiraten werden. »Weil, er ist Waise, der Hans, und er ist in Libiegitz bei Onkel und Tante aufgewachsen. Die möchten jetzt auch seine Hochzeit ausrichten. Hans meint, er müsse ihnen den Wunsch erfüllen. Also, mir soll es recht sein. Hoffentlich geht es da aber nicht zu fein zu!«

Sie gibt Hans Rohrbach mit einem kessen Augenaufschlag einen leichten Stups.

»Ja, ja, es wird bestimmt eine schöne Hochzeit«, versichert er ihr etwas abwesend.

»Und seine Tante wollte meine Maße wissen. Sie will mir nämlich in Karlsbad ein Hochzeitskleid nähen lassen. Ist das nicht großherzig? Weiß soll es werden, das trägt man ja jetzt bei der Hochzeit.«

Nach der Rückkehr des Paares wird Judith das Prachtstück bestaunen können. Mizzi wird es stolz und glücklich auf ihrem Ehebett ausbreiten. Empirestil? Das ist vorbei, wird sie erklären. Judith wird feststellen, dass demnach die Taille wieder betont wird. Ja, das sei jetzt die Mode, wird sie von Mizzi belehrt werden. Man trage darunter ein Korsett, aber das sei bei ihr nicht nötig gewesen. Der reichlich gefältelte Rock müsse zusätzlich von weiten Unterröcken aufgebauscht werden, was die Taille zusätzlich schmaler erscheinen ließe. Eine wahre Sensation werden in Judiths Augen die ausgefallenen Ärmel sein – laut Mizzi nennt man sie Ballon- oder Schinkenärmel – und dann das Dekolleté! Und der Stoff! Schwerer glänzender Seiden-Moiré, schneeweiß …

Judith bezweifelt, ob diese neue Mode sich auf dem Land durchsetzen wird. Die mit Schafwolle ausgestopften Ärmel, der aufgeplusterte Rock müssen doch sehr hinderlich sein bei der Arbeit. Na, man wird sehen.

Mizzi hängt sich bei ihrem Verlobten ein, und er streicht über ihre Hand, die in einem schwarzen Spitzenhandschuh steckt. Judith muss schnell wegsehen, denn eine wilde Eifersucht überschwemmt sie plötzlich. Sie möchte diese streichelnde Hand wegreißen! Als sich der innere Aufruhr gelegt hat, verspottet sie sich selbst. Hat sie geglaubt, dass das eine reine Vernunftehe werden würde, in der Zärtlichkeiten nichts zu suchen haben?

»Ende Mai soll die Hochzeit sein, Judith«, plappert Mizzi weiter. »Unsere Sitte, dass man nur im Herbst und Winter heiratet, die gibt's bei denen nicht. Ich rechne fest damit, dass du und Martin dabei seid! Die Luise, die könnte Blumenmädchen sein und…«

Luise, die mithört, macht einen Luftsprung und quiekt.

»Im Mai?«, wiederholt Judith gedehnt, rechnet nach. »Nein, Mizzi. Da wird nichts draus. Ich bin schwanger! Ja, man sieht es noch kaum, bin halt insgesamt ein bisschen rundlicher geworden. Jedenfalls im Mai werde ich so eine Reise nicht mehr machen können.«

Während Mizzi, von der Neuigkeit überrascht, zwischen Bedauern und Glückwünschen hin und her springt, richtet ihr Verlobter den Blick zu Boden, tut, als habe er nichts gehört. Er kann sich keinen Glückwunsch abringen, kann Judith auch nicht ansehen, als sie sich verabschiedet. Sie bemerkt, dass seine Schläfen und Augenlider rosig sind. Dieses Erröten kennt sie schon. Es gehört ihr.

»Musst du deine Schwangerschaft so an die große Glocke hängen?!«, zischt Marianna, als sie zu zweit sind. »Und das verkündest du auf dem Markt wie der Ortsdiener, dass es auch ja alle hören! Und vor dem Schulmeister! Was wird der jetzt denken?!«

Da kommst du nie drauf, denkt Judith und lächelt still.

Judith ist jetzt vereidigte Hebamme. Sie und die Schönauerin sind bald ein eingespieltes Team, brauchen nicht viele Worte, wenn sie einer Gebärenden helfen. Noch rufen die Frauen des Dorfs die erfahrene alte Hebamme, aber Judith wird akzeptiert. Nach und nach werden insbesondere die jungen Frauen zutraulich. Nicht ganz uneigennützig hat sich Judith mit der Empfängnisverhütung befasst. Kaum ein Mann schert sich darum, macht höchstens beim Koitus widerwillig einen ›Rückzieher‹. Die praktische Vorsorge liegt bei den Frauen. Besonders die Frommen unter ihnen quälen sich mit ihrem schlechten Gewissen, weil sie wissen, dass die Kirche alles verdammt, was die Fortpflanzung verhindern könnte. Judith kann ihnen nur Hilfsmittel aus der Natur geben und den Ratschlag, in der Mitte zweier Monatsblutungen den Beischlaf zu vermeiden.

In den Dokumenten der Schönauerin hat Judith Hinweise auf Pflanzen gefunden, die angeblich den Samen des Mannes abtöten und so eine Schwangerschaft verhindern sollen. Von Weihrauch und Ingwer ist die Rede, aber sowas ist im Böhmerwald nicht leicht zu kriegen, eher schon Akazienblätter, die man zerrieben in einem Stoffläppchen in die Vagina schieben soll. Auch Honig und Öl seien hilfreich – Dinge, die jede Frau hat. Es sind unzuverlässige Mittel, die Judith den Frauen empfehlen kann, aber sie sind dankbar, dass sie nicht völlig hilflos dem steten Drang der Männer und der eigenen Sehnsucht ausgeliefert sind. Häusliche Gewalt, um zum Ziel zu kommen, ist in allen Schichten zu finden. Jene, die eine Abtreibung erbetteln wollen, schickt sie weg.

Die Entbindungen öffnen Judith in den kommenden Jahren die Augen für die unterschiedlichsten Lebensbedingungen, führen sie zu gutmütigen, manchmal auch geizigen reichen Bäuerinnen, zu bitterarmen ausgemergelten Landarbeiterinnen, zu hochnäsigen Mittelstandsfrauen. Sie erlebt Freude, aber auch Jammern über das neue hungrige Menschlein, hört versteckte Anklagen, gemurmelte Flüche auf den, der sie in diese Lage gebracht hat, die oft, zu oft den Tod bringt.

Tod im Kindbett – ein Schreck und Entsetzen für die Hebamme, der von vielen Ehemännern gottergeben hingenommen wird. Oft trösten sie sich schnell und pragmatisch. Aber nicht nur die Witwer, auch die Witwen heiraten möglichst schnell wieder, um nicht zum Ballast der Gemeinde und deshalb ausgewiesen zu werden. Mittellose Frauen und Männer müssen das Dorf verlassen, wenn es kein Armenhaus gibt. Der Kinderreichtum bedeutet zwar eine gewisse Vorsorge für das Alter, ist jedoch nur bei den vermögenden Bauern und Städtern ein Segen. Bei den Familien der Tagelöhner ist er ein Fluch. Die hohe Kindersterblichkeit bringt zusätzlich Kummer. Judith muss verinnerlichen, dass die Säuglinge im ersten Lebensjahr dem Tod ebenso nahe sind wie die Alten.

Und dann plötzlich stirbt Marianna. Sie hat zwar hier und da Herzschmerzen erwähnt, sie aber immer heruntergespielt, und niemand beachtete ihr Klagen. Sie liegt auf dem Bauch mitten im Beet, eine Faust umklammert im Todeskampf das Grün junger Karotten.

Ignaz findet sie, betrachtet ihr Gesicht, die starren Augen, die Erde auf Wange und Stirn, ihren verrutschten Rock, ruft halblaut ihren Namen. Er läuft zu seiner Mutter in die Küche und flüstert: »Die Großmutter schläft im Garten.«

Später, älter geworden, wird er sagen, dass er gleich wusste, was das zu bedeuten hatte, so wie die Großmutter dalag. Er habe seine Mutter schonen wollen.

»Im Garten?«, wiederholt Judith zerstreut. Sie walkt gerade den Nudelteig.

»Ja. Mitten im Beet mit den gelben Rüben.«

Judith hält inne. Sie reibt den Teig von den Fingern, starrt dabei ihrem Sohn an, dessen Augen sich langsam mit Tränen füllen. Seine Lippen zittern. Da begreift sie es und stürzt hinaus.

In Hollerstrauch gibt es kein Leichenhaus, deshalb wird Marianna Polleichtner bis zur Beerdigung in der luftigen Scheune aufgebahrt. In der Stube wäre es zu dieser Jahreszeit zu warm gewesen. Sie trägt ihr Totenhemd aus feinstem Leinen mit schwarzen Bändern, ihr Antlitz bedeckt ein hauchzartes Batisttuch, die Hände umschlingt ihr Granat-Rosenkranz. Verwandte und Nachbarn halten im Wechsel Totenwache, verabschieden sich von der Verstorbenen, indem sie am offenen, mit Tannengrün und Holunderblüten geschmückten Sarg den schmerzhaften Rosenkranz beten und den Leichnam mit einem ins Weihwasser getauchten Myrtenzweig besprengen. Als die Beileidsbesuche spärlicher werden, Judith und der Urgroßvater wohl oder übel die tägliche Arbeit wieder aufnehmen müssen, schleicht Ignaz mehrmals in die Scheune, wo sein Großvater mit hängenden Schultern auf einem Hocker sitzend die Totenwache hält. Ignaz kniet sich ins Stroh, starrt das Batisttuch an, fragt sich angstvoll und fasziniert zugleich, ob wohl darunter der schöne Kopf seiner Großmutter bereits so ein Totenschädel ist, wie er ihn auf einem Bild in der Kirche gesehen hat. Die Versuchung ist groß, das Tuch kurz zu lüften, wenn der Großvater mal übermüdet einnickt, aber Ignaz widersteht ihr. An der Beisetzung nehmen nicht alle Dorfbewohner teil. Wegen ihres manchmal unverblümten Mundwerks war Marianna nicht überall beliebt, besonders nicht bei den Frauen, denn die Männer haben der feschen Tschechin gern nachgeschaut.

Seit der Hochzeit und der anschließenden Flitterwoche in Karlsbad haben sich Mizzi und Judith kaum gesehen, jede war mit sich beschäftigt, jetzt macht das junge Ehepaar pflichtschuldigst einen Kondolenzbesuch. Für die hochschwangere Judith ist der Besuch des Paares eine unangenehme Überraschung. Mizzi mit dem frischen Teint ist hübsch wie nie, sprüht vor Lebensfreude, auch wenn sie sich wegen des Trauerfalles zurücknimmt. Judith in ihrem zeltförmigen schwarzen Kleid ist dagegen unförmig, schwerfällig, hat eine aufgedunsene, wächserne Hautfarbe und muss sich zwingen, freundlich zu sein.

Nach dem Austausch von Floskeln druckst das Paar herum, bis Mizzi schließlich damit herausrückt, dass Hans den Wunsch geäußert habe, der Pate von Judiths nächstem Kind zu werden, falls es ein Junge wird. Natürlich nur, wenn das der Familie und insbesondere Judith recht wäre!

»Schau, dann wären wir beide Paten von deinen Kindern. Wär das nicht schön?«

Judith tastet nach dem Stuhl, setzt sich. Pate? Er? Ihr hinterhältiger Wunsch von damals erfüllt sich zwar, aber die ersehnte Nähe wird immer mehr zur Qual.

Hans Rohrbach beugt sich zu ihr. »Bitte, Judith, fühlen Sie sich nicht gedrängt.« Sie hebt den Kopf, und ihre Augen treffen sich sekundenlang. Er richtet sich hastig wieder auf. »Wie gesagt – nur, wenn es Ihnen und Ihrer Familie recht ist.«

Judith stimmt zu. Mizzi besteht darauf, dass sich Mutter und Pate ab jetzt duzen, wo sie doch jetzt sozusagen bald verwandt seien. Beide nicken, lächeln befangen.

»Und jetzt setzt euch und erzählt mir was von Karlsbad, bitte«, beendet Judith den etwas feierlich gewordenen Moment, resoluter als beabsichtigt.

Das ist für Mizzi das ersehnte Stichwort. Sie überreicht Judith eine Flasche Kräuterlikör namens Becherbitter, eine Novität aus Karlsbad. Als habe man ein Wehr aus dem Bachbett gezogen, schildert sie die herrliche Stadt, die Parkanlagen, die illustren Badegäste, die nette Pension und das gute Essen, und sie schaudert noch jetzt in Erinnerung an den Genuss der diversen Heilquellen. Ihr Mann lauscht, lacht manchmal in sich hinein, schüttelt hier und da nachsichtig den Kopf. Judith hört schweigend zu, zwingt sich, all das auch wunderbar zu finden, während vor ihrem inneren Auge das Paar eng umschlungen unter den Kolonnaden, durch den Kurpark wandelt, in einem exquisiten Hotel in ein daunenweiches Bett sinkt … Das tut so weh, so weh, sodass sie plötzlich laut stöhnt.

Hans springt erschrocken auf, Mizzi verstummt, doch Judith beruhigt sie schnell. Es sei nur der Rücken. Nach der Entbindung komme alles wieder ins Lot. Trotzdem verabschiedet sich das Paar hastig. Sie wohnen in der kleinen Lehrerwohnung in der Schule, die Mizzi jetzt herausputzen will. Es sei halt noch ein Junggesellenhaushalt.

»Warum sie?!«, stöhnt, jammert, weint Adalbert Polleichtner noch wochenlang nach der Beerdigung seiner Marianna. »Warum holt der Knochenmann nicht mich, den nichtsnutzigen Krüppel?!«

Völlig apathisch lässt er das Familienleben an sich abgleiten. Sie müssen den Tatsachen ins Auge blicken: Der Großvater und Judith können den Hof, so wie er ist, nicht weiter betreiben. Ignaz und Adalbert sind eben doch nur halbe Kräfte. Das bäuerliche Leben der Familie muss geändert werden. Sie geben nach der Ernte die weiter entfernten Felder ab. Es findet sich zum Glück schnell einer in Hollerstrauch, der sie übernimmt. Judiths Verdienst als Hebamme und Ratgeberin kommt jetzt sehr gelegen, aber das Versorgen der Kinder während ihrer Abwesenheit ist manchmal problematisch. Ignaz gilt ja fast schon als Erwachsener, man kann ihn sich selbst überlassen. Luise dagegen, die verhätschelte kleine Schönheit, verlangt Gesellschaft, Unterhaltung, Aufmerksamkeit. Wann immer es geht, springt sie zum Schulhaus und lungert bei Mizzi herum, die ihr oft Kandiszucker zusteckt und viel mehr Zeit hat als die Mutter. Für eine willkommene Wendung im Trauerhaus sorgt Pfarrer Mistlholz, der Adalbert Polleichtner eines Tages bittet, sich um die Restaurierung der Kreuzwegstationen in der Dorfkirche zu kümmern. Durch Verschmutzung und Risse könne man die Bilder kaum noch erkennen. Alle vierzehn Stationen müssten von kundiger Hand gerettet werden! Der Bischof habe bereits zugestimmt und eine beachtliche Entlohnung zugesagt. Das sei doch eine Arbeit, bei der man weder auf Baugerüste noch Leitern klettern müsse, meint der Pfarrer beruhigend, denn man könne die Bilder von der Wand abhängen. Natürlich ist Adalbert erst einmal verwirrt, fragt sich, ob der alte Seelenhirte hellsichtig weiß, dass er ein-, zweimal in der Scheune stand, den Blick nach oben ins Gebälk gerichtet, den Strick in der Hand.

Nach einer schlaflosen Nacht hinkt Adalbert über die Eingangsstufen der Kirche, um sich die Kreuzwegstationen aus der Nähe anzusehen. Ja, es ist wahr, bei allen Ölgemälden, je circa dreißig mal sechzig Zentimeter groß, ist die Firnis voller Risse, Krakelüren und Runzeln, die Kerzen haben über Jahrzehnte ihren Ruß, Fliegen ihren Kot und die kalte, feuchte Luft Schimmel hinterlassen. Das wird er machen. Aber dann.

Aus Gründen, die der wortkarge Witwer niemandem erklärt, beginnt er mit der zweiten Station *Jesus nimmt das Kreuz auf sich*. Pfarrer Mistlholz hätte es lieber gesehen, wenn zu allererst die vierzehnte, die Kreuzigung, in neuem Glanz erstrahlen würde, aber seinem unglücklichen Schäflein zuliebe gibt er nach, kutschiert sogar mit ihm nach Prachatitz, um alles Nötige – Farben, Pinsel, Firnis und so weiter – zu besorgen.

Das Reinigen der Bilder will Adalbert, wie es unter Restauratoren üblich ist, mit Weißbrot und Kartoffeln vornehmen, – nun, das ist ja eine eher sparsame Sache, mit der Pfarrer Mistlholz sehr einverstanden ist. Judith baut mit Ignaz Mariannas Bett im Schlafzimmer ab, sodass sich ihr Vater in der Nähe der beiden Fenster einen Arbeitsplatz einrichten kann. Das überflüssige Bett bringen sie in eine Kammer im Dachgeschoss, dem neuen Reich von Ignaz. Das ist sicher bequemer als die Ofenbank, auf der er seit einem Jahr geschlafen hat. Adalbert Polleichtner lebt auf. Ohne, dass es Judith richtig bewusst wird, gerät die Landwirtschaft in ihrem Heim immer mehr in den Hintergrund, wird zuletzt nur noch für den Eigenbedarf betrieben. Später einmal, wenn Ignaz so weit ist, denkt sie, dann wird es wieder ein Bauernhof. Vielleicht so schön wie der Hanusshof.

Das vierte Kind von Judith und Martin, Laurens Hans Adalbert, Rufname Laurens, geboren im Juli 1836, ist ein ewig unzufriedener Säugling, der schreit, wenn er die Augen aufschlägt, schreit, kaum, dass die Brust oder das Fläschchen leer ist – gerade so, als ob er Zuwendung erzwingen will. Ein unsäglicher Weltschmerz scheint ihn zu quälen. Laurens ist nicht so fremdartig anziehend wie Ignaz, nicht so liebreizend wie Luise. Er hat das griesgrämige, bald von Sommersprossen übersäte Gesicht eines Gnoms, magere Glieder, braunes, spärliches Haar, aber die hübschen blauen Augen von Martin, die hier und da schelmisch blitzen. Manchmal denkt Judith, wenn sie auf das Köpfchen an ihrer Brust blickt, dass dieser Junge sich mit seinem Gebrüll an ihr rächen will für die Versuche, ihn abzutreiben. Hans Rohrbach hat ihn trotz des Geschreis stolz über das Taufbecken gehalten. Dass sein Patenkind kein niedliches Baby ist, schien er nicht zu bemerken.

Pfarrer Mistlholz tauft den Neugeborenen mit heimlicher Genugtuung. Judith ist in seinen Augen eine gute, sehr fruchtbare Hausfrau geworden, so wie es sich gehört, bringt ihm brav und regelmäßig neue Katholiken zur Taufe. Sie selbst, das sieht er ihr nach, ist keine beflissene Kirchgängerin mehr. Er weiß ja, wie schwer ihr Leben geworden ist. Auch zur Beichte kommt sie nur vor den Festtagen. Dass sie dann etwas flüstert von sündigen Gedanken, überhört er, hakt nie nach. Solche Intimitäten will er gar nicht so genau wissen.

Die Nachricht vom Tod seiner Schwiegermutter hat Martin so spät erreicht, dass er keinen Grund sah, nach Hollerstrauch zu eilen. Im Herbst kommt er für eine ganze Woche und merkt erleichtert, dass die Polleichtners zurechtkommen. Dass er jetzt zwei Söhne hat, macht ihn sehr stolz.

»Was für ein Depp war mein Vater, dass er dich als Schwiegertochter nicht haben wollte!«, stellt er fest, wobei er fasziniert in die Wiege schaut. »Zwei gesunde Enkelsöhne hat er jetzt und ein Mädchen dazu! Da wäre doch die Zukunft von seinem Freibauerngeschlecht gesichert!« Er zieht Judith an sich, drückt sie. »Ich meinerseits, ich hätte leicht auf die Kinder verzichten können. Ich kann mit Kindern nichts anfangen. Aber es geht halt scheinbar nicht ohne…«

Er legt eine beachtliche Geldsumme auf den Tisch, verspricht weiterhin seine finanzielle Unterstützung. Judith ahnt, wie er denkt: Nur sein Rustikalhof könnte ihn zum Bleiben bewegen. Eingeheirateter, Handlanger im jetzt noch mehr geschrumpften Anwesen, das immer noch dem alten Paulus Polleichtner gehört, kann er, der Sohn eines freien Bauern, nicht sein. Er geht zurück.

Was will ich eigentlich, fragt sich Judith. Er ist doch ein guter, fürsorglicher Mann. Den Seitensprung muss ich ihm verzeihen, wenn ich es auch nicht vergessen kann. Ihr Stolz lässt es nicht zu, ihn zu fragen, ob die andere ihn endlich in

Ruhe lässt oder ob sie etwa wieder bei ihm ist, obwohl sie die Frage quält. Eine Bitte um Verzeihung ist ihm nie über die Lippen gekommen. Nur einmal hat er ihr etwas bekannt – vielleicht besser: sich selbst. Er saß nackt, nach vorn gebeugt, auf der Bettkante und murmelte: »Ohne Frau zu leben, wochenlang, das ist halt schwer für mich …«

Es macht Judith glücklich, wenn Hans von Zeit zu Zeit die Gelegenheit nutzt und Luise, die so gern bei ihrer Patin ist, nach Hause begleitet, zwischen Tür und Angel ein paar Worte mit Judith wechselt, nach seinem Patenkind fragt und dem Säugling mit einem Finger über die Wange streicht. Manchmal hält er Judiths Hand beim Verabschieden etwas länger, als es schicklich ist, doch mehr kann zwischen ihnen nicht geschehen. Sie sind nie allein. Und wenn er fort ist, fragt sie sich oft beklommen, was denn schlimmer ist – ihr unkeusches Sehnen oder Martins Ehebruch.

An einem Herbstabend, als die landwirtschaftliche Arbeit für dieses Jahr so gut wie getan ist, setzt sich Judith an den Küchentisch, rechnet, macht Kassensturz und kommt zu dem Schluss, dass sie sich ein Dienstmädchen leisten kann und muss. Sie weiß auch schon, wer es sein soll.

Ein paar Häuser weiter lebt die Familie Wohanka, ordentliche Leute, der Mann ist der Flurhüter von Hollerstrauch. Sie haben sechs Kinder, so zwischen zwei und fünfzehn Jahren. Der älteste Bub ist bei Verwandten in Krumau, hat Judith gehört, und besucht dort das Gymnasium. Eine der Töchter, die dreizehnjährige Friederike, hat gerade die Schule beendet. Sie ist jene Frieda, die Judith seinerzeit bei der schwierigen Entbindung der Grundlerin geholfen hat. Wie alle Eltern herangewachsener Kinder stellt Judiths Anfrage auch Friedas Eltern vor die Wahl, eine Arbeitskraft im Haus zu verlieren oder durch deren Arbeit bei Fremden etwas Geld ins Haus zu bekommen. Der Gedanke, dass ihre Tochter als

Dienstmädchen eine Zeit lang über den heimischen Tellerrand blicken könnte, gibt den Ausschlag und sie sagen zu. Der Jahreslohn wird ausgehandelt und dass Frieda von morgens sechs bis abends sechs Uhr bei freier Kost in Haus und Hof bei Judith arbeiten wird und den Sonntagnachmittag frei hat. Eine Kammer braucht Judith nicht zu stellen, weil das Elternhaus in der Nähe liegt. Frieda tritt ihren Dienst mit Häubchen und einer gestärkten weißen Schürze an, die bei Garten- oder Stallarbeit gegen eine blaue eingetauscht wird. Diese Liebe zu angemessener, trotzdem modischer Kleidung wird sie ihr Leben lang beibehalten. Man sieht Frieda an, dass sie stolz darauf ist, jetzt ›in Stellung‹ zu sein. Wie es sich gehört, hat sie sich bei der zuständigen Polizeibehörde in Wallern ein ›Dienstbuch‹ besorgt, in dem sie ihre Tätigkeiten bei Judith gewissenhaft einträgt.

Das schweigsame Mädchen stellt sich als Glücksgriff heraus.

Kira

Ben hatte im Internet nach Fotos der Krumauer Schlossgarde gesucht und einige gefunden. Alle Männer trugen eine helle Jacke, einen Helm mit Bärenfell, und am Gürtel baumelte ein Säbel – sehr martialisch!

»Natürlich kann Martin keiner von ihnen sein«, räumte Ben ein. »Zu Zeiten des Fotografen Seidel lag er schon unter der Erde. Immerhin haben wir durch die Fotos eine Ahnung, wie er als Gardegrenadier ausgesehen haben könnte.«

Auf der Homepage von Krumau erfuhren wir, dass die Männer der Garde im sogenannten *Zweiten Schlosshof* der Schlossanlage gewohnt haben. Neben Wacheschieben und Paradieren mussten sie auch körperlich arbeiten, zum Beispiel bei der Ernte oder der Flößerei helfen, als Hilfsschreiber dienen oder in der Musikkapelle spielen. Auch die Farben ihrer Uniform sind beschrieben.

»Mal sehen, ob es nicht doch noch eine andere Information über ihn gibt bezüglich Krumau. Vielleicht hat dein Opa was übersehen.«

»Mein Opa übersieht nichts«, blaffte ich Ben an. »Mehr gibt es eben nicht. Nur das, was damals von kirchlicher Seite über die Menschen aufgezeichnet wurde – ihre Amtshandlungen.«

Ben wiegte den Kopf. Schön und gut, aber er wollte doch lieber selbst recherchieren. Er rief das Třeboner Archiv auf, blätterte durch die Matrikel der römisch-katholischen Kirche zum Ort Český Krumlov und durchforstete den Namensindex zu den Sterbebüchern des 19. Jahrhunderts, also die Namen aller Verstorbenen, die mit H beginnen, bis er den Namen Hanuss Martin fand. Und was er schließlich fand, war die Nummer des Sterbebuchs einschließlich Seitenzahl zu Martins Tod, die auch schon in Opas Ringheft standen.

»Jetzt schau dir doch nur mal dieses Deckblatt an. Was hat sich der Schreiber für eine Mühe gemacht!«

In großen Lettern und vielfach gewundener Schörkelschrift, mit Schlingen und Schleifen lautete das Deckblatt dieses Sterbebuchs: *Matrica Mortuorum ad Ecclesiam archidiaconalem; S. Viti Crumloviensem; Ab Anno 1849 usque ad annum 1860 inclusive.*

»Also die Sterbe-Matrikel zur St. Veitskirche von Krumau, von 1849 bis 1860«, übersetzte ich fast andächtig.

Und im Sterbeeintrag entzifferten wir über Martin: Zeit des Sterbens: *17. Jänner 1852,* des Begrabens: *19. Jänner;* Sterbeort: *Latrán N. 2 genannt Pascherhaus;* Name und Stand des Verstorbenen: *Martin Hanuss, Gardegrenadier d. Fürstl. Schlossgarde, Wittiber, gebürtig aus Hollerstrauch;* katholisch, männlich: *angekreuzt;* Lebensjahr: *46 J 2 M;* Krankheit und Todesart: *Gedärmbrand, laut Todtenzettel 101.* Anzeige des Sterbefalls: *Grete Pascher, Schankwirtin;* Begräbnisort: *Friedhof S. Martin.*

»Und zum Schluss noch, wie bei allen anderen, die Namen der Priester, die den Verstorbenen mit den Sterbesakramenten versehen beziehungsweise beerdigt haben. Alles genau nach Vorschrift, denk ich mal.«

Ben war zufrieden mit dem Ergebnis seiner Recherche.

Ich runzelte die Stirn. »Moment mal! Wittiber? Also Witwer? 1852 hat die Judith doch noch gelebt!«

Auch Ben stutzte. »Komisch. Na, da hat sich der Schreiber vertan oder irgendwer hat die falschen Angaben gemacht. Der Martin war ja fremd in Krumau.«

»Fremd? Immerhin hat er über zehn Jahre in der Kleinstadt gelebt. Ich könnte mir eher vorstellen, dass der Martin sich als Witwer ausgegeben hat, damit er tun und lassen konnte, was er wollte!«

»Wieso willst du dem mal wieder was anhängen? Er hat alle möglichen Jobs angenommen, um seine Familie anständig zu ernähren. Wieso soll er sie plötzlich verleugnet haben?«

Ja, das verstand ich auch nicht.

Ben blieb dabei, dass der Pfarrer einen Fehler gemacht hat. Zu viel Messwein, das sei ja bekannt. Ich gab nach. Aber was ist eine Gedärmentzündung? Eine exakte Erklärung fanden wir nicht. Wir tippten auf Blindarmentzündung, Follikel, Krebs oder so etwas.

Aber mir ging noch etwas anderes im Kopf herum.

»Pascher?«, grübelte ich. »Schankwirtin Grete Pascher? Den Nachnamen hatte ich im Tauf- und Sterberegister von Hollerstrauch einige Male gesehen, da bin ich ganz sicher. Ob diese Grete Pascher auch aus Hollerstrauch war? War Martin deshalb bei ihr Stammgast?«

»Kann sein.« Ben klappte den Laptop zu, verschränkte die Arme hinter dem Kopf, kippelte, bis er plötzlich aufstand.

»Weißt du was? Lass uns morgen nach Krumau fahren, Kira. Dann ist die Geschichte rund. Okay?«

Also gut, Krumau. Diese Stadt hatte ich schon zweimal mit meinen Eltern und Großeltern besucht. Ben würde staunen! Die Stadt trägt immerhin und zu Recht den begehrten Titel ›Weltkulturerbe‹.

Am Morgen hätte ich die Weiterfahrt nach Krumau am liebsten abgesagt. Mir war kotzübel, ich würgte über der Kloschüssel, aber es kam nur Galle. Irgendwas war mit dem Essen gestern, dachte ich. Nach einem Glas Wasser wurde es besser. Beim Zähneputzen schaute ich mich im Spiegel an, ließ die Bürste sinken. Der Schaum der Zahnpasta auf meinen Lippen ließ mich zwar aussehen wie ein lustiger Clown, aber eigentlich sah ich elend aus. Dunkelblaue Schatten unter den Augen und Pickel auf der Nase. Und waren meine Brustwarzen schon immer so groß und die Brust so empfindlich?

Ich legte den Kopf in den Nacken, atmete tief durch. Vor sechs oder sieben Wochen hatte ich vergessen, die Pille zu nehmen. Nur eine einzige! Womöglich haben mir nicht wegen alter Fotos die Knie gezittert, wurde mir nicht vom Gestank eines offenen Silos, nicht von der Holundermarmelade und auch nicht von kurvigen Landstraßen schlecht, sondern weil ich schwanger war. Auf den Zyklus hatte ich schon lange nicht mehr geachtet, denn durch die Pilleneinnahme gab es ja nur noch ein bisschen Erinnerungsblutung, wenn überhaupt. Aber ich erinnerte mich nicht an eine Erinnerungsblutung in den letzten Wochen. Verdammt! Schwanger, das passte mir gar nicht. Ich wollte doch in die USA, nach Florida!

Ich setzte mich auf den Klodeckel. Ein Kind … Als Mama mit einem Baby im Arm hatte ich mich noch nie gesehen. Wenn ich unserer netten alleinerziehenden Nachbarin im Treppenhaus begegnet bin, die ihren brüllenden zweijährigen Sohn nach oben schleppte, habe ich gedacht, ach nee, das kann warten, war hochzufrieden mit meinem Status. Ich würde entscheiden, wann ich ein Kind bekomme. Und jetzt? Bis zu welchem Zeitpunkt ist eigentlich ein legaler Abbruch möglich, fragte ich mich. Zwölfte Schwangerschaftswoche, so meinte ich mich zu erinnern. Jedenfalls, Ben brauchte von meiner Sorge erst mal nichts zu wissen, beschloss ich. Zuerst musste ich wissen, ob oder ob nicht.

Krumau war mir sehr recht. Ich liebe diese Stadt. Aber vordringlich war, einen Schwangerschaftstest zu kaufen. In der Stadt müsste das in einer Apotheke klappen. Wir packten unsere Taschen und verließen das nette Hotel in Vyšší Brod. Da wäre ich gern noch länger geblieben. Nun, in Krumau gibt es zahllose Hotels und Pensionen, alte wie neue, dachte ich, da werden wir sicherlich wieder was Schnuckeliges finden.

Die Silhouette von Krumau mit riesigem Schlossareal, gegenüber die schlanke gotische Kirche, alles umschlungen von den Moldauschleifen – der Anblick verschlug Ben wie zu erwarten die Sprache. Begeistert streifte er durch die Gassen, bewunderte die Gebäude aus dem Mittelalter und der Renaissance. Ich dagegen staunte verblüfft, dass es in der Stadt scheinbar von schwangeren Frauen nur so wimmelte, die ihren mehr oder weniger dicken Bauch fröhlich vor sich hertrugen. Manche sahen echt niedlich aus. Könnte sein, dass ich demnächst auch so aussehe, dachte ich, das T-Shirt stramm über so einer Kugel … Auch Kinderwagen gab es erstaunlich viele. Ich musste mehrmals tief durchatmen.

Unterwegs konnte ich endlich ohne Ben in eine Apotheke flitzen. Das entscheidende tschechische Wort *gravitest* hatte ich schon heimlich gegoogelt. Gott sei Dank, sie hatten es da. Die kleine Schachtel in meinem Rucksack gab mir komischerweise neuen Elan bei der Fortsetzung unseres Spaziergangs. Kurz kam mir in den Sinn, dass ich Ben auch das schmucke Einfamilienhaus meiner Urgroßeltern zeigen könnte, das sie sich 1930 erbaut hatten und das sie 1946 nur mit dem Allernötigsten verlassen mussten. Ich habe schon zweimal mit meiner Oma davorgestanden, die damals, bei der Vertreibung, zwar erst sieben Jahre alt war, die aber trotzdem ihr Elternhaus wehmütig anstarrte und mehrmals schlucken musste. Oben aus dem Fenster lehnte sich eine dicke Frau heraus. Mir kam es so vor, als ahnte die Tschechin, wer da in dem schicken Westauto vorgefahren war, denn sie erwiderte den zornigen Blick meiner Oma mit der gleichen Feindseligkeit. Nein, nein, das musste ich nicht wiederholen. Für Ben und mich war dieses ganze Drama ja auch viel zu weit weg.

Das Schlossareal erhebt sich allmählich ansteigend auf einem Felssporn über der Moldau. Mit seinen fünf Schlosshöfen zählt es zu den größten in Europa. Wir betraten den ersten Hof, auf dem sich zu beiden Seiten die ein- bis zwei-stöckigen Gebäude hinziehen. Die Gardegrenadiere waren damals laut Stadtführer in einem imposanten, jetzt frisch renovierten Renaissancebau einquartiert. Ich stellte mir meinen Urahn Martin in einem dieser Häuser vor, wie er in Uniform, mit geschultertem Gewehr, vor dem vorbeireitenden oder -fahrenden Fürsten salutierte, wie er zur Musik einer Militärkapelle in Reih und Glied marschierte und exerzierte. Die Illusion gefiel mir. Unwillkürlich kam mir eins der alten Lieder meiner Oma in den Sinn, das Lied vom *vergessenen Grenadier,* der tapfer Wache hält, ohne zu merken, dass seine Kompanie abgezogen ist. Ich wollte die Melodie summen, aber es gelang mir nicht. Sie war zerbröselt wie ein Stück Brot.

Nach einer oberflächlichen Besichtigungsrunde suchten wir im Stadtteil Latrán das Haus Nr. 2. Im Internet, auf der *Sensitiven Karte* der Stadt, hatte ich es schon gesehen, jetzt stand ich davor. Es lag an der Grenze des Viertels, in der Nähe der ehemaligen St. Jodokus Kirche am Moldauufer – ein einfaches, zweistöckiges Eckhaus an der Baderbrücke, schweinchenrosa gestrichen. Ein Juwelier- und ein Porzellanangeschäft waren im Parterre untergebracht. Die seitliche Eingangstür mit einer modernen Klingel- und Gegensprechanlage zu den Wohnungen war verschlossen. Dieses simple Haus jedenfalls gefiel Ben überhaupt nicht für seinen tollen Gardegrenadier.

»Wieso starb er hier, wenn er in diesem feudalen Gebäude im Schlosshof gelebt hat?«

»Hat sich vielleicht totgesoffen?«, murmelte ich.

Wir setzten uns auf die Terrasse einer Kneipe am gegenüberliegenden Moldauufer, um das hiesige Eggenberger Bier zu probieren und eine Kleinigkeit zu essen. Was typisch Tschechisches wollten wir dieses Mal, auf keinen Fall schon wieder Schweinsbraten und Knödel. Die Kellnerin empfahl mir *nakládaný hermelín*, eingelegter Hermelin heißt das auf Deutsch, was sich als Weichkäse, gemischt mit Kräutern, Chili und viel Knoblauch entpuppte. Genau das Richtige zum Bier. Ben wählte die empfohlenen *Utopenci*. Das waren sauer eingelegte Würste mit einem Berg Zwiebeln und sauren Gurken, und zu beidem gab es Kümmelbrot und geröstetes Brot – alles etwas gewöhnungsbedürftig, aber schmackhaft.

Als die Sonne sich zurückmeldete, sprang ich auf. Ich wollte unbedingt noch Fotos von diesem sogenannten *Pascherhaus* machen. Ben wollte mit Hilfe von ein, zwei Slivovitz verdauen und blieb sitzen.

Am Seiteneingang des Hauses traf ich auf einen älteren, korpulenten Mann, der auf der Suche nach seinem Schlüssel in den Taschen wühlte. Ich sprach ihn an mit meiner üblichen Frage, ob er deutsch könne. Er könne nicht gut sprechen, aber ein bisschen verstehen, antwortete er. Eine Untertreibung, wie ich anschließend feststellte.

So knapp wie möglich erklärte ich ihm, warum mich dieses Haus interessierte und dass er mir eine große Freude machen würde, wenn ich es kurz betreten dürfte. »Nur den Flur, das Treppenhaus vielleicht, wegen der Atmosphäre...« Er musterte mich ein paar Sekunden lang. »Ano, tak dobře, geht schon. Aber mehr nicht! Ist alles vermietet.«

Der Mann war ein südländischer Typ mit schwarzen Haaren, grauen Schläfen und bräunlichem Teint, gut und modisch gekleidet und nach einem feinen Rasierwasser duftend. Er schloss die Tür auf, erwähnte dabei, dass das Gebäude, so unscheinbar es auch aussähe, immerhin aus dem 17. Jahrhundert stamme. Ich bewunderte das schmale Tonnengewölbe des Ganges, an dessen Ende man einen hölzernen Laubengang erreichte, den mein Führer *Pawlatsche* nannte. Dort stand man direkt über der rasch strömenden Moldau mitsamt den Kanuten.

»Und seit wann wohnen Sie hier?«

»Seit ich Kind war. Ich bin ein Rom. Zigeuner, no, so hat man uns früher genannt. – Nach Weltkrieg man hat uns hier angesiedelt, also in die Häuser von vertriebene Deutsche. Wir wurden in die Altstadt eingewiesen, in schlechte Häuser natürlich. Niemand wollte dieses Haus, wegen Alter, dicke nasse Wände und kein Sanitär, Sie können sich denken, že? Alles direkt in die Moldau! Und die ist gleich vorm Haus mit Hochwasser jedes Frühjahr, wo dann die Ratten gekommen sind ins Haus übers Plumpsklosett … Meine Eltern sind hier eingezogen und haben Haus später gekauft, haben mit Zuschuss von Denkmalamt sehr viel Investition gemacht. Heute, ich bin der Besitzer. Pepi Varka mein Name. Sagen Sie Pepi.«

»Und ich heiße Kira. – Auf einem Totenschein wird Ihr Haus *Pascherhaus* genannt. Wissen Sie, warum?«

Er stützte sich aufs Geländer und beobachtete ein trudelndes Schlauchboot, in dem vier Mädchen quiekten.

»Ja, ich kann. Das ist unser Hausname. Viele Häuser hier haben Hausnamen, die gar nichts mehr mit Bewohner darin zu tun haben. Manchmal man weiß nicht, wie es zu dem Namen gekommen ist«, erklärte er mir geduldig. »Bei *Pascherhaus* das ist so: Die Pascher waren große Familie, verstreut in ganze Böhmerwald. Früher kein sehr – kein gute Ruf, Sie verstehen? Also, diese Leute haben unten im Erdgeschoss ein Wirtshaus geführt. Ist lange her.«

Ich schickte einen sehnsüchtigen Blick die Treppe hinauf.

»Es wär super, wenn ich…«

Pepi Varka seufzte. »Also gut, kommen Sie.«

Mit schnellen, tänzelnden Schritten führte er mich über die Treppe des Hauses in den ersten Stock, öffnete mit einer knappen Verbeugung die Tür zu seiner Wohnung. Sie wirkte freundlich, und mir fielen einige schöne alte Möbelstücke auf. Vielleicht …

Ich machte ein paar ehrlich gemeinte Komplimente, bedankte mich, wollte gehen, da rief er: »Eine Sekunde bitte, Kira!«

Er ging vor einer Schubladenkommode schnaufend in die Knie, kramte darin herum und überreichte mir dann eine zerschlissene kleine Bügeltasche aus Stoff.

»Bitte sehr, die Dame. Das war in diese Schublade, als meine Eltern sind eingezogen. Lange Zeit man konnte Kommode nicht öffnen, das feuchte Holz war total verzogen, kaputt. No, vielleicht für Sie Souvenir?«

Nicht gerade hell begeistert drehte ich mich zum Fenster, um mir die Tasche genauer anzusehen. Ich hatte die übliche Stickerei mit Petit-Point-Rosen erwartet. Es waren aber eine Holunderblüte und ein paar schwärzliche Holunderbeeren!

»Und das – und das lag in der Schubladentruhe?«

»Ja, diese Kommode stand schon hier als wir kamen, das meine Mutter hat gesagt. Tasche ist Geschenk für Sie, bitte sehr. Und jetzt ich habe wirklich keine Zeit mehr ... Na shledanou!«

Er ging zur Tür und verneigte sich lächelnd.

Ich presste das zerrupfte Täschchen an mich wie einen Goldschatz und ging.

Ben hörte sich meinen Bericht über die Krumauer Roma im Allgemeinen und den Pepi Varka im Besonderen wortlos mit starrem Blick auf die Moldau an. Sein Zeigefinger klopfte unentwegt auf die Tischplatte. Ich spürte seinen lauernden Zorn. Unbeeindruckt zeigte ich ihm die Handtasche mit dem Holunderzweig. Mein Fazit, der Holunderzweig deute doch sehr auf Hollerstrauch, fegte Ben mit einem Hohngelächter vom Tisch.

»Was?! So ein Schwachsinn!«

Ich nippte an meinem schal gewordenen Bier, schwieg gekränkt.

»Und dann das: Du gehst mit einem wildfremden Mann in seine Wohnung, einfach so! In Eleonorenhain hast du auch so einen Alleingang unternommen. Warum machst du das?« Ich ahnte, was er mir insgeheim unterstellte – dass ich ein Abenteuer suchte. Ich zwang mich zur Ruhe.

»Weil ich neugierig bin, Ben. Weil ich offen bin, weil ich mich traue, mir etwas zusammenzureimen, wenn sowas wie diese Tasche auftaucht. Weil ich gern mal waghalsige Schlüsse ziehe. Wem schadet das?«

Und ich dachte, dass Pepi mir nie diese lumpige Tasche geschenkt hätte, wenn Ben mich mit seinem kritischen Blick begleitet hätte. Dieser dicke Rom, der mein Großvater sein konnte, ahnte mehr von meinen Luftschlössern als mein Partner. Und außerdem: war unser Trip nach Eleonorenhain nicht auch durch eine vage Kombination zustande gekommen? Und doch hatte er uns weitergebracht.

Ben winkte dem Kellner, um zu bezahlen, wandte sich dann wieder mir zu. »Nein, schaden tut es niemandem. Aber es ist abstrus, einfach lächerlich! Und gefährlich war es auch.«

Ich blieb stumm. Ich hätte ihm gern erklärt, dass ich noch nie belästigt worden bin, dass ich nie in Gefahr war. Mich umgibt so etwas wie eine Eierschale, scheint mir. Wenn ich sie nicht von innen aufpicke, bleibt sie heil. Ich weiß nicht, was die Männer bremst – Respekt? Mangelnder Charme meinerseits? Wahrscheinlich liegt es daran, dass ich einfach keine lockende Sirene bin.

Der Streit drohte zu eskalieren, also schwieg ich. Es war schon komisch, dass so ein belangloses Ereignis plötzlich einen Graben zwischen uns aufriss.

Obwohl zunächst wortkarg, fanden wir durch die vielen Sehenswürdigkeiten, die die alte Stadt bietet, schließlich doch wieder zu einem freundlichen Miteinander zurück. Wir wanderten durch die fünf Schlosshöfe und über die Mantelbrücke hinauf bis zum weitläufigen Park mit dem reizenden Rokokoschlösschen. Zurück in der Altstadt schauten wir kurz in das kleine Museum, das dem Maler Egon Schiele gewidmet ist, der in Krumau eine fruchtbare Schaffensperiode erlebt hat, und in die gotische St. Veitskirche, in der, wie ich wusste, meine Oma und ihre Eltern getauft wurden und die Eltern auch geheiratet haben.

Ein passendes Hotel zu finden, war dann doch nicht so einfach. Die schönen in der Altstadt hatten keinen Parkplatz, und Ben wollte seinen BMW keinesfalls auf einem öffentlichen Parkplatz stehen lassen. Die neueren Hotels am Stadtrand erinnerten doch sehr an ›Platte‹. Obwohl es nur wenige Parkplätze am Haus hat, führte ich Ben zum edlen Fünf-Sterne-Hotel ›Růže‹, einstmals *Zur Rose*, das in einem imposanten ehemaligen Jesuitenkloster residiert. Ben war sofort begeistert. Aber leider war das Hotel komplett ausgebucht, hauptsächlich von japanischen und chinesischen Reisegruppen. Wir fanden ein Zimmer im winzigen Hotel ›Hnízdo Vrána‹, *Krähennest* auf Deutsch, mit einer Parkgelegenheit im Hof eines Nachbarhauses. Der Name sagt alles! Es liegt an einem Steilhang über der Moldau, war bewohnt von verschwitzten Kanufahrern, die keinen großen Wert auf Service und Ausstattung legten. Das *Krähennest* ist simpel, aber originell.

Verschnaufen war angesagt und ›Füßehochlegen‹ nach der langen Besichtigungstour. Einen Fernseher gab es nicht. Also vertiefte sich Ben sofort wieder in sein Buch, in dem es irgendwie um die k.u.k. Segelfregatte Fürst Felix Schwarzenberg geht. Passte ja sehr gut zu unserem Reisethema, haha! Einen Anknüpfungspunkt gab es allerdings: Das Geschlecht der Schwarzenberger waren die letzten Eigentümer des Krumauer Schlosses, ehe der tschechische Staat es konfiszierte. Ich schrieb meine Reisenotizen ins Tagebuch.

Den Schwangerschaftstest macht man mit dem Morgenurin, meinte der Beipackzettel. Also noch mal zwölf Stunden warten. Es war natürlich eine ziemlich unruhige Nacht für mich. Am Morgen, Ben schlief noch fest, nahm ich meinen Rucksack mit dem brenzligen Inhalt aus der Apotheke und schloss mich im Bad ein.

Judith
1839 - 1840

Wenn Judith geglaubt hat, dass Martins Anstellung in Winterberg sich über mehrere Jahre hinziehen würde, so hat sie sich geirrt. Nachdem einige Zeit in gemächlichem Trott vergangen sind, gibt es wieder Unruhe und Aufregung.

Nicht sehnsüchtig nach Frau und Kindern, sondern weil es in seinem Leben erneut eine große Veränderung geben könnte, taucht Martin überraschend im Frühjahr 1839 in Hollerstrauch auf, sogar zu Pferd, das er sich bei einem Bauern gemietet hat. Er führt Judith zwar sofort ins Schlafzimmer, hat diesmal dafür aber einen ganz anderen Grund als bisher. Sie setzen sich aufs Bett, und er beginnt zu erzählen. Vor ein paar Tagen habe er im Hof der Winterberger Glashütte zusammen mit Kameraden Baumstämme zersägt. Da sei der Fürst Schwarzenberg vorgefahren, der unangemeldet eine Besichtigungstour seiner Glashütten machte, vielleicht um seine Verwalter zu kontrollieren. Der Fürst ließ anhalten und meinte breit lachend, er, Martin, sei ja ein enorm ansehnlicher Kerl, wie groß er denn sei und ob er gedient habe. Er wolle nämlich seine Krumauer Schlossgarde vergrößern, aber nur mit solchen gut gewachsenen Männern, wie er es sei. Mindestens einen Meter und achtzig groß und ehemalige Soldaten sollten sie sein. Mit der Größe könne es hinkommen, habe er dem Fürsten forsch geantwortet, aber mit dem Dienen könne er nicht dienen. Da habe der Fürst wieder gelacht und gemeint, da könne er wohl ein Auge zudrücken. Und ob er denn ein Musikinstrument spiele, denn er habe es gerne, dass seine Gardisten auch gute Musik machen. Er könne nur mit einer Klarinette dienen und die nur so aus dem Gedächtnis spielen, nicht nach Noten, habe Martin geantwortet, und das Herz sei ihm in die Hose gerutscht. Der Fürst habe ihn einen Augenblick lang gemustert und gemeint, nun, für einen Tambourmajor müsse seine Musikalität wohl reichen. Er hätte ihn gern in seiner Garde, und Martin möge sich die Sache überlegen. Er würde den Kommandanten im Krumauer Schloss informieren und dann nähme alles seinen Gang. Wie er denn heiße.

Martin blickt Judith mit seinen blitzblauen Augen strahlend an. Er fühlt sich ungeheuer geschmeichelt. Die exponierte Anstellung im Schloss, das Leben in der Stadt, die Nähe des Fürsten samt Hofstaat, der Titel *Fürstlicher Gardegrenadier* – das alles lockt und reizt. Martin müsse noch sechs Wochen in Winterberg arbeiten, dann könnte sein neues Leben beginnen.

»Sag, was meinst du dazu, Judith?«

Sie sieht ihm an, dass er sich längst entschieden hat. Alles reizt, was weit weg ist, denkt sie. Weit weg nicht unbedingt von ihr, sondern von seinem Elternhaus. Auch sie strafft sich bei dem Gedanken, dass ihr stattlicher Mann sogar dem Landesfürsten aufgefallen ist. Was ein Tambourmajor ist oder zu tun hat, weiß weder Martin noch Judith und über die Gardegrenadiere und ihre Pflichten wissen sie auch so gut wie nichts. Es soll eine Gruppe von fünfundzwanzig Mann sein, hat Martin in Erfahrung gebracht, und dass es die Grenadiere des Fürsten seit circa hundert Jahren gäbe, die allerdings bis vor kurzem am Schloss Frauenberg, das die Tschechen Hluboká nennen, stationiert waren.

Das junge Dienstmädchen im Haus streift Martin nur mit einem kurzen Seitenblick. Das magere, verschlossene Mädchen mit dem zu zwei straffen Zöpfen geflochtenen strohblonden Haar, der Stupsnase, den stets fest zusammengepressten Lippen und den schwarzbraunen Augen ist nicht nach seinem Geschmack. Ignaz dagegen schaut Frieda gerne und oft an.

Martin kehrt pünktlich sechs Wochen später nach Hollerstrauch zurück. Es wird ernst. Judith und Ignaz werden ihn mit der Kalesche nach Krumau bringen. Zuvor muss für Luise und Laurens eine Betreuung organisiert werden; denn sie und die beiden alten Männer zu versorgen, das könnte Frieda wohl doch überfordern. Für Luise kommt nur Mizzi in Frage. Als Judith sich vormittags auf den kurzen Weg zum Schulhaus macht, regnet es in Strömen. Schon von fern hört sie den Gesang der Schulklasse, weil ein Fenster trotz des Regens nicht ganz geschlossen ist. Sie bleibt darunter stehen. Schemenhaft kann sie durch die Regenwand den dirigierenden Lehrer wahrnehmen. Die Kinder singen aus vollem Hals, unterstützt von seinem klaren Tenor. *›Jetzt fängt das schöne Frühjahr an und alles fängt zu blühen an auf grüner Heid und überall. Es wachsen Blümlein auf dem Feld, sie blühen weiß, blau, rot und gelb ... Jetzt leg ich mich in'n grünen Klee, da singt das Vöglein auf der Höh, weil ich zu mei'm Feinsliebchen geh ... Und als ich vor ihr Fenster ging, da hört ich schon 'nen andern drin, da sah ich, dass ich's nimmer bin.‹*

Der Regen prasselt auf ihren schwarzen Schirm. Judith summt zuerst mit, lauscht, doch auf einmal senkt sich Trübsinn auf ihre heitere Stimmung. Die Sehnsucht nach Hans Rohrbach und die Scham, dass sie den Mann ihrer einzigen Freundin begehrt, vermischen sich wieder einmal zu einer schändlichen Bürde.

Mizzi wirtschaftet in der Küche. Judith ist nicht zum ersten Mal bei ihr, trotzdem bewundert sie erneut die freundliche Wohnung. Ein Tüncher aus dem Dorf hat die Wände der Zimmer zartgrün mit einer feinen Blumenborte an den oberen Kanten gestrichen, und die Fenster umrahmen Gardinen aus duftigem Musselin. Die Möblierung ist die alte ge-

blieben, nur eine mit rostbraunem Samt bezogene Otto-
mane, ein Geschenk von Hans Rohrbachs Pflegeeltern, ist
neu und verleiht dem Raum etwas Mondänes.

Ihre Freundin wächst langsam in eine andere Lebensform
hinein, erkennt Judith lächelnd, einschließlich des abge-
spreizten kleinen Fingers beim Hantieren mit dem Porzellan. Im Laufe der Zeit wird Mizzi mit Talent und gutem Geschmack – und gelegentlichen Geldzuwendungen von
Hans' Pflegeeltern – die Schulmeisterwohnung in ein ›mo-
dernes‹ Heim umwandeln und ein Vorbild für die eine oder
andere junge Frau im Dorf werden.

»Ja, ab und zu mache ich noch Weißnäherei«, antwortet sie
auf Judiths Frage. »Aber Hans sieht es nicht gern, dass ich
für Fremde arbeite. Nun ja, wenn erst mal ein Kind da ist,
muss ich wohl sowieso aufhören«, schränkt sie ganz unbefangen ein. Beim Plaudern brüht sie eine Kanne schwarzen
Tee auf, serviert ihn mit Milch und Kandiszucker in einem
kobaltblauen, mit roten Rosen und viel Gold bemalten Service, das dem Paar in Karlsbad ins Auge gestochen hat.

»Es kommt aus Russland, hat der Verkäufer gesagt, von der
Kaiserlichen Porzellan-Manufaktur in Petersburg! Schau,
das ist der Stempel von denen. Schön, gell ja?«

Judith bewundert bereitwillig die Prägung auf der Teller-
unterseite, ist aber auch etwas neidisch, obwohl bei den Polleichtners Porzellan reichlich vorhanden ist. Unter anderem
hat sie von ihrer Mutter ein vielteiliges, eher schlichtes,
weiß-goldenes Kaffee-Service mit dem komischen Namen
›Fürstenberg Brunsviga‹ geerbt. In diesem Moment fällt Judith auf, dass sie eigentlich kein einziges Geschirrteil besitzt,
das sie nach ihrem Geschmack ausgewählt hat. Glücklicher-
weise gefällt ihr fast alles, was ihre Mutter an Aussteuer mit
in die Ehe gebracht hat. Die Vase aus Eleonorenhain blitzt
kurz vor ihr auf, aber nein, die ist ja für Ignaz.

Ja, Mizzi ist gern bereit, Luise für zwei Tage zu versorgen. Das eitle Mädchen wird den Aufenthalt hier sehr genießen, denkt Judith. Laurens kann sie bei ihrer Tante Traudl, Vaters Schwester, abgeben. Das ständig unzufriedene Kleinkind wird für Onkel und Tante keine reine Freude sein, aber es muss nun mal sein.

Judith verabschiedet sich. Der Gesang nebenan ist schon vor einer Weile verstummt. Vielleicht müssen die Großen und Kleinen jetzt das Schreiben üben, denn es ist mucksmäuschenstill. Sie befürchtet, sie würde Hans Rohrbach heute gar nicht sehen, aber als sie den Flur betritt, wird die Tür zum Klassenzimmer geöffnet.

»Grüß dich. Judith. Ich brauch was vom Schreibtisch«, murmelt Hans Rohrbach. Sie müssen sich in dem schmalen Gang aneinander vorbeischieben, wobei sich keiner allzu sehr an die Wand drückt. Sie werden immer dreister bei ihrer sinnlichen Kontaktsuche.

»Da hört ich schon eine andre drin, da sah ich, dass ich's nimmer bin«, wiederholt Judith das etwas abgewandelte Textende in einem leisen Sprechgesang.

»Doch, du bist es! Du bist es!«, stammelt Hans Rohrbach beschwörend.

Judith fährt laut fort, damit auch Mizzi in der Küche es hört: »Ein schönes Lied ist das! Hoffentlich kommt er bald, der richtige Frühling.«

Beide lächeln verschwommen, laufen auseinander.

Am Samstag brechen Judith, Martin und Ignaz noch vor Sonnenaufgang auf, denn sie werden gut vier Stunden brauchen bis Krumau. Natürlich lenkt Martin den Einspänner, ab und zu darf Ignaz die Zügel halten. Dem geht natürlich alles zu langsam, aber die teilweise unbefestigten Wege und der alte Gaul erlauben nichts anderes. Schon fast am Ziel machen sie beim Kloster Gojau eine Rast mit der mitgebrachten Jause. Danach streckt sich Martin neben einem Heckenrosenbusch auf einer Bank aus. Er ist auffallend still, für Judith ein Zeichen, dass er angespannt ist, und sie streicht ein paar Mal über seine Stirn. Ignaz lockt die Tauben mit Brotkrümel und jagt sie dann wieder auseinander, der Joschi weidet. Judith rafft die Röcke und steigt hinauf zur Wallfahrtskirche. Sie spricht vor dem Gnadenbild der Jungfrau Maria ein Gebet, bereut halbherzig ihre untreuen Gedanken und Wünsche. Am Klosterbrunnen füllt sie eine kleine Kanne mit dem wundertätigen Wasser – für alle Fälle. Eine Nonne drückt ihr ein kleines Gnadenbild in die Hand als Erinnerung, hätte wohl gern noch ein paar fromme Sätze gesagt, aber Judith muss weiter.

Obwohl ein Städtchen mit nur circa 7000 Einwohnern, machen die vielen Fußgänger und Kutschen in Krumau die drei Neuankömmlinge aus dem Landkreis nervös. Mit mehrmaligem Fragen schlagen sie sich durch zum linken Moldauufer, wo sie, wie ihnen gesagt worden ist, gleich beim Garten der Eggenberg-Brauerei eine kleine Pension finden, auch für Joschi und die Kalesche einen Unterstand bei einem Schmied.

Martin brennt darauf, sich so schnell wie möglich bei der Garde zu melden. Fast im Laufschritt erreichen sie die Schlossanlage, wo er sich hastig verabschiedet, denn bei allem Weiteren will er verständlicherweise ohne Begleitung sein. Nach einer letzten Frage an einen Passanten verschwindet er im *Zweiten Schlosshof* in einem vierstöckigen Gebäude, das aussieht wie ein feines Herrenhaus.

Judith und Ignaz stehen eine Weile etwas verloren herum, bis dem Jungen einfällt, dass es hier am Schloss doch einen Bärengraben geben soll. Natürlich ist das viel interessanter, als die Schlossanlage selbst. Judith macht ihm die Freude, und sie verbringen viel Zeit auf einer Brücke mit dem Beobachten der Braunbären, die sich offenbar langweilen und nur selten ihre dicken Hinterteile aus dem Dreck heben. Judith würde sich gern weiter hinein in die anderen Innenhöfe des Schlosses wagen, fünf soll es ja geben. Ignaz dagegen möchte unbedingt diesen Gang sehen, der angeblich von der Mantelbrücke durch das Schloss und die Dachgeschosse mehrerer Häuser bis hinunter zum Minoritenkloster in der Altstadt führen soll, damit die Hofgesellschaft trockenen Fußes die Klosterkirche erreichen kann. Das hat ihm der Ähnl erzählt.

Nebenbei nimmt Judith wahr, dass in der Stadt tatsächlich einige Frauen nach dieser Mode, die Mizzi beschrieben hat, gekleidet sind, also in Kleidern mit diesen riesigen Puffärmeln. Die größer gewordenen Schutenhüte beschatten noch mehr vom Gesicht, sind mit künstlichen Blumen und großen Schleifen verziert. Die meisten Frauen tragen aber die einfache Tracht der Böhmerwäldler, also den wadenlangen Rock samt weißer Schürze, Bluse und Mieder und das bestickte Kopftuch. Nun, Hüte und Hauben braucht Judith nicht, die stapeln sich daheim als Präsente der Wöchnerinnen. Aber ein neues Kleid würde ihr schon gefallen. Und sie hat Glück! Im Fenster einer Nähstube in der Breiten Gasse hängt ein Zettel: *Wunderschönes Kleid, neu, umständehalber günstig zu verkaufen.* Das feilgebotene Kleid ist auf eine Büste drapiert. Judith probiert es hinter einem Paravent an.

»Das nehmt Ihr, Mutter«, entscheidet Ignaz kategorisch, als sie sich zeigt. Schneidermeisterin Rosa Kotscher und ihre beiden Hilfskräfte machen pflichtschuldigst »Oooh, schööön!« Das Kleid ist tatsächlich wie für Judith gemacht – pflaumenblauer Taft, ein faszinierender Kontrast zu ihrer milchweißen Haut und dem dunkelblonden Haar. Es ist taillenbetont, hat einen runden Ausschnitt, der den Ansatz ihres Busens zeigt, und gemäßigte ›Schinkenärmel‹. Eigentlich ist es ein schlichtes Kleid, das aber durch seine besondere Farbe wirkt. Der Preis ist moderat, trotzdem beißt Judith pro forma ein paar Minuten auf der Oberlippe herum, was die Meisterin verleitet, mit einem Seufzer den Preis erneut etwas zu senken.

Anderntags, gleich am Morgen, laufen Judith und Ignaz wieder zum Schloss. Ignaz hat darauf bestanden, dass seine Mutter die neue Robe anzieht, auch wenn sie für die Tageszeit möglicherweise unpassend ist. Trotz der Hektik nimmt sie wahr, dass die Augen des einen oder anderen Passanten aufblitzen, ein frivoles Lächeln erscheint oder die Brauen ein Stück bewundernd hochgezogen werden bei ihrem Anblick – etwas, das sie in Hollerstrauch schon lange nicht mehr erlebt hat. Nun ja, beim Schulmeister vielleicht, aber das ist etwas anderes.

Sie postieren sich gegenüber dem Kaserneneingang und hoffen, dass Martin sie durch ein Fenster sieht und sich wenigstens kurz blicken lässt. Schließlich fallen sie einem Uniformierten auf, dem sie erklären können, auf wen sie warten. Er verspricht freundlich, den neuen Gardisten herauszuschicken. Wieder müssen sie warten. Und dann kommt der große Auftritt von Martin! Am auffallendsten ist seine Grenadiermütze mit Bärenfell und mit dem fürstlichen Wappen vorn. Er trägt eine weiße knielange Jacke mit blauen Aufschlägen und Epauletten derselben Farbe, weiße Hosen, die in dunklen Gamaschen enden. Über der Brust kreuzen sich zwei Riemen, an denen Säbel und Patronen hängen. Er sieht nicht froh aus, sondern ist rot vor Zorn. Das liegt wohl an den zwei Männern, die hinter ihm im Eingang stehen und übertrieben laut lachen.

»Hat das jetzt sein müssen? Ich mach mich ja zum Narren wegen euch«, faucht er Judith an, als er vor ihr steht. »Die haben meine Kleider versteckt und mich gezwungen, die Paradeuniform anzuziehen, damit ich der Frau Gemahlin gefalle, sonst hätten sie mich nicht zu euch gelassen!«

»Und wie du mir gefällst!«, gesteht Judith ruhig, und es ist wahr. Er hat die richtige Statur für so eine Galauniform. Auch Ignaz bewundert ihn mit glänzenden Augen und betastet mit den Fingerspitzen den Griff des Säbels.

»Also, jetzt habt ihr mich gesehen. So oder so ähnlich werde ich hier herumlaufen. Die da, die nehmen mich nicht ernst, aber die werden mich schon noch kennenlernen!« Er wirft einen Blick über die Schulter zu den Kameraden, die sich wieder beruhigt haben. »Weißt du, wie die mich nennen? Unser schöner Protegé!«

»Was ist denn das, Herr Vater?«, will Ignaz wissen.

»Günstling heißt das. Günstling, weil der Fürst persönlich mich ausgesucht hat! Das sind Neidhammel, elende! – So und ihr zwei schaut, dass ihr gut heimkommt. Also dann, baba.«

Er drückt Judith einen Kuss auf die Stirn, klopft seinem Sohn auf die Schulter und geht. Er geht mit hocherhobenem Kopf, die Brust herausgedrückt, als zöge er in den Kampf. Zum neuen Kleid ist ihm nichts eingefallen, hat es womöglich gar nicht bemerkt. Enttäuscht schaut Judith an sich hinunter.

»Macht Euch nichts draus, Mutter. Mich hat er auch nicht angesehen«, tröstet Ignaz sie mit einem kläglichen Zug um den Mund. »Nächstes Mal sagt er Euch bestimmt, wie schön Ihr seid.«

Judith lächelt ihren Sohn an, hebt dann den Kopf und schaut zurück auf die belebte Straße am Ende des Exerzierplatzes, wo man ihr zugewinkt hat. Ich weiß, dass ich schön bin, denkt sie. Auch ohne Martins Kompliment.

In der Pension packt Judith das Kleid in eines der Laken, die sie für ihr Bett mitgebracht hat. Ob ich es jemals anziehen werde? Wird in Hollerstrauch jemand wegen einer einstmals gefallenen Jungfer und jetzt mehrfachen Mutter die Augenbraue hochziehen, die Lippen spitzen … Ach, es war mir sowieso um den Hals herum ein bisschen zu frei und kühl.

Auf der Heimfahrt drängelt Ignaz wieder, das Pferd doch ein bisschen anzutreiben. Dieser Zockelschritt sei ja nicht auszuhalten! Aber Judith erlaubt kein Antreiben des Kaltblüters, erinnert sich noch gut an Großvaters Schelte damals.

»Mit den Rössern von meinem anderen Großvater, also der mit der goldenen Uhr, da würden wir jetzt richtig davonpreschen!«, trumpft er auf.

Judith runzelt die Stirn. »Wie kommst du denn auf die Rösser von dem?«

»Die sehe ich, wenn ich zur Schule gehe«, erzählt Ignaz ganz unbefangen. »Die stehen oft im Hof, und einmal, da bin ich hingegangen und habe bei einem die Blesse gestreichelt und die Nüstern. Das Pferd war so schön!«

»Und?«, bohrt Judith weiter. »Hat dich wer gesehen?«

Ignaz wird vorsichtig. »Ja, schon…«

»Und wer?«

»Na, also der Pferdeknecht. Und dann kam der Großvater. Der mit der Uhr.«

Judith schluckt, fragt nicht weiter, schaut ihn nur von der Seite an.

»Der hat mich dann gefragt, ob mir die Rösser gefallen und ob ich eins davon im Hof herumführen möchte, am Zaum. Und das hab ich dann gemacht. Mehr war nicht.« Ignaz bricht ab, seufzt. Der starre Blick seiner Mutter macht ihn unsicher. »Und dann bin ich schnell zur Schule gelaufen.«

»Hast du schon öfter mal was bei dem Hof gemacht?«

Ignaz versucht abzuschätzen, welche Antwort seiner Mutter wohl am besten gefallen würde. Er entscheidet sich für die Wahrheit. »Gemacht habe ich nichts, Mutter. Ich weiß ja, dass wir denen vom Hanusshof aus dem Weg gehen sollen. Ich bin nur manchmal am Tor stehen geblieben und hab zugeschaut.«

Die Vorstellung, dass ihr Sohn wie ein Betteljunge am Hoftor steht, behagt Judith gar nicht. Verbieten will sie es ihm aber auch nicht.

Nach einer Weile fasst Ignaz sich ein Herz. »Aber warum eigentlich? Sagt mir doch bitte, Mutter: Was ist denn los zwischen dem Vater und seinem Elternhaus? Warum reden die nichts miteinander? Ich hab ja schon das eine oder andere Gerede gehört, aber ich wüsste es gern von Euch, Mutter.«

Judith zögert erst, dann erzählt sie es ihm, ganz ungeschminkt.

»Dann hat also mein Vater den Hof wegen mir verloren? Ich bin schuld?«, fragt Ignaz mit großen Augen.

Sie legt einen Arm um seine Schultern, drückt ihn an sich. »Nein, wenn überhaupt jemand eine Schuld trägt, dann bin ich es. Ich hätte mich halt nicht mit deinem Vater vor der Hochzeit einlassen dürfen. Aber dann, dann gäbe es dich nicht. Und das wär sehr schade, mein Sohn.«

Um Ignaz Mundwinkel zuckt ein unsicheres Lächeln.

»Merk du dir das auch für dein Leben, Ignaz. Von dem Augenblick an, wo du dich mit einer hinlegst, wirst du verantwortlich für sie. Darum überleg es dir gut, mit wem du dich einlässt.«

Der restliche Heimweg verläuft schweigsam. Nur einmal lehnt der Junge seinen Feuerschopf an ihre Schultern und murmelt: »Schön habt Ihr ausgesehen, in dem neuen Kleid! Wie eine Fürstin…«

Zu Hause angekommen stellt sie erleichtert fest, dass Vater und Großvater in den zwei Tagen gut zurechtgekommen sind, zusammen mit Frieda haben sie den Haushalt gut geführt. Tante Traudl gibt den plärrenden Laurens mit einem süßsauren Lächeln zurück, unübersehbar erleichtert. Mizzi dagegen würde Luise am liebsten noch einige Tage behalten. Sie ist voll des Lobes über ihr artiges Patenkind. Judith erzählt von ihrem prächtig herausstaffierten Mann und der Schlossgarde, aber die Nähe von Hans lässt ihren Atem hektisch werden. Er sitzt scheinbar unbeteiligt am Fenster, das *Königlich-Bayerische Wochenblatt von München,* in dem er gelesen hat, auf den Knien. Auf dem Heimweg, nachdem ihr Herzschlag sich beruhigt hat, nimmt sie sich zum hundertsten Mal vor, das reizvolle Spiel zu beenden. Aber es ist eben kein Spiel, sondern – ja, was? Liebe, glaubt sie, hungrige, verzweifelte Liebe. Angst vor dem Alleinsein.

Da fällt ihr Blick auf eine Kutsche vor dem Hanusshof. Es ist der Zweisitzer vom Doktor Kern. Sie bleibt neugierig stehen. Als der Arzt den Hof verlässt und die Kutsche besteigt, läuft sie zu ihm.

»Grüß Gott, Herr Doktor. Grüß Gott! Ist jemand krank bei denen?«

Doktor Kern beugt sich vor, um zu sehen, wer ihn hinter dem mit rotem Samt ausgeschlagenen Faltverdeck anspricht.

»Ja, schon«, antwortet er zögernd. Aber der Hebamme kann er wohl Auskunft geben, und er flüstert: »Der Bub. Lungenentzündung. Dieser Infekt taucht derzeit überall auf.«

»Mein Gott, das ist ja furchtbar«, murmelt Judith.

So viele Kinder im Sprengel erreichen das Alter für die erste Heilige Kommunion nicht. Das Kindersterben ist schlimm. Sobald ein Säugling oder Kind zu Grabe getragen worden ist, zimmert Onkel Jakob, Schreiner und Sargmacher zugleich, umgehend einen neuen kleinen Sarg. Ganz selbstverständlich steht er dann in der Schreinerei und wartet. Als

Kind hat sich Judith immer gegruselt, wenn sie verstohlen in die Werkstatt geschielt hat.

Was habe ich für einen Schutzengel gehabt, denkt sie. Die Wilden Blattern und Masern haben ihre drei Sprösslinge gut überstanden, der Keuchhusten ist schon eine schlimmere Prüfung gewesen. Sie ist sogar mit der Kalesche zum Kubany im Böhmerwald gefahren, war zu Fuß, Ignaz huckepack, so weit wie möglich hinaufgestiegen. Auf einer Lichtung hielten sie sich ein paar Stunden auf, und die reine Höhenluft brachte dem Jungen Erleichterung. Dasselbe wiederholte sie, nachdem Luise sich angesteckt hatte.

Nach ein paar Tagen hört sie, dass der so heiß ersehnte Hoferbe der Hanuss gestorben ist. An der Beerdigung nimmt ganz Hollerstrauch teil, auch Judith. Dieses Kind hat sie ja zur Hebamme gemacht. Sie hält sich im Hintergrund auf. Ihr Schwiegervater steht an der Grube, und die Tränen rollen unaufhörlich über sein fahles Gesicht. Hermine, die hemmungslos und laut weint, und ihr Mann stehen eng beieinander, halten sich an den Händen. Zum Leidessen und Leidtrunk im Gasthaus geht Judith nicht. Ein paar Wochen später bemerkt Judith bei einem Gang auf den Friedhof, dass das schlichte Kreuz aus Holunderästen beiseite geräumt ist. Das Kopfende des Hanuss-Familiengrabes schmückt jetzt ein großer Grabstein. *Familie Hanuss* ist eingraviert, sonst nichts. Es weiß ja jeder hier, wer aus der mächtigen Rustikalfamilie darunter liegt.

Eines Abends in der Dämmerung, das Angelusläuten schallt gerade über das Dorf, betritt plötzlich Karl Hanuss den Hof der Polleichtners.

»Jemand da?«, ruft er, steht wie immer breitbeinig in Schaftstiefeln da, den Bauch vorgereckt.

Paulus Polleichtner taucht hinter dem Rücken des Gauls auf, dem er gerade die Hufe gereinigt und dabei das Stundengebet gemurmelt hat. Er schaut den Besucher stumm mit zusammengekniffenen Lidern an.

Judith tritt vor die Tür. »Ihr seid es! Was gibt's?«, fragt sie knapp.

»Ich hätte was zu reden mit Euch wegen dem Ignaz«, kündigt der Besucher im Tonfall des Großbauern gegenüber seiner Magd an, schaut dabei aber Paulus Polleichtner an.

»Ich wüsste nicht, dass der Ignaz Euch was angeht«, sagt der höflich, doch etwas wie eine Warnung klingt in der Stimme mit.

Karl Hanuss tippt kurz an seinen Hut, als Judith langsam näherkommt. Der ginge ihn sehr wohl was an, immerhin sei das sein Enkel.

Judith lacht bitter. »Das fällt Euch ein bisschen spät ein, Schwiegervater.«

Er schaut sie an, halb belustigt, halb verärgert, öffnet den Mund, aber ehe er etwas sagen kann, fährt Paulus Polleichtner dazwischen.

»Kommt zur Sache, Schultheis. Was wollt Ihr denn vom Ignaz? Hat er Ärger gemacht?«

»Ach, woher! Ganz und gar nicht.« Karl Hanuss wendet sich von Judith ab und ganz dem Herrn des Hauses zu. »Die Sache ist die, Nachbar. Der Ignaz hat hier und da bei mir im Hof mit angepackt, ganz freiwillig und recht eifrig. Besonders mit meinen Rössern konnte er gut umgehen. Jetzt wär meine Frage: Ich könnte noch einen Rossknecht brauchen. Wäre das nichts für den Burschen?«

Paulus Polleichtner schaut zu Judith, die reglos an der Schwengelpumpe steht, räuspert sich.

»Soso … Wir danken Euch für das Angebot, Schultheis. Aber entscheiden müssen das Vater und Mutter, nicht ich«, antwortet er steif.

»Rossknecht«, wiederholt Judith leise mit weißen Lippen, und dann lauter, zorniger in die gespannte Stille: »Rossknecht!«, macht ein paar Schritte auf ihren Schwiegervater zu. »Unser Sohn wird niemals in Eurem Haus den Rossknecht spielen. Niemals! Eher lass ich ihn betteln gehen!«

»Sachte, sachte! Nicht so hochmütig, junge Frau! Er würde es gut bei mir haben!«

»Als Rossknecht!? Oh nein! Schämt Ihr Euch nicht, dass Ihr Euren einzigen Enkel wie einen Fremdling im Pferdestall arbeiten lassen wollt, Schwiegervater? Braucht Ihr nicht vielmehr einen Erben, jetzt, wo der andere gestorben ist? Dann sagt es gleich: Ignaz kann Euch gern zur Hand gehen hier und da, kann von Euch alles lernen, was ein Bauer so wissen muss. Aber Knecht? Nein, niemals.«

Aus dem Augenwinkel entdeckt sie, dass Ignaz in der Stalltür steht und den Disput mit offenem Mund verfolgt.

Karl Hanuss ist das Blut in den Kopf gestiegen. »Hoho! Du sprichst von Erben? Ach, du meinst, ich soll ihn zum Bauern machen und ihm am besten gleich meinen Hof überschreiben? Das tät euch so passen! Meine Hermine wird noch genug Kinder in die Welt setzen, ich brauche die Deinen nicht!« Er lacht kurz auf. »Wirklich, Judith, deine Courage muss man dir lassen. Respekt!«

Er lässt den Blick verächtlich über den Hof gleiten, mustert das Pferd. »Euer Anwesen ist längst kein Bauernhof mehr. Wozu also einen Bauern aus ihm machen? Und die Schindmähre da solltet Ihr besser zum Abdecker bringen, Nachbar. Kein Wunder, dass es den Bub zu mir und zu meinen Pferden zieht«, höhnt er, stapft vom Hof, dreht sich noch einmal um. »Weil wir grad reden – Wisst ihr es schon? Die Schönauerin ist verschwunden!«

Dann geht er.

Judith kommt nicht dazu, ihm eine Frage nachzurufen, denn Ignaz taumelt mit weit aufgerissenen Augen auf sie zu.

»Mutter! Ich wär so gern Rossknecht bei ihm!«

Sie umarmt ihn, er drückt sein Gesicht an ihre Brust, damit niemand seine Tränen sieht. Groß ist er geworden, denkt Judith einen verwirrten Moment lang.

»Ignaz, du wirst Bauer, kein Knecht. Bauer! Vielleicht sogar auf dem Hanusshof.« Judith streicht mechanisch über das Haar ihres Sohnes. »Eines Tages…«

»Ja, das werde ich. Und die goldene Uhrkette krieg ich auch«, keucht er und tritt gegen einen Stein.

Judith muss schmunzeln. Da sieht sie, dass jetzt auch Frieda aus dem Stall tritt, beladen mit zwei Melkeimern am Tragjoch, sich die Szenerie besieht und gemächlich in der Küche verschwindet. Judith schiebt Ignaz mit einem Ruck von sich weg.

»Und das Melken kann die Frieda in Zukunft allein machen, hörst du? Die braucht keinen Zuschauer und auch keinen Aufpasser.«

Seine feine, sommersprossige Haut wird flammend rot. Er senkt den Kopf, aber nicht verlegen; denn seine dunklen Augen funkeln unter der gesenkten Stirn seine Mutter zornig an. Der Urgroßvater grinst, klopft ihm verständnisvoll auf die Schulter, als Ignaz sich an ihm vorbeidrängen will. Die freundliche Hand schüttelt er ab.

»Zum Kuckuck! Der fängt ja früh an«, murmelt Judith, noch immer verdutzt, starrt auf die Stalltür. Hat sie richtig gesehen? Friedas Brusttuch wölbt sich über einen knospenden Busen, und ihre Wangen haben sich gerundet. Und der Gang … Judith beschließt, das Mädchen künftig genauer zu beobachten. Ignaz natürlich auch.

Die Schönauerin ist verschwunden, hat der Schultheis behauptet. Erst nach ein paar Minuten dringt die Nachricht wieder zu Judith durch.

Sie löst die Bänder ihrer Schürze und legt sie beiseite, geht auf den Marktplatz, wo immer jemand anzutreffen ist, den man fragen kann. Die Schönauerin sei gestern zu einer Entbindung in einem Einsiedelhof gerufen worden, erfährt sie, habe sich von dort gegen vier in der Früh auf den Heimweg gemacht. Erst am heutigen späten Nachmittag sei es aufgefallen, dass die Alte abgängig ist. Man habe gleich den Büttel losgeschickt, damit er den Weg zu dem bewussten Hof abgeht, aber die Schönauerin sei nicht zu sehen gewesen.

»Wahrscheinlich hat sie noch Holz gesammelt und hat sich verlaufen!«, vermutet eine Nachbarin.

Verlaufen, denkt Judith verächtlich. Die verläuft sich nicht. Da ist etwas passiert. Der faule Ortsdiener hat höchstwahrscheinlich nur auf seine Füße geschaut, damit er im Zwielicht nicht stolpert. Judith kann nicht schlafen, steht die halbe Nacht am Fenster, beobachtet den Regen und den Herbstwind, der an den ledrigen Blättern des Birnbaums zerrt, läuft beim ersten Morgenlicht zur Kate, hofft, dass Berta Schönauer inzwischen heimgekommen ist, aber das Haus ist leer.

Einige Dorfbewohner versammeln sich an der Kirche, schwärmen aus und finden endlich die alte Frau. Sie liegt im Bachbett, halb im Wasser, halb draußen auf den Steinen. Ihre Haube ist fortgeschwommen, der Knoten hat sich gelöst, und das spärliche graue Haar treibt in den Wellen wie silbrige Fäden. Ihre weit geöffneten Augen starren jeden entsetzt an, der sich über sie beugt. Ihre Kraxe findet man angelehnt an einem Holzstoß am Weg, woraus geschlossen wird, dass sie aus einem unerfindlichen Grund den kleinen Hang zum Bach hinuntersteigen wollte, ausgerutscht und unglücklich mit dem Kopf auf einen Stein aufgeschlagen ist.

Judith fällt ein Buschen Labkraut am Bachbett auf. Ob die alte Frau den für ihre Kräutersammlung ernten wollte? Sie hilft der Totenfrau bei der Waschung und dem Einkleiden des Leichnams. Als er aufgebahrt ist, schiebt sie ein Sträußchen von diesem Kraut unter die gefalteten Hände der Toten. Ihm scheint ja ihr letzter Gedanke gegolten zu haben.

Angehörige hatte Berta Schönauer nicht. Aber ganz Hollerstrauch und Leute aus den umliegenden Höfen und Dörfern geben ihr das letzte Geleit. Vielen von ihnen hat sie mit ihren kleinen, doch kraftvollen Händen auf die Welt geholfen.

Nach ein paar Wochen erhält Judith ein Schreiben von einem Rechtsanwalt in Prachatitz. Berta Schönauer war Eigentümerin des kleinen Hauses und hat es samt beweglichem Eigentum Judith überschrieben. Ihre Augen werden feucht vor Dankbarkeit, auch wenn sie diese Erbschaft nicht wirklich freut. Was hat die Alte sich dabei nur gedacht? Was soll sie mit diesem Haus machen? Das Elternhaus, die Kinder sowie zwei alte Männer sind zu versorgen, sie will ihren Beruf ausüben – beides verlangt ihre ganze Kraft. Und jetzt noch dieses Häuschen? Sie beschließt, die Kate zu vermieten. Doch jetzt, wo der Winter vor der Tür steht, will niemand in dieses zugige, klapprige Haus ziehen. Es bleibt leer.

Die Tage werden kürzer. Großvater, Judith und Ignaz sorgen dafür, dass Haus und Hof für den Winter gerüstet und ausreichend Vorräte für Mensch und Tier angelegt sind. Zusammen mit Frieda werden Obst, Bohnen und Erbsen eingekocht. Dabei stellt sich heraus, dass das Mädchen einen besonders guten Geschmack für die Würze der eingelegten sauren Gurken und auch von Rehlingen hat. Auf dem Dachboden trocknen die Steinpilze und Birnen.

Luise sitzt unterdessen gern neben ihrem Opa Adalbert am Malertisch, Laurens krabbelt in dessen Bett herum und erschafft eine Berglandschaft mit den Polstern, in der sein Gamsbock aus Stoff haust. Die Kreuzwegstation *Jesus nimmt das Kreuz auf sich* ist nach der Restaurierung die schönste der Dorfkirche, vor der nach der Heiligen Messe immer wieder Besucher andächtig stehen bleiben. Jetzt erfüllt Adalbert des Pfarrers großen Wunsch, indem er die *Kreuzigung* restauriert. Das Geplapper und der Gesang seiner Enkelin begleiten seine Arbeit. Luise fiebert dem Martinstag entgegen, freut sich auf den Umzug mit dem heiligen Martin, der im roten Umhang an der Spitze auf einem Schimmel reiten wird. Die Kinder werden nach altem Brauch für ihre *Heischelieder* von den Dörflern beschenkt. Wie jedes Jahr sind die Dorfburschen gestern von Haus zu Haus gegangen und haben zum Martinsfest eingeladen: Wie jedes Jahr gäbe es nach dem Gottesdienst für jedermann einen Umtrunk am Markt. Für die Kinder gäbe es ein Kasperletheater sowie eine Riesenüberraschung. Ja, und die Großen dürften dann nach dem abendlichen Angelusläuten beim Ochsenwirt den gebratenen Gänsen die Ehre erweisen, die wie üblich die ›weiblichen Damen‹ zubereitet hätten. Danach könne man bei der Musik der *Lustigen Böhmerwäldler* zur besseren Verdauung das Tanzbein schwingen. Außerdem würden zwei Tamburizza-Musikanten und eine Sängerin aus Serbien den Abend mit Spiel und Gesang verschönern.

Eine echte Sängerin, schwärmt Luise. So ein Auftritt ist doch viel aufregender als so ein blödes Kasperletheater …
Deswegen möchte sie unbedingt am Abend dabei sein, auch wenn die Mutter es nicht erlauben will. Aber die Godl Mizzi näht ihr dafür schon heimlich ein wunderschönes himmelblaues Kleid. Da muss die Mutter doch ja sagen! Und was das wohl für eine Überraschung sein wird, fragt sie den

Opapa, aber der kann ihr auch nicht weiterhelfen. Der ist überhaupt ziemlich mundfaul.

Endlich ist es soweit! Als die Dorfburschen, hinter sich einen Rattenschwanz von Kindern und Erwachsenen, wieder an der Kirche ankommen, sieht Luise, was die Überraschung ist. Seiltänzer! Vom Dach der Kirche bis hinüber zum Schulhaus ist ein Seil gespannt, unten auf dem Boden flackern Kerzen und leuchten Stalllaternen, denn es dämmert schon. Ein Mann mit einer langen Stange, die er vor sich herträgt, spaziert, als sei das nichts, auf dem Seil hin und her, kniet sogar nieder, dreht sich um und läuft zurück. Und dann tritt die Seiltänzerin in einem sehr kurzen Tüllrock und glitzerndem Oberteil und mit einem süßen rosa Sonnenschirm auf. Leicht wie eine Elfe tänzelt sie über das gefährlich schwankende Seil. Luise ist hingerissen, auch Ignaz kann die Augen nicht vor der jungen Frau wenden.

»Ich werde Seiltänzerin«, teilt Luise mit wichtiger Miene ihrer Familie zu Hause mit.

»Und du?«, fragt Adalbert augenzwinkernd seinen Enkel. »Wirst du auch Seiltänzer?«

Ignaz schickt einen finsteren Blick zum Rücken seiner Mutter, die gerade den kleinen Bruder für das Bett fertig macht. »Nein. Ich werde was anderes«, grollt er.

Judith steht vor dem Spiegel in der Kleiderschranktür, dreht sich hin und her. Das neue Kleid aus Taft schimmert mal pflaumenblau, mal schwarz. Auf dem blassen Brustansatz liegt die schwere Goldkette mit dem großen Granat, das Geschenk ihrer Großeltern zur Hochzeit. Soll sie sich trauen, so zum Martinsessen und vor allem zum Tanzen zu erscheinen – ohne Martin? Obwohl er weiß, dass dieses Fest ein besonderes im Kirchenjahr der Gemeinde und zudem sein Namenstag ist, ist er nicht gekommen. Vielleicht hat man ihm keinen Urlaub gegeben, vielleicht hatte er einfach keine Lust dazu. Bestimmt ist ihm gar nicht klar, dass damit eigentlich auch Judith nicht an den Dorffesten teilnehmen darf. Der Ärger auf ihn rumort in ihr. Aber sei's drum, dieses Mal wird sie es wagen!

Als sie raschelnd die Treppe hinabschreitet, springt Ignaz vom Stuhl auf. »Oh, Mutter! Wie seid Ihr schön!«

Luise dagegen schweigt, zupft an ihrem lichtblauen Kleidchen mit vielen Rüschen und Schleifen herum, das Mizzi ihr genäht hat, und mustert ihre Mutter eifersüchtig aus den Augenwinkeln.

»Trägt man das jetzt?«, murmelt Adalbert bei ihrem Auftritt abwehrend. »Bist ja halb nackert da oben und glänzt wie ein Pfau!«

»Soll sie in Sackleinen zum Fest gehen?«, fährt Paulus Polleichtner dazwischen. »Judith ist doch wer und kann sich demgemäß auch herrichten. Du bist mir ein rechter Krauterer, mein Sohn.«

Nur diese prunkvolle Kette sei des Guten zu viel, findet er, die lasse sie besser daheim in der Schatulle. Aber Ignaz und auch Luise protestieren heftig, sodass er schließlich nachgibt. Er selbst trägt seinen schwarzen, gut fünfzehn Jahre alten Sonntagsanzug, den er sorgfältig pflegt und auch im Sarg tragen will.

Sie brechen auf. Adalbert, dem jedes Fest ein Graus ist, bleibt gern daheim und hütet den kleinen Schreihals, der sich in seiner Gegenwart aber meistens erstaunlich friedlich verhält. Schon vor der Haustür weht ihnen der Duft von gebratenen Gänsen entgegen, und das Wasser läuft ihnen im Mund zusammen. Seit dem Mittag brutzelt in vielen Öfen des Dorfs eine Gans, schmurgeln Rotkohl oder Sauerkohl und blubbern diverse Knödelsorten vor sich hin – ein Wettbewerb der Frauen in Hollerstrauch, an dem sich Marianna vor dem Skandal mit Judith leidenschaftlich beteiligt hat, Judith selbst noch nie.

Der Schankraum beim Ochsenwirt ist voll besetzt von den üblichen Dauergästen, den Witwern, Altenteilern und arbeitslosen Burschen. Durchquert man den Raum, erreicht man einen nach hinten liegenden Saal, in dem die dörflichen Feste stattfinden. Bürgermeister Karl Hanuss besteigt gerade die Bühne, um die Eröffnungsrede zu halten. Hinter ihm wartet die kleine Blaskapelle auf ihren Einsatz.

Paulus Polleichtner betritt den Saal, den Glas-Öllampen an den Wänden und Kerzen auf den Tischen erhellen, mit hocherhobenem Haupt. Er reicht Judith den Arm und führt sie auf der Suche nach freien Plätzen mit Grandezza durch die Tischreihen. Ihr Blick hat die Anwesenden schnell überflogen. Die meisten Frauen haben ihre Sonntagstracht hervorgekramt, Bluse, Mieder, wadenlanger Rock und Schmuckschürze, das samtene Kropfband. Nur einige wenige sind mit der Mode gegangen. Das wird ein schönes Getuschel geben!

»Ah! Grüß Gott! Da hätten wir ja auch unsere neue Hebamme, meine Herrschaften, samt dem Herrn Großvater!«, brüllt der Bürgermeister in den Saal. »Macht Platz! Lasst sie durch, damit sie am Ehrentisch Platz nehmen können!«

Judith und ihr Großvater bleiben verwirrt stehen. Verhöhnt er sie? Der Schultheis muss betrunken sein! Aber am Tisch rechts von der Bühne werden tatsächlich Stühle gerückt, zwei weitere hinzugestellt, der Krämer winkt ihnen leutselig. Der Doktor aus Wallern sitzt da, Pfarrer Mistlholz nickt aufmunternd, und Lehrer Rohrbach steht sogar auf und deutet mit einer kleinen Verbeugung auf die freien Plätze. Die Honoratioren begrüßen die Neuankömmlinge freundlich, ihre Gemahlinnen grüßen eher süßsauer, und als alle sitzen und der Großvater seiner Enkelin die Pelerine von den Schultern streift, halten alle am Tisch für Sekunden den Atem an.

Gottlob setzt der Bürgermeister im selben Augenblick seine Eröffnungsrede fort.

Auf einem langen Tisch an der Wand werden die Gänse in ihren Brätern, Kraut und Knödel in Töpfen auf diversen Rechauds und Bains-Marie warmgehalten. Für einen kleinen Obolus in die Gemeindekasse wird sich jeder sattessen können. Das hat eine lange Tradition. Der Ochsenwirt hat keine so große Küche, um so viele Speisen herzustellen. Die Frauen überbieten sich gegenseitig mit dieser oder jener Variation – etwa einer Füllung aus Semmeln und Speck oder mit getrockneten Steinpilzen, mit Äpfeln und Zwiebeln, mit gehackten Innereien samt einer Knolle Knoblauch und Haselnüssen und, und … Die eine schwört auf Kümmel, die andere auf Majoran, die dritte auf recht viel schwarzen Pfeffer. Und eine jede betont, schon die Großmutter habe nach diesem Rezept die Gans gebraten. Letztes Jahr hatte die Gattin des Krämers, also des Gemischtwarenhändlers, eine Füllung aus Marillen angeboten, sogar eine Orange samt Schale soll dazwischen gewesen sein, wurde gemunkelt, aber damit waren die Geschmacksnerven der Leute in Hollerstrauch überfordert. Diese Füllung blieb übrig. Doch mit all dem nicht genug, denn bei einem richtigen böhmischen Essen darf die Mehlspeise nicht fehlen. An der gegenüberliegenden Wand werden Powidltatschkerln, Liwanzen, Palatschinken, Mohnnudeln, Kaiserschmarren und Marillenknödel angeboten.

Sofort nach dem Ende der Rede des Schultheis setzt die Blaskapelle ein, die Dorfjugend hilft als Kellner aus, und der Festtagsschmaus beginnt.

Judith schwirrt der Kopf, während sie auf dem Teller herumstochert. Am Ehrentisch sitzt sie also, sie, der man vor noch nicht gar so langer Zeit Hure, Luder, Schlampe und Flitscherl nachgerufen hatte. Und auch ihr Sohn Ignaz sitzt hier, der sie als kleiner Junge gefragt hat, was eigentlich ein

Bastard, Bankert, Hurkind, ein Kegel oder Balg ist und wieso sie eine ›läufige Hündin‹ sei. So viele Jahre hat es gedauert, bis sie wieder in Gnaden in diese Gemeinde aufgenommen worden ist. Als approbierte Hebamme ist sie eine wichtige Person in der Gemeinde geworden und sitzt bei den Honoratioren. Sie lächelt Ignaz an, er grinst zurück. Seine brandrote Tolle hat er heute mit viel Wasser – oder war er gar am Schmalztiegel? – gebändigt, trägt ein pludriges Hemd aus weißem Leinen, eine gelbe Weste und eine lange Hose. Wir beide, soll sein Grinsen wohl sagen, wir lassen uns nicht unterkriegen. Und die himmelblaue Luise mit den blonden Korkenzieherlocken wirft Beifall heischende Blicke um sich, ist auf naive Weise überzeugt, dass sie die Schönste im Saal ist.

Am Ehrentisch sitzt Judith, ja, und direkt ihr gegenüber Hans Rohrbach. Auch Mizzi zeigt sich in einem Kleid nach der neuesten Mode. Altrosa ist es, und das Dekolleté ist brav. Judiths Dekolleté ist so, dass Hans nach ihrer höflichen Begrüßung krampfhaft in eine andere Richtung oder auf ihre Stirn schaut.

Als der Tanzmeister die Eröffnungspolonaise ansagt, erhebt sich Paulus Polleichtner, rückt den Gehrock und das Halstuch zurecht, bietet Judith den Arm an. Hoch aufgerichtet schreitet er mit ihr in die Mitte des Tanzbodens. Man sieht, er ist unbändig stolz auf seine schöne Enkelin. Zudem ist er in seinem hohen Alter, trotz Schmerzen im Rücken und in den Knien, immer noch ein guter Tänzer mit Gefühl für den richtigen Takt. Die Polonaise beherrscht er ebenso wie die anderen Tänze – den Ländler, die Polka, ja sogar den Walzer hatte er einstmals gelernt. Auf der Hochzeit seines Sohnes Adalbert war das. Den Tanz hatte ihm seine flotte tschechische Schwiegertochter Marianna, Gott hab sie selig, beigebracht.

Beim Wiener Walzer muss er aber leider passen, er verliert neuerdings leicht das Gleichgewicht beim raschen Drehen. Er bittet Judith augenzwinkernd, den nächsten Walzer, aber einen langsamen, ihm zu reservieren, denn an Tanzpartnern fehlt es seiner Enkelin nicht. Die Herren Honoratioren leisten ihren Pflichttanz, würden wohl gern um einen zweiten bitten, aber die Blicke der Gattinnen verheißen nichts Gutes, sollten sie das wagen.

Der Pflichttanz des Schulmeisters mit der schönen Hebamme, eine Mazurka in Moll, gehört dazu. Sie sind ein schönes Paar, fast gleich groß, und ihre Körper folgen, als hätten sie schon immer miteinander getanzt, leicht und geschmeidig der Musik. Judith starrt über seine Schulter hinweg ins Ungewisse, träumerisch, mit halb geschlossenen Augen. So nah war sie ihm noch nie. Sie spürt ihn, riecht ihn … Erst als ihr Großvater neben ihr auftaucht, kommt sie zu sich. Der soeben angesagte langsame Walzer sei ihm versprochen, erklärt er dem Schulmeister barsch und zieht Judith an sich.

»Mit dem tanzt du heute nicht mehr«, zischt er, als er sie nach dem Tanz zum Tisch begleitet. Judith nickt gehorsam, nimmt wahr, dass Mizzi ihr einen forschenden Blick zuwirft. Judith erwidert ihn so unbefangen wie möglich.

Sie beobachtet ihre Kinder, die Hand in Hand zwischen den Paaren herumhüpfen. Einmal stolziert Ignaz hinüber zu den Tischen der Handwerker-Familien und bittet Frieda um einen Tanz. Sie steht ohne Ziererei auf, folgt ihm. Sie überragt den Jungen fast um einen ganzen Kopf, aber die beiden kommen mit den Schritten gut zurecht. Judith wendet sich wieder ihren Tischnachbarn zu, trinkt zwei große Schlucke aus Großvaters Bierglas statt aus ihrem Weinglas. Ihr Mund ist ganz trocken.

Mizzi deutet lachend auf Judiths Schnurrbart aus Bierschaum, macht auch ihren Mann darauf aufmerksam.

»Schaut sie nicht fesch aus mit dem Bart!?« Für Sekunden glaubt Judith in den Augen der Freundin einen tückischen Glanz zu sehen. »Warum ist eigentlich der Martin nicht zum Fest gekommen, Judith? Noch dazu ist es sein Namenstag! Das ist schon sehr ungalant von ihm, meinst du nicht? Na, wer weiß, wo der wieder herumstrawanzt!«

Judith zwingt sich, ruhig zu bleiben und sogar zu lächeln. »Ich weiß nicht, warum er nicht da ist. Es wird vielleicht viel zu tun sein, jetzt in der Vorweihnachtszeit. Aber strawanzen? Nein, das kann er wohl nicht in der Position. Bestimmt wird er an den Feiertagen wieder bei uns sein, beladen mit schönen Geschenken. Darauf freue ich mich schon. An Geld fehlt's uns ja nicht!«

Diese spitze ›Retourkutsche‹ konnte sich Judith nicht verkneifen.

Mizzi dreht sich ostentativ zu ihrem Mann, animiert ihn zu einem Tanz mit ihr.

Durch die laute Blasmusik in der Nähe ihres Tisches sind Unterhaltungen schwierig, man kann sich immer nur einen Satz zurufen. Erst in der Pause, als die Kapelle die Bühne räumt für die Tamburizza-Musikanten, kann man in normaler Tonlage miteinander reden.

»Du hast das Haus der Schönauerin geerbt, hört man?«, wendet sich Hans Rohrbach an Judith, wobei er ihre Stirn anstarrt.

»Ach ja, richtig! Was wirst du denn mit der Hütte machen?«, mischt sich Mizzi ein. Der Sturm ihres Misstrauens scheint sich gelegt zu haben.

Judith greift nach der Pelerine, die über ihrer Stuhllehne hängt, und ihr Großvater legt sie ihr liebevoll um die Schultern.

»Ich möchte es vermieten, aber keiner will es haben.«

»Man könnte«, überlegt Doktor Kern, »daraus einen kleinen Laden machen mit Naturkräutern für Tee oder Umschläge,

266

Essenzen, Seife vielleicht und Düfte. Das hat ja die Schönauerin schon angeboten, aber ihr hat der rechte Geschäftssinn gefehlt. Sie könnten die Frauen im Dorf beraten, Madame Hanuss, zu bestimmten Stunden. Das würde mir helfen, meine Arbeit etwas erleichtern.«

»Du brauchst keine Hilfe«, stellt seine Gattin kategorisch fest. Sie hat sich in ihr prunkvolles Trachtengewand aus weinrotem Brokat gezwängt, ist daher etwas kurzatmig. Ihren Hals schmückt ein mehrreihiges silbernes Kropfhalsband mit einer granatbesetzten Schließe. »Du schaffst alles sehr gut allein, mein Lieber.«

»Wie du meinst, meine Liebe«, seufzt der Doktor. »Es war halt nur so eine Idee.«

»Sollte mir da etwa Konkurrenz erwachsen?«, fragt der Krämer vom Ende des Tisches. Er beugt sich vor und zwinkert Judith gutmütig zu. Sein Gemischtwarenladen ist gut ausgestattet mit Lebensmitteln wie Zucker, Salz, Kaffee, Tee und Gewürzen, mit allem eben, was man nicht selbst im Garten oder auf dem Feld ziehen kann.

»Das Haus steht also leer. Schade drum«, sinniert Hans Rohrbach und klopft die Asche von seinem Zigarillo, hebt blitzschnell den Blick und schaut Judith in die Augen.

Die Tamburizza-Spieler haben inzwischen ihre Zupfinstrumente gestimmt, und die Sängerin, eine kleine dralle Schwarzhaarige mit einer leicht brüchigen Stimme, betritt die Bühne. Sie singt nur drei Lieder in einer unbekannten Sprache, dazwischen zeigen die Musiker ihr Können. Obwohl sie melodisch sind, haben die Lieder alle einen schwermütigen, kummervollen Klang, und im Saal voller verschwitzter, angetrunkener Männer und Frauen breitet sich Stille aus. Ein jeder denkt plötzlich an dieses und jenes Elend, an einen Kummer, einen Verlust. So gern würde Judith jetzt ihrem Gegenüber in die Augen sehen, ihre Melancholie mit ihm teilen. Aber sie zwingt sich, mit gesenktem

Kopf auf das Tischtuch zu starren. Die Blaskapelle hebt die Stimmung zwar wieder, doch jetzt will der Großvater aufbrechen. Ignaz und Luise maulen, aber man sieht ihnen an, dass sie Schlaf brauchen.

»Ich glaube, ich werde lieber Sängerin, keine Seiltänzerin«, murmelt Luise schlaftrunken, als Judith dem Mädchen beim Ausziehen hilft. »Was die kann, kann ich auch.«

Ein Satz, den sie in ihrem Leben noch viele Male wiederholen wird.

Der Großvater ist am Küchentisch sitzen geblieben und starrt in das schwache Licht der Kerze, klopft mit den krummen Fingern auf die Tischplatte.

»Setz dich noch zu mir«, ordnet er an, als Judith zurückkommt. Und nachdem sie sich auf die Kante eines Stuhles niedergelassen hat, fährt er fort: »Ist da was zwischen dir und dem Lehrer?«

Judith spielt die Empörte. »Wie? Du meinst...? Wir haben doch nur getanzt!«

Der Alte wackelt mit dem Kopf. »Ja, nur getanzt. Natürlich! Aber du warst dabei im siebten Himmel!«

Judith schweigt.

Schließlich umfasst seine gichtgeplagte Hand die ihre. »Ich versteh es ja, Judith. Du bist so viel allein und voll weiblicher Sehnsucht, nicht wahr? Aber sowas darf dir nicht noch mal passieren. Grad hast du es an den Ehrentisch geschafft, und im selben Moment hast du beinahe alles verspielt. Ich musste einfach dazwischen gehen. Hoffen wir, dass es nur mir aufgefallen ist.«

Der Mizzi, denkt Judith, der ist auch was aufgefallen.

Sie steigt die Stufen zu ihrem Schlafzimmer hinauf. Dort angekommen, hebt sie den Arm zu einem unsichtbaren Tanzpartner, rafft mit der anderen Hand den Rock und tanzt.

Einmal links ums Ehebett, einmal rechts herum … verträumt, voll verschwommener Sehnsucht nach einem unbekannten Glück.

Zum Weihnachtsfest kommt Martin endlich nach Hause. Seine etwas übertriebene Fröhlichkeit taucht das Haus für ein paar Tage in Trubel und ausgelassene Stimmung. Wie stets versammeln sich Judith und die Kinder um den Tisch und hören gespannt zu, was er alles aus der fernen Welt, sprich: Krumau, zu erzählen hat. Dort gäbe es zurzeit große Veränderungen, denn man würde fast die ganze Stadtmauer schleifen.

»Warum denn?«, fragt Ignaz. »Stadtmauern schützen doch vor Diebsgesindel, hab ich gelernt.«

Weil die Stadt sich ausdehne und weil die Stadtmauer und die Tore überdies ihren Sinn verloren hätten. Sie behinderten bloß die vielen Kutschen, Fuhrwerke und Kremser. Kürzlich sei das zweite Latráner Tor bei der Baderbrücke abgerissen worden, als die Brücke saniert wurde. Die Brücke sei in den letzten Wintern von den Eisplatten der Moldau stark beschädigt worden. Viel Dreck und Lärm gäbe es darum in der Stadt. Eine andere Veränderung sei, dass das Schürfen von Gold und Silbererzen am Kreuzberg in Krumau eingestellt worden ist. Jetzt sei Graphit gefragt, die Bergwerke schössen nur so aus dem Boden.

»Aber Gold und Silber sind doch so schön!«, klagt Luise, und Ignaz fragt: »Was ist denn das, Graphit?«

Das weiß Martin auch nicht so genau, irgend so ein schwarzes Zeug eben. Jedenfalls brauche man das für die Bleistiftminen und für die Gussformen von Kanonenkugeln, und es bringe viel Geld.

Aber er kann auch ein Abenteuer erzählen. »Vor ein paar Wochen hat die Polizei zusammen mit Soldaten einen Mörder von Pisek bis Krumau verfolgt…«

»Mein Gott! Ein Mörder!?«, ruft Judith erschrocken, auch Luise schlägt eine Hand vor den offenen Mund.

Martin beachtet sie nicht. »Als sie in Krumau angekommen sind, waren sie schon ziemlich fertig vom Marsch durch Eis und Schnee. Das kann man sich ja denken. Der Suchtrupp wurde darum mit einigen Krumauer Grenadieren verstärkt. Und ich habe dazugehört. Jawohl!«

Nach einer gekonnten Kunstpause fährt er fort: »Meine Patrouille hat eine Spur bis fast an die Grenze zu Österreich verfolgt. Da hat uns jemand gesteckt, dass der Mörder sich in einem bestimmten Wirtshaus verschanzt hätte. Wir hin, haben uns angeschlichen, leise wie die Füchse, haben das Wirtshaus umstellt und dann auf Kommando nichts wie rein!« Wieder folgt eine Atempause, in der man eine Stecknadel könnte fallen hören. »Aber – aber da saß nicht der Mörder, sondern eine Bande von Schmugglern und hat Karten gespielt! Die haben sofort ihre Jagdmesser gezogen und die Schrotflinten gepackt und haben sich gewehrt wie die Wildkatzen. Peng! Peng! Parbleu, das war ein Kampf! Zwei sind uns entkommen über die Moldau, die war ja zugefroren, aber die anderen haben wir verhaftet.«

Die Kinder hängen atemlos an seinen Lippen. »Und weiter?«

»Bist du verletzt worden?«, fragt Judith.

Martin macht eine wegwerfende Handbewegung. »Nur ein paar Kratzer und blaue Flecken. Alles noch tadellos, Schatzerl! Aber einen der unsrigen hat eine Schrotladung erwischt. Wer weiß, ob er durchkommt.«

»Und der Mörder, Vater? Habt Ihr ihn?«

»Der ist leider entkommen. Ja, so ist das, Bub. Nicht immer siegt die Gerechtigkeit.«

»Und was heißt das: parblö?«, will Luise wissen.

Martin zieht sie auf seinen Schoß. Das wisse er nicht. Alle Grenadiere würden das sagen. Es könnte Französisch sein. Denn fluchen im Namen Gottes – Himmelherrgottsakrament oder sowas – sei nicht erlaubt bei den Gardegrenadieren. »Wir sagen's trotzdem«, flüstert er dem Mädchen ins Ohr und grient. *Parbleu* ist jedenfalls ab sofort Luises Lieblingsschimpfwort, wenn ihr irgendwas nicht passt.

»Bist du wegen dieser Geschichte nicht zum Martinsfest gekommen?«

Martin schaut seine Frau irritiert an. »Martinsfest?«, murmelt er. »Ja, richtig! Weißt du, zu der Zeit ging bei der Garde alles drunter und drüber. Es ging einfach nicht.«

»Wärt Ihr mal gekommen, Vater!«, trumpft Ignaz auf. »Die Mutter war die Schönste im ganzen Saal. Sie hat nämlich ein neues Kleid, und sogar am Ehrentisch hat sie gesessen.«

Martin dreht sich zu Judith um, die während der ganzen Zeit an der Anrichte stand, die Karpfen, Erdäpfel und Karotten schrubbte, Sellerie und Lauch hackte, den Kren rieb und ihn mit Apfelmus verrührte.

»Du gehst allein zum Tanz?«, hakt er, jedes Wort betonend, mit gerunzelter Stirn nach.

»Nicht allein! Wir waren auch da und der Ähnl!«, ruft Ignaz schnell.

»Du wirst ja hoffentlich nicht vergessen haben, dass du eine verheiratete Frau bist?« Es soll scherzhaft klingen, aber eine gewisse Schärfe ist in Martins Stimme nicht zu überhören. »Mach mir keine Schande!«

Judith hebt den Kopf und blickt Martin ernst in die Augen, bis ihm unbehaglich wird und er sich abwendet.

Der Omnipräsenz ihres Mannes gelingt es an diesen Feiertagen nicht, dass Judith wie sonst nur für ihn da ist. Sie macht die Hausarbeit ganz mechanisch, während ihre Gedanken auf Abwegen sind. Ein kleiner Laden in der Kate, hat der Doktor Kern vorgeschlagen ... Die Vorstellung reizt sie. Einmal in der Woche, nur für Stunden heraus aus diesem Alltagstrott, weg vom Vater, Großvater und den Kindern – die Kräuter sortieren, sie trocknen oder in Gefäße verwahren, Düfte ausprobieren, Essenzen herstellen, in den Büchern der alten Hebamme stöbern. Allein sein.

Die Kinder bedrängen ihren Vater mit immer neuen Fragen zu seinen Abenteuern, während Judiths Gedanken um diese Luftschlösser kreisen, die keine bleiben sollen. Ja, sie wird diese kleine Kräuterhandlung in der Kate gründen.

Der alljährliche Ritus spult sich ab: Nachdem der Pfarrer sie besucht und seinen Segen erteilt hat, werden die Kerzen am Christbaum angezündet. Diesen Baum hat Martin mit Ignaz im Wald geschlagen, nicht der Ähnl. Er ist nicht so einwandfrei gewachsen, nicht so dicht und kerzengerade wie die Christbäume, die er in der Vergangenheit mit dem Urenkel geschlagen hat, stellt der Alte mit heimlicher Genugtuung fest. Aber Ignaz war so glücklich, dass ausnahmsweise sein Vater mit ihm lostapfen wollte, dass der Ähnl seine Enttäuschung hinuntergeschluckt hat. Ja, so geht's, denkt er. Man ist ersetzbar. Jeder.

Die Familie versammelt sich um den Esstisch, betet, verspeist die gebackenen Karpfen.

»Ja, das ist einmal ein Essen, wie ich es mag!«, lobt Martin und legt sich noch eine Portion nach. »So schön es bei der Garde ist, das Essen ist ein Graus! Jeden zweiten Tag gibt es eine Suppe, so einen Brei aus Graupen und Erbsen.«

»Ganz ohne Speck?«, entsetzt sich Ignaz.

»Ach, Speck?! Nix! Im Bayerischen hat sich das irgendein Engländer für die Soldaten ausgedacht. Rumfordsuppe oder so heißt der Fraß. Billig soll's halt sein und satt machen! Bei uns da wär das grad mal gut für die Schweine!«

Der Ähnl hebt den Kopf, reißt die Augen auf. »Rum? Geben die wirklich Rum in den Topf?«

Martin hebt die Schultern. Keine Ahnung. Nach Rum schmecke der Eintopf jedenfalls nicht.

An Judith rauschen die Gespräche vorbei, trotzdem gelingt es ihr, an den richtigen Stellen zu lachen oder den Kopf zu schütteln. Plötzlich lässt sie die Gabel sinken. Bei der Erwähnung der Kate hatte Hans sie angesehen, als habe er eine Entdeckung gemacht. Ich plane keinen Laden, ich plane den Ehebruch, erkennt sie schlagartig. Wir planen ihn. Plaudereien über einen englischen Dichter, über Weimar und Goethe, über einen Komponisten Schubert oder einen romantischen Maler in Dresden, zarte Berührungen, ein Kuss vielleicht – das reicht uns beiden nicht mehr. Ihr ist, als würde der Boden unter ihren Füßen nachgeben.

Der Neujahrsmorgen bringt eine böse Überraschung. Adalbert taucht nicht zum Morgenkaffee auf, und als Judith nach ihm sieht, liegt er ächzend und schweißnass im Bett. Seine Stirn glüht, er atmet schnell. Schon seit längerem hat ihn ein hartnäckiger Husten und Schnupfen, den der Doktor Katarrh nennt, gequält, nun scheint es schlimmer geworden zu sein. Ein Wadenwickel und ein lauwarmes Fußbad scheinen endlich das hohe Fieber zu senken. Teilnahmslos lässt er sich wieder aufs Bett zurücksinken, wird immer wieder vom Husten geschüttelt. Unterstützt vom Großvater und Ignaz verteilt Judith mit Fichtennadelsud getränkte Laken im Zimmer, die ihm das Atmen erleichtern. Sie sind auf sich selbst gestellt, denn Martin musste gleich nach Weihnachten zurück nach Krumau.

Lungenbrand konstatiert Doktor Kern, als auch nach ein paar Tagen keine deutliche Besserung eintritt. Mit Judiths bisherigen Maßnahmen ist er einverstanden, aber die

Schwäche, der jagende, schwache Puls und die Apathie machen ihm Sorgen. Er überlässt Judith etwas Campher, mahnt aber zur vorsichtigen Verwendung.

»Das sieht nicht gut aus«, murmelt er, nur zu Judith gewandt. »Das Herz ist auch angegriffen…«

Ignaz, der die Ohren gespitzt hat, ist mit zwei Schritten bei seiner Mutter, legt beide Arme um sie, flüstert: »Ich bin ja da, ich bin ja da…«

Entgegen der düsteren Prognose von Dr. Kern scheint Adalbert aber durch Judiths aufopfernde Pflege nach und nach wieder zu Kräften zu kommen. Gehorsam schlürft er den Tee aus Holundersirup, hält still, wenn Judith ihm die Brustwickel umlegt, inhaliert tapfer alles, was Judith ihm zusammenbraut. Das Fieber fällt, die Hustenanfälle werden schwächer. Er bittet sogar darum, ihm die Staffelei ganz nah ans Bett zu rücken, damit er die noch fehlende Erste Kreuzwegstation restaurieren kann – *die Verurteilung Jesu zum Tode.* Er verwendet jetzt fast reine, grelle Farben, und es entsteht eine neue, unheilvolle Stimmung, wie es aufziehende Gewitter oft mitbringen. Diese Bedrohung hatte vorher niemand in dieser Station gesehen. Sie ist wohl seinem eigenen todkranken Zustand entsprungen, sodass Pfarrer Mistlholz die Veränderung stillschweigend akzeptiert. Wann immer der Kranke sich besser fühlt und eine ruhige Hand hat, sitzt er, eingepackt in sein Federbett, vor der Staffelei. Laurens, den Daumen im Mund, weicht nicht von seiner Seite, sitzt zu seinen Füßen oder neben ihm im Bett, beobachtet gebannt die schmale, knochige Hand mit den dicken Adern seines Opas, die die Farben des alten Gemäldes wieder zum Leuchten bringt.

Alle verfolgen die scheinbare Genesung erleichtert und glücklich, aber ebenso plötzlich, wie die Lungenentzündung aufgetreten ist, kommt sie nach ein paar Wochen zurück, schlimmer als vorher. Judith setzt alles ein, was sie von ihrer

Mutter und aus Büchern gelernt hat und was Dr. Kern ihr rät oder verordnet, aber die hohe Temperatur bleibt, das rasselnde, hektische Atmen, der rasende Puls, die grausamen Hustenkrämpfe. Zeitweilig ist er bewusstlos und in wachen Momenten wirkt er verwirrt, ruft nach Marianna. Es geht zu Ende.

Einmal in dieser Zeit flüchtet Judith in ihre eiskalte Kate. Sie zündet keine Kerze an, lässt sich auf einen Stuhl fallen und schließt die Augen. Stille, nur ein Fensterladen knarrt im Wind. Niemand verlangt nach ihr, niemand zupft an ihrer Schürze, kein Todkranker stöhnt ... Es tut gut, mal allein zu sein. Am Tag zuvor war ein schlimmer Schneesturm über die Hügel gefegt, jetzt liegt Hochnebel in der Mulde am Ortsausgang, wo ihre Kate steht. Der Raufrost hat die Bäume und Sträucher in bizarre Gewächse verwandelt, die aber Opfer des Schneebruchs werden könnten, wenn es nicht bald taut. An den Scheiben der kleinen Fenster sind Eisblumen gewachsen. Manchmal raschelt es. Sie hat wohl Mäuse aufgeschreckt. Ein schwaches Gurren lässt Judith nach oben ins Gebälk blicken, und sie schaut direkt in die runden Augen eines Kauzes. Im schadhaften Dach hat er wohl ein Schlupfloch gefunden.

Ist das jetzt ein Unglücksbote oder ein Glücksbringer für mich? Beides wird dem Vogel zugeschrieben. Sie starren sich an, bis der Kauz gelangweilt seine Lider herunterklappt und einschläft. Judith richtet sich seufzend auf und geht.

Adalbert Polleichtner entschläft im Kreis seiner Familie so still und klaglos wie er gelebt hat. Versehen mit den Sterbesakramenten wird er neben seiner Frau beerdigt.

Von Laurens wird der Opapa am meisten vermisst. Immer wieder steht er vor der Staffelei im Sterbezimmer und streicht mit dem Zeigefinger gedankenversunken über das Holz. Auch Judith hält manchmal inne, wenn sie in dem jetzt leeren und doch immer noch bewohnt wirkenden Zimmer Staub wischt. In diesem Bett wurde sie gezeugt, in dieses Bett ist sie zur Mutter gekrochen, um Halt und Schutz zu finden, wenn der Birnbaum am Morgen ans Fenster klopfte und seine Umrisse nachts zu einem bedrohlichen Ungeheuer wurden … Es waren keine zärtlichen Eltern, aber sie waren verständnisvoll, verlässlich, geduldig und herzlich.

Ihren Großvater hat die Erkenntnis, dass sein Sohn Adalbert gestorben ist, zutiefst erschüttert. Er kapselt sich ab, schlurft wortkarg zwischen seinem Altenteil und dem Wohnhaus hin und her. Judiths Briefe an Martin mit der Bitte, die Stellung in Krumau aufzugeben, heimzukommen, bleiben unbeantwortet. Stattdessen gibt ein Kamerad, der in Tisch zu Hause ist, auf der Durchreise ein Päckchen bei ihr ab. Es enthält Geld und ein Schultertuch aus goldgrüner Seide für sie. Martin weiß also noch genau, was zu ihrem Haar, gescheckt wie Bernstein, und ihrer blassen Haut gut passt. Dass sie jetzt aber Trauer tragen muss, scheint ihm nicht klar zu sein. Judith legt das Tuch mit einem Seufzer in ihre Truhe.

Luise erholt sich am schnellsten von dem Schock, dass der Opa tot ist. Im Sommer meldet sie sich mit der Frage, ob sie in das leere Zimmer ihrer Großeltern umziehen dürfe. Eigentlich stünde es Ignaz zu, dem Ältesten, findet Judith, aber der winkt ab. Er fühle sich in der Dachkammer, die er sich mit Strohsack, Nachttisch, einem Weidenkorb für seine Kleidung gemütlich eingerichtet hat, pudelwohl. Er bietet an, Luise zuliebe die Wände des ehemaligen Schlafzimmers frisch zu kalken, vielleicht mit einer rosaroten Tönung? Rosarot!? Ah, geh! Luise wünscht einen elfenbeinfarbenen Anstrich. Und ob Ignaz vielleicht das alte Bett ebenfalls in dem Farbton lackieren könnte? Auch das macht Ignaz für seine Schwester, getreulich begleitet von seinem kleinen Bruder,

der ihm eifrig die Pinsel eintaucht und die Leiter festhält. Judith, noch immer erschüttert und eingedeckt mit vielerlei Pflichten, lässt sie gewähren, und so wird allmählich aus dem mit düsteren Möbeln eingerichteten Schlafzimmer ein helles Mädchenzimmer, aber Generationen später wird jemand von dem einen oder anderen Möbelstück den Lack wieder mühsam abschleifen, abbeizen und stolz sein auf seine ›Biedermeiermöbel‹ aus Kirschbaumholz … Auch in allen anderen Räumen schwingt Ignaz den Pinsel, sodass nach und nach das Haus zwar intensiv nach Kalk riecht, aber die Wände in einem strahlenden Weiß leuchten. Die Möbel, die Judith vor dem weißen Lack bewahren konnte, wirken jetzt besonders edel. Ein neuer, frischer Wind weht durch das Haus.

Luise hat auch keine Hemmungen, in der Wäsche, den Kleidern und Hüten ihrer Omama zu stöbern und alles anzuprobieren, auch die viel zu großen Schuhe. Das eine oder andere Kleid schleppt sie zu Mizzi, damit sie ihr daraus etwas schneidert. So ein abgeändertes Kleidchen bringen Mizzi und Hans anlässlich eines Spaziergangs vorbei. Sie setzen sich zusammen, genießen eine Tasse Malzkaffee und den saftigen Mohnkuchen, nippen am Aufgesetzten und plaudern. Ignaz schlüpft herein, hockt sich auf die unterste Treppenstufe, betrachtet mal seine Mutter und die Gäste, mal die Frieda am Herd. Als Luise ihre Patin ins Nebenzimmer entführt, um ihr die Hüte ihrer Omama vorzuführen, bleiben Judith und Hans am Tisch sitzen. Frieda schält, wie stets mit zusammengepressten Lippen, die Erdäpfel, Ignaz knabbert an seinen Fingernägeln.

»Warst du mal wieder unten im – im Hebammenhaus?«, fragt Hans so nebenbei.

»Ja, am Dienstag«, antwortet Judith und schenkt den Likör nach. »Am Abend. Das ist die günstigste Zeit für mich.«

Hans nickt, nippt am Glas.

»Darf ich auch mal probieren?«, ruft Ignaz aus dem Hintergrund.

»Nein. Du bist zu jung!«, mahnt Frieda sofort, ohne den Kopf in seine Richtung zu drehen.

Ignaz steht auf und tritt an den Tisch. »Für alles bin ich zu jung!«, faucht er im Vorbeigehen das Mädchen an, nimmt Mizzis halb geleertes Glas und trinkt es aus. Er unterdrückt tapfer, angewidert von dem beißenden Geschmack, sich zu schütteln.

»Ich hab auch eine Idee für das Haus von der Schönauerin, Mutter«, verkündet er mit lauter Stimme. »Ich heirate die Frieda und wir wohnen da. Was sagt Ihr dazu?«

Ohne sich umzudrehen, ächzt Frieda: »Oh mei!«

Judith starrt ihren Sohn ein paar Sekunden sprachlos an, bis Hans leise zu lachen anfängt. Dann ruft sie streng: »Na, das hat ja noch ein bisschen Zeit, oder?«

Ignaz wirft den Kopf zurück, setzt sich wieder auf die Treppe.

Am nächsten Dienstagabend geht Judith mit Herzklopfen zur Kate. Sie begegnet niemandem um diese Uhrzeit, die Dorfbewohner sitzen am Abendbrottisch, und sie huscht lautlos wie eine Katze in das Haus. Eine Weile sitzt sie wie neulich regungslos im Dunkeln, horcht hinaus auf Schritte. Das Alleinsein ist dieses Mal nicht so beglückend. Sie ist unruhig, wird ungeduldig, kann nicht stillsitzen. Der Kauz beobachtet sie, dreht erstaunt den Kopf hin und her, dann fliegt er hinaus. Wenn das hier eine Art Drogerie werden soll, muss noch eine ganze Menge getan werden, wird Judith bewusst. Schließlich zündet sie doch eine Ölleuchte an und beginnt, ohne Methode aufzuräumen. Sie fegt, stopft Unbrauchbares in einen Sack, kommt dadurch eine Weile auf andere Gedanken, sinkt dann doch wieder auf den Stuhl, dreht den Docht der Lampe ganz herunter. Er kommt nicht. Und wenn er kommt? Was wird, was soll, was darf passieren?

Draußen ist es inzwischen stockdunkel. Höchste Zeit, nach Hause zu gehen. Als sie den großen Schlüssel von außen in das Schlüsselloch stecken will, um zuzusperren, legt sich von hinten eine kühle weiße Hand auf die ihre. Mit einem kleinen Klage- oder Freudenlaut lehnt sie sich zurück an seine Brust. Ja, er ist da, endlich.

Ohne sich umzudrehen, drückt sie die Tür wieder auf.

Kira

»Wer? Simon?! Ach, Gott, nein! Bitte, ruf mich nicht mehr an!« Ich flüsterte, obwohl Ben gar nicht im Zimmer war. »Ich bin schwanger!«

Einen kurzen Moment lang war es still am anderen Ende.

»Ja und? Wo ist das Problem? Gratuliere!« Es sollte wohl nonchalant klingen, aber mir schien, seine Stimme zitterte ein bisschen.

»Es passt einfach nicht! Ich plane für nächstes Jahr einen Aufenthalt an einer Uni in den USA! Einen Forschungsaufenthalt im Rahmen meiner Promotion! Ich will das auf jeden Fall machen!«

Simon blieb wieder einen Moment lang stumm. »Kann man denn mit einem Kind nicht promovieren?«

Mein Gott, ist der Junge naiv, dachte ich. Oder total bekifft? »Man kann, aber ich will nicht«, fauchte ich, dann brach ich das Gespräch ab.

Verdammt, warum weihte ich einen Fremden in mein Geheimnis ein? Musste ich die Tatsache mal aussprechen, um es selbst zu glauben? In unserem Hotel voller Wassersportler und Rucksacktouristen hatte die ganze Nacht Unruhe geherrscht. Wir haben schlecht geschlafen. Noch im Bett checkte Ben das WLAN, doch es klappte nicht. »Scheiß Rattenloch!«

Es war ihm wichtig, täglich gleich morgens online die politische Weltlage abfragen zu können und mir dann eine Kurzfassung zu übermitteln. In diesem Herbst bedeutete das vorwiegend Krieg in Afghanistan, Erdogans brutale Übergriffe auf türkische Journalisten und Beamte, die Flüchtlinge bei uns daheim, Nobelpreise und so weiter. Nach ein paar weiteren Versuchen stürmte Ben zur Rezeption, um sich zu beschweren. Es stellte sich heraus, dass er für die Nutzung des WLAN zuvor zahlen musste, was er zähneknirschend tat.

Ich hatte in der Zwischenzeit Kaffee, Semmeln, Butter und Marmelade vom sehr mageren Buffet geholt und auf dem Holzbalkon unseres Zimmers das Tischchen gedeckt, wo es viel netter war als in dem dämmrigen Frühstücksraum. Die Idee gefiel auch Ben, und wir frühstückten in gelöster Stimmung.

Unten auf der Moldau wimmelte es von Kanus und Schlauchbooten. Gegenüber, hinter einer wilden Uferbewachsung aus Holunderbüschen und Brombeerhecken mit ausladenden Ruten, lag ein Park, zur Rechten hatten wir einen atemberaubenden Panoramablick auf die Altstadt und das Schloss. Eigentlich ein traumhaft gelegenes kleines Hotel, wenn bloß der Service und die Ausstattung besser gewesen wären, das Preis-Leistungs-Verhältnis gestimmt hätte!

Ich lehnte mich zurück, musterte Ben aus den Augenwinkeln, der schon wieder hinter dem Bildschirm des Laptops verschwunden war. Wir hatten noch nie Pläne über eine gemeinsame Zukunft gemacht, fiel mir auf. Unser Zusammenleben hatte sich einfach ergeben, und es lief bisher prima mit uns. Meinen Aufenthalt in den USA hatte ich ohne besondere Trennungsangst ins Auge gefasst. Jetzt drängte sich mir doch die Frage auf, ob Ben auf längere Sicht der richtige Partner sein würde, eventuell sogar mein Ehemann, der Vater für mein Kind. ›Unser‹ Kind zu denken, fiel mir seltsam schwer. Dass er diese Rolle nur widerwillig übernehmen würde, hatte er mich auf dieser Reise deutlich spüren lassen. Nun, eine Alleinerziehende zu sein, wäre kein Drama für mich. Allerdings, auf der Anerkennung der Vaterschaft würde ich bestehen. Wie aber sieht es mit meinem USA-Aufenthalt aus? Könnte ich als junge Mutter mit einem Baby wirklich meinen Forschungsauftrag erfüllen? Bei diesem neuen Lebensabschnitt würde ein Kind ein Klotz am Bein sein, keine Frage, aber es wäre machbar, irgendwie. Andererseits wäre ein Schwangerschaftsabbruch immer noch möglich. Also keine Panik, ermahnte ich mich. Das alles musste gut überlegt werden. So etwas wie eben mit Simon, das würde mir nicht noch einmal passieren. Bevor ich nicht selbst einen Entschluss gefasst hätte, würde ich mit niemandem, auch nicht mit Ben, über meine Situation reden.

»Ha! Ist dir klar, dass es eine Versöhnung zwischen den Familien gegeben haben muss? Gerade habe ich was darüber gefunden!« Ben winkte mich aufgeregt zum Bildschirm.

Ich entzifferte den Eintrag über Ignaz Hanuss im Sterbebuch, tabellarisch, aber immer noch in der für uns ungewohnten Kurrentschrift ausgefüllt.

Unter Todestag stand: *1894 Dez. 9,* Tag der Beerdigung war *Dez. 11;* Name des Ortes, Haus-Nr.: *Hollerstrauch, Nr. 7.* Der Verstorbene war als *Ignaz Martin Paulus Hanuss, Bauer* registriert. Unter Charakter stand: *Ehegatte der Friederike Magdalena geb. Wohanka;* verehelicht, katholisch, männlich: *angekreuzt.* Sein Alter war auf den Tag genau ausgerechnet: Jahr, Monat, Tag: *66, 4, 12;* Ort der Beerdigung: *Gottesacker zu Hollerstrauch;* Krankheit und Todesart: *Nervenschlag laut Todtenbeschauzettel Nr. 27;* Name des einsegnenden Priesters: *Pfarrer Wolf;* versehen mit den hl. Sakramenten: *Nov. 13.*

»Und Nummer 7, das ist doch der Hanusshof. Na also! Martins Sohn hat es in sein angestammtes Haus, in das Haus seiner Vorfahren geschafft!«, trumpfte Ben pathetisch auf. »Und noch ein Indiz: Zwei seiner Kinder sind in Hollerstrauch Nr. 19 geboren, aber die folgenden drei in der Nr. 7, also dem Rustikalhof.«

Auch ich freute mich natürlich über den Aufstieg dieses ›Hurkinds‹, aber doch nicht so, dass ich weiterforschen wollte. Ich stützte die Ellbogen auf, legte beide Hände um meine Wangen. »Ach, Ben! Eigentlich könnten wir doch Schluss machen mit Hollerstrauch und heimfahren.«

Ben sah mich erstaunt an.

»Hey! Schluss machen? Jetzt? Die Spur von Martins anderen Kindern zum Beispiel haben wir noch nicht weiterverfolgt. Nein, ich möchte jetzt nicht aufhören. – Zum Beispiel diese Marieluise. Dein Opa hat in seinem Ringheft bei ihr als Todesjahr 1913 und als Sterbeort Krumau genannt. Das möchte ich auch noch mal checken, Kira, nur der Vollständigkeit halber.«

Ich schüttelte den Kopf. »Ich weiß nicht. Es reicht mir irgendwie.«

Ben war nicht zu bremsen, holte das Krumauer Beerdigungsregister, das auch wieder mit einem liebevoll erstellten Deckblatt *Sterbe-Matrik der Praelatur-Pfarr-Kirche in Böhm.-Krumau* versehen war, für den entsprechenden Zeitraum auf den Bildschirm. Nach längerem Suchen fand er Judiths zweites Kind, die Marieluise. Die Schrift in der Tabelle war akkurat, sodass wir relativ schnell die nötigen Informationen bekamen:

Tag des Sterbens: *1913 Feber 22,* der Beerdigung: *Feber 24;* Name des Ortes, Haus-Nr.: *Krumau, Breite Gasse N. 75;* Verstorbene, Vor- und Zuname, Stand: *Marieluise Marianna Hanuss, vulgo Louisa Chanussoni, Soubrette, Tochter des Gardegrenadiers † Martin Hanuss;* katholisch, weiblich, unverehelicht *angekreuzt;* Alter Jahr, Monat, Tag: *79J, geb. 29/11 1833 in Hollerstrauch;* Ort der Beerdigung: *Friedhof St. Maria;* Krankheit und Todesart: *Herzschlag laut Todtenbeschauzettel N. 33;* Name des einsegnenden Priesters: *Franz Jakes;* versehen mit den hl. Sakramenten: *nein.*

»Soubrette! Sieh mal an!«

Das gefiel mir. Mehr hergemacht hätte natürlich, wenn sie Mitglied des Fürstlichen Hoftheaters gewesen wäre, in diesem herrlichen alten Barocktheater im Schloss! Wo Marieluise Karriere als Operettenstar gemacht hat, versuchte ich nicht herauszufinden, sie hat sie jedenfalls in Krumau beendet.

»Hochinteressant, was da alles bei deinen Vorfahren auftaucht. Ist doch super, so eine Operettendiva! Du singst unter der Dusche ja auch nicht schlecht«, feixte Ben.

Ja, Singen, das war und ist in meiner Familie gang und gäbe. Wir sind alle musikalisch, spielen Klavier oder Gitarre, Texte und Melodien der gängigen Popmusik haben wir schnell drauf. Meine Oma kann uralte Schnulzen aus der Nachkriegszeit singen, am liebsten voll Inbrunst beim Bügeln. Aber vor allem – und das liebte ich sehr – schaurig schöne Balladen, die sie wiederum von ihrer Mutter gelernt hat. Insbesondere die vom heimkehrenden Handwerksmann, den die Eltern zunächst nicht wiedererkennen und ihn aus Habgier ermorden, mit dem schrecklichen Ende: ›Der Vater stößt sich's Messer ins Herz, die Mutter stirbt vor Leid und Schmerz, die Tochter sprang in den Brunnen.‹ Ach, das ging mir jedes Mal richtig an die Nieren. Aber Oma kennt auch flotte Sachen wie ›Fräulein Lisette steigt aus dem Bette…‹ oder ›Ein Heller und ein Batzen war'n allzwei beide mein...‹ Das jedenfalls hatten wir und die Soubrette Louisa miteinander gemein.

Ben holte mich aus den Erinnerungen zurück. »Ich habe mal was über eine berühmte Opernsängerin – den Namen habe ich vergessen – gelesen, die in der Mitte des 19. Jahrhunderts 1000 Gulden pro Abend verdient hat. Ein Bankier dagegen musste damals für die gleiche Summe eine Woche lang schaffen. Der Marieluise ist es möglicherweise sehr gut gegangen!« Ben kippelte nach hinten, verschränkte die Arme hinter dem Kopf, wie er es oft tat. »Schauen wir doch mal beim Seidel-Archiv nach! Vielleicht hat der sie fotografiert!« Er klickte im Browser zum Seidel-Archiv beziehungsweise -Museum, das in einer Jugendstil-Villa untergebracht ist, dem ehemaligen Wohnhaus und Atelier des Fotografen. In dem hellen Glasatelier ist noch alles an Technik, Requisiten und Kulissen vorhanden, was ein Fotograf an der Wende vom 19. zum 20. Jahrhunderts brauchte. Die Motive von Josef Seidel und Sohn Franz waren weit gestreut – sie machten Portrait- und Gruppenaufnahmen im Atelier und im Freien, sie tuckerten mit einem Motorrad über Land, um Landschaften, Dörfer, Kirchen und Häuser, aber auch ihre Bewohner bei der Arbeit oder ihren Festen abzulichten und wurden so zu Chronisten des Lebens in Südböhmen – Fotos, die inzwischen fast alle digitalisiert und einsehbar sind.

Ben tippte den Namen Hanuss ein. Abgesehen von den Hochzeitsfotos meiner Urgroßeltern und den Aufnahmen meiner Verwandtschaft, die wir schon kannten, entdeckten wir nichts Neues. Als Ben aber nach Louisa Chanussoni fragte, erschien ein blasses Foto, die Totale einer älteren Dame im Halbprofil, die kokett über ihre Schulter in die Kamera blickte. Ganz die große Primadonna! Sie trug ein dunkles Tournürenkleid, das von vorn Figur zeigte, während die Rückseite durch Rüschen und Raffungen betont wurde und in einer kleinen Schleppe endete.

»*Cul de Paris* nannte man damals diese Mode, die den Po betonte«, informierte ich Ben. »Auf Deutsch: Arsch von Paris! Oder Pariser Arsch!«

Er schnalzte tadelnd, grinste aber dabei.

Üppige Volants umschmeichelten Louisas Dekolleté und den faltigen Hals. Das helle, wahrscheinlich weißgraue Haar trug sie locker hochgesteckt und oberdrauf saß ein winziger Hut mit kleinen Marabufedern. Die linke Hand stützte sich auf einen zierlichen Sonnenschirm. Insgesamt eine imposante Erscheinung, fand ich.

»Louisa Chanussoni, Sängerin, Stadttheater Böhmisch Krumau«, las Ben den zugehörigen Text vor.

Das Foto stammte von 1909. Da war Marieluise über siebzig Jahre alt, eine immer noch schöne, selbstbewusste Frau, nicht unvermögend, wie ihre Kleidung verriet. Die Familienbande waren zerrissen, könnte man schließen. Ben suchte im Krumauer Taufregister vergebens nach Kindern von ihr, und auch ein Ehemann ließ sich nicht finden. Wir rekapitulierten, was wir über die Kinderschar wussten: Ignaz starb im Hanusshof, Marieluise in Krumau, Anton als Baby und Laurens in Hollerstrauch im Haus Nr. 19. Und das fünfte Kind, was war mit dem?

Weitere Recherchen verschob Ben auf den nächsten Tag, denn er hatte von der Rezeption einen Flyer mitgebracht, der für ein Orgelkonzert im Kloster Goldenkron/Zlatá Koruna, warb. Ein Konzert auf einer Barockorgel – das reizte meinen bildungshungrigen Freund. Ich war zu träge dafür, ließ ihn ziehen, freute mich darauf, mal allein zu sein. Vom Balkon aus beobachtete ich die Kanus und Schlauchboote auf der Moldau, machte ein paar stimmungsvolle Fotos.

Und während ich auf das unruhige, braungraue Wasser blickte, auf diesen vorwärtsdrängenden Fluss, der sich aus zahllosen Flüsschen, Bächen und Rinnsalen speist, erschien er mir als Metapher für meine Ahnenreihe. Meine Existenz basiert auf so vielen Menschen und Schicksalen, von denen sicherlich manches in mir weiterlebt … etwas von schlichten Handwerkern und rührigen Arbeiterinnen, von zähen Klein- und mächtigen Großbauern und Bäuerinnen, geschäftstüchtigen Unternehmern und ihren kulturbeflissenen Gattinnen, auch etwas von ambitionierten oder bescheidenen Künstlern, den obrigkeitsgläubigen kleinen Beamten und ihren strebsamen Ehefrauen – lebenslustige und griesgrämige Menschen, dickfellige und zupackende, herrische und devote, fleißige und faule, wie überall. Und nicht zu vergessen die Hallodris und jene Mädchen, die allein gelassen sich und ihr Kind ernähren mussten.

Die Gedanken glitten zurück zu diesem fünften Kind von Judith. Ich musste weitersuchen.

Mit Hilfe der Quellenangaben meines Opas fand ich es. Es wurde im März 1842 geboren und auf den Namen Tobias Martin getauft. Pate war ein Richard Schüsser, ›Mesner und Organist‹ in Chrobold, laut Wikipedia eine Berufsbezeichnung für einen Küster, der gleichzeitig Organist war. Eine verwandtschaftliche Beziehung zu den Sippen Hanuss oder Polleichtner gab es anscheinend nicht. Vielleicht war der Schüsser ja ein Freund der Familie und/oder Kollege des Laurens-Paten Hans Rohrbach, der zwar Lehrer, aber ebenfalls Organist war.

Bei der Geburt dieses Kindes war Judith einunddreißig Jahre alt. Sie war offensichtlich überwiegend allein. Ihr Mann Martin paradierte im Krumauer Schloss in der fürstlichen Hofgarde, hatte vielleicht eine Geliebte und verleugnete möglicherweise die Familie, wie aus seinem Sterbeeintrag geschlossen werden kann. Der Hofbesitzer Paulus Polleichtner starb 1845, dann erst wurde Judith Herrin des kleinen Gehöfts. In den Taufregistern ist ihr Name jahrelang unter der Rubrik ›Hebamme‹ notiert. Zu ihrem Familienleben gab es nur noch diesen Eintrag vom Tod ihres Großvaters, den über die Geburt des letzten Kindes und schließlich den ihres Todes. Auch Tobias muss Hollerstrauch irgendwann verlassen haben, denn er taucht weder im Trauungs- noch im Beerdigungsregister auf, hat mein Opa notiert. Tobias ist möglicherweise auf der Suche nach Arbeit ›in die Welt gegangen‹, wie das damals hieß, vielleicht schwemmte ihn die Auswanderungswelle sogar bis nach Amerika, wer weiß.

Judith starb 1891, also achtzigjährig, an ›Ischämie‹, was Schlaganfall oder Thrombose bedeutet. Laurens lebte bis zuletzt bei ihr in der Nr. 19. Er war mal kurz verheiratet, doch seine Frau starb im Kindbett, das Neugeborene ebenfalls. Als sein Beruf ist Schäffler angegeben. Der Name steht für ein Handwerk zur Herstellung von Eimern, Trögen und so weiter aus Holz, fand ich heraus.

Nachdem ich mir geduldig Bens begeisterte Beschreibung des Orgelkonzerts in Zlatá Koruna angehört hatte und schließlich auch meinen abschließenden Bericht zu Judiths Familie abgeben konnte, mahnte er: »Wir müssen den Ignaz verfolgen. Von dem stammst du doch ab.«

Ich stöhnte. Das war überflüssig. Mein Opa hatte das doch längst herausgefunden und schriftlich festgehalten in seinem Heft, unter anderem den Trauungseintrag von Ignaz mit Adresse Hollerstrauch Nr. 19. Da war er gerade mal zwanzig Jahre alt und benötigte die Heiratserlaubnis seiner Mutter, weil er noch nicht volljährig war. Seine Frau Frieda, einige Jahre älter, gebar fünf Monate nach der Trauung ihr erstes Kind. Es gab keine weiteren Besonderheiten über Ignaz, außer, dass er, durch welche Schicksalswendung auch immer, sein Leben im Hanusshof beendet hat. Er wurde Vater von fünf Kindern, die drei letzten wurden im Haus Nr. 7, also im Hanusshof geboren. Das Seidel-Foto der Bauernfamilie könnte das illustrieren, aber es bleibt nur eine Vermutung. Mir reichte das.

»Ich möchte abreisen«, bekannte ich kleinlaut.

»Ich nicht. Was ist denn plötzlich los mit dir? Interessieren dich deine Vorfahren nicht mehr? Ist doch toll, hinter dieses Geflecht zu steigen!«, brummte Ben.

»Ja, schon. Aber…«

»Außerdem, hier gibt es noch so viel zu sehen! «

»Und was, bitte?«

Ben dachte kurz nach. »Also Telč zum Beispiel soll eine schöne Stadt sein. Das Bäderdreieck kenne ich nicht, Prag auch nicht. Ich finde, wenn wir schon mal hier sind…«

Bis auf Prag hatte ich diese Orte auch noch nicht besucht. Nach Prag ging meine letzte Klassenfahrt in der Oberstufe.

Ich erinnere mich an durchfeierte Nächte in der Jugendher-
berge und die maßlose Biersauferei, weil das so billig war.
Unser junger Lehrer hat alles mitgemacht. Ich glaube, der
war damals irgendwie unglücklich, vielleicht wegen Liebes-
kummer. An die Stadt selbst erinnere ich mich kaum.

Sollte ich Ben begleiten oder besser die Reise abbrechen, zu
Hause meine Gynäkologin aufsuchen oder schleunigst die
Schwangerschaftskonfliktberatung?

Wie wilder Wein streckte Judiths Schicksal seine Ranken
nach mir aus. Es war schwer, ihnen zu entkommen. Aber
ich musste mich jetzt um die Gegenwart kümmern. Das
Kind, das in mir lebte, änderte alles.

Judith
1840 - 1841

Am Martinstag sehen Judith und Martin sich wieder. Die Kinder freuen sich ausgelassen, besonders über die kleinen Mitbringsel, mit denen der Vater sie beschenkt.

In der Nacht findet Judith kaum Schlaf. Ihr fehlt der Platz im Bett, das sonst ihr allein gehört. Gestern Abend ist es zum ersten Mal passiert, dass Martin von seiner Männlichkeit im Stich gelassen wurde. Sie haben es beide stillschweigend übergangen. Auch Martin dämmert nur so dahin, und als der Morgen graut, tritt er ans Fenster und starrt hinaus.

»Felder hast du jetzt gar keine mehr?«, will er wissen.

Nein, sie habe alle abgegeben bis auf die Felder hinter dem Haus. Es sei nicht zu schaffen, so allein. Judith bemüht sich, keinen Vorwurf mitklingen zu lassen. Sie reckt sich, denn der Rücken ist steif geworden beim verkrampften Liegen. Martin dreht sich um und verschränkt die muskulösen Arme vor der Brust. Er trägt nur seine lange Unterhose und sieht sehr männlich aus.

»Judith, ich muss dir was sagen.« Er wartet, bis ihre Augen sich treffen. »Ich will die Scheidung.«

Ihr Atem setzt aus. Scheidung!? Scheidung! Er weiß alles! Irgendwer hat ihm gesagt, dass ich eine Liebschaft habe. Irgendwer hat es bis nach Krumau getragen. Oh, mein Gott!

»Scheidung! Aber warum denn?«, fragt sie trotz ihres Schrecks mit einer heuchlerisch-unterwürfigen Stimme.

Martin geht um das Bett herum, setzt sich neben sie.

»Es – es geht so nicht weiter«, stammelt er. »Weil … Ich komm nicht los von der anderen.«

In Judith brodelt es sofort wie in einem Kochtopf, Zorn auf diesen Hallodri, auf diese andere, diese Dirne, diese Hure, diese … diese … Den Zorn mildert ihr eigenes schlechtes Gewissen, mündet in die Erleichterung, dass ihre Affäre nicht der Grund für sein Ansinnen zu sein scheint.

Sie richtet sich auf. »Die Scheidung willst du also. Aber wie stellst du dir das vor? Was soll aus uns werden?«

»Ich werde für euch sorgen, verlass dich drauf. Aber du und ich, das hier, das Eheleben«, er klopft mit der flachen Hand auf den Strohsack, auf dem er sitzt. »Das, das geht nicht mehr. Du – du hast es ja gesehen.«

Sie schweigen eine lange Weile. Jeder stiert in einen anderen Winkel.

»Scheidung! Das kannst du mir nicht antun, Martin«, presst Judith endlich mit fast tonloser Stimme hervor. »Mein Leben in Hollerstrauch wär ja wieder ein einziges Spießrutenlaufen! Wieder mal, ja! Weißt du nicht, wie sie hier eine Frau behandeln, der der Mann davongelaufen ist?«

Martin lässt den Kopf hängen. »Ja, ja, das weiß ich schon, aber…«

»Die andere, die verlangt das von dir, stimmt's? Sie will nicht nur dich, sondern auch dein Geld!«

»Nein, nein! Da irrst du dich! Sie braucht mein Geld nicht, sie kann sich gut selbst ernähren mit dem Gasthaus. Begeistert ist sie natürlich nicht darüber, wenn ich regelmäßig zu dir herfahre. Sagen tut sie nichts dazu.« Er seufzt, lehnt sich zur Seite und den Kopf an den ihren. »Ich bin's, ich will Ordnung schaffen in unserem Leben, ich will die Trennung, Judith. Ich ganz allein. Ich bin der anderen verfallen. Ganz und gar. Es zerreißt mich!«

Der Hallodri sitzt neben ihr, geschrumpft zu einem unglücklichen Häufchen. Ein Hauch von Ehrgefühl und Anstand umgibt ihn plötzlich, von Würde und Selbstachtung. Sie wischt ihm mit zitterndem Finger eine Träne weg.

»Habt ihr Kinder, du und – die andere?«, flüstert sie.

Martin schüttelt den Kopf. »Sie hat eins, ein Mädchen, aber es ist nicht von mir, sagt sie.«

Sie schweigen, starren blicklos zum Fenster hinaus in die Ferne.

»Aber warum – warum hast du mich geheiratet, wenn du so von der anderen besessen bist?«, fragt Judith nach einer Weile sachlich.

Martin hebt die Hände, lässt sie wieder fallen. »Es hat halt einfach sein müssen. Die Zeit nach der Geburt vom Ignaz war für mich auch kein Zuckerschlecken, weißt du. Ich war für alle ehrlos, ein übles Subjekt, ein Wortbrecher, ein Mädchenverführer, ein…«

Er verstummt.

»Und?«, bohrt sie weiter.

»Ich wollte meinen guten Ruf wiederhaben, und das ging nur mit unserer Heirat, das hab ich eingesehen. Hab gedacht, mein Vater würde eines Tages nachgeben und mich doch zum Erben machen, wenn er mir schon das Kranzgeld nicht auszahlen wollte. Und der Gedanke, dich, so eine Blitzsaubere, Fesche zum Weib zu haben, hat mir schon sehr gefallen. Doch! Mit ihr – also mit der anderen, da hätte ich überhaupt keine Chance beim Vater gehabt und auch bei den Leuten nicht. Am Anfang war es ja gut und schön mit dir und mir, nicht wahr? Aber dann, auf einer Kirchweih in Schwarzdorf, da habe ich sie wiedergesehen und da…«

Sein Kinn sinkt auf die Brust.

Plötzlich tut er Judith leid. Jahrelang hat diese heimliche Leidenschaft in ihm geglüht, jahrelang war er hin- und hergerissen zwischen zwei Frauen. Aber wenn sie an die Zukunft denkt, wird ihr schwindelig vor Angst. Jetzt, wo die Möglichkeit greifbar vor ihr liegt, allein, selbstständig, selbstbestimmt und frei leben zu können, zuckt sie zurück. Sie sucht fieberhaft nach einem Ausweg, bietet schließlich einen Kompromiss an.

»Bitte, Martin, keine Scheidung! Ich will nicht schon wieder am Pranger stehen! Verstehst du das? Bitte, tu mir das nicht an. – Hör mir zu: Ich gebe dich frei für deine Geliebte, ja. Mir brauchst du ab jetzt nichts mehr vorzuspielen.« Judith klopft, wie er es getan hat, mit der linken Hand leicht auf das Bett. »Das, das lassen wir in Zukunft. Aber gib mir und den Kindern weiter den Schutz deines Namens.«

Nach kurzem Nachdenken hebt Martin den Blick, seine Lippen zucken, als er flüstert: »Ich habe es verpatzt, nicht wahr?«

»Wir, Martin. Wir haben es verpatzt.«

Sie sitzen eine ganze Weile beieinander. Sie einigen sich, dass sie die Fassade, also den Anschein einer Ehe aufrechterhalten werden. Hier und da wird er wie bisher – wegen der Kinder, wegen der Leute – nach Hollerstrauch kommen. Auch finanziell wird er sie unterstützen. Nur eben ein Paar, das werden sie nicht mehr sein. Und von diesem Pakt wird sie niemandem erzählen, nicht einmal der Mizzi.

Anderntags, schon sehr früh am Morgen, trennen sie sich, ruhig und gelassen wie Freunde. Vom Besuch des Martinsfests ist keine Rede mehr.

Von ihrer heimlichen Liebe zu Hans Rohrbach hat Judith ihrem Mann nichts gesagt. Soviel Anstand hatte sie nicht, muss sie sich voll Scham eingestehen. Es ist ihr Selbsterhaltungstrieb, der sie vor diesem Geständnis zurückzucken ließ; denn im Gegensatz zu ihr könnte Martin einen Seitensprung nie verzeihen, das steht außer Frage.

Tagelang grübelt Judith über ihre Situation. Soll ich doch die Courage haben und in die Scheidung einwilligen? Frei zu sein war schon einmal eine große Verlockung, damals, als sie aus Eleonorenhain zurückgekehrt ist, erinnert sie sich. Ich wäre frei in meinen Entscheidungen, auch frei für Hans.

Im Laufe der Zeit haben Hans und sie sich immer mehr für einander geöffnet. Während Judiths Schicksal wie ein offenes Buch vor ihm lag, wusste sie nichts von seinem Leben vor Hollestrauch und war entsprechend neugierig. Sie erfuhr, dass Hans früh verwaist war; sein Vater fiel 1809 in der Schlacht bei Znaim, da war Hans gerade mal sechs Jahre alt. Seine Mutter starb bald nach des Vaters Tod an einer Blutvergiftung. Seine Schwester, neun Jahre älter als Hans, arbeitete zu der Zeit als Krankenpflegerin in einem Sanatorium in Karlsbad, konnte sich nicht um den Bruder kümmern. Ein Onkel, der Bruder seines Vaters, holte den kleinen Hans zu sich. Dieser Onkel Emil ist ein angesehener Verwaltungsbeamter in der Herrschaft Libiegitz des Fürsten Schwarzenberg, in deren zig Dörfern unter anderem eine Ölpresse, eine Garnspinnerei und eine Branntweinbrennerei betrieben werden.

Onkel Emil und seine Frau Martha waren kinderlos geblieben und überschütteten ihren Neffen mit ihrer ganzen Liebe. Das vereinsamte Kind wollte natürlich geliebt werden und lernte bald, dass es gefügig sein musste. Das erinnert Judith sehr an ihre eigene Kindheit. Hans wurde von einem Hauslehrer unterrichtet, und Onkel Emil finanzierte auch seine Ausbildung zum Volkschullehrer in einem Lehrerseminar in Bayern. Danach nutzte sein Onkel seine Beziehungen, sodass Hans in Libiegitz unterrichten konnte. So war er wieder in ihrer Nähe.

»Völlig vernarrt sind die zwei in mich«, hat Hans einmal geseufzt. Der Onkel unternahm, als Hans sechzehn Jahre alt wurde, mit ihm sogar eine Art ›Grand Tour‹ zu den größeren Städten im Umkreis – Weimar, Würzburg, München und zuletzt nach Wien. Dort, sozusagen als Initiation ins Erwachsenenleben, besuchte der Onkel mit ihm ein Bordell, wo Hans der geschäftsmäßige Ablauf des Beischlafs mit einer Dirne mittleren Alters mehr verschreckte als animierte.

Auch von seiner ersten Liebe hat Hans Rohrbach wehmütig schmunzelnd erzählt. »Sie war Gartenarbeiterin, die im Libiegitzer Fasanenpark gejätet und geharkt hat, konnte weder lesen noch schreiben, sah aber aus wie ein Engel. Herrgott, war ich verliebt!«

Als seine Pflegeeltern seine nicht standesgemäße Verliebtheit entdeckten und registrierten, wie ernst es Hans damit war, sorgten sie dafür, dass er schleunigst nach Hollerstrauch versetzt wurde.

»Und hier bin ich dir begegnet, Judith, und du hast mir auf der Stelle den Atem verschlagen!«, bekannte Hans und wurde rot dabei. »Nicht nur, weil du schön bist, nein. Ich war fasziniert davon, wie du gegen die Regeln deiner Umwelt so entschlossen angerannt bist! Du, so ein sanftes, braves Mädchen, wurdest so nach und nach zur Furie. Du warst so wunderschön in deinem Zorn!«

Laurens zögerliche geistige Entwicklung liefert Hans Rohrbach einen Grund, öfter bei den Polleichtners einzukehren. Er lässt sein Patenkind Kinderreime lernen, um sein Gedächtnis zu trainieren, gibt ihm einfache Rechenaufgaben, um die Konzentration zu fördern. Der Erfolg ist nicht sehr groß, doch Hans beruhigt Judith. So ein Stillstand in der Entwicklung käme oft bei Kindern vor.

Wenn Judith und Hans sich bei diesen Gelegenheiten am Tisch gegenübersitzen, erfährt sie durch ihn auch von Ereignissen in der großen Welt, die Hollerstrauch nicht einmal streifen. Hans bezieht eine Münchener Zeitung und die *Österreichisch-kaiserliche Wiener Zeitung*, die allerdings immer mit tagelanger Verspätung im Schulhaus eintreffen. Ohne ihn wüsste Judith nichts vom vor ein paar Jahren erst stattgefundenen Hambacher Fest oder dem Wartburgfest, nichts von nationaler Einheit, nichts von bürgerlicher Opposition. Überall in den deutschen Ländern, auch in Frankreich, scheint es zu gären. Eine andere, beängstigende Information ist, dass sich von Danzig und Königsberg aus die Cholera gen Westen ausbreitet, eine schlimme Infektionskrankheit des Gedärms. Es wurde geraten, nur abgekochtes Wasser zu trinken und zu verwenden. Hans weiß aber auch schöne Dinge zu berichten, schwärmt von Komponisten, deren Namen Judith noch nie gehört hat, deren Werke er auf der Orgel nachspielt. Oder er spricht von Dichtern im fernen Sachsen-Weimar oder Russland, aber auch von einem Dichter und Maler namens Adalbert Stifter. Der sei gar nicht weit von Hollerstrauch geboren, und grad jetzt sei in Wien sein Buch ›Feldblumen‹ erschienen, das sich Hans gleich beim Verlag bestellt hat.

Ja, sie verstehen sich gut, sie würden gut miteinander auskommen.

Aber wird Hans ihr folgen, wenn sie geschieden würde? Kann er sich von den Fesseln der Konventionen befreien? Und was würde aus dem Großvater? Paulus Polleichtner sitzt jetzt viel auf der Bank im Hof, zusammengesunken und mit kalter Pfeife. »Nein, das ist nicht recht«, murmelt er oft. Fehlt nicht viel auf die Achtzig, er hat gern gelebt, mal gut, mal schlecht, aber jetzt reicht es ihm. So hat er sich das nicht vorgestellt. Täglich bringt Judith ihm einen Becher heiße Honigmilch, die er sehr liebt, setzt sich zu ihm und versucht ein Gespräch, aber der alte Mann hat kein Interesse mehr an dem, was ihn umgibt. Judith führt ihm immer wieder vor Augen, dass sie ohne ihn verloren wäre, aber die Trauer lässt sich nicht vertreiben. Manchmal erkennt er sie oder die Kinder nicht, läuft davon und findet nicht zurück. Er hockt im Hof oder lehnt sich im Stall an den alten Joschi, erzählt ihm oder dem Kater irgendwelche Geschichten, lebt ansonsten weiter in seinem Ausgedinge, bricht oft in Tränen aus. Beginnende Demenz nennt Doktor Kern den Zustand. Könnte sie ihn mitnehmen in eine fremde Umgebung, in der sie selbst zu Beginn unsicher und verloren sein würde?

Lässt sie ihn zurück, wird man ihn, wie es hier üblich ist, von einem Bauern zum nächsten weiterreichen, am Ende ins Altenhospiz irgendeines Klosters einweisen. Nein, ausgeschlossen!

Neulich überraschte sie ihn vor dem Holunderbusch an der Haustür. Er starrte in das Geäst. »Da, siehst du? So geht's.« Er deutete auf einen dicken trockenen Ast, an dem das Laub schlaff herunterhing. »Der kann auch nicht mehr. Jetzt dauert es nicht mehr lang mit mir…«

»Geh, das ist Aberglaube!«, hat Judith lachend geschimpft, aber ihr ist kalt geworden dabei.

Und Ignaz? Daheim gibt es nur noch so viel Land und Vieh, dass es fürs tägliche Leben der fünfköpfigen Familie reicht. Er ist voll Tatendrang, hält sich deshalb oft im Hanusshof auf, packt mit an. Hier und da bringt er einen Sack Kartoffeln mit, einen Beutel Mehl, einen Schinken oder einen Striezel. Die Frage, ob er etwa dort Knecht sei, stellt sie nicht mehr. Er spricht nicht gern darüber, was er dort tut, aber es scheint ihm Freude zu machen, sein Selbstvertrauen ist gewachsen. Er gilt als gute Arbeitskraft. Judith hat mit ihm über mögliche Berufe diskutiert, die in der engeren und weiteren Umgebung von Hollerstrauch möglich wären – in den Krumauer Webereien oder der Papierfabrik, in einer Brauerei, der Forstwirtschaft, dem Bergbau, der Glasindustrie – aber nichts reizt ihn.

»Ich will Bauer werden. Hier in Hollerstrauch. Unser Hof ist mir gerade recht. Ich mach' was draus! Du wirst schon sehen!«, hat er ihr ganz ruhig und zielstrebig erklärt. Judith ließ das Thema fallen. Könnte sie es übers Herz bringen, ihn in Hollerstrauch zurückzulassen?

Luise war als Kleinkind schon entzückend, jetzt ist sie ein bildschönes Mädchen, das sich ungern die Finger schmutzig macht. Aber sie muss die Wäsche bügeln, die Frieda gewaschen hat, ihre eigenen Strümpfe und die ihrer Brüder waschen, muss den Tisch decken und abräumen, wenigstens das verlangt Judith von ihr. Diese Pflichten erledigt Luise mit beleidigter Miene. Sie singt begeistert im Schülerchor, und Hans bringt ihr das Orgelspielen bei, soweit das mit ihren noch zu kurzen Beinen möglich ist. Ja, Luise ist wendig wie eine Katze, sie würde es schaffen. Und Laurens? Sein mürrisches Greisengesicht hat sich nach und nach gewandelt. Ein Kobold ist zum Vorschein gekommen mit listigen Augen und einem verschmitzten Humor, sodass Judith ihn oft lachend an sich ziehen und drücken muss. Er ist immer noch langsamer im Begreifen als seine Geschwister, aber verlässlich und gutmütig. Auch er würde einen Umzug verkraften, er ist noch so jung und formbar.

Ihre Kinder sind also aus dem Gröbsten heraus und belastbar. Ein Ehemann, ein Hausherr ist eigentlich nicht vonnöten, macht sie sich hochfahrend Mut. Und was scheren mich die Leute?! Dennoch, sie ist eine verlassene Frau, sie ist gedemütigt und verletzt. Die andere hat sie besiegt, das nagt an ihr. Selbstzweifel überfallen sie immer wieder. Aber die heimliche Liebe von Hans tröstet Judith in dieser Zeit, stützt sie. Diese Liebe ist eine Insel, auf die sie sich in ihrer Vereinsamung flüchtet. Es hat wohl Martins ungestüme animalische Präsenz gebraucht, um sich nach dem zärtlichen Respekt dieses anderen Mannes zu sehnen. Kann nicht alles so bleiben wie es ist?

Auf dem Heimweg von einer Entbindung bringt Judith ihre Kalesche auf dem Feldweg zum Stehen, schaut zurück auf Berlau. Unweit davon erhebt sich die Ruine der Burg Kuglwaid, aber im Morgendunst sind sie und die Klosterruine nur schemenhaft zu erkennen. Es ist Frühling im Böhmerwald. Die bestellten Felder ringsum, die zu Hollerstrauch gehören, schimmern in unterschiedlichen Grüntönen, im Wald haben Leberblümchen, Buschwindröschen und dunkles Lungenkraut das Buchenlaub durchstoßen, die Schlüsselblumen ganze Waldschläge in einen gelben Teppich verwandelt. Ein paar hat sie unterwegs ausgegraben, weil sie aus den Wurzeln einen Sud herstellen wird gegen verschleimten Husten und Schnupfen.

Ihre ›Kräuterkate‹, wie die Dörfler das Haus der Schönauerin jetzt nennen, wird gut angenommen. Onkel Jakob hat die Bretterwände und den Dielenboden neu gebeizt, zwei Regale beigesteuert und die wenigen Möbel der Schönauerin aufpoliert. Der Kauz hat sich ein paar Tage beleidigt verzogen, tauchte aber wieder auf, als endlich Ruhe in seinem Domizil eingekehrt war. Weil Judith darauf bestanden hat, ließ Ignaz das kleine Schlupfloch im Dach für ihn offen. Jetzt bietet Judith einmal in der Woche nachmittags verschiedene Teesorten an, duftende Kräutersäckchen, Seifen, Zahnpulver und Melkfett für schrundige Füße und Hände. Das Seifensieden hat sie jedoch bald wieder eingestellt, weil es doch ein sehr aufwändiger Arbeitsprozess war. Gleichzeitig entwickeln sich diese Nachmittage zu Beratungsstunden für die Ehefrauen und die, die es demnächst werden wollen.

Judith trinkt einen Schluck aus der Blechkanne, reißt ein Stück vom Brot ab, lässt den Blick schweifen. Eine kleine Pause tut gut. Joschi schüttelt seine gelbe Mähne, knabbert am Reisig einer Birke.

In dieser Gegend, nahe der deutsch-tschechischen Sprachgrenze, werden beide Sprachen gesprochen. In der Schule wird sogar zweisprachig unterrichtet, hat ihr Hans erklärt. Die Redewendungen, die Judith von ihrer Mutter aufgeschnappt hat, helfen ihr bei den tschechischen Familien, auch bei der von heute Nacht. Die Entbindung hatte mehrere Stunden gedauert, gottlob ist alles gut verlaufen. Erst ein einziges Mal, vor rund einem Jahr war das, musste sie die Entbindung eines toten Kindes erleben, sie denkt möglichst nie daran. Ihr war bei der Untersuchung gleich aufgefallen, dass keine Herztöne zu hören waren und der Bauch der Frau abgenommen hatte. Die werdende Mutter bekannte, dass sie schon ein paar Tage keine Kindsbewegungen mehr gespürt, aber sich dennoch eingeredet habe, dass alles in Ordnung sei. Als sie endlich Judith kommen ließ, war es zu spät. Die junge Frau beschwor sie, das Ungeborene zu taufen, denn die Vorstellung, dass das kleine Wesen andernfalls ewig im Fegefeuer schmoren würde, war der Albtraum aller Gebärenden. Judith ließ sich erweichen, das Kind mit der Nottaufspritze zu taufen, wohl wissend, dass sie ein totes Ungeborenes eigentlich nicht taufen durfte. Als Doktor Kern eintraf, diagnostizierte er den intrauterinen Fruchttod, musste den Säugling aus dem Mutterleib holen. Ein grauslicher Vorgang! Danach litt die junge Mutter lange unter Blutungen, erholte sich nur in kleinen Schritten. Ein Unglück, das die Familie, Arzt und Hebamme gleichermaßen belastete.

Judith bewegt mehrmals die Zügel, bis der Gaul reagiert, dann holpern sie weiter. Als sie die Anhöhe erreicht, hinter der Hollerstrauch liegt, sieht sie auf dem Weg eine dunkle Gestalt auf sich zueilen. Sie errät gleich, dass es Hans Rohrbach ist. Der Wind hier oben reißt an seinem Lodenumhang, er muss seinen Hut fest in die Stirn drücken. Auf der Höhe des Friedhofs treffen sie zusammen, begrüßen sich mit glücklichem Lachen, aber förmlich. Man weiß ja nie, ob nicht irgendwo jemand auf den Feldern zugange ist. Judith lädt Hans ein, in den Wagen zu steigen, aber er bleibt lieber auf der Straße stehen. Er habe sich gedacht, dass sie über diese Straße heimfahren würde, wollte sie abfangen, sagt er ernst.

»Judith, ich muss dir was sagen, ehe du es von Mizzi hörst und vielleicht falsch reagierst.« Allmählich steigt Röte in sein blasses Gesicht. »Mizzi ist guter Hoffnung. Wir erwarten ein Kind.«

Judiths Atem stockt, ein Hitzeschwall fährt ihr von der Brust ins Gesicht, aber sie reißt sich zusammen.

»Gratuliere«, murmelt sie dumpf. »Das hat sie sich ja schon so lange gewünscht.«

»Ja, sie war deswegen schon ganz nervös, richtig wehleidig.« Hans legt seine behandschuhte Hand auf ihre, die den Zügel krampfhaft umklammert. »Schau, ich wollte halt, dass du es von mir erfährst, Liebste.«

Judith fährt mit der freien Hand kurz über die seine. »Und jetzt?«

Er schluckt, greift nach ihrer Hand, küsst die Haut am Rande ihres Handschuhs. »Ich fürchte, das ist der Zeitpunkt, wo wir uns Adieu sagen müssen...«

Judith schüttelt mit geschlossenen Augen wild den Kopf, schreit auf: »Nein, nein, bitte nicht!« Und leiser, weil Hans sich erschrocken umsieht: »Ich brauche dich! Grad jetzt brauche ich dich so sehr.«

»Schon gut, schon gut, Liebste.« Er befreit sich vorsichtig aus ihrer Umklammerung. »Mir fällt der Gedanke auch nicht leicht. Aber dem Kind zuliebe...«

»Ich habe auch Kinder und hintergehe sie, wenn du das meinst«, unterbricht ihn Judith aufgebracht.

Hans Rohrbach seufzt, die Augen auf seine Schuhspitzen gesenkt. »Ja, das ist richtig.«

»Wie weit – im wievielten Monat ist sie denn?«, fragt Judith sachlich, als sie sich wieder gefasst hat.

»Im zweiten oder dritten, ganz am Anfang. Ich weiß es auch noch nicht lang.« Hans hebt den Blick und schaut Judith an. »Ich liebe dich ja, Judith. Der Gedanke, dich aufzugeben, ist auch für mich kaum zu ertragen.«

Judith schluckt die Tränen hinunter. »Es muss ja nicht gleich sein, die Trennung, nicht wahr? Lass uns noch ein bisschen warten. Nur noch ein bisschen.«

Hans seufzt, nickt. »Ja, ein bisschen … So, jetzt muss ich aber gehen, ein Stück noch, um frische Luft zu schnappen.« Er geht. Nicht wegen der frischen Luft, wegen der Leute, kommentiert es Judith im Stillen. Auch er hat Angst vor den Leuten. Ein verheirateter Lehrer mit einer Liebschaft wäre unhaltbar.

Sie starrt eine Weile hinunter auf Hollerstrauch. Schaffen wir das – sich begegnen, treffen, plaudern, lachen, ohne dem Drang nachzugeben, sich zu berühren, sich zu küssen, sich in den Armen zu liegen? Wegen der Leute sehen sie sich ja nicht oft. In der alten Kate treffen sie sich, wenn Hans sich auf einen Gang ins Wirtshaus oder zu irgendwelchen Eltern oder mit einem Spaziergang herausreden kann – und das ist selten – und wenn Judith zur selben Zeit keine Pflichten hat. Ihre geheimen Treffen kann sie ungefähr an zehn Fingern abzählen. Die Virilität ist bei Hans nicht so ausgeprägt, wie bei Martin, und auch Judith sehnt sich bei ihm mehr nach liebevoller Zuwendung als nach sinnlichen Genüssen. Sie müssen von den alltäglichen Begegnungen zehren.

Nicht immer, aber oft setzt sich bei solchen Besuchen von Hans der Großvater auf die Bank neben der offenen Haustür wie ein treuer Wachhund. Judith fragt sich, ob der einsame Alte über ihre Moral wachen oder dem Besuch des Schulmeisters nach außen hin einen harmlosen Anstrich geben will. Und manchmal, wenn sie allein sind, abgesehen von dem Alten auf der Bank draußen, können sie sich an den Händen halten, sich streicheln, manchmal sogar küssen. Es ist, als seien sie allein auf einem Berggipfel.

Und diese Begegnungen, die von Kribbeln, Herzklopfen, Hitze begleitet werden, sollen vorbei sein? Nein, sie kann nicht loslassen, kann nicht hergeben, was sie sich erobert hat.

Mizzis Argwohn scheint sich gelegt zu haben. Oder nicht? Einmal stand Judith vor dem Zaun, der das Gärtchen zum Schulhaus begrenzt. Mizzi zieht darin ein bisschen Kohl, Küchenkräuter und rote Rüben, lockerte gerade das Beet mit einer Hacke. Der einzige Obstbaum im Vorgarten, neben einer jungen Weißtanne, ist ein Marillenbaum, der über und über beladen war mit Früchten. Judith sagte irgendetwas Bewunderndes, da lachte Mizzi, ohne aufzublicken. »Jaja, die Früchte in Nachbars Garten sind immer die schönsten.« Ein anderes Mal meinte Mizzi unvermittelt: »Ob der Martin dir wohl jetzt wieder treu ist? Also – dass der Hans mich betrügt, das kann ich mir nicht vorstellen! Würdest du es ihm zutrauen?« Judith erstarrte ein paar Sekunden. »Nein, das kann man sich nur schwer vorstellen«, antwortete sie, die Augen geradeaus gerichtet. Nie wieder hat sie sich so geschämt.

Nach und nach hat sich ihre herzliche Freundschaft, die seit den Kindertagen bestand, gewandelt. Vielleicht war jener Tanz mit Hans beim Martinsfest der Auslöser. Jedenfalls ist die Offenheit verschwunden, Vertraulichkeiten gibt es nicht mehr. Mizzi ist zwar immer noch die einzige junge Frau, mit der sie Umgang pflegt, doch es hat sich eine Distanz zwischen ihnen entwickelt. Aber Mizzi sagt nichts, tut nichts, wartet einfach ab.

Vielleicht verhält sie sich so, weil sie darauf vertraut, dass ich kein zweites Brandmal riskieren würde, sinniert Judith manchmal. Sie glaubt, dass ich ein Gewissen habe. Sie hat keine Ahnung von dem Labyrinth, in dem ich herumrenne.

Alles ändert sich, als sich die Familie im August einmal zu einer kräftigen Suppe aus Rindsknochen mit Wirsing, Bohnen und Erdäpfeln an den Tisch setzt. Judith wird schon nach ein paar Löffeln übel und erbricht sich in einen Eimer. Zu fett sei die Suppe, viel zu fett, rügt sie Frieda. Aber die Übelkeit, das Erbrechen am Morgen wiederholen sich. Voll schlimmer Ahnungen kann sie es vor den Kindern und Frieda verbergen.

Jesusmaria, sie könnte schwanger sein! Nein, sie ist schwanger, sagt ihr der Urintest, Ende des zweiten Monats. Ihr ist, als stürze sie von ihrem Zufluchtsort, jenem windstillen Berggipfel, tief, tief hinab in eine brausende Klamm, gewichtslos, den Kopf leer wie eine aufgeblasene Schweinsblase. Schwanger, auch sie! Was jetzt? Was jetzt!

Hans kann sich nicht zu diesem Kind bekennen, und wenn er es tut, sind sie beide als Ehebrecher entlarvt. Sie müssen sogar mit einer Bestrafung rechnen, wenn Mizzi oder Martin sie anzeigen. Was wird dann aus ihren Kindern? Wird Martin sie ihr wegnehmen, sie zu Verwandten oder in ein Kinderheim stecken oder sie gar seiner Liebschaft, der schwarzen Grete anvertrauen? Keine schwangere Frau wird Judith als ihre Hebamme haben wollen. Die Welt, die sie sich mit eisernem Willen aufgebaut hat, bröckelt. Judith bewahrt wegen der Kinder Haltung, doch sobald sie allein ist, schütteln sie Weinkrämpfe. Soll sie abtreiben? Dieses geliebte Kind töten, sich selbst dabei in Lebensgefahr bringen? Nach ihrer Aussprache über die eventuelle Scheidung haben Martin und Judith getrennt geschlafen, so auch bei ihrem letzten Wiedersehen in den Weihnachtstagen. Selbst wenn sie wollte, rein rechnerisch könnte sie das Kind ihrem Mann nicht so ohne weiteres unterschieben.

In ihrer Ratlosigkeit stürzt sich Judith in die Hausarbeit. Sie muss einen Eimer Brombeeren verarbeiten, die Frieda mit den Kindern am Vortag am Waldrand gesammelt hat.

Frieda hat die Beeren gestern noch abgebraust, hat sie gezuckert, mit Apfel- und Holundersaft vermischt und im Keller ziehen lassen. Judith lässt das Ganze einmal aufkochen, passiert es durch ein Haarsieb, wobei sie vorher einen Teil Brombeeren beiseitestellt. Das Mus wird im Kochtopf mit dem restlichen Zucker vermengt, sprudelnd gekocht und dann in vorbereitete Gläser und Marmeladentöpfchen gefüllt. Die ganzen Brombeeren werden darin als Schmankerl versenkt.

Zwischendurch setzt sie sich, stützt den Kopf in beide Hände. Für dieses Kuckuckskind wird Martin, der Platzhirsch, niemals seinen Namen hergeben! Jesusmaria! Was soll ich tun?!

Die Küche ist inzwischen ein wahres Dampfbad, die süßen Düfte von Zucker und Beeren ziehen durchs Haus, auf dem Tisch reiht sich auf einem nassen Handtuch Glas an Glas, Töpfchen an Töpfchen. Just in dem Moment schallt vom Hof her ein schmerzerfüllter Schrei von Laurens. Judith rennt hinaus. Angelockt von den süßen Düften schlüpft unterdessen Luise in die Küche, schnuppert an den gefüllten Gläsern, tupft hier und da einen gelierten Klecks von der Tischplatte. Sie hat ein Sträußchen in der Hand, fein gebogene Stiele mit roten Früchten daran. Manches Mal hat sie zugesehen, wenn ihre Mutter Wacholderbeeren zerdrückt und an das Essen gerührt hat. Diese Beeren an ihrem Strauß könnten der Marmelade den letzten Pfiff geben, glaubt sie. Sie zerquetscht ein paar und mengt sie in ein Glas.

»Finger weg!« Plötzlich steht die Mutter wieder neben ihr. Als sie die Stängel in Luises Hand entdeckt, wird sie misstrauisch. »Was ist das? Etwa Beeren von den Maiglöckchen? Wirf sie weg, sofort! Die sind doch giftig! Wirf sie in den Ofen und wasch dir ja gründlich die Hände!«

Luise schielt unentschlossen zu dem einen Glas, dem sie eine besondere Würze verliehen hat. Judith entgeht dieser Blick nicht.

»Hast du da etwa deine Finger reingesteckt? Das verdirbt mir doch alles!«

Luise macht große unschuldige Augen. Nein, die Finger hat sie nicht reingesteckt. Sie tritt an die Waschschüssel und seift sich brav die Hände ein. Dann läuft sie hinaus auf den Hof, wo die Katze einen Sonnenfleck genießt. Sie hockt sich zu ihr und streichelt sie hingebungsvoll.

Judith hält das Glas, an dem Luise hantiert hat, gegen das helle Fenster, sieht aber nichts Auffälliges. Eine seltsame Lähmung kriecht ihr dabei den Nacken hinunter. Sie fühlt sich gewichtslos, als würde sie ein paar Zentimeter über dem Boden schweben. Maiglöckchen... Jeder weiß es: alles an Maiglöckchen ist giftig. Da draußen unterm Holunderbusch und am Birnbaum blühen sie im Mai und Juni. Sie könnte leicht die Stiele mit den roten Beeren einsammeln ...

Gift... Wäre das die Lösung? Sich selbst und die Kinder vergiften, damit das alles ein Ende hat?

Judith fährt zusammen, stellt das Marmeladenglas aufs Fensterbrett und zieht die Hand zurück, als habe sie sich verbrannt. Sie sinkt auf einen Stuhl, schlägt beide Hände vors Gesicht. Jesusmaria, helft mir, fleht sie. Erlöst mich von diesen mörderischen Gedanken!

Als sie sich mit einem Seufzer erhebt, fällt ihr Blick auf die Vase aus Eleonorenhain, die oben auf dem Küchenschrank in der sinkenden Sonne geheimnisvoll schimmert und bedrückende Erinnerungen weckt. Sie tastet nach dem immer noch warmen Glas, presst die Zähne aufeinander. Das Purpurrot der Vase hypnotisiert sie wie die flackernde Kugel einer Wahrsagerin. Er, er muss aus dem Weg, lockt es. Vergifte den, von dem du abhängst, an den du gebunden bist, deinen Herrn und Meister... Dann hast du freie Bahn...

Nach und nach erwacht Judith aus der Verzweiflung. Realitätssinn und Lebenswille gewinnen wieder die Oberhand. Sie will dieses Kind. Sie wird versuchen, dieses Kind ihrem Ehemann unterzuschieben – ihrer Familie zuliebe, ihrem Geliebten und sich selbst zuliebe. Oder mit den Konsequenzen ihres Ehebruchs leben. Eine Mörderin jedenfalls will sie nicht sein.

Judith versteckt das Glas in einer Rockfalte, eilt zum Abort und kippt den Inhalt in die Grube.

Beim Abendessen eröffnet sie der Familie, dass sie Ende der Woche nach Krumau fahren will, den Vater besuchen und Besorgungen machen.

»Bringt Ihr uns was mit, Mutter?«, betteln Laurens und Luise aufgeregt, während Ignaz verdrossen dreinblickt. Die Reise scheint ihm nicht zu passen.

Als Judith am Reisetag frühmorgens vor die Tür tritt, sieht sie, dass Ignaz ein junges Pferd vor ihre Kalesche spannt. Auch den Ähnl haben die Geräusche vor die Tür des Altenteils gelockt.

»Was ist das für ein Pferd, Ignaz?«, fragt sie finster, obwohl sie es ahnt.

Ignaz lässt sich nicht stören, befestigt ihren Reisekorb. »Das«, antwortet er schließlich, »das ist ein Pferd von dem anderen Großvater. Ich hab ihm erzählt, dass Ihr zum Vater wollt nach Krumau und hab ihn um ein Pferd gebeten. Weil der Joschi doch nicht mehr kann.«

Der Ähnl tätschelt den Hals des Pferdes. »Ein schönes Pferd…« Auch der alte Joschi im Stall nimmt die Stute zur Kenntnis, schnaubt und schüttelt die Mähne.

»Jetzt gebt mir schon Eure Tasche und steigt ein, Mutter. Es hat schon alles seine Richtigkeit«, ermuntert Ignaz sie und schaut ihr dabei bedeutungsvoll in die Augen.

Judith fügt sich.

Es ist angenehm, mit einem solchen Pferd unterwegs zu sein. Es geht flott voran, ohne dass Judith es besonders antreiben muss. Der Spätsommer hat die Landschaft, die durch Baumgruppen und lange Zaunhecken strukturiert ist, endgültig verändert. Die Felder sind leer, der Boden der Streuobstwiesen und des Weidelands ist trocken und gelb, die Buchen leuchten wie Gold zwischen den dunkelgrünen Fichten. Die Sonne hängt milchweiß über den Berggipfeln. Eine friedliche, heitere Stimmung erfüllt sie.

Da hat mein Liebster ja eine Phase mit sehr fruchtbarem Samen gehabt, denkt Judith einmal belustigt. Die Ehefrau und die Liebste geschwängert! Aber das Lachen bleibt ihr dann doch im Hals stecken.

Dieses Mal lässt sie das Kloster Gojau links liegen, schlägt nur das Kreuzzeichen, als der Kirchturm auftaucht. Ihr hinterhältiger Plan hat vor dem Bild der Jungfrau Maria nichts zu suchen.

Pferd und Wagen lässt sie in Krumau bei dem Schmied, der sie noch kennt und ihr einen passablen Preis fürs Unterstellen macht. Sie steigt nicht wie bisher in der billigen Pension ab, sondern im Hotel Stadthof am Marktplatz, verlangt ausdrücklich ein schönes Doppelzimmer. Ja, der Herr Gemahl käme später. Diese ganze Aktion wird ihren Sparstrumpf arg schmälern, aber es muss sein.

Noch im dunkelbraunen Reisekleid, nur mit der Handtasche über dem Arm, spaziert sie hinauf zum Schloss. Am Eingang zur Kaserne der Garde steht ein Soldat in einem Schilderhaus. Sie reicht ihm einen Brief mit der Bitte, ihn baldmöglichst dem Martin Hanuss auszuhändigen. Er nickt gemessen. »Jawohl, wird gemacht.« Er hüstelt. Aber wenn die gnädige Frau es eilig habe, rate er, unten im Latránviertel, im Gasthaus Pascher, nachzufragen. An einem Samstagabend seien die meisten Gardisten dort.

Pascher?! Einen kurzen Moment wird Judith bei der Nennung dieses Namens übel, aber sie hat sich gleich wieder in der Gewalt. Pascher ... Nun, das war ja zu erwarten.

Das Haus in dem genannten Stadtviertel ist schnell gefunden, weil man schon von weitem den klappernden Wirtshausaushänger sehen und hören kann. An einem üppig verzierten und goldfarbenen Gestänge hängen ein eiserner Hopfenlaubkranz und darin ein Bierhumpen. *Gasthaus Pascher* steht groß über dem Eingang. Die Wirtsstube ist gut besetzt. Qualm wabert über den rauchenden Männern. Eine sehr junge, hübsche Kellnerin mit kohlschwarzem Haar, fast noch ein Kind, bewegt sich zwischen den Tischen und füllt die Bierkrüge nach. »Den Zinnsoldaten sucht Ihr?«, fragt sie zurück mit einem frechen Lachen, als Judith nach Martin fragt. Der sei oben in der Wohnung der Hausherrin, nicht hier. Sie müsse wieder hinaus und gleich rechts um die Ecke die Tür nehmen.

Judith atmet tief durch, als sie wieder auf der Straße steht. Die mögliche Begegnung mit der Rivalin setzt ihr zu. Sie betritt das Haus durch den Hintereingang, zögert einen Moment in der Pawlatsche, beobachtet die Enten am Moldauufer, strafft sich, steigt die Treppe hinauf, klopft an die erste Tür. Erst bei der dritten wird ihr Klopfen mit dem Herein beantwortet. Herrgott hilf oder all ihr Liebesgötter, helft mir, betet sie und öffnet die Tür.

Martin, der in Hemd, Militärhose und Socken auf einem Diwan lag, springt auf.

»Judith!«

Sie schickt einen hektischen Blick durch den Raum. Nein, die andere ist nicht hier.

Martin kommt zu ihr, zieht sie ins Zimmer und stößt die Tür zu.

»Was ist passiert? Wieso kommst du hierher?«

Judith senkt den Kopf. Also los, Vorhang auf, das Theater muss beginnen! Damals, als ich schwanger wurde, hat er mich desavouiert, dem Dorf zum Fraß vorgeworfen. Jetzt schlage ich zurück. Dieser gehässige Gedanke macht ihr Mut, aber so richtige Rachegelüste wollen nicht aufkommen.

»Passiert ist nichts, Martin. Ich wollte dich einfach mal wiedersehen. So lange ist es schon her …«

Sie schweigen beide. Endlich hebt Martin eine Hand und streichelt ihren Oberarm, wie er es früher immer getan hat.

»So war es aber doch ausgemacht zwischen uns«, gibt er leise zu bedenken.

Judith hebt den Kopf, schaut ihm wehmütig in die Augen. Sogar Tränen hängen plötzlich an ihren Wimpern.

»Ich weiß. Sei nicht böse, bitte. Du fehlst mir halt.«

Nein, natürlich sei er nicht böse. Aber hier könne sie nicht bleiben, das sei ja die Wohnung von – na, sie wisse schon.

Ja, sie weiß schon. Judith schmiegt sich ganz leicht an ihren Mann, die Wange an seine Brust, und schiebt die Arme um seine Taille. »Bitte, schenk mir nur einen Moment.«

Endlich legt auch Martin die Arme um sie, drückt den Mund in ihr Haar. So stehen sie einen Moment, fast wie ein Liebespaar.

»Ich hab halt viel an dich gedacht, Martin, bin so viel allein.«

»Hast Sehnsucht gehabt nach mir, nicht wahr? Brauchst mich halt doch.«

Martin genießt es ein paar Augenblicke lang, begehrt zu werden. Dann löst er die Umarmung, fährt sich durchs Haar, rückt die Hosenträger samt Hose zurecht.

»Und, Martin, sag: geht's dir gut?«

Ja, es gehe ihm gut. Manchmal sei es ein harter Dienst, aber im Großen und Ganzen habe er es bei der Garde sehr gut getroffen.

»Und – und sie?«

Er setzt sich wieder auf den Diwan, um seine Stiefel anzuziehen. »Sie?« Er macht mit einem Arm eine weite Bewegung, die das ganze Zimmer umfassen soll. »Das ist ihre Wohnung, ihr Haus. Sie vermietet auch Zimmer. Das Wirtshaus gehört ihr, ein Onkel hat ihr alles überschrieben, sagt sie. Es bringt gutes Geld. Sie ist unabhängig und macht, was sie will.«

Mit ein paar Schritten ist Judith neben ihm, sinkt vor ihm in die Knie. Gut dass sie vom Reisekleid das Brusttuch im Hotelzimmer gelassen hat. So hat er einen freien Blick auf ihren Busenansatz.

»Ist es so schlimm?« Sie heuchelt Mitgefühl, kann die Schadenfreude unterdrücken.

»Es ist – Himmel und Hölle zugleich.« Dabei grinst er schon wieder, als gefiele ihm der Zustand doch ganz gut. Er schiebt ihre Hände von seinen Knien, steht auf und tritt ans Fenster.

Judith richtet sich auf, streicht das Kleid glatt und ein paar Ringellocken aus dem Gesicht. Was jetzt… Sie hat keine Erfahrung, wie man so eine Verführung weiter vorantreibt. Martin ist immer lüstern gewesen, sie hat ihn selten anstacheln müssen. Soll sie den Rock ein wenig heben, sich in den Hüften wiegen?

Da ruft Martin plötzlich: »Sakra! Sie kommt! Sie ist schon auf der Baderbrücke!« Er drückt Judith die Pelerine in die Hand, schiebt sie zur Tür. »Schnell, schnell! Ich kann keinen Streit brauchen! Wo nächtigst du denn?«

»Im Stadthof. Ach, bitte, komm doch am Abend dort hin. Wir könnten miteinander soupieren, was meinst du? Ich würde mich so freuen!«

Er verspricht es halbwegs, aber seine größte Sorge ist, dass Judith nun endlich die Wohnung verlässt. Er ist der anderen hörig, ganz und gar, denkt Judith und ist plötzlich mutlos. Aber sie hastet brav los, die Treppe hinunter.

In der Pawlatsche bleibt sie stehen, stülpt sich den Schutenhut über, zieht den Kragen bis ans Kinn, lehnt sich weit über das Geländer und wartet. Die Haustür quietscht. Energische, flinke Schritte nähern sich. Und wenn sie mich doch erkennt, schießt es Judith durch den Kopf. Die Schritte zögern kurz, entfernen sich. Eine Tür wird geöffnet und fällt ins Schloss. Eine Parfümwolke, ein Duft von Weihrauch und Vanille, etwas Orientalisches jedenfalls, bleibt zurück.

Judith verharrt wie versteinert. Erst jetzt bemerkt sie, dass sie durch den überstürzten Aufbruch ihre kleine Handtasche in der Wohnung liegengelassen hat. Aber Martin, der erfahrene Weiberheld, ist gewieft genug, diesen kleinen Beutel verschwinden zu lassen, der ohnehin nur ein paar Utensilien enthält, beruhigt sie sich. Geld trägt sie immer direkt am Körper. Auf dem Rückweg kommt sie an einem Geschäft vorbei, das Schnürmieder und Korseletts führt. Heutzutage sei ein Korselett unerlässlich, redet ihr die Verkäuferin zu. Mit den Gedanken an die kommenden Schwangerschaftsmonate lässt sie sich eines anpassen. Sie will für alle Fälle gerüstet sein.

Im Hotel bittet Judith den freundlichen Rezeptionisten, ihr für das Souper einen Tisch zu reservieren.

»Soll es etwas – äh – Intimes sein, eine Nische vielleicht, oder mehr im Zentrum?«, lispelt der Mann mit niedergeschlagenem Blick, als ahne er etwas vom Zweck dieses Soupers. Judith entscheidet sich für einen Tisch im Zentrum. Martin soll ruhig erleben, wie die anderen Männer im Speisesaal sie ansehen werden.

Sorgfältig wie noch nie bereitet sich Judith für den Abend vor. Sie lässt sich ein Bad bereiten, reibt sich anschließend mit Rosenblättern und Lavendelblüten ab, lässt das gewaschene Haar offen, steckt es nur an den Schläfen mit zwei

Kämmen zurück. Und ganz zuletzt schlüpft sie in das pflaumenblaue Kleid und legt Martins Geschenk, das grüne Seidentuch, um die Schultern.

Sie ist zu früh fertig, läuft ruhelos und mit wachsendem Unbehagen im Zimmer auf und ab. Was sie da vorhat, ist Betrug an Martin und Verrat an ihrem Geliebten. Muss ich wirklich so weit gehen? Gibt es keinen anderen Weg? Auch in diesen letzten Minuten findet sie keine Lösung. Angst und Zweifel überschwemmen sie, das schlechte Gewissen lässt sich nicht verdrängen.

Als der Hotelpage klopft und meldet, unten werde sie erwartet, muss sie kurz die Augen schließen. Es gelingt ihr trotzdem, langsam und majestätisch die breite geschwungene Treppe hinunterzuschreiten, den Blick gelassen auf Martin in Uniform gerichtet, der sie fasziniert anstarrt. Ach, er war schon immer so leicht zu erregen.

Das kleine Abendessen verläuft in beschwingter Stimmung. Nachdem sich Martin von der Verwirrung erholt hat, den der Anblick seiner eleganten Frau in dieser noblen Umgebung in ihm ausgelöst hat, überhäuft er sie mit Komplimenten – das ausgefallene Kleid, die neue Frisur, seine Augen verirren sich immer wieder zu ihrem Hals und in den Ausschnitt ihres Kleides. Und nicht nur die seinen, auch die anderer Männer, das bemerkt er durchaus und rät Judith, wegen der kühlen Temperatur doch das Schultertuch wieder umzulegen. Er brilliert mit Anekdoten über seine Kameraden, Judith mit ihrem medizinischen Wissen als Hebamme und den Schilderungen vom Gedeihen ihrer Kinder. Viel zu früh kommen die Quarknockerln zum Dessert, und der letzte Tropfen rinnt aus der Rotweinflasche. Sie erheben sich, schlendern in die Eingangshalle.

»Wie wär's? Sollen wir einen kleinen Abendspaziergang machen?«, fragt Judith. Auf einmal will sie den verhängnisvollen Akt hinauszögern. Sie ist schon fast am Ausgang, als Martin ihren Arm ergreift und sie festhält.

»Ach, geh! Das ist kein Wetter für einen Spaziergang, Judith. Es regnet ja! Ich begleite dich noch zu deinem Zimmer«, ordnet Martin mit starrer Miene an. Seine glänzenden Augen, seine vom Alkohol geröteten Wangen, seine blutvollen Lippen und seine warme Hand in ihrer Taille sagen alles. Mein Gott, wie war ihr noch vor ein paar Jahren dieser Blick in den Leib gefahren, hatte sie schwach und wehrlos gemacht! Auch jetzt kribbelt es im Bauch. Und wie leicht es ist, ihn in Versuchung zu führen, seine exotische Geliebte für eine Weile zu vergessen.

Das Theaterspielen fällt von ihr ab. Sie will diesen Akt.

Sie dreht sich um, blickt ihm in die Augen. »Ja, gehen wir hinauf«, stimmt sie leise zu. Schweigend steigen sie in den ersten Stock hinauf. Aber im Zimmer stürzt sich Martin nicht auf sie, wie sie es eigentlich erwartet hat. Er tritt ans Fenster und schaut auf den Marktplatz mit der Pestsäule hinunter. Plötzlich scheint er Skrupel zu haben.

Doch die Bühne ist bereitet. Der Raum, in dem zuvor ein Zimmermädchen eine Petroleumlampe entzündet hat, ist in ein sanftes Licht getaucht. Schwankend zwischen echten erotischen Gefühlen für ihren Mann und dem Zwang, den Beischlaf auf jeden Fall durchführen zu müssen, nähert sich Judith ihm, lehnt den Kopf an seinen Rücken, drückt sich an ihn, küsst ihn zwischen die Schulterblätter, seufzt. Ihre Hände streichen über seine Brust, seinen Bauch, fahren zu seinem Schritt hinunter. Endlich reagiert er, wendet sich ihr zu, nimmt sie in den Arm, drängt sie zum Bett. Er hilft ihr aus dem Kleid, sie ihm aus seinem Uniformrock, schiebt die Hosenträger von seinen Schultern. Sie sinken auf das Bett.

Doch mitten in diesem Ziehen und Zerren an der Unterwäsche, dem Küssen, Streicheln und Zupacken hält Martin plötzlich inne, nestelt an seinem Bauch herum und legt sich dann endlich auf sie. Was ist das, denkt Judith irritiert, was, ehe seine Leidenschaft sie überrollt.

Als sie auseinandergleiten, ist Martin wieder mit etwas in seinem Schoß beschäftigt.

»Was – was machst du denn da?«, fragt Judith träge.

Martin lacht in sich hinein. »Ich benutze Überzieher. Ja, sowas kennst du nicht, gell? Meine Kameraden haben mich drauf gebracht. Die nehmen das, wenn sie ins Hurenhaus gehen, damit sie sich nichts holen. Syphilis oder sowas.«

Judith richtet sich auf, starrt das Ding in Martins Hand verständnislos an. »Syphilis? Ich?«, stammelt sie verwirrt.

»Nein, du hast das nicht, das weiß ich ja. – Es ist so: Damit kann man auch verhindern, dass ein Kind kommt, weiß du. Das ist aus Seide oder Batist, wird von einer Puffmutter in Budweis gemacht, damit ihre Damen schön gesund bleiben. Es gibt sie auch aus Schafsdärmen, aber die sind teuer.«

Ihr Herzschlag setzt aus. »Aber – aber wir sind doch verheiratet«, stottert sie. »Wir – wir brauchen doch nichts, was ein Kind verhindert! Der Herrgott hat…«

Martin zieht sie an sich. »Geh her, mein Tschapperl! Haben wir nicht schon genug Kinder? Und du weißt doch selbst, dass die Liebe nicht nur zum Kindermachen da ist. Das ist nur eine Erfindung von den neidischen Pfaffen!«

Völlig benommen lässt Judith seine wiedererwachende Begierde, seine Küsse, seine nächste Umarmung über sich ergehen. Trotz der Leidenschaft vergisst er nicht, diesen Überzieher zu benutzen. Als er sie gegen drei in der Früh verlässt, steht sie am Fenster, schaut ihm nach, stiert danach noch lange auf das nasse bucklige Pflaster des Marktplatzes. Es war umsonst, kann sie nur denken. Alles umsonst.

Sie setzt sich in einen Fauteuil, sinkt in einen unruhigen Dämmerschlaf, schreckt wieder auf, weil sie friert, kriecht unter die Bettdecke, starrt ins Leere. Ihre Fingernägel kratzen über das Leintuch. Als erfahrene Hebamme weiß Judith inzwischen von ein paar Wegen, wie man sich von einem ungewollten Kind befreien kann, sie wischt den Gedanken jedoch beiseite. Denn sie will dieses Kind, das Hans Rohrbach ihr gemacht hat, sie liebt es schon jetzt!

Martin ist keiner, der den Gedanken an einen anderen Mann zwischen ihren Schenkeln ertragen könnte, auch wenn er selbst längst eine andere Frau vorzieht. Er wird keine Rücksicht nehmen, wenn ihm klar wird, dass sie ein Kind von einem anderen erwartet, wird sie verstoßen, sich endgültig und lautstark von ihr trennen, verlangen, dass sie den wahren Kindsvater nennt. Aber nein, niemals, das wird für immer ihr Geheimnis bleiben. Ihr Leben wird eine tiefgreifende Wendung erfahren, wenn es ihr nicht gelingt, dieses Kind unter ihrem Herzen als ›ehelich‹ zur Welt zu bringen. Ich muss das durchstehen, befiehlt sie sich. Ich muss.

Sie frühstückt im Zimmer. Nein, bitte nur für eine Person, der Herr Gemahl sei bereits zum Gardecorps aufgebrochen. Ihr Appetit ist überraschend gut. Sie packt. Das Pflaumenblaue hat doch recht gelitten beim gestrigen Vorspiel, schade.

Bei dem Gedanken an die Nacht wird ihr kalt, dann heiß, sie muss das Fenster öffnen. Martin will kein Kind mehr, hat ganz bewusst vorgesorgt. Es gibt keinen Ausweg für sie, nur noch die Wahrheit. Sie wird ihm ihren Fehltritt gestehen müssen. Und dann? ›Hurkind‹ wird er das Kind nennen. Hurkind! Wieder einmal wird dieses Schimpfwort in ihrem Leben eine Rolle spielen. Und ihr wird Martin ›Du Hur’!‹ ins Gesicht schleudern.

Sie begleicht an der Rezeption die Rechnung, eine beachtliche Summe, doch sie verzieht keine Miene. Alles umsonst, summt es in ihrem Kopf.

Der Hotelbursche wird ihre Kutsche beim Schmied abholen und vorfahren. Judith tritt vor die Tür. Das grelle Morgenlicht macht sie für Sekunden blind, sie stülpt sich den Hut, der am Band in ihrem Nacken hängt, über. Ja, so ist das Licht leichter zu ertragen.

Die Pestsäule in der Mitte des Marktplatzes ragt als schwarzer Schattenriss in den blassen Himmel, von der Gottesmutter an ihrer Spitze ist keine Einzelheit zu erkennen, nur den goldenen Sternenkranz um ihren Kopf erreichen die Sonnenstrahlen.

Ein alter Dienstmann wird auf sie aufmerksam. Er überquert den Platz, zieht diensteifrig die Mütze. »Kann man behilflich sein, die Dame?«

Judith starrt ihm in die wässrigen Augen, ohne ihn wirklich zu sehen, dann wieder aus den Augenwinkeln hinüber zur Mariensäule. Kann man behilflich sein… Ach, wenn doch jemand da wäre, der ihr aus der schlimmen Lage heraushülfe… Sie, die Mutter Gottes da drüben, mit ihrem Sternenkranz ums Haupt, die in den Himmel ragt wie ein drohender Zeigefinger, wagt sie nicht mehr anzurufen.

Es ist vorbei. Dieses barbarische Gedankenspiel hat ein Ende.

Als wollten sie Judith aufmuntern, kämpfen sich auf einmal warme Sonnenstrahlen durch die Regenwolken. Judith schiebt die Ärmel ihrer Jacke ein Stück zurück, stemmt die Hände in die Taille.

»Was braucht denn der so lange mit meiner Kalesche?!«, faucht sie den Hotelportier an.

Aber ehe dieser antworten kann, rollt das Gefährt schon über den Marktplatz und hält vor Judith. Sie bedeutet dem

Dienstmann, dass er ihren Reisekorb aufladen soll, drückt ihm ein paar Münzen in die Hand und steigt ein.

»Dass Ihr es nur wisst, Mutter«, sagt Ignaz, als er im Hof das Pferd ausspannt. »Das Pferd gehört mir. Der Großvater hat es mir geschenkt, es darf aber bei ihm im Stall stehen. Es heißt Freya.« Und seine funkelnden dunklen Augen verbieten jede Einmischung.

»Nun gut, wenn das so ist«, seufzt Judith.

Ignaz kommt um den Wagen herum und erzählt leise, dass es diesem anderen Großvater gar nicht gut gehe. Oft fiele ihm das Laufen schwer. Podagra habe der Doktor die Krankheit genannt. Rudolf, der Schwiegersohn, sei auch krank, habe irgendwas mit dem Magen und Gedärm. Ja, und die Tante Hermine sei hochschwanger, wie sie wohl wisse, litte an Wasser in den Beinen. Insgesamt sei die Familie ziemlich malade. Er, Ignaz, müsse hier und da mit anpacken.

Judith schreckt auf. »Du bist aber kein Knecht, oder?«

Wieder funkelt Ignaz sie an. »Nein, Knecht bin ich nicht. Eigentlich bin ich gar nichts bei denen. Außer dem Großvater spricht ja keiner mit mir.« Er greift nach dem Halfter des Pferdes. »Die andere Tante, die Nonne, die hat mal was gesagt. Erbschleicher hat sie mich genannt.«

Dann führt er das Pferd vom Hof.

Obwohl eigentlich das Gegenteil der Fall sein müsste, blüht Judith nach dieser Reise zu Martin auf. Die morgendliche Übelkeit ist wie weggeblasen, ihr Teint schimmert wie heller Honig, das Haar glänzt, ihre Bewegungen sind geschmeidig, manchmal ein wenig träumerisch.

Das entgeht auch ihrem Liebhaber nicht. Als er und Mizzi anlässlich eines Spaziergangs bei den Polleichtners vorbeischauen, macht er Judith halblaut ein Kompliment: »Wie schön du doch bist…«

Sie stehen vorm Haus, schauen zu, wie Mizzi und Luise sich einen Ball zuwerfen. Mizzi ist schon etwas schwerfällig, das Bücken nach dem Ball ist schwierig geworden.

»Ich freue mich auf das Kind«, sinniert Hans, nachdem er sich geräuspert hat. »Was es wohl wird, ein Bub oder ein Mädchen?«

Heute muss es sein, denkt Judith, und holt tief Luft. »Du kannst dich sogar doppelt freuen, Hans. Demnächst bist du zweifacher Vater.«

Hans Rohrbach erstarrt. Ganz langsam dreht er das kreidebleiche Gesicht zu Judith.

»Wie? Du meinst … du bist…«, krächzt er.

»Obacht, Hans! Sie sieht her zu dir!«, flüstert Judith mit zusammengebissenen Zähnen. »Ja, ich erwarte auch ein Kind von dir.«

Nach längerem Schweigen, bei dem er benommen seine ballspielende Frau beobachtet, stammelt er: »Ich weiß nicht: soll ich lachen oder weinen, Judith. Wir werden ein Kind haben, du und ich … Und jetzt? Was mache ich jetzt?«

Judith lacht verkrampft. »Du? Nichts. Du brauchst gar nichts zu machen. Ich habe das geregelt und…«

Sie muss abbrechen, weil Mizzi auf sie zukommt und sich schweratmend bei Hans anlehnt.

»Ich werde froh sein, wenn ich den kleinen Rucksack da vorn los bin!«, scherzt sie und streichelt ihren Bauch. »Und du hast das schon viermal durchgestanden, Judith! Chapeau! Ach, eins muss ich dir noch sagen, Judith: Du wirst leider nicht meine Hebamme sein…«

Wie schon bei der Hochzeit hätten die Pflegeeltern von Hans den Wunsch, dass sein erstes Kind in ihrem Haus und unter Aufsicht ihres Hausarztes sowie einer hochangesehenen Hebamme zur Welt kommen sollte. Pfarrer Mistlholz würde während der Abwesenheit des Schulmeisters den Unterricht fortführen. Judith weiß, dass dem Paar eines Tages eine schöne Erbschaft winkt und deshalb diesem Wunsch nur zu gern Folge leistet. Sie versteht die Entscheidung.

Gleich am folgenden Tag richtet Hans Rohrbach es so ein, dass er Judith allein besuchen kann. Sie setzen sich wie immer an den Küchentisch, unter dem Laurens mit zwei Holzscheiten Kutschfahren spielt.

Hans rauft sich verzweifelt das lange Haar, stöhnt. Ihre Affäre entwickle sich immer mehr zu einem veritablen großen Betrug, stellt er niedergeschlagen fest. Was für eine Bredouille! Hätten sie nur einen Schlussstrich gezogen, damals im Mai, wenn es auch hart gewesen wäre. Als Judith, um ihn zu beruhigen, dieses verlogene Stelldichein mit Martin in Krumau erwähnt, verliert er völlig die Fassung.

»Du – hast es also mit ihm getrieben, damit du ihm das Kind unterschieben kannst?!«, stöhnt er mit weit aufgerissenen Augen.

Nicht nur Schrecken, auch Eifersucht glaubt Judith herauszuhören. Sie nickt ernst, insgeheim jedoch lächelt sie über seine Reaktion. In dem Punkt sind sich Ehemänner und Liebhaber gleich: Sie erheben ein alleiniges Besitzrecht auf die Frau, mit der sie verkehren.

»Dass du so raffiniert bist, so abgebrüht! Das hätte ich dir nie zugetraut«, klagt er enttäuscht. »Wir hätten doch zuvor darüber reden können!«

»Reden … Ja, wir hätten reden können, aber es hätte zu nichts geführt. Das hier, mein Leib und das Kind darin, ist zuletzt halt doch ganz allein mein Problem. Es geht um meine Zukunft.«

Ihre Worte klingen schroff und kalt, dabei ist sie zutiefst traurig über diese Erkenntnis.

Es fällt Hans schwer einzusehen, dass Judith nur dieser Ausweg geblieben ist. Er macht sich Vorwürfe, aber hinsichtlich der Empfängnisverhütung hat er sich auf Judiths Maßnahmen verlassen. Kondome sind ihm bekannt, aber in einem

Dorf wie Hollerstrauch wagt kein Geschäft, sie zu verkaufen. Eine andere Lösung, als Martins Reaktion abzuwarten, fällt Hans auch nicht ein. Er ist in der Pflicht gegenüber seiner Frau und dem Kind, das sie unter dem Herzen trägt, und beteuert glaubhaft, dass auch Judith stets mit seinem Beistand rechnen könne.

»Wenn das nur alles gut geht«, murmelt Hans kopfschüttelnd. Eine bange Freude auf ihr gemeinsames Kind lässt sich trotz der düsteren Aussichten bei beiden nicht unterdrücken.

Bevor sie sich trennen schwören sie sich wie schon so oft, künftig noch vorsichtiger zu sein mit ihren Treffen, die ohnehin zu oft an den einfachsten Dingen scheitern, sodass sie ihre Lust unterdrücken müssen. Ihre Zuneigung und die Sehnsucht nach körperlicher Nähe ist jedoch so groß, dass sie immer noch unfähig sind, ihre Beziehung zu beenden. Beiden ist bewusst, dass sie wie Schlafwandler am Rand einer Schlucht herumtaumeln.

Judith ist in ihrem Lügengespinst verfangen. Frieda hat sie unwissentlich unterstützt, indem sie woanders unbefangen von der Reise ihrer Herrin nach Krumau erzählt hat, und der Schwiegervater hat durch Ignaz von ihrer Fahrt zu Martin erfahren. Das Ehe- und Familienleben ist somit nach außen intakt. Bei Mizzi musste sie mehr ins Detail gehen, schwärmte von dem schönen Wochenende mit Martin in dem eleganten Hotel, ließ durchblicken, dass es wie in alten Zeiten gewesen sei. Mit allem was dazugehört, ja freilich! Mizzis Meinung von Martin war schon immer zwiespältig, weshalb sie nicht so recht an einen dauerhaften Sinneswandel des Ehebrechers glauben kann. Aber für Judith freut sie sich schon, dass ihr zerrüttetes Eheleben wieder gekittet ist. Und als sie ein paar Wochen später erfährt, dass Judith wahrscheinlich gleich wieder schwanger geworden ist, denn ihre Monatsblutung ist ausgeblieben, ist Mizzi sprachlos. Wie lange hat sie selbst auf ein Kind gehofft!

Die Weihnachtsfeiertage rücken näher, an denen Martin bisher immer seine Familie besucht hat, wenn auch nur kurz. Die Frage, wie das Wiedersehen verlaufen wird, raubt Judith oft den Schlaf. Wird er sich überzeugen lassen, dass sie trotz seiner Vorsichtsmaßnahme schwanger geworden ist? Oder wird sie am Ende doch die Wahrheit sagen müssen?

Manchmal denkt sie an eine Flucht mit den Kindern nach Bayern, nach München etwa. Aber Hans hat erwähnt, dass es dort derzeit Unruhen bei den Bürgern geben soll wegen einer Tänzerin, der Geliebten des bayerischen Königs. Also kein so guter Ort für eine alleinstehende Frau. Oder gar auswandern? Seit der Hungersnot in 1816 und 1817, als die Sonne sich hinter Regenwolken verkrochen hat und die Kartoffeln auf dem Feld verfault sind, erzählten ihre Eltern immer wieder von Leuten, die ihr Bündel geschnürt haben und weit fortgegangen sind, bis nach Amerika. Einer ihrer Vettern aus Vodňany hat es damals wirklich gemacht. Könnte sie sich mit drei Kindern und dem verwirrten Großvater auf der Donau einschiffen, sich durchschlagen bis etwa nach Bessarabien? Gute Schwarzerde soll es dort ja geben, und jede Familie bekäme vom Zaren ein schönes Stück Land, haben Durchreisende erzählt. Doch schon dieser fremdartige Name lässt Judith zurückzucken. Aber sie, so ganz allein? Hans bewundert zwar ihre Courage, aber dazu reicht sie eben doch nicht. Ihn überreden, sie zu begleiten, jetzt, wo Mizzi ihn braucht, das versucht sie erst gar nicht. So muss sich eine zum Tode Verurteilte fühlen, denkt Judith verzweifelt.

Am Thomastag, dem 21. Dezember, die Sonne ist gerade untergegangen, steigt Martin im Hof vom Pferd. Es ist ein

milder Tag gewesen, der Schnee fing in der Mittagszeit zu
tauen an, und seine auf Hochglanz polierten Stiefel müssen
in den Matsch treten. Luise und Laurens hüpfen an ihrem
Vater hoch wie junge Hunde. Natürlich habe er was mitgebracht, aber sie müssten sich noch bis zum Weihnachtstag
gedulden. Hier, ein paar Zuckerln, eigentlich für das Pferd
bestimmt, habe er in der Tasche. Ignaz tritt an der Tür von
einem Bein auf das andere.

»Und wo ist eure Mutter?«

»Die ist bei einer Wöchnerin«, stottert der Junge. Sie käme
gleich zurück.

Umringt von den Kindern tritt Martin ins Haus, wirft den
Mantel ab und die Stiefel in eine Ecke. Da Frieda schon
nach Hause gegangen ist, wärmt Ignaz das Gulasch auf, füllt
einen Becher mit Buttermilch und legt eine Scheibe Brot
dazu. Nein, Bier sei nicht im Haus, er würde es sofort besorgen und auch das Pferd abreiben und in den Stall bringen. Das alles macht er in Windeseile, schleicht vom Hof,
rennt, rutscht, stolpert so schnell er kann durch den Schneematsch hinunter zur Kate. Sie liegt ganz dunkel da, auch in
den anderen Häusern brennt nur hier und da ein Licht. Er
klopft. Er klopft wieder, energischer, ruft halblaut nach seiner Mutter. Endlich sind von innen schwache Geräusche zu
hören.

»Ignaz?« Es ist die Stimme seiner Mutter.

»Ja, ja!«, ruft er ungeduldig. Die Tür wird einen Spalt geöffnet, sie starren sich an.

»Was ist? Ich bin eingeschlafen…«

Ignaz macht mit dem Kopf eine wegwerfende Bewegung.
Das ist nicht die Zeit für Notlügen. »Er ist da, Mutter. Ich
hab gesagt, Ihr seid bei einer Wöchnerin. Kommt so schnell
Ihr könnt!«

Er dreht sich um und verschwindet in der Dunkelheit.

Jesusmaria, das ist kein guter Einstand für mein Problem, denkt Judith, während sie sich in das Korsett zwängt. Hans hilft ihr dabei. Und dass ihr Ältester Bescheid weiß über ihr heimliches Liebesnest, treibt ihr das Blut ins Gesicht.

Daheim in der warmen Küche hat Martin es sich inzwischen in Adalberts Lehnstuhl bequem gemacht und raucht. Die Kleinen hat er ins Bett geschickt und auf morgen vertröstet. Judith und Martin umarmen sich steif, fast ein bisschen verlegen. Kurz darauf tritt Ignaz ein und wuchtet einen Krug Bier vom Ochsenwirt auf den Tisch. Vom Rennen ist er ganz außer Atem. Ohne seine Mutter anzusehen, wünscht er eine gute Nacht, steigt die Treppe zu seiner Dachkammer hinauf. Da der Junge so umsichtig für das leibliche Wohl seines Vaters gesorgt hat, ist für Judith gar kein Hantieren und Werkeln übriggeblieben. Sie setzt sich auf die Ofenbank.

»So spät kommst du heim!« brummt Martin ungehalten.

»Lässt die Kinder allein im Haus!«

»Das kann ich nicht vermeiden bei meinem Beruf. Ich war ja nicht lange fort. Und um unsere Kinder musst du dich nicht sorgen, die kommen zurecht. Tagsüber ist ja außerdem die Frieda hier, wenn ich mal außer Haus bin.«

Sie erzählt, um dem Gespräch eine andere Richtung zu geben, was sie alles über die Sorgen in seinem Elternhaus gehört hat, erwähnt das edle Pferd, das sein Vater Ignaz geschenkt hat, aber Martin schneidet ihr mit einer wegwerfenden Geste das Wort ab.

»Das geht mich alles nichts mehr an. Mit denen hab ich abgeschlossen. Aus und vorbei! Mein Leben spielt sich jetzt woanders ab.«

»Ja, ja. Ich weiß…«

Sie sitzen sich eine Weile nachdenklich gegenüber. Als Judith aufsteht, um Holz nachzulegen, zieht Martin sie plötzlich auf seinen Schoß und drückt sie.

»Denkst du noch manchmal an das Hotelzimmer? Eine schöne Nacht war das, nicht wahr?«

»Oh, ja, ich denk oft daran, Martin. Du bist so ein guter Liebhaber…«

»Und du, du bist so…« Was auch immer er sagen will, wird erstickt von seinem Kuss. Sein Mund sucht wie immer ihr Ohr, gleitet den Hals entlang bis hinunter in die Kuhle zwischen Schlüsselbein und Schulter. Das erregt seine Frau, er hat es nicht vergessen. Und Judith fährt mit beiden Händen in sein Haar. Es ist so golden, so golden wie ein Weizenfeld im August, denkt sie benommen. Aber gleich, gleich ist alles vorbei… gleich.

Immer noch die Finger in seinen Locken, zwingt sie sich zu einem fröhlichen Tonfall, als sie fortfährt: »Aber weißt du, was die Krönung ist von unserer Liebesnacht? Ich bin wieder schwanger geworden! Trotz deiner – na, du weißt schon… Es war aber auch zu schön!«

Martin erstarrt. »Was? Du bist … Ausgeschlossen!«

»Doch, Martin, es ist, wie ich es sage. Ich bin schwanger.«

Martin schiebt Judith mit einem Ruck von seinen Knien, haut mit beiden Fäusten auf die Lehnen des Sessels.

»Kruzitürken! Was ist das nur mit dir?! Schwanger! Immer schwanger! Nein, das kann nicht sein! Wir haben doch – ich habe doch – nein, du irrst dich. Ausgeschlossen!«

»Aber Martin! Jetzt echauffier dich doch nicht so!« Judith will ihn besänftigend an einer Schulter berühren, aber er schlägt ihre Hand weg, springt auf, läuft hin und her, ist außer sich.

»Du hast einen anderen! Gib es zu!«

»Martin, bitte…«

»Final! Final! Basta!«, brüllt er. »Der Balg ist nicht von mir! Schluss! Aus! Du hast mir Hörner aufgesetzt! Grad du, die du dich immer so aufgespielt hast als meine Richterin! Willst mir ein Kuckucksei ins Nest legen! Ha, nicht mit mir, nicht mit mir! Und den Namen von dem Stecher, den werde ich schon noch herausbringen! Ich könnte dir… Du – du Weibsstück, du Hur'!«

Judith schlägt die Hände vors Gesicht. Da war es, das Wort! Eine Tür knarrt und Luisas Stimmchen fragt zaghaft: »Mamma? Was habt ihr denn?«

»Ach, nix! Schau, dass du wieder ins Bett kommst!«, ruft Martin, nun doch etwas beherrschter. Die Tür wird wieder geschlossen.

Sie schweigen sich an. Martin will auf keinen Fall ins Ehebett, er wird auf der Ofenbank schlafen. Aber schlafen kann keiner von beiden, Judith nicht vor Angst, Martin nicht vor Wut.

Die Kinder spüren die Verstimmung am anderen Morgen, verhalten sich still und gehen den Eltern aus dem Weg. Als Ignaz den Vater fragt, ob sie wieder zusammen den Christbaum schlagen würden, wird er grob angeblafft. Ihm wär nicht nach Weihnachten! Sollten sie doch sehen, wie sie zu einem Baum kämen. Das lässt sich Ignaz nicht zweimal sagen.

Am späten Nachmittag macht sich Martin fertig, um einen Rundgang zu machen und ins Wirtshaus zu gehen. »Bin gespannt, wie die mich foppen werden wegen den schönen Hörnern, die du mir aufsetzt!«, zischt er Judith zu.

»Gar nichts wirst du rausbringen, weil da nichts ist!«, gibt sie eiskalt zurück. Ihre zitternden Hände schiebt sie unter die Schürze.

Aus dem Wirtshaus kehrt Martin etwas milder gestimmt zurück. Niemand hat Bemerkungen über sein Weib gemacht. Aber wer weiß! Seine Augen verfolgen sie weiter mit lauernder Wachsamkeit.

Am Vorabend des Weihnachtsfestes hält die Kutsche von Doktor Kern vorm Haus. Er macht wie üblich seine Hausbesuche, damit er über die Feiertage möglichst seine Ruhe hat. Judith geht mit ihm ins Altenteil zum Großvater, der die Untersuchung gottergeben über sich ergehen lässt. Viel ist da ja nicht zu machen und zu verschreiben. Das Herz des Alten schlägt tapfer, die Gelenke sind halt steif vom jahrzehntelangen Schuften, nur der Kopf, der kann nicht mehr, da kugelt alles durcheinander. Anschließend bittet Judith den Doktor ins Haus, damit er bei einer Tasse Kaffee verschnaufen kann. Martin hockt übellaunig im Lehnstuhl, den Bierkrug neben sich. Noch während der Doktor und Judith über Alltägliches plaudern, fährt er plötzlich dazwischen.

»Herr Doktor, gestatten, ich hätte eine Frage: Es gibt doch eine Untersuchung, mit der Sie feststellen können, ob eine Frau schwanger ist.«

Der Arzt bestätigt es etwas überrascht. »Ja. Und?«

Martin lacht unfroh. »Meine Frau behauptet, sie sei schwanger. Wieder mal! Ich wüsste gern, ob das wirklich stimmt! Womöglich will sie mich nur wieder unter ihre Fuchtel kriegen!«

»Martin!«, stöhnt Judith. Das Blut schießt ihr in die Wangen. »Ich hab doch schon den Test…«

»Das ist mir wurscht! Ich verlange die Untersuchung!«

Doktor Kern ist von der Szene peinlich berührt, sagt dennoch zu, dass er, Judiths Einverständnis vorausgesetzt, die Untersuchung vornehmen könne. Ob das etwa noch vor den Feiertagen sein müsse?

»Und – wenn Sie erlauben, Herr Hanuss – warum glauben Sie Ihrer Frau nicht? Sie wäre zum – ja, zum fünften Mal schwanger, da sollte man doch meinen, dass sie die Anzeichen richtig deuten kann!«

Martin beugt sich weit vor, platzt nun doch mit seinem Verdacht heraus: »Ich glaube es nicht, Herr Doktor, weil es gar nicht sein kann, dass sie schwanger ist. Jedenfalls nicht von mir! Von mir nicht! Ich benutze nämlich Überzieher!«

Doktor Kern räuspert sich, trinkt einen Schluck vom Malzkaffee. »Soso, Überzieher. Aber Sie wissen doch, dass diese Kondome beim Verkehr auch mal zerreißen oder abrutschen können. Da kann es schon passieren, dass so ein dünner Schafsdarm…«

»Nichts ist passiert! Gar nichts ist zerrissen!«

»Es war nichts aus Schafsdarm«, flüstert Judith mit gesenktem Kopf. Als sich der Arzt ihr zuwendet, fügt sie an: »Es war Stoff.«

»Ja, aus Stoff! Feinste Seide!«, frohlockt Martin, hoch zufrieden mit seiner Vorsorge.

Doktor Kern starrt ihn ein paar Sekunden sprachlos an. »Stoff…«, murmelt er.

Also erzählt ihm Martin die Geschichte von dem Budweiser Freudenhaus, in dem die Puffmutter ihren Damen solche Überzieher zum Schutz vor Krankheiten – na, er wisse schon, dem Schanker – und Schwangerschaften gäbe. Die meisten seiner Kameraden würden sich dort versorgen.

Während Martin unbefangen erzählt, sieht Judith, dass Doktor Kern mit einem Lächeln kämpft. Als Martin verstummt, meint er bedächtig: »Na, das muss eine recht geschäftstüchtige Salondame sein! Sowas kann man nur … äh, also Leuten vom Land andrehen, glauben Sie mir. Stoff ist doch durchlässig, das weiß doch jeder! Der schützt weder vor der Syphilis noch vor der Schwangerschaft.«

»Was? Was?« Martins Blick wandert von Judith zum Arzt und wieder zurück. »Das heißt…«

»Das heißt, das ist kein vollkommen sicherer Schutz, nein.«

Durchlässig, durchlässig wiederholt Judith wie betäubt, und als sie es begreift, möchte sie erleichtert aufschreien, muss aber gleichzeitig die Miene der zu Unrecht Verdächtigten aufsetzen.

Doktor Kern fühlt sich allmählich unbehaglich, erhebt sich und schlüpft, plötzlich eilig, in seinen Umhang. »Ich muss weiter … Sie tun Ihrer Frau Unrecht, Herr Hanuss! Sie sollten sich freuen. Judith wird Ihnen wieder ein prächtiges Kind schenken! Sie werden sehen!«

Martin grinst säuerlich, bleibt stumm.

Der Arzt schüttelt beiden die Hände, wünscht ihnen und dem Kind alles Gute. Wegen der Untersuchung möge das Ehepaar, falls noch gewünscht, nach den Feiertagen in seine Praxis kommen. Wie das bei Judith beruflich weitergehen wird mit dem Säugling, müsse man dann sehen. Aber sie sei ja ein Organisationstalent, sie würde das schon schaffen.

Als Judith und Martin allein in der dämmrigen Küche zurückbleiben, sprechen sie lange kein Wort miteinander. Ab und an schüttelt Martin den Kopf, wirft ihr Blicke zu, die sagen, dass noch nicht alle Zweifel ausgeräumt sind, aber dass er sich geschlagen gibt. Die geforderte Untersuchung kommt nicht mehr zur Sprache.

Vor der Haustür poltert es, Schnee wird von den Schuhen getrampelt und dann eine große Fichte durch die Tür geschoben. Dahinter taucht das Gesicht von Ignaz auf, rot gefroren, strahlend.

»Ist er recht so, der Christbaum?«

Ja freilich, er ist recht.

Einträchtig stapft die Familie um Mitternacht durch den jetzt wieder vereisten Schneematsch zur Christmette. Es knirscht und kracht unter ihren schweren Schuhen. Die Dörfler sitzen oder stehen dicht gedrängt in dem kleinen Gotteshaus, ein erwartungsvolles Raunen erfüllt den Raum. Man grüßt hierhin und dahin, bis die Orgel zum ›Introitus‹ einsetzt, und Pfarrer Mistlholz, umgeben von vier Ministranten, feierlich aus der Sakristei tritt. Der Schulmeister hat mit dem Schülerchor zwei Lieder eingeübt, bei denen Luise ein kleines Solo singt. Nach der Christmette steht man noch eine Weile vor der Kirchentür bis die Füße kalt werden, und wünscht sich gegenseitig ein gesegnetes Weihnachtsfest. Judith lässt ihre Blicke über die Dörfler in ihren dicken Mänteln und Tüchern schweifen. Mizzi ist nicht anwesend. Sie meide in ihrem Zustand die Kälte, hat Hans seine Frau entschuldigt. Sie müsse ja gesund sein, wenn sie nach dem Jahreswechsel die Fahrt nach Libiegitz machen werden. Schade, denkt Judith, grad heute hätte ich ihr gern etwas Freundliches gesagt. Mindestens drei Frauen stehen hier in der Christnacht, die ein Kind unter dem Herzen tragen, das von besonderen Sorgen begleitet wird. Da drüben stehen die hochschwangere Hermine und ihr kränklicher Ehemann, die die Erwartungen des Rustikalbauern erfüllen und Erben zeugen müssen. Nicht weit davon hat der Krämer den Arm um seine Frau gelegt, die mit immerhin dreiundvierzig Jahren wieder ein Kind empfangen hat und sehr viel Zuwendung braucht. Und Judith selbst. Sie ist etwas kurzatmig, weil sie ihren wachsenden Leib mit einem Korsett zusammengeschnürt hat. Niemand soll erraten können, in welchem Monat sie ist. Vor allem Martin nicht.

Der Schultheis drückt jedem leutselig die Hand. Als er Judith und Martin, umgeben von ihrer Kinderschar erreicht, zögert er. Doch dann streckt er die Hand aus, und Judith ergreift sie. Martin dagegen dreht sich weg, schaut aber verblüfft über die Schulter, als er hört, wie sein Sohn Ignaz besonders laut trompetet: »Frohe Weihnachten, Großvater! Und fürs neue Jahr alles Gute! Gesundheit vor allem!«

Martin gibt Luise ein herrisches Zeichen, sie huscht gehorsam an seine Seite und sie machen sich als erste auf den Heimweg.

Als daheim die Kerzen am Christbaum heruntergebrannt, die Kinder müde ins Bett gefallen sind und der Großvater hinüber in sein Altenteil getapert ist, eröffnet Martin seiner

Frau, dass er morgen früh zurückreiten wolle. Nach Hause, sagt er, merkt gar nicht, wie Judith das trotz allem trifft.

Er schenkt ihnen den Rest aus der Weinflasche ein, die er aus der Stadt mitgebracht hat, und sie prosten sich zu.

»Nach Hause willst du also«, wiederholt Judith leise. Die schwarze Grete ist ebenso lange ein Teil seines Lebens wie ich selbst, denkt sie. Sie gehört zu ihm wie seine Kinder und ich. Aber ich, ich bin der Pflichtteil inzwischen, eine Fessel, ein Gewicht, das er mit sich herumschleppt.

Nach einer Weile, in der sie nach den richtigen Worten sucht, fährt sie fort: »Es gibt noch was zu sagen, Martin: Ich gebe ich dich frei. Zweimal habe ich dich jetzt mit einem Kind an mich gebunden, das ist genug. Du kannst die Scheidung haben, wenn das Kind auf der Welt ist. Ich hab meinen Beruf, hab die kleine Kräuterkate, und die Kinder sind mittlerweile schon sehr selbstständig. Mit dem Gerede im Dorf wegen der Scheidung werde ich schon fertig werden.«

Martin, der das leere Weinglas zwischen den Fingern hin und her dreht, schmunzelt kurz. »Ja, ich weiß, du kannst das, Judith. Du hast Courage. – Also gut, ich lass es mir nochmal durch den Kopf gehen, das mit der Scheidung. Die muss aber nicht mehr sein. Ich war halt so verzagt damals, als ich die Scheidung verlangt habe.«

Judith trinkt ihr Glas bis zur Neige. »Ich überlasse es dir.«

Ihr wird bewusst, dass sie allein ist, jetzt und künftig. Aber es grämt sie nicht. Im Gegenteil, eine Last, schwer wie ein Sack Erdäpfel, ist plötzlich von ihr genommen.

Im Morgengrauen küsst Martin die Wange seiner schlafenden Tochter, streicht dem Jüngsten über die Stirn und verabschiedet sich von Ignaz, der im Nachthemd am Fuß der Treppe sitzt, mit einem Händedruck. Seine Frau nimmt er wortlos in die Arme, küsst sie fest auf den Mund. Dann steigt er aufs Pferd. Judith blickt zu ihm hoch, er tippt an seine Mütze, gibt dem Pferd einen leichten Stoß mit den

Stiefeln, reitet langsam davon. Sie geht ein paar Schritte mit, schaut ihm nach, bis er an seinem Elternhaus und dem Schulhaus vorübergeritten ist. Eingehüllt in ihr Wolltuch, die Arme um sich geschlungen, freut sie sich wieder einmal darüber, was für ein schöner Anblick ihr Mann ist.

Dieses Bild und diese Empfindung werden sich noch einige Male wiederholen, wenn Martin unverhofft in Hollerstrauch auftaucht, um die Kinder zu sehen. Jahre später, in einem eisigen Winter, wird Judith einen Brief erhalten, der nach Vanille und Weihrauch duftet, in dem ihr mitgeteilt wird, dass Martin Hanuss nach kurzer Krankheit gestorben und in Krumau beerdigt worden sei. Judith wird, mit dem Brief in der Hand, für einen Augenblick kraftlos auf die Knie sinken.

Jetzt aber lächelt Judith, lacht sogar, weil sie daran glaubt, dass sich alles zum Guten wenden wird. Sie hat Martin freigegeben, und sie wird auch ihren Liebhaber loslassen. Ja, auch das. Die Zukunftsangst, die Angst vor der Einsamkeit sind verflogen. Sie fühlt sich stark und auf unerklärliche Weise frisch und glücklich. Ein neuer Lebensabschnitt wird beginnen, in dem sie zwar eine verlassene Frau sein wird, aber eine mit Kraft und Selbstbewusstsein. Und während sie lacht fängt sie plötzlich zu weinen an, der ganze Körper bebt, wird geschüttelt, als sei sie in einen Rübenhäcksler geraten. Sie lacht vor Erleichterung über ihre Rettung, weint vor Scham über ihr Lügengebäude, stöhnt voll Empörung über die lebenslange Drangsal in ihrer kleinen Welt.

Der sachte Schneefall hüllt Judith ein, bis sie mit dem weißen Laken, das Hollerstrauch bedeckt, gänzlich verschmilzt.

Kira
2019

Opas Aufzeichnungen, die Ben und mich auf unserer ›böhmischen Reise‹ begleitet und gefesselt hatten, meine Notizen über unsere Ahnen und auch mein Fotoalbum liegen jetzt ganz unten in meinem Schreibtisch. Ich habe keine Zeit mehr dafür. Vielleicht später einmal, als Rentnerin. Manchmal, wenn mein Blick gedankenverloren über das Bücherregal zu den Stolpersteinen der vergangenen Jahre wandert – zu der Plastik eines dicken Surfers von der Cocoa Beach in Florida, einer winzigen kretischen Schlangengöttin, einer Schneekugel mit Schwarzwaldtannen, einer blinkenden Miniatur des Stephansdoms –, bleibt er an der kleinen Bügeltasche mit der Petit-Point-Stickerei eines Holunderzweigs hängen. Viel Zeit ist seitdem vergangen. Ben wollte damals unbedingt noch nach Prag. Auf ihn hatten zu Hause keine Pflichten gewartet, also konnte er sich die Bummelei erlauben. Ich wollte, musste zurück. In Prag brachte er mich zum Flughafen. Wir ahnten nicht, dass es eine Trennung für immer wurde.

Meine Zeit in Gainsville an der University of Florida war erfolgreich; ich habe anschließend eine recht ordentliche Doktorarbeit zustande gebracht. Jetzt bin ich wissenschaftliche Mitarbeiterin an der Uni in Tübingen, lebe in einer kleinen schicken Wohnung im romantischen Bebenhausen. Wenn Ben in der Nähe zu tun hat oder auf der Durchreise ist, verabreden wir uns, wenn's passt, auf ein Bier. Er ist inzwischen freier Mitarbeiter beim WDR – also doch was mit Medien. Unsere Beziehung ist während meines USA-Aufenthalts zerbrochen. Ein Mann mit seinem guten Aussehen und finanziellen Hintergrund bleibt eben nicht lang allein.

Ich vermute aber, dass es mit uns beiden sowieso nicht gut gegangen wäre.

Simon ist jetzt Kompagnon eines Kunstschmieds in Mainz. Er hat nicht lockergelassen, bis wir ein Liebespaar wurden. An den Wochenenden sehen wir uns mal in Mainz, mal hier. Wir haben ja wenig gemeinsam, aber eins doch: Seit Eleonorenhain haben wir beide ein Faible für den Jugendstil, das uns nach Darmstadt und München, auch mehrmals nach Wien lockte und ab und an zu Sonderausstellungen rund um dieses Thema, wo auch immer. Ich glaube, ich liebe ihn. Er macht mich glücklich. Mal sehen, was draus wird. Dass ich abgetrieben habe, hat Simon entsetzt, und es hat lang gedauert, bis er es vergessen konnte. Er ist der Einzige, der davon weiß. Ich selbst habe das ganz gut weggesteckt, fühle mich wohl in meinem Leben, so wie es jetzt ist. Nur hier und da stehe ich am Fenster und beobachte die Kinder und Mütter auf einem Spielplatz auf der anderen Straßenseite und denke, was wäre wenn. Irgendwann möchte ich schon ein Kind haben. Es war damals einfach nicht der richtige Zeitpunkt.

Danksagung

Birgitta Bolte vom *rohtext Lektorat* danke ich für ihr detailliertes, einfühlsames Gutachten, das mir 2018 den Ansporn gegeben hat, die, wie ich damals glaubte, "letzte Fassung des Romans", in ihrem Sinn erneut zu überarbeiten.

Danken möchte ich meinen erfahrenen ersten Leserinnen Uschi und Viola, die mir auch bei diesem Manuskript gezeigt haben, was verbesserungsbedürftig wäre, und mich anspornten, indem sie hervorhoben, was gut sei. Aber ich denke auch an manche treue Leserin, die mich daran erinnert hat, dass sie voll Neugier auf meinen nächsten Roman wartet und mich zum Weitermachen gedrängt hat.

Last but not least sei Jürgen gedankt. Dieses Buch gäbe es nicht ohne sein beharrliches Suchen und Aufspüren meiner Ahnen in den Kirchenbüchern Südböhmens. Ihre Namen und Adressen, ihre Lebensdaten sind zu greifbaren Romangestalten geworden. Darüber hinaus war er Korrektor des fertigen Manuskripts und führte die Covergestaltung nach meinen Ideen aus. Nun ist mein sechstes "Kind" bereit, in die Welt zu gehen, und ich danke Jürgen aus tiefstem Herzen für seinen sorgfältigen und geduldigen Einsatz.

Gerti Brabetz

Anmerkungen

Alle Personen dieses Romans sind frei erfunden. Sie wurden plastisch, indem ich ihnen Namen, Daten und Schicksale meiner böhmischen Ahnen zugewiesen habe und augenzwinkernd auch manchen Charakterzug, den ich in meiner deutsch-tschechischen Großfamilie beobachten konnte. Ähnlichkeiten mit sonstigen Lebenden oder Toten wären rein zufällig und sind nicht beabsichtigt.

Hollerstrauch oder tschechisch Bezinkov ist ein Fantasiedorf, das ich nach dem Vorbild einiger Orte in Böhmen wie Horní Planá (Adalbert Stifters Oberplan), Chvalšiny (ehemals Kalsching) und insbesondere Holašovice, das berühmte Barockdorf (ehemals Hollschowitz), geschaffen habe. Die erwähnten Glashütten sind historisch verbürgt, die genannten Städte, Sehenswürdigkeiten und historischen Ereignisse authentisch.

Gerti Brabetz